André Storm

Abgetaucht!

Vom Autor bisher bei KBV erschienen:

Vorhang zu!
Licht aus!

André Storm (Pseudonym), geb. 1974, ist Profizauberkünstler aus Hamm in Westfalen. Seinen »ordentlichen« Beruf hat er schnell abgelegt, und er freut sich noch heute jeden Tag, dass er das Studium zum Elektroingenieur rechtzeitig abgebrochen hat. Sein Schreibtalent nutzte er in den letzten Jahren dafür, in seinen Shows »Helden« auf die Bühne zu bringen, denen man ihre Heldenhaftigkeit auf den ersten Blick nicht unbedingt ansehen kann. Sein Krimidebüt *Vorhang zu!* erschien 2020, *Licht aus!* folgte 2021. André Storm ist verheiratet und hat zwei Kinder. www.andre-storm.de

André Storm

ABGETAUCHT!

Kriminalroman

KBV

MIX
Papier | Fördert gute Waldnutzung
FSC® C083411

Originalausgabe

www.kbv-verlag.de
E-Mail: info@kbv-verlag.de
Telefon: 0 65 93 - 998 96-0
Umschlaggestaltung: Ralf Kramp
unter Verwendung von © Siwakorn - stock.adobe.com
Lektorat: Volker Maria Neumann, Köln
Druck: CPI books, Ebner & Spiegel GmbH, Ulm
Printed in Germany
ISBN 978-3-95441-610-3

Für Sophie, Laura, Max und Lina

PROLOG

Der dunkelblaue Mercedes GLS beschleunigt, obwohl in diesem Moment eine Gruppe festlich gekleideter Menschen die Straße am Avo & Cado in Richtung Phönixsee überquert.

»Mann, Henry«, raunzt der dicke Mann auf dem Beifahrersitz. Es klingt wie ein feuchtes Bellen, und er streicht sich mit der Hand eine Strähne aus dem Gesicht. »Fahr der alten Erlbeck bloß nicht den Hintern ab!« Er deutet einen Blick über die rechte Schulter an, doch sein Körper ist zu massig, um die Fußgängertruppe ein zweites Mal mit den Augen zu erhaschen. »Die macht mir die Hölle heiß, wenn was an ihren albernen Jackie-Kennedy-Hut kommt!« Er gibt einen vergnügten Grunzlaut von sich.

Aber Henry zeigt keine Reaktion. Er sieht nur kurz in den Rückspiegel, wobei sein Blick für einen Moment den von Ben trifft. Mit dem stimmt doch was nicht, denkt der, nicht zum ersten Mal an diesem Tag.

»Den nennt man Pillbox-Hut, du Schlauberger!«, sagt die Frau, die neben Ben im Fond des Wagens sitzt.

Bens Körper wird zur Seite gedrückt, als das Auto mit deutlich zu hoher Geschwindigkeit nach rechts zur Kaipromenade abbiegt. Die Reifen des nachtblauen SUV touchieren den Bordstein auf der linken Fahrspur. Mit einem knarzenden Geräusch lenkt Henry das Fahrzeug zurück in die Spur. Ein entgegenkommender UPS-Wagen blendet zwei Mal kurz auf, als der Mercedes fast dessen Stoßstange touchiert.

»Alles klar mit Ihnen, Henry? Gehen Sie lieber etwas vom Gas«, sagt die Frau neben Ben.

»Alles klar, Frau Althoeffer«, gibt Henry zurück, ohne etwas an seiner Geschwindigkeit zu ändern. »Ich glaube, ich hab mir was eingefangen«, fügt der Fahrer hinzu und hustet pflichtschuldig auf seinen Handrücken.

»Dann machen Sie gleich aber Feierabend und legen sich hin.«

»Lassen Sie uns an der Apotheke raus«, sagt der Mann auf dem Beifahrersitz und zeigt zu dem Gebäude auf der rechten Seite. »He! Halt!«, ruft er, als der Wagen, anstatt zu bremsen, beschleunigt und in die verkehrsberuhigte Zone rauscht.

Ein Fahrradfahrer kann sich gerade noch retten und droht dem Mercedes mit hochgereckter Faust. Ben sieht ihm durch das Seitenfenster nach, dann dreht er den Kopf in Fahrtrichtung und erkennt, dass der See viel zu schnell näher kommt. Der Bootsanleger, an dem einige kleine Segelboote vertäut sind, ist höchstens noch siebzig Meter entfernt.

»HEY!«, rufen Ben und der Beifahrer gleichzeitig, und Letzterer setzt ein atemloses »Henry. Verdammt!« hinzu, während er schwerfällig ins Lenkrad fasst.

In diesem Moment rollen die Vorderreifen über die Betonkante auf den Holzbohlensteg. Ein Geräusch wie ein Kreischen, als der Unterboden des Mercedes den grauen

Stein schleift. Ben nimmt das nur am Rande wahr, doch er sieht genau, dass der Kopf des Fahrers herabhängt und schlaff in jede Richtung schlingert. Der Wagen bricht nach rechts aus und verliert buchstäblich den Boden unter den Reifen. Das tonnenschwere Blechmonster bekommt Schlagseite und kippt in den See.

Bens rechte Kopfseite schlägt gegen das geschlossene Seitenfenster, und während der Schmerz aufbrandet, sieht er, dass das Tageslicht einer vollkommenen Schwärze Platz gemacht hat. Er hört ein Tosen, und ein Teil seines Gehirns will glauben, dass das Geräusch aus dem Radio kommt. Sein Körper wird aus dem Sitz gehoben und gegen die Seite der Tür gedrückt. Dann rutscht er in Richtung Dach. Das tobende Wasser und die Schreie verbinden sich zu einem einzigen ohrenbetäubenden Dröhnen.

Ben denkt: Da kommt Wasser aus der Lüftung. Er denkt: Wir müssen raus. Er denkt: Fenster! Und dann schreit er: »Fenster! Macht die Fenster auf. Schnell!« Und seine Hand sucht den Knopf des Fensterhebers. Findet ihn über sich, wo er nicht hingehört. Das Fenster bewegt sich nicht. Und die Frau schreit: »Es geht nicht! Es geht nicht auf!« Und dann schreit sie: »Henry! Henry!« Und Ben sieht den wolkenverhangenen Himmel. Die Welt ist verschwunden, und nur der Himmel ist noch da. Das kalte Wasser tränkt seine Kleidung. Er kniet auf der Wagentür. Ist nicht mehr angeschnallt, obwohl er sich nicht daran erinnern kann, den Gurt gelöst zu haben. Die Frau fällt hart auf ihn. Sie zerquetscht ihn fast. Ihre Arme wirbeln wild umher.

Der Mann auf dem Beifahrersitz schreit panisch: »Der Gurt geht nicht auf, ich bekomme den Gurt nicht auf,

Lina!« Und sie schreit: »Paul! Paul, bleib ruhig und versuch es weiter!«

Ben denkt: Ich brauche einen Stein! Und fast möchte er lachen, als es ihm in den Sinn kommt. Er *hat* einen Stein. Von diesem bekloppten neuen Zaubertrick. Er greift nach unten oder zumindest dorthin, wo in einer normalen Welt unten ist, und findet seine Requisitentasche. Die liegt nach wie vor im Fußraum, als ginge sie die ganze Angelegenheit nichts an. Er zieht den Reißverschluss auf und tastet darin herum. Der SUV, der eindeutig nicht für diese Art offroad geeignet ist, scheint sich stabilisiert zu haben. Aber das Wasser steigt und steigt. Er sieht, dass der Schaltknüppel kurz davor ist zu ertrinken. Paul hat seinen Oberkörper aus dem Gurt befreit und krallt sich an Henrys Bein fest. Der ist damit beschäftigt, an seiner Nackenstütze rumzufummeln. Ben bekommt den Stein zu fassen. Ein Pflasterstein. Liegt gut in der Hand. Er zieht sich nach oben, greift mit der Linken den Haltegriff auf Linas Seite und schlägt mit der Rechten den Stein auf die Scheibe. Henry hämmert gleichzeitig mit der Metallhalterung der Nackenstütze auf sein eigenes Seitenfenster ein.

Die Scheiben bersten fast gleichzeitig. Das Wasser bedankt sich, indem es Sekunden später mit aller Gewalt die neu geschaffenen Schleusen flutet. Ben wird zurück in den Wagen geschleudert. Ihm geht die Luft aus. Er spürt die Tritte und Schläge, die von Linas Kampf um die Freiheit auf ihn einprasseln. Wo ist das offene Fenster? Dann ein Schlag. Der Wagen hat den Grund erreicht. Linas Bewegungen stocken schlagartig. Er drückt sich an ihr vorbei, findet den Weg ins Freie. Dann greift er durchs Fens-

nen dunkelbraunen Sarg. Es gab ein schmatzendes Geräusch, als sie ihn würdevoll neben der ausgehobenen Grube auf einem vom Regen getränkten Stück Kunstrasen abstellten. Dann deuteten sie eine Verbeugung an und reihten sich seitab nebeneinander auf. Wie auf Kommando setzte ein ergiebiger Nieselregen ein. Bens Gesicht war binnen Sekunden feucht, doch er unterdrückte den Drang, die Nässe abzuwischen.

Ein unaufhörlich in die Runde nickender Glatzkopf, komplett in Schwarz gekleidet, kam nun ebenfalls den Weg entlang. Der Trauerredner. Seine erste Ansprache in der Trauerhalle hatte Ben versäumt, weil er den letztmöglichen Zeitpunkt zum *gerade noch rechtzeitig ankommen* verpasst hatte. Der Lautsprecher gab ein dreifaches *Plopp* von sich, als der Redner das Standmikrofon einschaltete. Er nickte ein weiteres Mal sanft in jede Richtung, und in der Sekunde, in der sich sein Mund öffnete, ertönte ein schmissiges »ZEHN NACKTE FRISÖSEN ... ZEHN NACKTE FRISÖSEN ...«.

Ben blickte irritiert in die Runde. Alle anderen taten es ihm gleich. Das war mal ein fancy Klingelton! Niemand machte Anstalten, dem Lärm Einhalt zu gebieten. Wieso guckten die in seine Richtung? Als Micky Krause bei »... MIT RICHTIG FEUCHTEN HAAREN!!!« angekommen war, registrierte er, dass *seine* Hose den Mallorcahit in die Welt synthesizerte.

»Ich bring dich um, Kai Siebert«, zischte Ben durch die geschlossenen Lippen und versuchte möglichst unauffällig, den dämlichen Knopf auf dem Handy zu finden, der den Klingelton stoppte. »Ich schwöre dir, ich bring dich um!«

Kai hatte ihm vor ein paar Wochen eine App – oder was auch immer – aufs Handy gespielt, mit der er in der Lage war, von seinem eigenen Mobiltelefon aus, Bens Signaltöne beliebig auszutauschen. *Zehn nackte Frisösen* war nach *Atemlos durch die Nacht* und *Sieben Fässer Wein* bisher der größte Klopper. Und das an einem Tag, wo der Sack genau wusste, dass Ben auf der Beerdigung von Paul Althoeffer war. Das würde nicht ungestraft bleiben!

Ben hauchte Lina ein stummes »Tut mir leid« entgegen und zog die Schultern hoch. Er spürte den enttäuschten Blick unter ihren dunklen Brillengläsern.

Der Redner räusperte sich und setzte ein zweites Mal an: »Paul hat mir gesagt, er wünscht sich auf seiner Beerdigung 'n bisschen Pep! Den hat er ja wohl jetzt bekommen! Auch wenn ihm Lena Valaitis sicher besser gefallen hätte!«

Ein leises Lachen ging durch die Menge, und Ben überlegte, ob es möglich war, dass ein Kopf vor Scham platzte.

»Paul«, hob der Redner an. »Natürlich komme ich gerne deinem Wunsch nach, es an deinem Grab ein bisschen kürzer zu halten. Paul, wir wünschen dir, dass es da, wo du jetzt bist, genügend Bier gibt. Und hoffentlich auch dein gutes Althoeffer Pilsken ...«

Zahlreiche Taschentücher wurden rechts und links gezückt. Ben selbst hatte keins dabei. Im Notfall musste das Revers seine Jacketts dafür herhalten, doch noch war es nicht so weit.

»Und weil du zu Lebzeiten mit Rosen nichts anzufangen wusstest, wollen wir auch heute nicht damit anfangen … Du bekommst die feinsten Hopfenblüten mit in dein Grab, mein Lieber. Wir danken dir dafür, dass es dich gab.« Er machte eine kleine Pause, bei der er sich etwas vom Mikrofon abwendete, bevor er weitersprach: »Prost, mein Lieber!« Er trat zur Seite, woraufhin die Sargträger erneut zum Einsatz kamen und den Sarg mithilfe von dicken Tauen ins Grab hinabließen.

Ben hatte in den letzten Wochen bei den Roadshows zum 250. Jubiläum, bei denen er als Zauberkünstler gebucht war, ein freundliches Verhältnis zu Paul Althoeffer aufgebaut. Chef der Althoeffer Brauerei, die seit 1771 in Dortmund ansässig und seitdem immer in Familienbesitz gewesen war. Da Ben dem Gerstensaft seit seinem letzten Fall, der Sache mit Richard von Dauss, Tabbart Lauber und Kalle Bengel im Frühjahr ohnehin stärker zugeneigt war als sonst, hatte er sich über die Tatsache gefreut, dass es – zusätzlich zur üppigen Gage – zwei Kästen Bier pro Auftritt obendrauf gab. Acht Auftritte in den letzten zwei Monaten. Machte insgesamt zwölf Kisten Bier. Wenn man die vier abrechnete, die Ben und Kai schon plattgemacht hatten. Der krönende Abschluss sollte die Veranstaltung am vergangenen Dienstag auf dem Gelände der Brauerei gewesen sein. Vor dem letzten, wirklich allerletzten Programmpunkt, dem Meet-and-Greet auf der Kulturinsel auf dem Phönixsee, hatte Paul Althoeffer für den ultimativen Verschwindetrick gesorgt, und niemand würde mehr über Bens Tricksereien reden.

Er kam an die Reihe. Nahm eine Handvoll Hopfenblüten, blieb einige Sekunden still vor dem rechteckigen Erdloch stehen und warf sie auf den Sarg. Dann führten seine Füße ihn zur Familie, und er stellte sich brav in die Reihe, um Hände zu schütteln. Erst Pauls Söhnen Patrick und Mauritz. Mauritz' Kindern Jara und Miko – eigentlich große Zauberfans – zwinkerte er zu. Daneben stand Romy, die Ehefrau von Mauritz. Gemurmelte »Es tut mir so leid!« und »Herzliches Beileid« lagen in der Luft.

Neben Patrick stand eine winzige, alte Frau, deren schrumpelige Hände zitterten, als hätte ein Witzbold die Griffe ihres Rollators an eine Autobatterie angeklemmt. Das musste Pauls Mutter sein. Paula. Den Namen konnte man sich merken. Ben hatte sie noch nie gesehen, aber sie war in jeder Festtagsrede von Paul Althoeffer präsent gewesen. Sie hatte das Unternehmen nach dem Tod ihres Mannes geführt und die Geschäftsleitung erst mit über siebzig an ihren Sohn abgegeben. Angeblich hatte Paul bis zuletzt jede Entscheidung, die Brauerei betreffend, mit ihr absprechen müssen – eine Anekdote, die bei den Zuhörern oft Gelächter und munteres Kopfnicken ausgelöst hatte.

Als Letztes kam Lina Althoeffer an die Reihe, die Ehefrau von Paul. Die Frau, die bei der Unglücksfahrt zusammen mit Ben auf dem Rücksitz des Mercedes gesessen hatte. Sie lächelte ihn knapp, aber versöhnlich an. Er hatte vor ein paar Tagen nur einmal kurz mit ihr telefoniert und wurde seitdem das Gefühl nicht los, dass sie Geschwister im Geiste waren. Ein Gefühl, das er Henry gegenüber nicht hegte. Lina hatte ihm erzählt, dass der Chauffeur wahrscheinlich einen plötzlichen Ohnmachtsanfall gehabt und damit den ganzen Schlamassel ausgelöst hatte. Sie hatte *Schlamassel* gesagt. Ben fielen passendere Wörter ein.

Paul Althoeffer war immer noch angeschnallt gewesen, als Taucher ihn eine Stunde später bargen. Er hatte sich offenbar an Henry festgekrallt, dafür sprachen Kratzspuren an dessen linkem Bein und die Tatsache, dass er dort weder Schuh noch Socke trug und das Hosenbein über den Fuß gezogen war. Die Gedanken an den Todeskampf, den beide am Grund des Sees ausgefochten haben mussten, schlichen sich seitdem in Bens Träume.

»Bleiben Sie bitte noch hier, Ben?«, fragte Lina, die mit beiden Händen seine Rechte ergriffen hatte.

»Ich muss …«, begann er, doch sie unterbrach ihn.

»Auf einen Kaffee. Bitte. Ich muss was mit Ihnen besprechen.«

* * *

Ben kannte die geltenden, wenn auch ungeschriebenen Regeln eines Leichenschmauses im Ruhrgebiet. Zumindest, wenn der Verblichene schon an der Siebzig gekratzt hatte. Die Trauergäste setzten sich schweigend, mit betretenen Mienen an die lange Tafel, die, je nach finanzieller Situation, mit weißer Papier- oder Stofftischdecke bedeckt war. Eine üppige Kellnermannschaft schaffte Tabletts mit Streuselkuchen und mit Gürkchen verzierten Käse- und Wurstbrötchenhälften ran. Der Kaffee aus silbernen Kannen schmeckte, als wäre er bereits zu Lebzeiten des Verstorbenen gebrüht worden. Nach dem ersten Stück Kuchen stieg langsam die Stimmung. Heldentaten des Verstorbenen wurden zum Besten gegeben und unterdrückte Lacher waren zu hören. An dieser Stelle entschied es sich: Gingen die Ersten und alle anderen folgen kurz darauf – oder gab es Bier? Letzteres war bei Brauereibesitzer Paul Althoeffers Beerdigung obligatorisch. Frisch gezapft und nahezu zeitgleich mit dem Kaffee fanden das Bier reißenden Absatz.

Auch Ben dachte, dass so ein Pilsken trotz der frühen Stunde schmackhaft sein könnte. Aber er blieb standhaft. Schließlich war er mit dem Auto gekommen, und er verteufelte sich schon genug dafür, dass er jede Woche fast eine Kiste erledigte. Und die drei Pullen von gestern Abend pulsierten noch hinter seinen Augen. Aber seit sich Tabbart Lauber, der feiste Rechtsanwalt der Familie von Dauss, mit dem er es in seinem letzten Fall zu tun bekommen hatte, wegen Bens Ermittlungen auf der Flucht befand, war sein Schlaf miserabel geworden. Die Polizei hatte es bis heute nicht geschafft, seiner habhaft zu werden. Man vermutete ihn irgendwo im Ausland, von wo er Ben und seinem Mitbewohner Kai seit Monaten liebevolle Todesdrohungen in Form von Anrufen, E-Mails oder SMS zukommen ließ. Tabbart Lauber war zu Bens *Schwarzem Mann* geworden. Zu dem Monster unter seinem Bett, vor dem er zum letzten Mal mit acht oder neun Jahren Angst gehabt hatte. Und Hopfen half da. Zumindest bis drei oder halb vier morgens, bis Bens Gehirn entschied, dass es Zeit war, sich die Art und Weise, wie Lauber sich an ihm und Kai – vielleicht schon heute – rächen würde, in bunten Bildern vorzustellen.

Ben nahm auf dem letzten Stuhl an der langen Tafel Platz, die sich wie ein überdimensionales U durch den Saal zog. Direkt neben der Tür, auf der ein goldener Aufkleber darauf hinwies, dass sich dahinter das WC befand. Das Pinkelstein-Aroma, das sich sogleich um ihn schmiegte, sorgte für den letzten Beweis. Er legte das labberige Salamibrötchen, in das er mehr aus Reflex als aus Appetit gebissen hatte, zurück auf den Teller. Es schmeckte nach alter Clownsnase.

»Herr, äh, Pruss.«

Er blickte auf. Ihm gegenüber saß eine Frau, die er bisher nicht beachtet hatte. Jetzt erkannte er, dass es die Sekretärin von Paul Althoeffer war. Wie hieß die noch? Gerber? Gröber? »Ach, hallo«, sagte er und biss schnell doch noch einmal von der Clownsnase ab. Mit vollem Mund sollte man ja bekanntlich nicht reden.

»Ich hab Sie erst gar nicht erkannt. Ich hab meine Brille nicht dabei …«

Ben fiel es wieder ein. Sie hatte bei den Veranstaltungen immer gleich zwei Brillen an goldenen Kettchen auf dem Bauch hängen gehabt, von denen sie aber möglichst keine benutzte. Ein weiteres Indiz für ihre Eitelkeit war die Föhnfrisur. Die Haarpracht schien aus einem einzigen Block zu bestehen, der wochenlang jedem Wind und Wetter trotzen mochte und täglich sicher eine halbe Stunde an Wartungsarbeiten benötigte.

»Machen Sie sich keine Sorgen.«

Da sie keine Anstalten machte weiterzureden, sah Ben sich genötigt zu antworten: »Nein, nein … Worüber denn?« Die gummiartige Masse in seinem Mund schien sich zu vervielfachen.

»Die letzte Rechnung ist ja noch nicht bezahlt. Aber die werde ich nächste Woche sofort anweisen.«

Daran hatte er gar nicht mehr gedacht. Seit die ersten Rechnungen bezahlt waren, war sein Konto deutlich im Plus. Ein Umstand, der wie jedes Mal dazu geführt hatte, dass Ben seine Finanzen komplett aus dem Bewusstsein gestrichen hatte. »Da mache ich mir keine Sorgen«, sagte er und lächelte.

»Und ich hab den Fahrer angewiesen, Ihnen noch mal acht Wochen lang jeweils zwei Kisten zu liefern.«

Was hatte sie gesagt? Noch mal sechzehn Kisten? Wenn es jetzt aus seinem Handy *Zehn nackte Frisösen* schallte, würde er aufstehen und ein kleines Tänzchen vollführen. Aber Kai Siebert war nicht auf Zack, wenn man ihn brauchte. »Aber das ist doch nicht nötig«, log er. »Vielen Dank. Das Bier ist wirklich toll!«

»Aber nicht, dass Sie mir zu viel davon trinken«, sagte sie milde lächelnd und hob einen Zeigefinger.

»Nein, nein«, versprach er und log damit erneut. Wie sollte man *nicht zu viel* trinken, wenn man jede Woche zwei Kisten frei Haus bekam, man mit seinem besten Kumpel in einer Jungs-WG wohnte und das Versprechen, schon ganz bald brutal ermordet zu werden, ständig über einem schwebte? Er würde sich auf dem Rückweg gleich noch mit Kopfschmerztabletten eindecken.

Eine Frau trat von hinten an Frau Gerber/Gröber heran, legte ihr eine Hand auf die Schulter und begann zu reden. Von der Seite war erst mal Ruhe angesagt. Der perfekte Zeitpunkt, das Weite zu suchen. Gerade als er sich erheben wollte, fiel sein Blick unwillkürlich auf Lina Althoeffer, und er erinnerte sich daran, dass sie mit ihm sprechen wollte. Sie saß am Kopf des Us, direkt vor einer Fensterfront aus Buntglas, auf der verschiedene Szenen aus dem Brauereileben dargestellt waren. Ein aus Zinn aufgelöteter Spruch verkündete: *Edles Bier, du tust mir gut. Gibst mir Zuversicht und Mut*. Sie war in eine Unterhaltung mit Pauls Sohn Mauritz vertieft, der neben ihr saß. Mauritz war so was wie ein Althippie. Graue Mähne, die nur entfernt nach Frisur aussah. Er trug einen schwarzen Cordanzug und ein rotes Hemd mit breitem Kragen. Neben ihm auf der anderen Seite saß seine Frau Romy, die bemüht war, ihre Kinder davon zu überzeugen, dass man nicht unbedingt gleichzeitig denselben Filzstift zum Malen brauchte. Das Paar gab ein merkwürdiges Bild ab. Mauritz war ein dürrer Riese mit tief zerfurchtem Gesicht. Auch sein stachelig verluderter Räuberbart konnte die Falten nicht verstecken. Romys Haut hingegen war rosa, zart und so gespannt, dass man sich fast darin spiegeln konnte. Ihre langen, wellig-braunen Haare sahen immer etwas angeklatscht aus. Sie war nicht mal einen Meter sechzig groß, dafür mangelte es ihr eindeutig nicht an Breite. Als er sie das erste Mal gesehen hatte, hätte Ben schwören können, sie sei Paul Althoeffers Schwester. Umfang und Größe ließen auf denselben Genpool schließen. Zudem trugen beide ihre Haare lang, und selbst die Haarfarbe stimmte. So konnte man sich täuschen. Erst als Romy ihm zuwinkte, merkte er, dass er sie anstarrte. Er mühte sich ein sanftes Lächeln ab und nickte ihr zu. Doch damit war die Sache nicht aus der Welt. Sie stand auf und machte Anstalten, zu ihm zu kommen. Zum Glück verbot sie es den Zwillingen, ihr zu folgen, die sich wie auf Knopfdruck ebenfalls von ihren Stühlen erhoben hatten.

»Ach, Ben, gut, dass ich Sie noch treffe, dann brauche ich Sie nicht anzurufen.« Sie tätschelte Frau Gerber/Gröber, die immer noch im Gespräch war, im Vorbeigehen den Rücken und lächelte sie abwesend an. Sie lief um den Tisch herum, umrundete Bens Stuhl und legte ihm beide Hände von hinten auf die Schultern. Dann beugte sie sich mit ihrem Mund zu seinem linken Ohr. Ben, der zu einer Salzsäule erstarrt war, spürte den heißen Atem am Ohr, als sie flüsterte: »Wegen Freitag.«

Hatte sie das wirklich gesagt? Was, *wegen Freitag*?

»Äh«, antwortete er knapp, und sie ruckelte leicht an seinen Schultern, als ließe sich damit sein Erinnerungsvermögen wachrütteln.

»Kindergeburtstag«, hauchte sie, und da fiel es Ben wieder ein. Klar, er war am Freitag als Zauberer für den neunten Geburtstag von Jara und Miko gebucht. Ach ja, und am Samstag hatte ihn Patrick für irgendeinen Herrenabend oder so was engagiert. Na, das würde wohl alles ins Wasser fallen. Zum Glück.

»Jaja«, antwortete er. »Klar. Fällt aus.«

Jetzt schlug sie ihn sanft mit der rechten Hand. »Ach, Ben. Nein, natürlich nicht«, sagte sie in einer Tonlage, die sich nicht fürs Flüstern eignete. »Die Kinder freuen sich total, ich kann den Kindergeburtstag nicht absagen. Außerdem brauchen die beiden Abwechslung. Die haben ihren Opa schließlich vergöttert.«

Na, dachte Ben. Sollte ihm auch recht sein. »Okay«, sagte er. »Bleibt es bei fünfzehn Uhr?«

»Herr Pruss, tststs …«, flötete sie, und langsam wurde Bens Ohrmuschel nicht nur wärmer, sondern auch feuchter. Er unterdrückte den Drang, sich zu schütteln. »Wir haben nie von fünfzehn Uhr geredet. Wir machen eine Pyjamaparty, weil ich vorher noch Frühdienst habe. Die Show soll so gegen achtzehn Uhr dreißig stattfinden. Das haben Sie wohl vergessen.«

Nie gewusst, träfe es eher, dachte Ben. Aber irgendwie klingelte es bei ihm. Die Frau redete eindeutig zu viel. Sie quetschte mit ihren Händen seine beiden Schultern und redete wieder. »Aber kommen Sie gerne schon um vier, Ben, dann können Sie mit den Kindern schon Kaffeeklatsch machen. Und nach der Show wollen wir grillen. Da sind Sie natürlich auch herzlich eingeladen.«

Klar, dachte Ben. Den Fehler würde er garantiert nicht machen. Das würde nur darauf hinauslaufen, dass er die Kinder die ganze Zeit bespaßen durfte. Nicht mit ihm. »Ich komme so früh wie möglich«, versprach er. »Ich hab aber vorher noch einen Termin und …« Er tat so, als dächte er angestrengt nach. »Und nachher leider auch.«

»Wir freuen uns auf Sie«, hauchte Romy, tätschelte ein letztes Mal Bens Schultern und ließ von ihm ab.

Er atmete tief durch und erhaschte dabei Linas Blick, die im Vorbeigehen kurz zu Romy rüberlächelte und dann ihrerseits zu Ben kam. Sie tätschelte ihn nicht an, sondern setzte sich auf einen frei gewordenen Stuhl neben ihm. Ben fielen die Augenringe auf, die jetzt, da sie die Sonnenbrille abgenommen hatte und die Schminke durch die Tränen abgewischt war, deutlich sichtbar wurden. Schon bei ihrer ersten Begegnung vor ein paar Wochen hatte er gedacht, dass sie und ihr jetzt verstorbener Ehemann Paul merkwürdig nebeneinander aussahen. Sie war zierlich, dabei groß gewachsen, elegant und stets auf ihr Äußeres bedacht. Deutlich jünger war sie auch, höchstens fünfzig. Paul hingegen war der hemdsärmelige Typ gewesen, untersetzt und übergewichtig, mit langen, braunen Haaren, die von seiner hohen Stirn wallend in den Nacken gefallen waren und meistens etwas fettig gewirkt hatten.

»Können wir uns kurz unterhalten, Ben?«, fragte sie.

»Aber klar«, antwortete Ben, der froh um jede Sekunde war, die er früher hier wegkam.

Sie wollte etwas sagen, hielt kurz inne und schlug vor: »Vielleicht gehen wir kurz raus.« Sie drehte sich um und deutete auf eine unbeschriftete Seitentür, durch die bisher nur das Personal aus und ein gegangen war.

»Gerne«, sagte Ben, der nicht sicher war, ob das Wort passte. Er erhob sich vom Stuhl, als ein Mann von der Seite auf Lina zutrat. Mit seiner Nickelbrille, dem schwarzen, dreiteiligen Anzug mit Einstecktuch und Taschenuhr an Goldkette war er derjenige, der am feierlichsten gekleidet war.

»Frau Althoeffer«, sagte er mit leiser Stimme und hielt seine rechte Hand in ihre Richtung ausgestreckt.

»Herr von Dunnwitz«, sagte Lina und rang sich ein Lächeln ab. Sie ergriff seine Hand, und er sagte: »Ich hatte eben keine Gelegenheit … Mein herzlichstes Beileid, Frau Althoeffer. Paul war einer meiner ältesten Klienten.«

»Danke, vielen Dank«, sagte Lina, und Ben hatte das Gefühl, sie versuchte, ihre Hand aus seiner zu lösen. Doch noch ließ er sie nicht frei.

»Sie können sicher sein, dass ich mich auch um all Ihre Belange kümmere …«

»Jaja, vielen Dank«, sagte Lina, deren Lächeln eingefroren wirkte. Sie riss ihre Hand los und schnappte sich ihre Kaffeetasse vom Tisch, die sie entschlossen mit beiden Händen vor den Bauch hielt. »Ich melde mich dann bei Ihnen.«

»Erst melde ich mich, meine Liebe«, sagte Herr von Dünnpfiff oder wie der noch mal hieß, und – Ben dachte, er sähe nicht richtig – zwinkerte ihr zu. Lina beließ es bei einem Nicken, wandte sich wieder Ben zu und ließ den Ich-kümmere-mich-um-all-ihre-Belange-Typ einfach stehen. »Wollen wir?«, sagte sie.

Hinter der Tür befand sich die für Ruhrpottkneipen obligatorische Kegelbahn. Ein düsterer, schmaler und langer Raum, dessen unzählige Zinnteller an den Wänden und verstaubte Pokale auf unter der Decke angebrachten Regalbrettern von Kegelmeisterleistungen der vergangenen Jahrtausende erzählten. Das einzige Licht fiel aus zwei Buntglasfenstern in den Raum, hinter dem sich der beleuchtete Toilettengang erstreckte. Wer hier eine Kugel schieben wollte, war erst mal gezwungen, Getränkekisten und offene Umzugskartons mit Weihnachtsdeko wegzurücken.

»Ich wollte Ihnen noch einmal persönlich danken, Ben. Sie haben mir das Leben gerettet«, begann Lina.

Er hatte so einen Gesprächseinstieg befürchtet. Wenn sie jetzt noch anfing zu weinen, würde er Herrn von Dünnpfiff rufen müssen. Tatsächlich erschienen Tränen in ihren Augen, und anstatt wegzurennen, vollführte Bens Körper halbautomatisch eine Kaskade an Bewegungsabläufen, die nacheinander ein Umarmen, ein Schulterklopfen und ein Kopfstreicheln andeuteten, ohne seinem Gegenüber näher als dreißig Zentimeter zu kommen. »Das musste getan werden«, hörte er sich sagen, und wenn jetzt zufällig eine Kegelkugel vor seinen Kopf flog, hätte er nichts dagegen einzuwenden gehabt.

Sie lachte. Dann nahm sie einen Schluck Kaffee, wohl um zu verdeutlichen, dass sie die Tasse nicht nur zur Zierde bei sich trug. »Kalt schmeckt er noch schlimmer als lauwarm«, sagte sie. Dann stellte sie die Tasse auf der Ecke eines Colakastenstapels ab. »Ich wollte auch nicht weiter darauf rumreiten, keine Angst. Ich muss mit der ganzen Situation erst mal klarkommen. Meine Gedanken kreisen auch immer um Henry.«

»Verständlich«, meinte Ben.

»Ja, aber nicht nur, weil er im Krankenhaus liegt.« Sie machte eine Pause und sagte dann: »Sie sind doch auch Privatdetektiv, Ben.«

»Äh. Ja.« Er würde sich nie an das Gefühl gewöhnen, das ihn überkam, wenn jemand »Privatdetektiv« zu ihm sagte.

»Ich möchte Sie engagieren.«

»Was kann ich für Sie tun?«

»Ich möchte, dass Sie sich die Sache mit dem Auto noch mal genauer ansehen. Ich glaube, das war nicht einfach ein Unfall.«

»Mmh«, machte Ben und zog die Stirn kraus. »Das müssen Sie mir näher erklären.«

»Kommt es Ihnen nicht komisch vor, dass Henry, ein gesunder, junger Mann, plötzlich einfach so bewusstlos wird?«

Ben ließ sich Zeit mit der Antwort. »Komisch kommt es mir schon vor. Allerdings habe ich mich erkundigt und erfahren, dass so etwas gar nicht mal so selten vorkommt. *Gerade* bei jungen Männern übrigens. Das kann die unterschiedlichsten Ursachen haben. Einen Herzfehler zum Beispiel. Und Henry ging es an dem

Tag ja ziemlich schlecht, das konnte man eindeutig sehen.«

»Ohne Zweifel. Die Frage ist nur, warum es ihm schlecht ging. War er wirklich körperlich krank oder hatte er wegen etwas anderem Stress?«

»Zum Beispiel, weil er geplant hatte, das Auto in den See zu fahren, meinen Sie?«

»Zum Beispiel.«

»Aber er ist ja nun mal selbst fast dabei draufgegangen. Und vielleicht passiert das wirklich noch.«

»Ich weiß. Aber vielleicht ist der Plan schiefgegangen? Er hat eben nicht damit gerechnet, dass mein Mann … dass Paul …« Sie machte eine kurze Pause, nachdem sie den Namen ausgesprochen hatte, und blinzelte einige Male schnell hintereinander. »Dass er sich an ihm festkrallt.«

Ben nickte. »Entschuldigen Sie bitte, wenn ich das so direkt sage, aber die Wahrscheinlichkeit, dass Ihr Mann sich aus dem Auto hätte befreien können, war relativ gering. Dass Sie und ich rauskommen, war auch nicht zu hundert Prozent sicher. Gerade, weil das Auto seitlich in den See gefallen ist. Wenn ich den Pflasterstein nicht dabeigehabt hätte …« Er ließ den Satz unvollendet, und Lina nickte. Dann redete er weiter: »Aber ich gehe nicht davon aus, dass Henry *mich* beseitigen wollte. Er hat ja bis kurz vor der Abfahrt an der Brauerei nicht mal gewusst, dass ich mitfahren würde. Also müssen wir annehmen, dass Henry einen Anschlag gegen Ihren Mann oder Sie oder gegen Sie beide geplant hatte. Aber was sollte sein Motiv gewesen sein? Wird er irgendwas erben? Oder hätte er was von Ihnen geerbt?«

»Von mir bestimmt nicht.« Sie stieß ein freudloses Lachen aus. »Und von meinem Mann? Das kann ich mir ehrlich gesagt nicht vorstellen. Das Testament wird erst nächste Woche eröffnet.« Sie deutete mit ihrem Daumen zur geschlossenen Tür. »Das war eben übrigens Hillwig von Dunnwitz. Der Rechtsanwalt und Notar meines Mannes.«

»Der, der sich um all Ihre Belange kümmern wird«, sagte Ben, und Lina lächelte.

»Nicht, wenn ich es verhindern kann. Ich mag ihn nicht besonders. Und finden Sie nicht, dass er wie das perfekte Klischee eines Notars aussieht?«

Ben nickte. Der Typ sah schon von Weitem so nach Rechtsanwalt aus wie Ben nach Zauberer, wenn er mit Zylinder, Zauberstab und Kaninchen hier aufgekreuzt wäre.

»Bei dem liegt jedenfalls das Testament«, fuhr Lina fort. »Dann werden wir bald erfahren, ob Henry was geerbt hat. Mein Mann hat ihn erst im Frühling als Chauffeur eingestellt, weil er seinen Führerschein abgeben musste.« Sie zog die Mundwinkel nach unten, bevor sie weitersprach: »Alkohol am Steuer … Er war eben ein guter Kunde seiner eigenen Firma.« Dann, nach einer kleinen Pause: »Mein Mann mochte Henry, glaube ich. Aber dass er so einen Narren an ihm gefressen hat, um ihn im Testament zu bedenken und es ihm dann auch noch zu sagen, das glaube ich nicht.«

»Können Sie sich einen anderen Grund vorstellen?«

»Keinen Schimmer. Ich hab mir schon den Kopf zerbrochen.« Sie schüttelte den Kopf. »Deshalb komme ich ja zu Ihnen.«

»Lina«, begann er zaghaft. »Ich weiß nicht, ob ich Ihnen da helfen kann. So ganz überzeugt bin ich ehrlich gesagt nicht. Ich ...« Er machte eine Pause und überlegte. In den letzten Tagen hatte er auf YouTube alles zum Thema »Auto fährt in einen See« angesehen und sich über eine Sache gewundert. Bei den meisten Autos in den Videos funktionierte der elektrische Fensterheber noch eine ganze Weile problemlos. Die waren allerdings nicht, wie der Mercedes, seitlich ins Wasser gefallen, sondern aufgerichtet hineingefahren. Er hatte sich damit begnügt anzunehmen, dass es einen Kurzschluss gegeben hatte, als das Auto im Wasser lag und zwei Türen komplett untergetaucht waren.

Oder war der elektrische Fensterheber für die hinteren Sitze abgeschaltet gewesen? Das erklärte aber nicht, warum auch Henrys Fenster sich nicht mehr hatte bedienen lassen.

Lina ließ Ben Zeit, seinen Gedanken zu Ende zu bringen. Dann sagte sie: »Es gibt noch eine Merkwürdigkeit. Und ich finde, dass es mehr als nur merkwürdig ist.«

»Und das wäre?«

»Vor zwei Wochen hat Henry mich gefahren. Als ich ins Auto eingestiegen bin, lag auf dem Beifahrersitz so ein gelbes Dings, das ich noch nie gesehen hatte. Ich hatte es erst gemerkt, als ich mich draufgesetzt hab.« Sie verschränkte die Arme vor der Brust. »Ich hab es ihm in die Hand gedrückt und ihn gefragt, was das denn sei. Er hat nur gesagt, ein Werkzeug fürs Auto, und hat es mir aus der Hand genommen.«

»Ja, und was war es?«

»Das wusste ich bis vorgestern auch nicht. Und die ganze Sache ist mir überhaupt erst wieder nach dem

Unfall in den Sinn gekommen. Wegen dem Schriftzug, der auf dem Teil stand.«

»Der da wäre?«

»RESQME.« Sie buchstabierte das Wort. »Also wie *Rescue me*, rette mich. Das ging mir die letzten Tage nicht mehr aus dem Kopf, und ich hab das mal gegoogelt. War nicht schwer zu finden. Das Ding war ein Nothammer, um im Notfall eine Scheibe einzuschlagen. Einer, den man sich an den Schlüsselbund hängen kann.«

* * *

»Ich wusste nicht mal, dass es so was gibt«, fuhr Lina fort, nachdem sie Bens skeptischen Blick aufgenommen hatte. »Und jetzt frage ich Sie, wofür braucht man einen Nothammer im Auto?« Sie machte eine vielsagende Geste mit den Händen. »Und eins noch«, fügte sie rasch hinzu. »Er hat das Teil genommen und links unter dem Lenkrad in so ein kleines Fach gesteckt. So eins mit Deckel.«

»Okay.« Ben rieb sich mit Daumen und Zeigefinger das Kinn. »Aber wenn er einen Nothammer im Auto hatte, warum hat er dann mit der Nackenstütze auf das Fenster eingeschlagen?«

»Sehen Sie?«, gab sie als Antwort.

Ben überlegte eine Weile, dann sagte er: »Vielleicht wollte er, für den Fall, dass doch jemand überlebt, und die Wahrscheinlichkeit ist ja durch meine Anwesenheit noch mal gestiegen, es möglichst echt aussehen lassen?«

»Das ist mir auch in den Sinn gekommen. Oder bin ich jetzt komplett irre?«

Ben zog sich einen Holzstuhl unter dem Tisch hervor, an dem irgendwann mal die Kegelbrüder gesessen hatten, und ließ sich darauf fallen. Er schüttelte den Kopf und sagte: »Vielleicht sollte man da wirklich mal ein bisschen genauer hinsehen.«

KAPITEL 2

Bens Tageshonorar lag bei 500 Euro plus Spesen, was deutlich unter dem lag, was andere Privatdetektive verlangten, aber schließlich hielt er sich immer noch für einen Anfänger. Ein Zeichen, dass an dieser Einschätzung was dran war, war die Tatsache, dass er keine genaue Vorstellung davon hatte, wie er jetzt vorgehen sollte. Das war bei einem Ehegatten, der fremdging, leichter. Wie konnte er etwas über Henry herausfinden, ohne Staub aufzuwirbeln? Lina hatte ihm sagen können, welches Fitnessstudio Henry besuchte (er hatte es ihr gegenüber mal erwähnt, als sie sich bei einer Fahrt über das Thema unterhalten hatten), aber sie kannte weder seinen Nachnamen noch seine Adresse. Das werde sie schon rausfinden, hatte sie Ben versichert. Mal sehen, ob er nicht schneller an die Informationen rankommen würde. Aber erst mal war etwas anderes wichtiger.

»Alter!«, schrie er in Richtung Couch. Die genau richtige Dosis Rage hatte er problemlos zwischen Wohnungstür und Wohnzimmer aufgebaut und war bereit, jemandem gehörig in den Hintern zu treten. »Bist du eigentlich vollkommen bescheuert? Du wusstest doch ganz genau, dass ich auf einer Beerdigung bin! *Zehn nackte Friseusen*? Ich glaube, es hackt! Die wollten gerade den Sarg in die Grube lassen, da fängt der Scheiß an, und alle haben geglotzt, als hätte ich mir die Hose runtergezogen.« Er hob drohend den Zeigefinger und trat einen Schritt näher an die Person auf der Couch heran, deren unterdrücktes Lachen sich mit jedem von Bens Worten mehr und mehr in ein ungezügeltes Kichern verwandelte. »Das hast du zum letzten Mal gemacht, Kai Siebert. Sonst reiße ich dir den Arsch auf! Aber richtig! Was machst du da überhaupt wieder für einen Scheiß?« Er machte Anstalten, auf den Laptop auf Kais Oberschenkeln zu blicken.

Der klappte das Gerät schnell zu und stellte es neben sich auf die Couch. »Geht dich gar nichts an!«, rief er und gab sich Mühe, ernst zu klingen. Sie blickten sich einige Sekunden wortlos an, dann prusteten sie los. Kai verprügelte kichernd seinen Schenkel, während Ben sich vor Lachen krümmte und auf den Sessel fallen ließ. Fast hatten sie sich beruhigt, als Kai ein weiteres Mal atemlos »Zehn nackte Friseusen …« hauchte und damit den Lachanfall erneut entfachte.

»Wow, das tat gut«, sagte Ben kurze Zeit später, als aus beiden nur noch vereinzelte, erschöpfte Gluckser kamen. Ben zog die Nase hoch und wischte sich, zum zweiten Mal heute, aber diesmal aus anderen Gründen, mit dem Revers die Tränen aus den Augenwinkeln.

»Oh Mann … Aber ehrlich … Du musst das sein lassen. Ich hab jetzt wieder einen Job. Lösch das!« Er fingerte das Handy aus seiner Hosentasche und hielt es seinem Mitbewohner hin.

Der machte keine Anstalten, das Handy an sich zu nehmen. »Da kann man nichts löschen. Das ist eine Sicherheitslücke. Nicht sehr nützlich, aber lustig. Wird bestimmt in irgendeinem der nächsten Updates behoben.«

Ben verzog skeptisch den Mund und steckte das Mobiltelefon zurück in die Hosentasche. »Dann lass es aber trotzdem!«, befahl er und wusste, dass er genauso gut fordern konnte, dass Kai sich Engelsflügel umschnallen und durch die Thier-Galerie tanzen sollte.

»Neuer Job?«, fragte Kai und nahm den Laptop zurück auf seinen Schoß, wie ein Kind sein Kuscheltier.

»Zauberei oder das andere?«

»Das andere«, gab Ben zurück. »Die Frau von dem Althoeffer hat mich eingestellt, weil ich mir die Sache mit dem abgesoffenen Auto mal genauer angucken soll. Die meint, da wäre vielleicht irgendwas nicht ganz sauber.« Ben gab seinem Freund die wichtigsten Fakten.

»Mmmh«, meinte Kai, als Ben geendet hatte. »Ist schon ein bisschen merkwürdig, wenn das mit dem Nothammer stimmt. Warum sollte jemand, der einen Nothammer hat, die Scheibe mit der Nackenstütze einschlagen?«

»Ja. Aber keine Ahnung, *ob* das stimmt. Vielleicht wollte sie mich damit auch nur ködern. Wäre natürlich gut, wenn ich das checken könnte. Aber ich weiß gar nicht, wo die Karre jetzt steht.«

»Widliczek«, antwortete Kai knapp.

»Widli … was?«

»Widliczek«, sagte Kai erneut. »Der schleppt für die Bullen und die Feuerwehr hier in Dortmund die Autos ab. Bestimmt steht die Karre noch auf seinem Hof. Der ist direkt an der B 236, wenn du Richtung Phönixsee fährst.«

* * *

Ben parkte seinen rostroten Ford Fiesta, den sein Kumpel Uwe im letzten Monat ein weiteres Mal durch den TÜV gemogelt hatte, direkt neben dem Firmengelände auf einem Grünstreifen. Er stieg aus und vollführte seine obligatorische Geste – sich zu allen Seiten umsehen. Danke, Tabbart Lauber, und danke, Kalle Bengel, für das bisschen Paranoia in meinem Leben, dachte er. Durch den grünen Metallzaun war das Grundstück einzusehen. Er blickte auf eine unüberschaubare Zahl Fahrzeuge jeden Alters und jeden Zustands. Die abgewrackte Schrottkarre genauso wie der nagelneue Porsche. Ben ging am Zaun entlang in Richtung Zufahrt, ohne den Mercedes zu entdecken. Er hatte Kais schnell geschossene Information ungefragt für bare Münze genommen und dabei nicht bedacht, dass der dazu neigte, Dinge ganz-genau-zu-hundert-Prozent-das-kann-gar-nicht-anders-sein zu wissen, die sich hinterher als pure Fantasie herausstellten.

Dann sah er ihn. Der Mercedes sah aus, als bräuchte er nichts weiter als ein paar neue Scheiben und ein Lotus-Clean-Waschprogramm. Er stand auf dem gegenüberliegenden Teil des Platzes. Ben würde durch die Einfahrt hindurch und am offiziellen Eingang und vielen Bürofenstern vorbeimüssen. Rein und wieder weg. Simpel, beherzt und mannhaft. Nicht nach links und rechts schauen, einfach geradeaus. Die einfachsten Pläne waren die besten und außerdem …

»Hey! Sie da!«, ertönte eine Stimme hinter ihm, und Bens Beherztheit und Mannhaftigkeit verpuffte wie drei Tropfen Sprit in einem Sechszylinder.

Ben drehte sich um und setzte sein freundlichstes Lächeln auf. ENTwaffnen, bevor sich überhaupt jemand BEwaffnen konnte. »Guten Tag«, sagte er und blickte einem bulligen Kerl in die Augen, aus dessen ölbeschmiertem Blaumann-Overall man problemlos eine Hängematte für ihn und Jenny hätte schneidern können.

»Kann ich Ihnen helfen?«, fragte der Bulle, sah Ben mit eher mittelmäßigem Interesse an und fummelte eine kleine, schwarze Schnupftabakdose aus der Brusttasche.

»Ja also, wissen Sie, es ist so«, begann Ben, ohne an seinem Lächeln zu rühren. »Ich bin in der letzten Woche mit dem Auto da vorne ...« Er deutete in die entsprechende Richtung, was der Bulle nicht mitbekam. Der war damit beschäftigt, einen ordentlichen Priem Schnupftabak in die Daumengabel seines Handrückens zu schichten. »... also mit dem Mercedes in den Phönixsee gefahren. Und jetzt liegt da noch was von mir drin, was ich unbedingt brauche. Vorne. Da links neben dem Lenkrad in so einem kleinen Fach.«

Der Bulle zog sich unbeeindruckt den schwarzen Knaster in die Nase, bevor er sich zu einer Erwiderung entschloss. »Sie waren das?« Er verzog die Stirn. »Ich hab gehört, der Typ liegt noch im Koma im St. Josef. Aber so bewusstlos sehen Sie mir gar nicht aus.«

Ben stieß ein kurzes Lachen aus. »Nein, nein. Ich bin auch nicht gefahren. Ich saß hinten in dem Auto auf der

Beifahrerseite. Ich hatte zum Glück einen Pflasterstein, und mit dem …«

»Aber Sie haben *vorne* im Wagen was vergessen? Obwohl Sie hinten saßen?« Offensichtlich war sein Nikotindruck noch nicht gestillt, denn plötzlich hatten sich aus dem Nichts eine platt gedrückte Zigarettenschachtel in der einen Hand und ein Feuerzeug in der anderen manifestiert.

»Was?«, fragte Ben und sein Lächeln entgleiste. »Nein, nein … Also ich meine Ja«, stellte er klar. »Ich saß hinten und hab vorne im Fach was abgelegt, was ich jetzt gerne eben ganz schnell …« Er machte einige Schritte in Richtung des Wagens, ohne den freundlichen Facharbeiter aus dem Blick zu lassen.

»Und das wäre?«, fragte der Bulle ungerührt, während er einen tiefen Zug durch den Glimmstängel saugte.

»Ach so«, sagte er. »Das müssen Sie ja sicher quittieren, oder? Klar!« Der Bulle zeigte keine Regung. »Also das ist ein Nothammer. So ein kleiner Nothammer, den ich da …«

»Sie erzählen mir, da liegt ein Nothammer im Auto?«

»So ein kleiner für den Schlüsselbund.« Er deutet mit Daumen und Zeigefinger eine Größe an, von der er nicht wusste, ob sie überhaupt zutraf.

»Und im Phönixsee schwimmen Sie rum und kloppen die Scheibe mit der Nackenstütze ein?«

»Das war der Fahrer. Ich saß ja hinten und kam da nicht dran, deshalb hab ich den Pflasterstein genommen. Ich bin nämlich Zauberer und …«

»Könn' Sie nicht«, unterbrach der Bulle ihn.

»Wie bitte?«, fragte Ben.

»Könn' Sie nicht holen. Ich darf keinen einfach so an die Autos lassen. Der Nächste, der kommt, erzählt mir, dass er das Autoradio in irgend 'nem Wagen vergessen hat. Soll ich den das dann auch ausbauen lassen?«

»Na, das ist ja schon ein bisschen weit hergeholt, wissen Sie? Ich könnte doch eben schnell ...« Er deutete wieder in Richtung Mercedes.

Der Bulle schüttelte den Kopf.

»Ganz schnell?«

Das Kopfschütteln hörte nicht auf.

»Keine Chance, oder?«

Das Schütteln stoppte schlagartig, und der Bulle zog die Augenbraue hoch, als wäre er kurz davor anzubieten, es Ben als Arschgeweih auf den Rücken zu tätowieren.

Und dann fasste Ben kurzerhand einen neuen Plan. Man konnte hier sicher noch Stunden stehen und reden oder ...

Er drehte sich um und rannte los. Ein Griff würde genügen, und er hätte das Scheißding. Oder auch nicht, wenn es nicht da war. Blaumann-Bulle war nie im Leben so flink wie er. Er griff in die Hosentasche und fand ein Tempotaschentuch. Zum Glück wenig benutzt, denn jetzt war ihm noch was anderes eingefallen. Da stand das Wrack vor ihm. Doch warum war das Seitenfenster geschlossen? ... Mist, das war es gar nicht, das war irgendeine braune Nuckelpinne mit einem tanzenden Elvis hinter der Windschutzscheibe. Noch zwei Reihen weiter ... Er steckte den Kopf durchs Seitenfenster. Da war das dämliche Fach. Er fummelte es auf. Tatsächlich, da lag ein gelbes Dingens. Er griff es durch das Taschentuch am äußersten Rand und drehte den Kopf in Richtung Blaumann-Bulle. Sicher würde er gleich dessen nikotingeschwängerten Atem in seinem Nacken spüren. Er würde sich, geschickt Haken schlagend, an dem dicken Tanzbären vorbeimogeln und …

Niemand war hinter ihm. Der Typ stand nach wie vor an seinem Platz, qualmte in aller Ruhe seine Kippe und beobachtete Ben mit unbewegter Miene.

Dann eben so, dachte Ben, rannte im größtmöglichen Abstand an ihm vorbei und rief: »Danke noch mal. Ich bin dann auch wieder weg!«

* * *

Zur Sicherheit verlangsamte Ben seinen Sprint erst, als er sein Auto wieder erreicht und sich davon überzeugt hatte, dass der Blaumann-Bulle sich weder Motorrad noch Raketenrucksack geschnappt hatte, um ihn zu verfolgen. Er atmete schwer und stützte sich mit der freien Hand am hinteren Fenster seines Autos ab. Seitenstechen. Verdammte Hacke, er musste unbedingt wieder mehr Sport machen. Oder überhaupt Sport machen.

Er hielt sich das Nothammer-Teil vor die Nase. Es handelte sich um einen neongelben, zirka acht Zentimeter langen, zylindrischen Gegenstand, an dem an der einen Seite ein schwarzer, flacher Kopf mit einem Loch in der Mitte angebracht war. Ben hatte keine Ahnung, wie man damit eine Autoscheibe zerschlagen sollte. Man konnte das Ding überhaupt nicht gescheit festhalten, um kraftvoll damit zuzuschlagen. Wahrscheinlich so ein Chinascheiß.

Auf der gegenüberliegenden Seite war eine schwarze Öse angebracht, die über einer Klinge steckte. Diese Funktion konnte Ben sich leichter zusammenreimen. Das war ein Gurtschneider. Hätte das Ding Paul Althoeffers Leben retten können? Wenn Henry damit dessen Gurt zerschnitten und die Windschutzscheibe zerdeppert hätte anstatt die Seitenscheibe, durch dessen Loch der dicke Brauereibesitzer nie und nimmer hätte entkommen können? Warum hatte Henry es nicht benutzt? Oder wusste er, dass es nichts taugte? Er öffnete die Fahrertür und fischte eine leere Tempoverpackung aus dem Seitenfach.

»Bist doch noch zu was gut?«, murmelte er, als er den Nothammer hineingleiten ließ.

Oh, yeah, you wreck me, baby
You break me in two
But you move me, honey
Yes you do

Er merkte erst, dass es das Handy in seiner Hosentasche war, das den Tom-Petty-Song spielte, als ihm auffiel, dass das Autoradio noch nicht angeschaltet war. Nicht mal den Zündschlüssel hatte er ins Schloss gesteckt. Ausnahmsweise mal ein echt guter Song, der an seine Ohren drang. Braver Kai, dachte er, und das Lied passte auch irgendwie zum Anrufer.

»Hey, Jenny«, meldete er sich.

»Hey! Na, alles klar bei dir? Du wolltest dich doch nach der Beerdigung melden.«

Mist, das hatte er komplett vergessen. *You wreck me, baby!* »Ja, sorry«, antwortete er. »Bin nur im Stress seitdem.«

»Was ist los?«, fragte sie.

»Die Frau von dem Althoeffer hat mich als Detektiv engagiert. Ich soll mir den Unfall genauer ansehen. Und da steck ich gerade schon mittendrin.«

»Um was geht's da?«

Er gab ihr einen kurzen Abriss, verzichtete aber auf seine kleine Sporteinlage.

»Hört sich spannend an«, sagte sie, als er geendet hatte. »Sehen wir uns heute?«

»Ja, klar«, er versuchte, enthusiastisch zu klingen, fühlte sich aber nicht so, was ihm sofort ein schlechtes Gewissen bereitete. »Ich komme heute Abend vorbei. Wann machst du Feierabend?«

»Wird bestimmt halb sieben oder sieben. Ist gerade noch was Dringendes reingekommen.«

In der Rechtsmedizin? Lieber nicht fragen.

»Können uns ja was bestellen.«

»Ja, machen wir. Dann bis heute Abend.«

»Bis heute Abend«, sagte sie und legte auf.

»Ich liebe dich«, sagte er in die tote Leitung. *But you move me, honey ...*

* * *

Das Musk-ART-Team Wickede war ein baufälliger Schuppen. Ein normales Wohnhaus, dessen untere Etage zu einem Fitnessstudio umgebaut worden war. Ben konnte sich keine einzige Szenerie ausmalen, in der jemand am Neujahrstag den Vorsatz fasste abzuspecken und sich dieses Loch hier als Trainingsort aussuchen würde. Höchstens die Typen, die rechts nebenan den Puff (Gini's

Traum – von 12 bis 5 mindestens drei Damen, Geldautomat am Haus) oder links nebenan die Kneipe (Spriti's Eck – durchgehend Happy Hour und Sky) aufsuchten.

Ob überhaupt jemand da war? Irgendwie sah das alles sehr verlassen aus. Dass tatsächlich trainiert wurde, bemerkte Ben, als er die verkratzte und mit Plakaten übersäte Glastür aufdrückte. Ein beißender Geruch von Vorkriegsturnhalle gepaart mit der süßlichen Note aus allen jemals im Handel erhältlichen AXE-Deo-Düften begrüßte ihn. Der Empfangstresen – ein Verhau aus zusammengeschraubten und weiß übertünchten Sperrholzplatten – war vollgestellt mit den unterschiedlichsten Proteindrinks und Eiweißriegeln in allen Größen. Mehrere Zehn-Kilogramm-Säcke Molkepulver in den Geschmacksrichtungen Vanille und Litschi rundeten das Bild ab und deuteten darauf hin, dass hier auch ambitionierte Kraftprotze dem möglichst schnellen Muskelaufbau frönten. Der gesamte Raum war mit Profilholz vertäfelt, und Ben hätte wetten können, dass die Bretter perfekt dazu geeignet waren, Körperausdünstungen jahrelang bei gleichbleibender Qualität zu konservieren. An der Wand hinter dem Tresen hing ein Flachbildfernseher. Das abgeschnittene Kabel, welches einige Zentimeter unter ihm vor der Wand baumelte, deutete darauf hin, dass er nicht dazu diente, bewegte Bilder abzuspielen. Eine in Wellenform über die ganze Wand getackerte Lichterkette wechselte im Sekundentakt ihre Farbe und ließ den Raum abwechselnd in einem sanften Einhornrosa und im nächsten Moment in einem verruchten Nachtclubrot schimmern, auf das Gini von nebenan sicher neidisch wäre.

Neben einer Garnitur aus zwei Rattansesseln mit Polsterauflagen, durch die der nackte Schaumstoff sichtbar war, befand sich ein Durchgang, vor dem ein Holzperlenvorhang hing. Dahinter war laute und bassreiche Musik zu hören, in der ein offenbar schlecht gelaunter Rapper über das verabscheuungswürdige Betragen diverser *Motherfucker* und *Bitches* sinnierte.

Gerade wollte Ben den Einlass in die richtig krassen Gefilde des hobbymäßigen Muskelaufbaus durchqueren, als ihm, genau aus dieser Richtung, eine junge Frau entgegenkam. Ihre langen Haare waren in kleinen Rastazöpfen direkt auf die Kopfhaut geflochten, und sie trug ein schwarzes T-Shirt mit der Aufschrift *Musk-ART – Team Wickede*, welches locker über einer grauen Jogginghose hing. Offensichtlich war sie nicht zum Trainieren hier, denn die beachtliche Menge an Schminke auf ihrem Gesicht würde beim geringsten Schweißausbruch die lustigsten Rinnsale auf ihre Haut malen.

»Grüß dich!«, sagte sie mit piepsiger Stimme, als hätte sie niemand anderen als Ben hier erwartet, und ging, ohne ihn eines weiteren Blickes zu würdigen, hinter den Tresen. »Ich bin Juli. Neu anmelden?« Sie hielt ihm einen Flyer entgegen. »Wir haben gerade ein neues Programm gestartet. *Sechs Zentimeter in sechs Wochen*. Kannst dir aussuchen. Bauchumfang weg oder Oberarm drauf. Cherry-Schorle mit Energy inklusive und die Höhensonne ist kostenfrei. Ansonsten zwei Euro pro fünfzehn Minuten.«

»Ah!«, kam es Ben über die Lippen, der bei dem Höhensonne-Angebot drohte schwach zu werden. »Vielen Dank, aber eigentlich bin ich wegen was anderem hier.«

Da Juli den Flyer weiterhin beharrlich vor seine Nase hielt, nahm er ihn entgegen. »Ich bin ein Freund von Henry. Der …«

Sie unterbrach ihn. »Novac?«

Mist, verdammter! Er hatte immer noch keine Ahnung, wie Henry mit Nachnamen hieß. Genau aus diesem Grund hatte er zu einem klärenden nächsten Satz ausgeholt, der diesbezüglich alle Missverständnisse bereinigt hätte. »Jaaa«, sagte er stattdessen.

»Wow! Voll krass, was mit dem passiert ist. Ist der fast ersoffen, oder was?« Sie zeigte sich interessiert, und Ben stieß ein innerliches *Bingo!* aus. Jetzt kannte er schon mal den Nachnamen.

»Ja. Schlimm, schlimm«, sagte er in betroffenem Ton. »Er liegt noch im künstlichen Koma. Wir hoffen, der wird wieder.«

»Boah! Echt?«, fragte Juli, und Ben nickte mitfühlend.

»Henry hatte unmittelbar vor dem Unfall einen Ohnmachtsanfall. Deshalb bin ich hier.«

»Echt? 'Ne Synkope, oder was?«, fragte Juli, und ihre geweiteten Augäpfel schienen nur noch vom Kleber der falschen Wimpern in ihren Höhlen gehalten zu werden.

»Äh, ja«, sagte Ben, der sich über die Verwendung des medizinischen Fachbegriffs wunderte, was die junge Dame zu bemerken schien.

»Ich studiere Medizin in Essen, sechstes Semester«, sagte sie und klang zum ersten Mal nicht wie das Klischee einer Ruhrpott-Tuse. »Hier is' Nebenjob.«

»Cool!«, sagte Ben, der auch mal vorgehabt hatte, Medizin zu studieren, von seinen Abschlussnoten im Abi aber eines Besseren belehrt wurde. Er räusperte sich und kam wieder zum Punkt: »Genau deswegen bin ich hier. Wussten Sie vielleicht, dass er unter Ohnmachtsanfällen litt? Er hat mir nie was davon erzählt, obwohl wir Freunde waren.«

Juli schüttelte bedächtig den Kopf. »Davon wusste ich nichts. Ich hab den aber auch nicht gut gekannt. Der kam oft spät und dann auch oft für was anderes als Training. Frag doch mal die Jungs, die kennen den besser. Matze, Murat und Hank sind hinten.«

»Für was anderes als Training?«, fragte Ben.

»Frag die Jungs hinten«, antwortete sie, und Ben verstand den Wink.

* * *

Wenn er erwartet hatte, hier eine Sporthalle mit einer Unzahl von technischen High-End-Foltergeräten vorzufinden, wurde er enttäuscht. Der Raum war klein, höchstens doppelt so groß wie der Empfangsraum. Die Fenster gingen nach hinten raus und waren mit schwarzer Folie überklebt, durch die nur an den Rändern etwas Tageslicht einfiel. Die Fenstergriffe waren abmontiert, was Ben für den regen Einsatz von Deospray dankbar sein ließ. Gerätschaften aller Art gab es hier, die hauptsächlich auf Muskelaufbau der oberen Extremitäten ausgelegt waren. Ben sah fünf Hantelbänke, drei Geräte, bei denen man Gewichte herunterziehen musste, und eine ebensolche Anzahl, bei der die Last hochgerissen wurde. Daneben hingen zwei schwarz-gelbe Sandsäcke von der Decke und so ein Boxding, bei dem ein Leder-Ei von einer Feder herabhing. Das einzige im Raum befindliche Ergometer wurde als Handtuchablage verwendet, und vom Griff des Crosstrainers baumelte ein selbst gemaltes Schild mit der Aufschrift *Defekt*.

Drei junge Männer, alle mit schwarzen Shorts und Muskelshirts bekleidet, waren im Raum verteilt. Ein schwitzender Glatzkopf mit beachtlicher Hakennase stöhnte rücklings auf einer Bank liegend unter der Last einer satt bestückten Langhantel. Ein zweiter zog abwechselnd mit dem linken, dann mit dem rechten Arm einen Seilzug aus einer Apparatur. Dabei bewegte sich ein schwarzes Gewicht, das nach mindestens zwei Kästen Bier aussah, im Einklang mit dem Athleten hoch und runter. Der blonde Typ keuchte wie Reiner Calmund nach der zweiten Liegestütze.

Der Dritte im Bunde, ein Hüne mit präzise rasierten Haaren und einem ebensolchen Vollbart, stand daneben und feuerte den anderen an. »Noch fünf, Matze. Hauste!« Er drehte sich zu Ben um.

Der bemerkte, dass er mit der Oberkörpertheorie richtiglag, denn der Muskelprotz hatte einen mehr oder weniger dreieckigen Körperbau. Schultern, Oberarme und Bauch waren bilderbuchmäßig – wenn man solche Bilder mochte –, während alles darunter nahezu spitz zulief und in zwei dünnen Beinen in weißen Nikes mündete.

»Tach!«, sagte der Typ zu Ben, während er ihn von oben bis unten musterte. »Sechs Zentimeter?«, fragte er.

»Nee, danke«, antwortete Ben. »Das ist nichts für mich. Mir reicht es, wenn ich jede Woche zwei Kisten Bier in meine Wohnung schleppen muss.« Da der Sportler keine Anstalten machte, über Bens brillanten Einstiegsgag zu schmunzeln, fügte er hinzu: »Ich bin hier wegen Henry. Henry Novac.«

Unisono stoppen die beiden anderen ihre Sporteinheit, und drei Augenpaare richteten sich auf ihn.

»Was ist mit dem?«, wollte der Schwarzhaarige wissen und machte einen Schritt auf Ben zu, während er die Arme vor der Brust verschränkte. Ben tat es ihm gleich. In irgendeinem NLP-Buch hatte er gelesen, man solle die Körperhaltung seines Gegenübers spiegeln. Scheinbar hatten sie alle dasselbe Buch gelesen, denn auch die beiden anderen Maschinen hatten sich rechts und links von dem Rädelsführer aufgebaut und ebenfalls die Arme vor der Brust verschränkt. Hier war behutsames Vorgehen vonnöten. Er lächelte so entwaffnend wie möglich und erzählte kurz, worum es ging. Dass er ein Freund von Henrys Familie sei, dass dieser noch im Koma im Krankenhaus liege und der Unfall im Phönixsee passiert sei, weil der einen Ohnmachtsanfall – das Wort Synkope ließ er bewusst aus – gehabt hatte. Er endete mit der Frage, ob einem von ihnen bekannt sei, dass Henry unter Ohnmachtsanfällen litt.

Die Gesichtsausdrücke seiner Gegenüber blieben regungslos, bis der mutmaßliche Murat sagte: »Freund der Familie.« Er drückte es nicht als Frage aus, aber Ben antwortete trotzdem: »Richtig, richtig.«

»Weiß seine Schwester, dass du hier bist?«

Ben erster Impuls war es, gleich zu bejahen. Dann besann er sich eines Besseren und sagte: »Also, ich hab jetzt nicht direkt mit ihr besprochen, dass ich hier hinkomme.« Lieber kleine Brötchen backen.

»Aha«, sagte Murat, und Hank der Glatzkopf (wenn Ben mit seiner stereotypen Analyse richtiglag) nickte. Dann trat Murat so nah an ihn heran, dass dessen Nasenspitze beinahe Bens Stirn berührte. Er senkte den Kopf und blickte Ben in die Augen, dem nur noch ein Gedanke durch den Kopf ging: Oh, oh.

»Henry hat überhaupt keine Schwester, du Penner. Der hat nicht mal eine Familie.« Er sprach die Worte *nicht mal* wie *nischma* aus. »Und außerdem kenne ich dich.« Er machte eine kurze Pause und rückte Ben mit seinem Gesicht noch näher auf die Pelle. Der vermied es instinktiv, durch die Nase zu atmen. »Du bist der Zauberer. Der, der neulich da im Getränkemarkt aufgetreten ist. Bei der Althoeffer-Feier. Zauberer Bernd.«

»Ben«, sagte Ben, der einsah, dass sein Plan gescheitert war. Am besten nichts wie raus hier und bei Spritti verstecken, bis die Luft rein war.

»Mir scheißegal«, sagte Murat, drehte sich zu Matze um, der sich mittlerweile neben Ben aufgebaut hatte, genau wie Hank auf der anderen Seite. »Gib mal meinen Rucksack«, sagte Murat und streckte seine rechte Hand aus, ohne Ben dabei aus den Augen zu lassen. Ben, der nicht annahm, dass Murat einen Notizzettel aus dem Rucksack holen wollte, um ihm die Telefonnummer *seiner* Schwester aufzuschreiben, gingen Bilder von stacheligen Schlagringen und Quarzhandschuhen durch den Kopf. Ob er lieber nach Juli schreien sollte?

Murat nahm seinen Rucksack entgegen, öffnete unter Bens gebannten Blicken den Reißverschluss des vorderen Fachs und holte etwas hervor. Eine Waffe.

* * *

Irgendwann kam der Moment, in dem der Schalter umgelegt wurde. Der Moment, in dem Kai realisierte, dass er zu Hause auf der Couch saß, sein Mund ausgetrocknet war und er einen abgestandenen Geschmack auf der Zunge hatte. Dass die Augen schmerzten und er kurz davor war, sich in die Hose zu pinkeln.

Er blinzelte, gähnte und stellte den Laptop, an dem er – er blickte auf seine Armbanduhr – seit fast drei Stunden ohne Pause gearbeitet und die Welt um sich herum vergessen hatte, neben sich auf die Couch. Er hatte soeben fünftausend Euro damit verdient, dass er sich, beauftragt von dem Unternehmen selbst, in das System einer dänischen Sicherheitsfirma gehackt hatte. Wie abgesprochen hatte er eine interne Kundendatei geändert und dort gleich Informationen hinterlassen, wie die Sicherheitslücke zu schließen sei. Auftrag ausgeführt. Der nächste wartete schon. Geil, dachte er und freute sich darauf, gleich wieder in die Sphäre des Codes und der rekursiven Rekursionen abzutauchen. Mochten seine Freunde und Bekannten und nicht zuletzt auch seine Eltern und seine Oma denken, er würde nichts Richtiges arbeiten, weil Arbeiten von der Couch aus eben keine richtige Arbeit war. Sein Bankkonto sprach da eine andere Sprache. Computernerds wie er waren heutzutage eben heiß begehrt. Die Sache hatte nur einen Haken: Pinkeln und trinken mussten dummerweise auch sein. Und sein Magen knurrte! Doch die Regel lautete: Der Nächste, der in dieser Bude essen wollte, musste erst mal einkaufen. Es sei denn, man zählte Bier zu den festen Mahlzeiten. Er fand einen abgelaufenen Naturjoghurt und zwei Scheiben ranziger Salami zwischen den zu einer kunstvollen Pyramide aufeinandergereihten Flaschen Althoeffer Pils. Sollte Ben lieber einkaufen gehen. Gleich tippte er wieder und der Hunger würde schnell vergessen sein.

Er kippte sich die zweite Ohne-dich-ist-alles-doof-Tasse Kranwasser hinunter, als von seinem Laptop ein dreifach helles *Oh-Oooh* ertönte. Na endlich, dachte er, stellte die halbvolle Tasse in die Spüle und eilte ins Wohnzimmer. Der nächste Auftrag würde noch etwas warten müssen.

In der rechten unteren Ecke der Desktopansicht hatte sich ein kleines Fenster geöffnet. In hellgrüner Schrift auf schwarzem Grund war dort zu lesen:

dogface348_: Hab's!

In der Zeile darunter blinkte ein Cursor. »Yes«, zischte Kai und tippte: *Schick rüber!* Nachdem er die Entertaste gedrückt hatte, erschien sein Text hinter dem Namen *horniest01*. Er wartete kurz, dann kam:

dogface348_: So viel ist es nicht, können wir hier machen.

Na, dann mal los, dachte Kai. Er arbeitete nur selten mit Dogface zusammen. Nur wenn es gar nicht mehr anders ging. Er, Kai, bezeichnete sich, bis auf wenige Ausnahmen, über die er tunlichst nicht nachdachte, als einen *White-Hat-Hacker*. Einen Hacker, der im Dienste der Allgemeinheit (und nicht zuletzt seines Bankkontos) Sicherheitslücken in Systemen ausfindig machte. Diese konnten dann von den Firmen, die ihn beauftragt hatten, geschlossen werden, um nicht von sogenannten *Black-Hats*, den »Bösen« unter den Hackern – und genau so einer war Dogface –, ausgenutzt zu werden. Denn auch der suchte nach Sicherheitslücken. Aber nicht, um das Netz sicherer zu machen, sondern um die Daten hinter den Lücken abzugreifen und diese dann, zusammen mit der Lücke selbst, im Darknet zu verscherbeln. Das war weitaus lukrativer als Kais ehrliche Arbeit. Ein solcher Systemfehler, zum Beispiel in Windows 10, brachte gut und gerne fünfzig- oder hunderttausend Dollar ein. Zahlbar in Bitcoins.

Die nächste Nachricht:

> *dogface348_: Der Typ, den du suchst, heißt Markus Steinbach. Bankhaus Brunner und Klar in Frankfurt.*
> Und nach einer kurzen Pause: *Steinbach macht alle Geldgeschäfte für Tabbart Lauber. Von ihm aus laufen alle Transaktionen. Der Typ ist korrupt wie ein chilenischer Grenzkontrolleur. Schicke dir gleich noch Laubers Kontonummer zu. Und ein Bild von Steinbach schicke ich dir auch. Ein richtiges Smartass. Wenn du es schaffst, dich bei dem einzuhacken, dann kommst du an Laubers Geld. Aber …*

Kai wartete. Die Information war schon mal top. Denn so wie in den letzten Monaten ging es nicht weiter. Sein Freund und Mitbewohner Ben war seit dessen letztem Fall nicht mehr ganz bei sich. Komplette Paranoia konnte man es nennen, seit der widerliche Rechtsverdreher der Familie von Dauss, besagter Tabbart Lauber, auf der Flucht war und Ben fast täglich über alle erdenklichen Kanäle übelste Todesdrohungen zukommen ließ. Kleine Nachrichten auf der Mobilbox oder dem Anrufbeantworter. Manchmal E-Mails oder SMS, hin und wieder sogar mal eine Whatsapp oder eine private Nachricht über Facebook. Natürlich löschte Ben den Kram mittlerweile ungehört und ungelesen, aber er hatte es sich ebenfalls zur Angewohnheit gemacht, sich zwei Mal in alle Richtungen umzudrehen und vor dem Schlafen unter sein Bett zu gucken. Das musste ein Ende haben, nicht zuletzt, weil auch Kai Ziel von Laubers Attacken war. Er war nur in der angenehmen Lage, weitaus schwieriger erreichbar zu sein als Ben. Der konnte, als Zauberer und Privatdetektiv, seine Kontaktinformationen schlecht verbergen. Und Ben und Kai war klar, dass aus den Drohungen todsicher irgendwann Handlungen wurden. Lauber *würde* sich früher oder später an ihnen rächen.

Kais Plan in der Sache war einfach. Zumindest, wenn man die Umsetzung mal außen vor ließ. Er würde sich Zugang zu Laubers garantiert üppig gefülltem Konto bei Brunner und Klar verschaffen und ihm die Kohle abgraben. Dazu brauchte er den Namen des Bankmanagers. Diesen, Kai schaute noch einmal in den Chat, diesen Markus Steinbach. Ohne Kohle würde Lauber seine Deckung über kurz oder lang aufgeben müssen. Er würde sich aus seinem Versteck bewegen müssen, würde Spuren hinterlassen, würde wichtige Kontaktleute nicht mehr schmieren können, würde Fehler machen. Kurz, er wäre am Arsch und garantiert schnell ein

Fressen für Interpol. Und dann war endlich Ruhe. Geiler Plan!

Da bereits seit über eine Minute keine Nachricht mehr von Dogface gekommen war, tippte Kai: *Aber?*

> *dogface348_: Aber Zugang für die Überweisungen musst du dir selbst besorgen. Hab versucht, auf seinen Computer zu kommen, aber der ist für mich so unerreichbar wie das Höschen von Heidi Klum. Das geht nur lokal.*

»Fuck«, spie Kai seinem Laptop entgegen und rieb danach widerwillig die auf dem Display gelandeten Spucketropfen mit dem Ärmel auf. »Das geht nur lokal« bedeutete, dass Kai sich physischen Zugriff zu dem Rechner verschaffen musste. Oder anders gesagt, er würde sich ein Bahnticket ins schöne alte Frankfurt besorgen müssen und dann versuchen, irgendwie an den Computer von Steinbach zu kommen. Mist!

> *Gute Nachricht*, schrieb Dogface. *Computer scheint ein Laptop zu sein. Klinkt sich ständig mit unterschiedlichen IPs ein. Und – jetzt kommt's.*
>
> *Steinbach kann selbst die TANs erstellen. Generiert die selbst auf seinem Rechner. Wenn du den knackst, hast du alles auf dem Silbertablett.*

Das war eine halbwegs gute Nachricht. Aber so oder so, Kai würde es irgendwie anstellen müssen, eine Zeit lang mit dem Computer von Steinbach alleine zu sein. So was hasste er. Das bedeutete, nicht im stillen Kämmerlein verbotene Dinge zu tun, bei denen man zwischendurch mal aufs Klo gehen oder im Kühlschrank nach nicht vorhandener Verköstigung suchen konnte, sondern in der echten Welt, wo Polizei, Staatsschutz und Computerbesitzer viel näher waren. Eine ganz andere Hausnummer.

Ach ja. Eine der IP-Adressen, über die der sich immer wieder einloggt, ist vom Ruby Jane Hotel. Da erscheint er fast jeden Tag zur Mittagszeit irgendwann zwischen zwölf und vierzehn Uhr und abends wieder. Wohnt der da? Vielleicht hat ihn seine Alte vor die Tür gesetzt?

Kai atmete schwer aus. »Dann fahre ich wohl mal nach Frankfurt. Und knacke deine Konten, Tabbart Lauber!«

* * *

»ALTER!«, schrie Matze Ben an. »Ich hau dir eine rein, ich schwör!«

»Du bist doch echt ein Wichser!« Hank schlug sich die Handfläche vor die Stirn und taumelte einige Schritte rückwärts. Murat und Juli schwiegen und schüttelten nur den Kopf.

Ben hatte sich die Waffe aus Murats Rucksack gegriffen. Ein Kartenspiel. Und nicht so ein glitschiges Skatspiel mit Althoeffer-Werbung, wie er es bei der Roadshow benutzen musste, sondern ein echtes Bicycle-Pokerdeck, mit dem Bens Hände bestens vertraut waren.

»Mach ma den Trick mit der Karte«, hatte Murat von Ben verlangt, und der wusste, welcher Trick gemeint war. Wenn es Ben nicht mit einem beschwingt mitreißenden Kalauer gelungen war, das Eis zu brechen, dann aber mit diesem Kunststück. Dem Klassiker schlechthin. Der *Ehrgeizigen Karte*. Eine vom Zuschauer unterschriebene und mitten ins Spiel zurückgesteckte Karte wanderte auf magische Weise immer wieder nach oben auf den Stapel. Die von Murat, die Herz 3, auf der mit Kuli geschrieben sein Name prangte, war nun schon zum dritten Mal aus der Mitte wieder nach oben marschiert.

»Ey, ihr habt das abgesprochen«, sagte Hank und boxte Murat spielerisch auf den Oberarm. »Du hast garantiert noch eine Karte unterschrieben, Alter. Ich schwör.«

Ben kannte diese Sprüche und hatte Worte wie »Wichser!« oder im Spaß gemeinte Drohungen wie »Ich hau dir eine in die Fresse!« schon von gestandenen Vorstandsvorsitzenden im feinsten Hugo-Boss-Anzug gehört. Zauberei verband die Menschen eben über Standesunterschiede hinweg.

Jetzt holte er zum ultimativen Schlag aus. Die Menge aus drei unförmig definierten Muskelmännern und einer wandelnden Lidschattenpalette verstummte. Er nahm Murats Karte und knickte sie in der Mitte leicht, sodass sie wie ein kleines Dach oben auf dem Spiel lag und sich deutlich von dem restlichen Stapel unterschied. Er steckte die geknickte Karte offen und deutlich in die Mitte des Spiels. Dann hob er es mit der rechten Hand ein Stück über seine Augenhöhe. Ein Schnipser mit der Linken – und da geschah es. Die Karten in der Mitte des Spiels bewegten sich. Wie eine Welle schien etwas nach oben zu wandern. Dann, urplötzlich ploppte eine Karte an oberste Stelle. Man erkannte sie deutlich an dem Knick. Auch wenn der letzte Beweis, Murats Unterschrift, noch nicht zu sehen war, tobten die drei lauthals und wichen einen Schritt zurück, als hätten sie Angst, der mächtige Zauberer aus dem sagenumwobenen Dortmund-Körne könne sie jeden Moment in grunzende Säue verwandeln. Dann drehte Ben die Karte langsam um und entfachte einen Sturm aus Gelächter, Staunen und Beschimpfungen. Juli klatschte, und die Riesen stimmten ein. Mit einem Lächeln schob er das Kartenspiel zurück in die Schachtel und reichte es Murat, der es entgegennahm, als hätte Ben es vergoldet.

»So, und jetzt erst mal Entschuldigung, Jungs! Ich bin natürlich kein Freund der Familie. Bis gerade wusste ich nicht mal Henrys Nachnamen.« Er warf Juli einen Blick zu. »Ich will aber rausfinden, was genau da letzte Woche passiert ist, als Henry in den See gefahren ist.«

»Du warst auch in dem Auto«, stellte Murat fest.

»Richtig. Hab hinten drin gesessen, neben der Ehefrau von dem Althoeffer, der gestorben ist. Und ich hab gesehen, wie Henry plötzlich bewusstlos geworden ist. Einfach so. Erst dadurch ist die ganze Sache überhaupt passiert. Weiß einer, ob das vorher schon mal vorgekommen ist?«

Murat und Matze tauschten einen ernsten Blick, dann sagte Murat: »Ja, Mann. Der ist vor zwei, drei Wochen hier abgeschmiert. Der ist von der Hantelbank gerutscht.« Er deutete auf die Bank, auf der eben noch Hank geschwitzt hatte. »Ich denk, was soll die Scheiße? Hab dem rechts und links eine gegeben, da kam er wieder zu sich.« Er blickte einmal zu jeder Seite seine Mitstreiter an, die beide heftig nickten. »Der wusste gar nicht, was passiert ist oder wo der war. Ich schwör!«

»Ich hab dem Bro dann erst mal Wasser geholt und ihm ins Gesicht geklatscht«, sagte Matze und konnte sich ein breites Grinsen nicht verkneifen. »Danach war dem kotzübel, und er ist abgehauen.«

»Hat er so was schon öfter gehabt?«

»Er hat gesagt, dass der das schon mal hatte. Zu Hause, auf der Straße.« Hank zog die massigen Schultern hoch. »Kreislauf oder so.«

»War er damit beim Arzt?«, wollte Ben wissen.

Alle drei zogen die Schultern hoch, als hätten sie eine Choreografie eingeübt. »Keine Ahnung«, sagte Murat. »Jetzt ist er jedenfalls beim Arzt, oder?« Er lachte in die Runde, und alle außer Juli und Ben lachten mit.

Kaufte man sich einen Nothammer, wenn man ein paar Mal einen Ohnmachtsanfall hatte?, ging es Ben durch den Kopf. Weil man sich dachte: Oh, wenn ich mal im Auto bewusstlos werde und in den See fahre, brauche ich was, um aus dem Auto zu kommen? Vielleicht. Erklärte aber immer noch nicht, warum Henry den Nothammer dann nicht auch eingesetzt hatte. »War er danach irgendwie desorientiert?«

»Komplett, Alter. Bematscht«, blökte Matze und suchte mit den Augen Bestätigung von seinen Freunden, die brav nickten. »Hat dagesessen und wusste gar nicht, was passiert ist. Erst als ich ihm gesagt habe, dass er komplett weg war, hat er sich dran erinnert. Hat immer den Kopf geschüttelt. So.« Er schüttelte heftig seinen Kopf, und Ben konnte sich *noch besser* vorstellen, wie Kopfschütteln aussah. »Danach ging's wieder. Ihm war dann nur schlecht, Alter.« Ben nickte, und Murat fuhr fort: »Ich hab ihn dann untergehakt und ihn in ein Taxi gesetzt. Ich hab gesagt, Bro, lass dein Auto stehen! Der Sack hat auf die Straße gekotzt, ich schwör. Der wollte aber nicht, dass *ich* ihn nach Hause fahre. Hätt ich gemacht.«

Genug Information fürs Erste, entschied Ben. »Weiß denn von euch jemand, wo Henry wohnt?«

Die drei tauschten Blicke aus. »Keine Ahnung. Ich glaube, hier irgendwo in der Ecke, aber wo, weiß ich nicht.« Hank zog die Achseln hoch und auch die anderen hatten keine Mühe, einen unwissenden Gesichtsausdruck aufzusetzen. »Juli weiß das. Die weiß alles, Alter«, fügte er an, und alle Blicke richteten sich auf die junge Frau. Die machte instinktiv einen Schritt nach hinten und hielt abwehrend die Handflächen nach vorne.

»Sorry. Ich bin raus. Ich brauch den Job. Ich kann nicht einfach Adressen rausgeben.«

Ben nickte. Henrys Adresse würde er schon noch rausfinden, aber wenn es stimmte, dass er keine Familie hatte, dann würde er unter seiner Adresse ohnehin niemanden antreffen. »Na dann«, sagte er und hob seine linke Hand zu einem kurzen Gruß. »Ich werde mich erst mal wieder verabschieden. Vielleicht sieht man sich mal wieder, Jungs.«

»Alter«, schrie Murat und hielt ihm erneut das Päckchen mit dem Kartenspiel vor die Nase. »Einen machst du noch! Vorher kommst du hier nicht raus!«

KAPITEL 3

Ben hatte sich dazu breitschlagen lassen, noch ein kleines Pokerkunststück zum Besten zu geben. Sich dagegen zu wehren, wäre der Versuch gewesen, mit dem Zeigefinger einen Wasserrohrbruch zu stopfen. Nach dem Trick wurde er für alle Zeiten ausgeladen, bei einer ihrer regelmäßigen Pokerrunden mitzumachen, ansonsten würde man ihm »den Kopf wegkloppen«. Ein Ritterschlag! Und er erfuhr nebenbei, dass auch Henry Poker gespielt hatte.

Jetzt bog er mit dem Auto links in den Ölpfad ein. Er wollte unbedingt noch den komatösen Henry im Krankenhaus besuchen. Betreten dreinblicken und die ganze Zeit brav neben ihm an der Bettkante stehen hatte er nicht vor. Er hoffte herauszufinden, ob es Henry gewesen war, der den Nothammer in das Fach im Mercedes gelegt hatte. Denkbar war nämlich auch, dass er schon viel länger dort gelegen und Henry das gar nicht gewusst hatte. Auch wenn Lina etwas anderes behauptete, musste Ben offen für alle Möglichkeiten sein.

Es gelang ihm, einen kostenfreien Parkplatz auf dem Seitenstreifen zu ergattern. Auf dem Weg zum Krankenhaus hatte er einen kurzen Stopp bei einem Fachgeschäft für Detektivbedarf eingelegt: beim Spielwarenladen in Asseln. Das quadratische Paket, das hoffentlich viel mehr sein würde als ein Spielzeug, hatte er sich in Geschenkpapier einschlagen lassen, auf dem lustige Elefanten Einrad fuhren und jonglierten. Zur Sicherheit hatte er es zusätzlich in die Alditüte auf der Rückbank gestopft.

Bevor er ausstieg, griff er sich eine CD-Box aus dem Handschuhfach. Queen – *Greatest Hits* 2. Er zog das Booklet heraus, warf es auf den Beifahrersitz und steckte den Rest in die Innentasche seiner Jacke.

Ein schmächtiger Herr, in dessen Gesicht Nase, Ohren und Augen launig zusammengesetzt waren, saß am Empfangstresen und telefonierte. Er sah Ben kommen und vollzog ein Geben-Sie-mir-noch-eine-Sekunde-ich-bin-gleich-für-Sie-da-Zeichen, in dem er freundlich nickend lächelte und den rechten Zeigefinger in die Höhe streckte.

»Jo, Pedda. Mach's gut, Pedda. Ich ruf wieder an. Grüß mir die Judda, sach ich dir!«, sagte er und legte das Handy beiseite, auf dessen Rückseite ein schwarz-gelbes BVB-Logo prangte.

»Ja, bitte«, sagte der Empfangschef vom Dienst.

»Hallo. Ich möchte einen Patienten besuchen. Henry Novac.«

»Sekunde«, antwortete der Mann und begann, etwas in seinen Computer zu tippen. »N, O, V, A, K?«, fragte er, den Namen buchstabierend. Ben, der sich noch keine Gedanken über die Schreibweise gemacht hatte, antwortete: »Genau!«

»Mmmh.« Der Mann blickte skeptisch drein. »Ich hab hier nur einen mit C am Ende.«

»Dann nehmen wir den!«, schlug Ben vor und verdrehte die Augen, als der Typ wieder auf seinen Monitor sah.

»Der liegt auf der Intensivstation.« Er drehte seinen Bürostuhl etwas in Bens Richtung und zeigte auf den Gang rechts. »Hier Treppe hoch, dann in der zweiten Etage rechts. Da müssen Sie einmal klingeln.«

»Vielen Dank«, sagte Ben.

»Die haben aber keine Besuchszeit mehr.«

»Wie bitte?«, fragte Ben, der schon fünf Schritte entfernt war.

»Die Besuchszeit ist für heute schon vorbei.«

Die Intensivstation war hermetisch durch ein Schleusensystem von der übrigen Krankenhauswelt abgetrennt. Ben hatte den mit *Bitte klingeln* beschrifteten Taster am Eingang betätigt, und kurz danach öffnete sich die schwere Glastür mit einem Klicken. Die nächste Tür in dem schmalen Korridor, in dem sich nichts weiter als drei Sitzgelegenheiten, ein paar Flyer auf einem Resopaltisch und Krankenhausposter an den Wänden befanden, war verschlossen. Ein laminiertes DIN-A4-Blatt in der Mitte der Tür forderte: *Bitte warten, bis Sie eingelassen werden.* Hinter der Tür erkannte Ben einen verwaisten Gang, von dem rechts und links Türen in die Patientenzimmer abzweigten.

Ben hatte die Anweisungen auf dem Poster gegenüber *So einfach erkennen Sie einen Schlaganfall – seien Sie wachsam* bereits auswendig gelernt, als sich die Tür zur Intensivstation öffnete. Ein fettleibiger Mann drückte sie auf, dessen blaues Krankenhaushemd so nass geschwitzt war, als wäre er eben den Ruhrmarathon gelaufen. Sein schwarzes, schulterlanges Haar war an den Spitzen nass durchtränkt, und sein brauner Vollbart glänzte fettig. Die Ohrhörer seines Stethoskops waren so weit gedehnt, dass sich die Stöpsel rechts und links in seinen Hals krallten. Hagrid, ging es Ben durch den Kopf, doch das Namensschild des Mannes wies ihn als *Dr. Kronkes, Chefarzt Pneumologie* aus. Sein Atem glich einem Keuchen, und Ben dachte, dass dieser Kerl selbst mal dringend einen Lungenfacharzt brauchte. Er drückte sich schwerfällig an Ben vorbei, ohne ihm Beachtung zu schenken. Hinter ihm erschien eine zierliche, blonde Krankenschwester mit einer Schreibkladde in der Hand und hielt die Tür hinter dem Arzt auf. Kannte er die nicht?

»Ach, hallo!«, begrüßte ihn die Frau. »Sie wollen zu Henry Novac, oder?«

»Ja, genau«, antwortete Ben und fragte sich jetzt nicht nur, woher er die Frau kannte, sondern auch, warum sie seine Gedanken lesen konnte.

»Besuchszeit vorbei. Sind Sie denn Angehöriger?«, mischte sich Dr. Kronkes ein, der gerade damit beschäftigt war, ein Hundertstel seines Körpergewichtes dafür einzusetzen, die schwere Brandschutztür in den Flur zu öffnen.

»Nein«, sagte Ben und blickte zwischen der Pflegerin und Hagrid hin und her. Er hielt es nach seinem Freund-der-Familie-Dilemma in der Muckibude für besser, bei der Wahrheit zu bleiben. »Ich bin ein Freund von Henry.« Na ja, zumindest näher an der Wahrheit. »Ich war letzte Woche zusammen mit ihm im Wagen, als der im Phönixsee gelandet ist.«

Der Mann nickte kurz, und selbst diese kleine Bewegung schien ihn anzustrengen. »Dann können Sie nicht rein.« Keuchen. »Bisher hat noch kein direkter Angehöriger …« Keuchen. »… Kontakt zu uns aufgenommen.« Keuchen. »Und Herrn Novacs Wunsch, ob er Besuch empfangen möchte …« Keuchen mit Husten. »… kennen wir ja nun nicht.«

»Ja, aber«, begann Ben und gab sich Mühe, mitleiderregend auszusehen. »Er hat doch gar keine Familie.«

»Davon weiß ich nichts, tut mir leid.« Keuchen. »Ändert aber nichts an der Sache.« Er drehte sich mühsam in Richtung Flur, wo sich soeben eine Fahrstuhltür öffnete. »Muss los«, schnaubte er, und die Tür knallte hinter ihm ins Schloss.

»Der ist weg«, sagte die Krankenschwester, als Hagrid den rettenden Aufzug erreicht hatte. »Und der kommt auch nicht wieder.« Sie lachte kurz auf. »Komm gerne rein, Ben. Herr Novac hatte noch keinen einzigen Besuch. Und schaden kann das garantiert nicht.«

»Toll, äh …«, sagte Ben. Jetzt konnte er das Namensschild lesen. *Merle* stand darauf. Woher kannte er die? »… Merle! Das ist nett.«

Merle ging vor ihm über den Gang. »Hab schon gehört, dass du da mit drin warst. Hab 'nen richtigen Schrecken bekommen, als ich das gelesen hab. Muss ja krass gewesen sein.«

»Kann man so sagen«, antwortete Ben und dachte, dass Merle kein Problem hatte, sich zu erinnern, woher die beiden sich kannten.

»Janni redet immer noch von dir. Du hast es echt auf die Spitze getrieben!«

»Echt?«, sagte Ben, und das dumpfe Gefühl stieg in ihm auf, den Moment verpasst zu haben, an dem die Frage »Wer bist du eigentlich?« nicht peinlich gewesen wäre. Und wer zum Teufel war Janni? Fast lief er in sie hinein, als sie abrupt vor einer Tür stehen blieb. Behutsam drückte sie die Klinke herunter, bevor sie sanft die Tür aufschob, als hätte sie Sorge, der Patient auf der anderen Seite könnte wach werden. »Bekomm keinen Schreck«, sagte sie. »Er wird beatmet.«

Ben zögerte. »Wie geht es ihm denn?«

Die Krankenschwester wiegte den Kopf hin und her. »Schwer zu sagen. Seine Laborwerte geben Hoffnung, und auch das CT war weitgehend unauffällig. Aber genau kann man es erst sagen, wenn er wieder aufwacht.«

Ben nickte.

»Aber psst!« Sie hielt den ausgestreckten Zeigefinger vor die Lippen. »Von mir weißt du es nicht.«

»Klar!« Er betrat ein tristes Zimmer mit ungesund gelb gestrichenen und leuchtstoffröhrenweiß beleuchteten Wänden. Längere Zeit konnte man es hier nur aushalten, wenn man im Koma lag, dachte er. Der Patient, der in dem einzigen Krankenhausbett lag, war an zahlreiche Maschinen angeschlossen. Die regelmäßigen, pumpenden Geräusche aus dem Beatmungsgerät sorgten für ein beklemmendes Gefühl auf Bens Brust. Er hätte die eingefallene, graugesichtige Gestalt im Bett niemals als Henry Novac erkannt. Und das lag nicht nur an der Atemmaske, die einen Großteil seines Gesichtes verdeckte. »Danke schön«, hauchte er Merle entgegen.

»Du kannst ruhig normal reden«, sagte sie. Als ob sie nicht eben selbst noch geflüstert hätte. »Vielleicht hört er dich, wenn du redest. Aber garantiert nicht, wenn du flüsterst.«

Ben nickte. Merle winkte ihm zu und war im nächsten Moment verschwunden. Die Tür glitt leise hinter ihr ins Schloss. Ben trat einen Schritt näher an das Fußende des Bettes. Sollte er irgendwas sagen? Er redete doch nicht in den leeren Raum hinein, das konnten sie sich abschminken. Trotzdem spürte er den Anflug eines schlechten Gewissens in seinem Magen.

Vitalzeichen huschten über den am Patienten angeschlossenen Monitor. Zumindest die sahen munter aus. Der arme Kerl hatte laut den Aussagen der Muskelmänner keine Familie. Er lag den ganzen Tag hier alleine rum, und keiner kam und erzählte ihm irgendwas. Keine bekannte Stimme. Nicht mal Radio oder Fernsehen.

Ben stöhnte einmal tief, räusperte sich und sagte: »Hey! Henry. Ich bin's, Ben. Der Zauberer, weißt du noch?« Er fand, seine Stimme klang so freudlos wie die Farbe an der Wand. Er mühte sich, ein Lächeln aufzusetzen, bevor er weitersprach: »Wir sind letzte Woche in den See geschippert. Aber alles ist wieder gut. Alle sind fit und wohlauf.« Nach der Lüge machte er eine Pause, dann fügte er hinzu: »Die süße Schwester Merle sagt, du bist fast schon wieder topfit. Musst nur noch aufwachen. Also los!« Das musste erst mal reichen. Er erinnerte sich an seinen Plan. Schluckte schnell alle Skrupel herunter und öffnete den Kleiderschrank. Dort hingen die Kleidungsstücke, die Henry am Tag des Unfalls getragen hatte. Gewaschen. Oder zumindest getrocknet und aufgebügelt. Ben interessierte sich weniger dafür als für das, was darunter in einer grauen Schale aus Presspappe lag. Die Gegenstände, die Henry in den Taschen mit sich getragen hatte. Neben dem Schlüsselbund, an dem sich vier Schlüssel inklusive des Autoschlüssels seines Privatwagens befanden, lag Henrys Portemonnaie. Schwarzes, platt gedrücktes, reichlich abgewetztes Leder. Jetzt war es zusätzlich mit Seewasser getränkt und strömte einen Geruch aus, der Ben an feuchte Sportsocken erinnerte.

Reflexartig warf er einen kurzen Blick in den Raum. Hoffentlich kam Merle jetzt nicht zurück. Warum auch, Abendbrot war ja unnötig. Pfui! Wie konnte er so was denken? Henrys Kopf lag in seine Richtung geneigt. Die blaue Atemmaske wurde von einem dreiteiligen Gurt gehalten, der über seine Wangen und seine Stirn gezogen war.

Ben wandte sich wieder dem Inneren des Schranks zu und griff nach der Geldbörse. Der fiese Geruch nahm zu, und seine Finger fühlten einen schmierigen Film auf dem Leder des Münzfachs. Er wischte sich die Hände an seiner Hose ab. Zwanzig Euro, durchaus noch handelsfähige Barschaft, lagen im Scheinfach. Er zog die beiden Plastikkarten heraus, die im linken Teil wie Registrierkarten übereinander geordnet im Leder steckten.

»Aha«, sagte Ben und legte das Portemonnaie beiseite. Dann kramte er sein Handy hervor, um ein Foto vom Personalausweis zu machen. Jetzt hatte er Henrys Adresse. Wettlauf gegen Lina gewonnen! Er steckte ihn zurück an seinen Platz.

Nummer zwei war eine EC-Karte der Commerzbank. Er fotografierte auch diese ab, was sich in diesem Moment eher als Sorgfalt denn Erfordernis anfühlte, und schob auch sie in ihr Fach zurück. Leise schloss er die Schranktür und machte sich innerlich bereit für seine letzte Aktion. Er griff in seiner Innentasche nach der CD-Hülle. Nur die Tatsache, dass sie sich noch auf der Innenseite der Jacke befand, als er auf Henry blickte, hielt ihn davon ab, sie quer durch den Raum zu schmeißen.

»Aaaaaaah!«

Der Ton kam von alleine aus seinem Mund, genau wie das Taumeln zur Seite. Er jonglierte die CD-Hülle, indem er abwechselnd mit der rechten und linken Hand nach ihr schlug und sie so in der Luft hielt. Dann bekam er sie zu fassen. Die Bettkante sorgte dafür, dass er selbst Halt fand. Sein Blick wanderte zurück zu Henry. Die beiden blickten sich an.

* * *

»Henry?« Bens Stimme klang wie nach einem Hundertmetersprint. »Henry?« Er hob eine Hand und wedelte damit vor dessen aufgerissenen Augen. »Können Sie mich hören?« Er widerstand dem Drang, ihn anzustupsen. »Hallo?«

Keine Reaktion. Henry lag, wie er dort die ganze Zeit gelegen hatte, nur eben mit offenen Augen. Ben hatte keine Ahnung von komatösen Zuständen, außer denen von Kai nach ihren Saufgelagen am Wochenende. Der konnte auch irgendwas anstarren und trotzdem nichts von seiner Umwelt mitbekommen. Wenn Henry ausgerechnet jetzt aus dem Koma erwachte, würden seine ersten Worte lauten: *Ben Pruss war an meinem Portemonnaie. Was macht dieser Penner überhaupt hier?*

Wieder winkte er und bekam keine Reaktion. Der hatte nichts mitbekommen. Trotzdem wechselte er auf die andere Seite des Bettes und damit aus Henrys potenziellem Sichtfeld. Lieber auf Nummer sicher gehen. Er klappte die CD-Hülle auf und wischte mit einem Zipfel von Henrys Bettdecke über die Innenseite des Plastiks. Dann nahm er Henrys rechte Hand und drückte dessen Finger einzeln, nacheinander auf die Plastikscheibe, hinter der üblicherweise das gedruckte Booklet steckte.

Wirklich, Herr Wachtmeister, der Typ hat erst meinen Schrank durchwühlt und dann meine Fingerabdrücke genommen.

Ben bemerkte, dass ihm ein nervöses Kichern entwich, und er zwang sich, an was anderes zu denken. Merle. Kam da jemand? Wenn doch bloß das Beatmungsdingens mal still sein könnte! Als Henrys fettige Abdrücke der rechten Hand auf dem durchsichtigen Kunststoff verewigt waren, vollführte er dieselbe Prozedur rasch mit der linken Hand. Danach klappte er die CD-Hülle zu und ließ sie zurück in seine Innentasche gleiten. Echte Profiarbeit!

* * *

»Das Drei-Fragezeichen-Fingerabdruckset?«, fragte Kai mit fassungsloser Miene, um gleich danach in ein gellendes Gelächter auszubrechen und mit dem Finger auf Ben zu zeigen.

»Alter, nerv mich nicht«, entgegnete Ben, der das Geschenkpapier von der schwarzen Metallbox gerissen hatte und jetzt damit beschäftigt war, die Folie drumherum abzuknibbeln. Er hatte durchaus mit so einer spätpubertären Reaktion seines Mitbewohners gerechnet und wäre lieber in seinen Büro-/Probenraum eine Etage tiefer gegangen, aber hier in der Küche war das Licht besser. Und Licht würde er brauchen.

»Ich wusste ja, dass du Profi bist«, gackerte Kai, der die Sitzmulde seiner Couch rasch verlassen hatte, als Ben vor zwei Minuten an ihm vorbeigehuscht war und seitdem lässig angelehnt im Türrahmen stand. »Aber dass du jetzt schon das Material der Besten deiner Branche benutzt, war mir neu.« Er konnte nicht an sich halten und kicherte wie am Mittag, als es noch um *Zehn nackte Frisösen* gegangen war. Kinderkram!

»Ich brauchte unbedingt Fingerabdruckpulver. Und das kann ich entweder bei Amazon bestellen und ein oder zwei Tage warten, bis es kommt, oder in 'nem Spielwarengeschäft kaufen. Da steht dann eben *Drei Fragezeichen* drauf. Ist doch egal.« Gut, ein bisschen lustig war es schon. »Das ist genau dasselbe Zeugs, das auch die Polizei benutzt. Und außerdem ist auch ein Pinsel mit dabei. Und Klebefolie … Mann! Hör jetzt mal auf!«

Kais Körper war während Bens Erklärung immer weiter an der Innenseite der Türzarge hinabgeglitten und beim Wort *Klebefolie* gänzlich kollabiert. Mit angewinkelten Beinen saß er am Boden und hielt sich den Bauch vor Lachen.

»Ich brauche das sowieso für meinen Detektiv-Fernkurs. Da kommt das nächsten Monat dran.«

Aus Lachen wurde Brüllen.

»Albern«, grummelte Ben und zwang sich, standhaft zu bleiben, obwohl seine Mundwinkel ebenfalls den Drang hatten, sich zu heben. Er öffnete einen der unteren Küchenschränke und zog zwei Gummihandschuhe aus einem kleinen Pappkarton.

»Okay«, sagte Kai, als er wieder fähig war, Worte zu artikulieren. »Okay, ich helfe dir. Was ist der Plan?« Er ging auf alle viere und krabbelte zum Schrank, um sich auch ein Paar Gummihandschuhe zu besorgen.

»Ich will rausfinden, ob hier auf diesem Nothammer Fingerabdrücke von diesem Chauffeur Henry sind. Das müsste nämlich so sein, wenn die Geschichte von Lina stimmt.«

»Aha, und woher weißt du, ob …«

Ben unterbrach ihn. »Hier auf der CD-Hülle sind alle Fingerabdrücke von Henry.«

»Ich frag besser nicht, wo du die herhast?«

»Besser nicht.«

»Ich frag aber, ob du auch ein Bier willst.«

»Endlich mal eine proaktive Anregung von dir!« Heute war sicher nicht der Tag, sich das Saufen abzugewöhnen.

Ben hielt den Nothammer gegen das Licht. »Das größte Problem könnte sein, dass das Teil im Wasser lag … Aber das war ja nur relativ kurz. Vielleicht ist noch was drauf?«

Kai öffnete die Flaschen Althoeffer mit dem bewährten BVB-Bieröffner und reichte eine davon an Ben. Es dauerte nicht lange, bis der den ersten Schluck im Kopf spürte. Ein gutes Zeichen. Solange man den ersten Schluck noch spürte, war man auf der sicheren Seite – oder man hatte zu wenig gegessen.

»Ich leuchte mit meinem Handy«, antwortete Kai nach einem Rülpser, stellte seine halb geleerte Flasche auf den Tisch, und eine Sekunde später erhellte ein weißer Lichtstrahl das zylinderförmige Objekt. Ben legte es für die weitere Untersuchung auf den Tisch.

Gerade als er den weißen Deckel von dem kleinen Plastikfläschchen mit dem Pulver schrauben wollte, klingelte sein Handy. *Ich war noch niemals in New York.* Das ging ja. Trotzdem warf er Kai einen bösen Blick zu, der unschuldig mit den Achseln zuckte. Das Display zeigte eine ihm unbekannte Nummer, hoffentlich nicht wieder ein Todesgruß von Tabbart Lauber.

»Hallo?«, meldete er sich.

»Hi!«, sagte eine piepsige Stimme. »Hier ist Juli. Von Musk-ART.«

»Hi, Juli. Ja, ich weiß Bescheid!«

Kai kniff ein Auge zu und hielt beide Daumen in die Höhe, was allein der Tatsache geschuldet war, dass sich am anderen Ende der Leitung eine Frau befand. Ben drehte sich zur Seite.

»Ich hab Ihre Nummer aus dem Internet ... Also von Ihrer Webseite.« Und nach einer Pause fügte sie hinzu: »Von der als Zauberer.«

»Ja, ich weiß Bescheid. Was kann ich für Sie tun?«

»Ja also, wie gesagt ...« Sie sprach es wie »gesacht« aus. »Ich studiere ja Medizin. Und da kam es mir ein bisschen komisch vor, was die Jungs ... also Murat und so ... heute über die Synkopen erzählt haben. Die Ohnmachtsanfälle, die ...«

»Jaja, ich weiß«, warf Ben ein, der Ungeduld in sich aufkommen spürte. »Was kam Ihnen da komisch vor?«

»Ja, also, ich hatte das Thema neulich, und ich hab auch noch mal meinen Prof angerufen und den gefragt.«

»Und?« Er blickte mit hochgezogenen Brauen zu Kai hinüber, der seine Flasche soeben geleert hatte und Ben einen Blick zuwarf, der im Ruhrpott bedeutete: »Ich habe noch Durst. Du auch?« Ben hob einen Daumen und leerte seine Flasche in einem Zug, während Juli weiterredete.

»Also, es gibt drei Arten von Synkopen. Vasovagale, rhytmogene und psychogene. Bei allen ...«

Ben beeilte sich, sie zu unterbrechen. Er fürchtete einen fachmedizinischen Redeschwall und er wollte seine Fingerabdruckaktion gerne noch vor der 0,8-Promille-Grenze erledigt haben. »Äh, könntest du es so einfach und schnell erzählen wie möglich?« Er gab sich Mühe, freundlich zu klingen. »Ich bin gerade auf dem Sprung. Hab gleich einen Auftritt.« Die perfekte Zaubererlüge.

»Ah, okay. Ich mach schnell«, sagte sie eifrig. »Also. War komisch, dass Henry nach der Ohnmacht erst mal desorientiert war und nicht wusste, was passiert war. Hab die Jungs noch mal gefragt. Die sind dabei geblieben.«

»Aha. Und was ist daran so außergewöhnlich?«

»Leute, die Synkopen haben, wissen danach normalerweise, was passiert ist. Wenn sie jetzt 'n paar Sekunden in Ohnmacht fallen, dann denken sie hinterher: Oh, ich war gerade kurz weg. Aber sie müssen sich nicht umgucken und überlegen, wo sie überhaupt sind und was passiert ist.«

»Mmmh, mmh«, machte Ben. Das leuchtete ein. Das neue Bier stand schon vor ihm auf dem Tisch.

»Ja, ich wollte da auch nichts Falsches sagen. Deshalb hab ich noch mal Professor Prinkel angerufen.« Sie sprach den Namen aus, als müsse jedem klar sein, wer

Professor Prinkel war. »Der hat mir das bestätigt«, erzählte sie weiter. »Normalerweise wissen die, dass die ohnmächtig waren, und müssen sich nicht erkundigen. Und ihm war ja auch schlecht. Und schlecht wird den eigentlich auch nicht … Also … normalerweise.«

»Und was könnte uns das sagen?«, fragte Ben.

Kai, der kurz zuvor die Küche verlassen hatte, kam mit seinem geliebten Laptop im Arm zurück und machte eine Geste, dass Ben sich ruhig Zeit lassen solle.

»Na ja. Der Prof meinte auch, dass es immer Ausnahmen geben kann. Jeder Depp ist anders. Aber …«

»Meinen Sie, dass Henry die Ohnmacht vielleicht nur gespielt hat?«, fragte Ben und entschied sich, Juli nicht von »Depp« auf »Jeck« zu korrigieren.

»Das hast du gesagt, Zauberer.«

Witzig, diese Juli!

»Aber die Jungs haben mir auch noch erzählt, dass Henry an dem Abend eigentlich noch zum Pokern sollte.«

»Zum Pokern?«, fragte Ben. »Sollte?«

»Ja. Der hat immer mit den Armeniern gepokert. Nebenan bei Spriti. Die Armenier trainieren auch hier. Die haben ihn wohl kurz vorher angerufen und gesagt, dass an dem Abend ein Spiel wär. Henry hatte wohl einige Schulden bei denen, und Murat meinte, die wollten ihm die Chance geben, die Kohle zurückzugewinnen … Ja, und Henry wollte sich rausreden, aber die haben wohl gesagt, er muss spielen.«

»Er muss spielen?«

»Ja, was weiß ich … So haben die es mir erzählt. Die Typen sind ein bisschen gruselig. Die Armenier, meine ich. Die reden so.«

»Mmh. Und danach hat Henry den Ohnmachtsanfall bekommen?«

»Ja, genau. Also nicht gleich, aber ein paar Minuten danach.«

Ben ließ sich die Szene im Auto erneut durch den Kopf gehen. Hier schien Henry nicht desorientiert gewesen zu sein, als er aufgewacht ist. Was natürlich auch daran liegen konnte, dass das Auto, in dem er sich befand, schräg im Wasser lag und seine Hosenbeine nass waren.

»Noch da?«, fragte Juli.

»Ja, klar«, antwortete Ben. »Eine Frage noch. Ist es denn überhaupt üblich, dass man in Henrys Alter schon Synkopen hat?« Die Antwort darauf hatte er sich zwar schon im Internet geholt, aber er dachte, eine zweite Meinung von einer heranwachsenden Koryphäe könne nicht schaden.

»Das gibt es schon. Auch bei jungen Männern. Meistens sind es dann rhythmogene Synkopen, die als Ursache einen Herzfehler haben.« Ihre Stimme klang bei dem Satz, als rezitierte sie aus einem Fachbuch. Sie machte eine Pause und ergänzte: »Ich finde es ein bisschen komisch, dass er damit noch nicht beim Arzt war, obwohl er das ja angeblich schon öfter gehabt haben soll.«

»Stimmt. Wenn ich plötzlich umfallen würde, wäre ich spätestens am nächsten Morgen beim Arzt.«

»Ja, vielleicht nicht beim ersten Mal, ne? Aber er hatte das ja schon öfters.«

Ben bedankte sich bei ihr und legte auf. Dann speicherte er ihre Nummer in seinen Kontakten und stellte sein Handy auf lautlos.

»Hat die was von Musk-ART gesagt?«, wollte Kai wissen.

»Ja«, bestätigte Ben. »So eine richtig ranzige Muckibude in Wickede. Dieser Henry geht da hin und ...«

»Kenn ich, den Laden«, sagte Kai. »Ist doch direkt neben Spriti's und diesem ...« Er deutete mit dem Zeigefinger in die Luft, sprach aber nicht weiter.

»Gini's«, schlug Ben vor.

»Keine Ahnung ... nie gehört«, murmelte Kai und räusperte sich. »Der Dennis hat da früher doch immer trainiert, und hinterher haben wir öfter mal bei Spriti Bundesliga geguckt. Geiler Laden.«

»Der Dennis war bei Musk-ART?«

»Ich meine, der geht da immer noch hin.«

Vielleicht war das nützlich, dachte Ben. Jetzt hieß die Devise aber: Flaschenbier und Fingerabdrücke.

* * *

Es gab zwei glatte Flächen, die sich für eine Spurensuche eigneten, zumindest für einen Daktylogramm-Experten auf Drei-Fragezeichen-Niveau. Ansonsten gab es rundherum eingestanzte Rillen und erhabene RESQME-Schriftzüge. Ben drückte etwas vom schwarzen Pulver darauf, pustete und verteilte es vorsichtig mit dem Pinsel. Er warf einen kurzen Blick auf Kai, der den Nothammer anstierte, als beobachtete er eine Paarung zwischen Stubenfliege und Maikäfer. Und tatsächlich. Ein Stück eines Fingerabdrucks wurde sichtbar.

»Teilabdruck«, hauchte Kai, und Ben nickte.

Er legte das Testobjekt mit Bedacht zur Seite und riss einen der transparenten Klebestreifen von der Trägerfolie. Nach wenigen Handgriffen war ein halber Fingerabdruck auf dem obersten Blatt des weißen Kartons zu erkennen, der von den drei Fragezeichen für diesen Fall mitgeliefert worden war.

»Dann müssen wir jetzt nur noch vergleichen«, sagte Kai und fuhr fort: »Wie funktioniert das Ding eigentlich?«

»Hab ich mich auch schon gefragt. Keine Ahnung. Ob man mit diesem Teil ...«, Ben zeigte auf das schwarze Ende, in dessen Mitte sich ein kleines Loch befand, »auf die Scheibe einschlagen muss?«

Kai nahm das Teil an sich und ging damit zum Backofen. »Du kriegst doch nie genug Power, wenn du im engen Auto sitzt.« Er deutete eine Schlagbewegung in Richtung der Backofenscheibe an und hielt dabei den gelben Stift wie ein Ripper sein Messer. Dann blickte er es eine Zeit lang gedankenversunken an. »Ah!«, sagte er und drückte es gegen die Scheibe.

Und in der Sekunde wurde auch Ben klar, wie das Teil funktionierte. »Ey, Alter, hör ...«

Es gab einen Knall, als hätte Kai eine Flasche Althoeffer durchs Fenster auf den Gehweg geworfen. Die Backofenscheibe zerbarst in Tausende kleine Stücke, die sich explosionsartig im Raum verteilten.

»... auf«, beendete Ben den Satz, als Kai ihn mit schreckgeweiteten Augen ansah.

»Oh, oh«, sagte der. »Mit Tiefkühlpizza ist wohl erst mal nichts.«

KAPITEL 4

Ben erwachte mit einem Schrecken. Er war ein verdammter Idiot. Der größte Spacken unter der Sonne. Ein dämlicher Penner. Und er hätte tausend weitere Schimpfwörter gefunden, die seinen niederträchtigen Charakter, seine Verwerflichkeit und seine hinterhältige Verdorbenheit adäquat beschreiben würden.

Er fasste sich in der Dunkelheit an die Stirn. Sein Schädel pochte hinter den Augen, sein Mund war ausgetrocknet, und im Hals hatte er einen sauren Geschmack. Er tastete nach seinem Handy. Zwei Anrufe in Abwesenheit und vier WhatsApp-Nachrichten. Alle von Jenny. Er hatte vergessen, dass er mit ihr verabredet gewesen war. Stattdessen hatte er mit Kai, nachdem sie eine Stunde lang die Küche von Minischerben befreit hatten, am Küchentisch gesessen und Bier gesoffen.

Gut, sie hatten auch noch die Fingerabdrücke abfotografiert und in Photoshop so lange hin- und hergedreht, bis sie eine Übereinstimmung zwischen Henrys rechtem Mittelfingerabdruck auf der CD mit dem Teilabdruck auf dem Nothammer erkannt hatten. Henry hatte das Ding also in Händen gehalten und musste eigentlich gewusst haben, dass es im Auto gelegen hatte.

Hey! Wann kommst du gleich? Wo sollen wir bestellen? Ich freu mich!, lautete Jennys erste Nachricht, die Bens Magen zu einem zähen Knoten zusammenschrumpfen ließ. Zehn Minuten später hatte sie angerufen.

Danach die nächste Nachricht: *Hallo? Wo treibst du dich rum? Ich hab Hunger! ;-)*

Anruf Nummer zwei und Meldung Nummer drei: *Auf allen Kanälen nicht erreichbar? Kai geht auch nicht ran. Ich bestelle mir jetzt was!*

Nachricht Nummer vier, um kurz nach halb zehn: *Ich kann heute wohl nicht mehr mit dir rechnen. Schlaf gut.*

Am liebsten hätte er das Handy gegen die Wand geschleudert. Wie bescheuert konnte man sein? Und wie um alles in der Welt sollte er aus *der* Nummer wieder rauskommen? Er drehte sich auf die Seite und versuchte, seine Gedanken zu verscheuchen. Schlafen konnte er vergessen.

Erst als durch die Ritzen seiner Jalousie Morgenlicht ins Zimmer gefallen war, war er noch einmal eingeschlafen. Der Traum hatte wie üblich begonnen. Er saß in einem Auto, das dabei war, im See zu versinken. Doch diesmal war er nicht allein. Jenny und Tabbert Lauber saßen auf der Rückbank. Letzterer hielt Bens schreiende Freundin fest im Griff. »Ich kann unter Wasser atmen!«, hatte er gesagt und dabei ein teuflisches Grinsen entblößt. »Könnt ihr das auch?«

Wach sein fühlte sich nicht nennenswert besser an. Er wählte Jennys Nummer, sobald seine Augen in der Lage waren, das Handydisplay scharf zu erkennen. Zum Glück war sie um diese Uhrzeit auf der Arbeit, und er musste seine Erklärungen und Rechtfertigungen lediglich auf ihrer Mobilbox hinterlassen.

Das Feldbett im Wohnzimmer war verwaist, und es roch nach Instantkaffee aus der Küche. Was war denn mit dem nicht in Ordnung? Ein Kleidersack hing an der Tür. Was da wohl drin war? Kai hatte ja überhaupt keinen Anzug. Und da stand sein kleiner Rollkoffer.

»Wir brauchen was zu essen«, sagte Kai, am Küchentisch sitzend.

»Für dich auch 'nen guten Morgen«, sagte Ben und schickte hinterher: »Du bist dran mit Einkaufen.«

»Wie bitte? Ich hab letzte Woche was mitgebracht. Außerdem haben wir gar keine feste Regel, und laut Gewohnheitsrecht …«

»Meinst du die zwei Tüten Chips und das Toast von der Tanke?«

»Und ein Pack Leberwurst und Scheiblettenkäse. Hast du drei Tage königlich von gelebt«, beharrte Kai und schob rasch hinterher: »Ich würde ja gehen. Aber ich fahr gleich mit der Bahn nach Frankfurt. Und wahrscheinlich muss ich da über Nacht bleiben. Vielleicht auch zwei Nächte. Wichtiger Job!«

Zur Strafe fragte Ben extra *nicht* nach dem Grund. Sollte Kai doch platzen. Er merkte genau, wie der ihn anstarrte und auf die Frage wartete. Das konnte er vergessen!

* * *

Gut bürgerlich, ging es Ben durch den Kopf, als er keine Stunde später die Südstraße in Wickede erreichte. Zwei- und dreigeschossige Backsteinbauten. Nett. Große Gärten, gut in Schuss. Die Mieten hier hatten garantiert eine Eins mit drei weiteren Stellen vor dem Komma. Wie konnte Henry das finanzieren? Als Chauffeur bei Althoeffer verdiente man ja wohl keine Zwei-fünf netto.

Ben parkte sein Auto auf dem Seitenstreifen direkt vor der Hausnummer zweiundzwanzig, in der Henry wohnte, wenn er nicht gerade im St. Josef im Koma lag.

Das Haus hatte drei Etagen. Eine gepflasterte Zufahrt führte hinter das Gebäude zu einer einzelnen Garage, bei der das Tor heruntergelassen war. Im Vorgarten standen zwei welke Büschchen. Alles, was man normalerweise »Beet« nannte, war mit grobem Kies ausgestreut. Bienen mussten bei diesem Anblick tapfer sein.

Ben beeilte sich, zur Haustür zu kommen. Der Scheißregen hörte einfach nicht auf. Es gab zwei Klingeln an der Haustür. *H. Novac* stand auf dem unteren Klingelschild, *Franzke/Weber* auf dem oberen. Er hob den Deckel des neben der Tür eingelassenen Briefkastens an, der ebenfalls mit *H. Novac* beschriftet war. Leer. Vielleicht kümmerten sich Franzke/Weber um die Post? Er tat zwei Schritte rückwärts und blickte an der Hauswand empor. Bei den beiden größeren Fenstern im ersten Stock waren die Jalousien heruntergelassen. Nur bei einem kleinen Fenster in der Mitte gab es keine Jalousie. Hinter den Fenstern im Erdgeschoss hingen weiße, dummerweise blickdichte Gardinen, die eher nach Oma aussahen als nach jungem Typen. Auf einer Fensterbank stand irgendeine Zimmerpflanze, deren üppige, rote Blüte nicht so wirkte, als hielte sie seit über einer Woche durstend nach ihrem Gießer und Gönner Ausschau. Er drückte den Klingelknopf und hörte das Krächzen im Innern. Nichts tat sich. Er klingelte noch einmal, um sicherzugehen, dass nicht doch plötzlich die fußlahme Oma mit Gießkanne in der Tür stand.

Dann schellte er bei *Franzke/Weber*. Keine zehn Sekunden später wurde ihm aufgetan. Das Treppenhaus war dunkel, mit kleinen, bunten Kieseln verputzt. Schnell schloss er die Tür hinter sich. Die Treppe, die nach oben führte, sah so aus, als würde hier jemand regelmäßig mit Schlammschuhen ein und aus gehen. Henry sorgte sich besser um seinen Teil des Flurs, aber offensichtlich machte er vor der Treppe Halt. Vor dessen Wohnungstür lag eine schwarze Fußmatte, auf der aufgefächerte vier Asse abgebildet waren. So ein Teil würde sich gut vor Bens Büro-/Probenraum machen.

»Amazon?«, begrüßte ihn der Mann, der die Tür bis zum Anschlag geöffnet hatte. Er ging Ben nur bis zur Brust, war pummelig und hatte ein pickeliges, rotes Gesicht, auf dessen Nase eine kreisrunde Brille saß. Seine langen, schwarzen Haare trug er zum Zopf gebunden, und eine qualmende Zigarette hing seitlich in seinen Lippen. Als er Ben sah, der es wagte, ohne Pakete nach oben zu kommen, sagte er: »Nicht Amazon?« Die Spitze der Kippe hüpfte dabei hin und her, als dirigierte sie seine Worte.

»Nee«, sagte Ben, der versuchte, die in ihm aufkommenden Vorurteile niederzuringen. Er blieb auf der letzten Stufe stehen und lächelte freundlich. »Ich komme von der Braunschweiger Unfall und Leben«, begann Ben seine Lügengeschichte. »Ich untersuche den Fall rund um Ihren Nachbarn Henry Novac. Sicher haben Sie von seinem Unfall gehört?«

Die »Braunschweiger Unfall und Leben« hatte Ben jetzt schon zwei oder drei Mal eingesetzt. Unglaublicherweise schienen die Leute einem windigen Versicherungstypen mehr Vertrauen entgegenzubringen als jemandem, der sich Privatdetektiv nannte.

»Ja, hab ich gehört. Verdammte Hacke. Ballert der einfach in den Phönixsee. Als ich das gehört hab, hab ich erst gedacht, da kannste doch gar nicht reinfahren. Geht aber wohl doch, oder?« Er schnappte mit Zeige- und Mittelfinger nach der Zigarette, die bei seinen Worten wilde Kapriolen geschlagen hatte, und tat einen üppigen Zug, wobei er die Augen zu kleinen Schlitzen verengte.

Bens Klamotten würden gleich verdammt miefen! »Ja. Offenbar geht das«, sagte er.

»Und was woll'nse jetzt bei mir?«

»Nun«, begann Ben und setzte eine ernste Miene auf. »Für uns als die Lebens- und Unfallversicherung des Wagenbesitzers ist es immens wichtig, uns ein Bild vom großen Ganzen zu machen.« Er zeichnete mit den Händen einen Kreis in die Luft. »Dazu gehört auch, dass wir alle Unfallbeteiligten …« Er räusperte sich, bevor er weitersprach: »… also maßgeblich Unfallbeteiligten … kennenlernen. Da Herr Novac ja aktuell noch stationär behandelt wird und nicht ansprechbar ist, befragen wir aktuell sein Umfeld. Und da Sie …«

»Ich bin auch Umfeld, oder?«, sagte Bens Gegenüber und zog ein letztes Mal an seiner Zigarette. Die Asche hatte eine Länge von gut und gerne zwei Zentimetern erreicht, und Bens Augen hatten Mühe, sich davon abzuwenden.

»Ja, genau, Herr ...«

»Pöttner.«

»Pöttner? Auf der Klingel steht doch Franzke/Weber«, sagte Ben irritiert.

»Nee, schon länger nicht. Wartense mal ... Kommense kurz rein.« Er betrachtete eindringlich seine Zigarette, die den Kampf um die Asche in diesem Augenblick verlor. Sie landete knapp hinter der Tür auf dem mit hellem Laminat ausgelegten Boden. »Mist«, sagte Pöttner und trat darauf, als wäre sein Problem damit gelöst. Er winkte mit der zigarettenbewehrten Hand ab und ging, ohne weiteren Kommentar, zurück in die Wohnung. Ben sah keine andere Möglichkeit, als ihm zu folgen.

Im Wohnzimmer stand ein gläserner Couchtisch, dessen Platte unter einer dicken Staubschicht, einem aufgeklappten Laptop und zwei Pizzakartons begraben lag, vor einer abgesessenen, schwarzen Ledercouch. Ben überlegte, ob Pöttner die nächste Eskalationsstufe von Kai war. Zumindest ohne den übervollen Aschenbecher. Einen Wohnzimmerschrank gab es nicht, dafür drei schwarze Kommoden gleicher Bauart, die nebeneinander an der der Couch gegenüberliegenden Wand standen. Zeitschriften, Fernbedienungen, Stifte, leere Flaschen, eine Dose Western-Bohneneintopf und eine Rolle Klopapier konkurrierten darauf mit einem Riesenfernseher und einer Spielekonsole über die visuelle Vorherrschaft. Der Platz, der in geregelten Familienverhältnissen einem gemütlichen Esstisch mit sechs

Stühlen gewidmet wäre, beherbergte ein Bügelbrett mit Bügeleisen und zwei überquellenden Wäschekörben. Pöttner legte seine Zigarette in einen Drehaschenbecher, der so überfüllt war, dass Tapezieren notwendig wäre, sollte jemand auf die verrückte Idee kommen, den Drehknopf zu betätigen. Dort glimmte der Stängel weiter und sandte fröhliche Rauchzeichen in die abgestandene Luft.

»Nee«, sagte Pöttner und ließ sich auf die Couch fallen. Dann klopfte er mit der flachen Hand dreimal auf den Platz rechts von ihm. Eine Geste, die Ben dazu einladen sollte, sich neben ihn zu setzen. Tatsächlich wäre er lieber schreiend weggelaufen, aber er wollte nicht unhöflich erscheinen. »Franzke und Weber kenn ich gar nicht. Die haben hier früher gewohnt. Wir sind noch nicht dazu gekommen, das Klingelschild auszuwechseln. Auf dem Briefkasten ist es aber richtig.«

»Wir?«, fragte Ben.

»Ja. Ich wohne hier nicht alleine. Bin hier mit meinem Kumpel im letzten November eingezogen.« Er lachte laut, bevor er weitersprach. »Unsere Weiber haben uns beide fast zur gleichen Zeit rausgeschmissen. Da hat sich das angeboten.« Mit etwas Stolz fügte er hinzu: »Junggesellenbude!«

Ben nickte verständnisvoll. Mit *Junggesellenbuden* kannte er sich aus. Und er war froh, wenigstens einen grundlegenden Ordnungssinn mitbekommen zu haben. Bei ihm lagen die Klorollen höchstens mal ein paar Tage im Flur neben dem Telefonschränkchen.

»Hübsch«, sagte er mit der größten Glaubhaftigkeit, die er an den Tag legen konnte. »Können Sie mir ein bisschen was über Herrn Novac erzählen?«

»Wo soll ich da anfangen? Nachbar eben. Ich hab dem mal angefangen die Blumen zu gießen. Stand ja in der Zeitung, dass der noch im Koma liegt, und ich dachte, die geh'n ja sonst kaputt.« Er griff nach seiner Schachtel Zigaretten, die er zusammen mit einem Feuerzeug aus einer Ritze der Couch fischte.

»Er hat ja eine ganz hübsche Wohnung, wenn ich das richtig sehe. Über zwei Etagen, oder?«

»Ja«, sagte Pöttner, nickte und steckte sich eine neue Zigarette an. »Auch eine?«, fragte er Ben und hielt ihm die Schachtel hin.

»Nein danke«, antwortete Ben, der eine Sekunde überlegen musste, ob die verqualmte Atmosphäre nicht besser auszuhalten war, wenn er selbst eine rauchte.

Pöttner zuckte mit den Achseln und steckte die Schachtel zurück in sein Geheimversteck.

»Ganz schön groß für einen alleine, oder? Wissen Sie, wie er das finanziert?«

Pöttner zuckte erneut mit den Achseln. »Hat mehrere Eisen im Feuer. Beim Paul Althoeffer hat er ja gearbeitet. Ansonsten macht der Poker.«

»Poker? Zum Geldverdienen?«

Pöttner nickte wieder und tippte auf die Leertaste seines Laptops, dessen Display prompt hell wurde und einen malerischen Sonnenuntergang in der Südsee zeigte. »Online.« Er wischte etwas auf dem Touchpad herum und öffnete den Browser. Sofort wurde eine bunt leuchtende Webseite sichtbar, die durch ihr grelles Design an ein Spielcasino in Las Vegas erinnerte. *4 Kings, 4 Knights* erklärte das blinkende Logo in der Mitte der Website. Darunter lief ein Film ab, in dem sich abwechselnd Stapel bunter Pokerchips und Spielkartenhände über einen virtuellen Spieltisch verteilten. Pöttner machte eine präsentierende Geste, und Ben sah so etwas wie Stolz in seinem Gesicht aufglimmen. Dann nahm er einen letzten Zug von seiner Zigarette und bettete sie sanft auf den Berg mit Kippenleichen.

»Ah«, sagte Ben und legte eine Spur Begeisterung in seine Stimme. »Sie spielen da auch?«

»Isso!« Pöttner nickte eifrig. »Kannte ich gar nicht. Hat der Henry … der Herr Novac … mir gezeigt.«

Na, Nachbarschaftshilfe wurde hier großgeschrieben, dachte Ben und sagte: »Und damit kann man wirklich Geld verdienen?«

»Jaja, das geht«, sagte Pöttner. »Also jetzt bei mir noch nicht so, aber der Henry hat es drauf. Der macht das professionell.« Pöttner klickte sich in einen anderen Webseitenbereich und zeigte auf eine schwarz hervorgehobene Zahl. »Hier. Hab gestern hundertfünfzig Euronen gemacht. Mit dreißig Einsatz.« Dann scrollte er mit zwei Fingern über das Touchpad und kam bei einer rot unterlegten Hundertvierzig zum Stehen. »Hab ich aber auch gleich wieder in den Sand gesetzt. Mach das ja nur zum Spaß.«

Nach Spaß sah Pöttners Gesichtsausdruck gerade nicht aus, dachte Ben. »Und Sie sind …« Ben blickte auf den Bildschirm und las den Benutzernamen ab. »Skywalker_43_Wickede?«

»Ja, richtig«, Pöttner stieß ein grunzähnliches Lachen aus. »Skywalker und Skywalker_43 waren schon vergeben.« Ein kleines rechteckiges Fenster ploppte auf und eine Nachricht erschien: *Hi Sky, alter Sack!! Bist du beim Turnier heute Abend dabei? Daily Bigs, Alter.* Darüber stand in fetten Buchstaben *Nachricht von Aces_wOOlf_69.*

»Ach, Chatten kann man da auch?«, fragte Ben.

Pöttner ließ die Nachricht eilends verschwinden, als ob sie ihm peinlich wäre. »Jaja, kann man machen«, sagte er und fügte hinzu, so als ob das alles erklären würde: »Ist eben 'ne Community.«

»Und wie lautet Herrn Novacs Name?«

Pöttner klickte in einen Webseitenbereich, der seine Kontakte zeigte. 13 an der Zahl. »Hier.« Er deutete auf einen Namen. »*Dandy-Henry01.* Der ist schon lange dabei und hat noch einen coolen Namen abbekommen«, sagte er und grunzte wieder.

Ben würde garantiert nicht mit ihm über coole Namen im Internet streiten. Hauptsache war, dass er den Namen nicht vergaß.

»Aber Skywalker ist auch cool, oder?«, fragte Pöttner.

»Hundertprozentig!«, gab Ben ihm recht, und nachdem es einige Sekunden zwischen ihnen still blieb und Pöttner nur seinen Mauszeiger unmotiviert hin und her bewegte, sagte er: »Aber bei Henry ins Konto kommen Sie nicht rein, oder? Ich meine … vielleicht hat er ja sein Passwort hier abgespeichert.«

Pöttner zog skeptisch eine Braue hoch und sah Ben an, als hätte der eben erzählt, er könne seinen Drehaschenbecher dazu bringen, seine Wäsche zu bügeln. Ihm wurde mulmig bei dem Gesichtsausdruck. Zeit, die Biege zu machen. Vielleicht hatte er den Bogen etwas überspannt? Pöttner hob den Laptop vom Wohnzimmertisch und stellte ihn auf seinen Schoß. Dann griff er nach der Schachtel Zigaretten und steckte sich eine an. Mit immer noch skeptischer Miene und Glimmstängel im Mundwinkel fragte er: »Wie hieß noch gleich die Versicherung, für die Sie arbeiten?« Gleichzeitig legte er seine Finger auf die Tastatur. Bereit, alles, was Ben jetzt sagte, im Zehnfingersystem in die Tasten zu hauen und gegen ihn zu verwenden.

»Äh … Hamburg-Mannheimer«, murmelte Ben, dem gerade keine andere googlebare Versicherung einfiel, und erhob sich langsam von seinem Platz. Er blickte auf seine nicht vorhandene Armbanduhr. »Ich muss dann jetzt auch los …«

»Nee«, sagte Pöttner, und die Empörung in seiner Stimme war deutlich zu hören. »Da haben Sie gerade aber was anderes gesagt. Berchtesgadener Tod und Leben? Nee … aber irgendwas mit B.«

»Da müssen Sie sich aber verhört haben«, meinte Ben, der jetzt schon drei Schritte in Richtung Ausgang gemacht hatte.

Zum Glück blieb Pöttner sitzen. Als Kettenraucher musste der seine Kräfte einteilen. Als Ben den Flur erreicht hatte, rief er: »Und wie heißen Sie überhaupt? Sie haben mir Ihren Namen gar nicht gesagt.«

»Kaiser! Ich bin der Herr Kaiser. Beste Grüße und vielen Dank!«, rief Ben und zog die Wohnungstür hinter sich zu. Zu gehen, ohne sich vorgestellt zu haben, wäre wirklich unhöflich gewesen.

Er atmete auf, als er alleine im Hausflur stand und den ersten Schritt auf die Treppe tat. Pöttner kam bestimmt nicht hinterher. Wahrscheinlich meldete der sich schon für die *Daily Bigs* an, was auch immer das war, oder er googelte Herrn Kaiser von der Hamburg-Mannheimer. Als er die Haustür hinter sich ins Schloss fallen ließ, konnte er sich ein Grinsen nicht verkneifen.

* * *

Der Herr sei gelobt! Eine Regenpause. Er ging auf direktem Wege in die Garagenzufahrt. Pöttner konnte ihn von hier nicht sehen, wenn er aus dem Fenster guckte. Einen kleinen Blick auf die Rückseite wollte er noch wagen, jetzt, wo es möglich war, trocken zu bleiben.

So hatte Ben sich das vorgestellt. Auf einer üppigen Terrasse stand die unvermeidliche Grillstation. Ein imposantes Gerät, mit dem man wahrscheinlich nicht nur die Kerntemperatur des Entrecôte auf das Zehntel Grad korrekt bestimmen konnte, sondern ein ganzes Spanferkel sous vide garen. Ben war das zu hoch. Nackensteak war toll, aber das bekam Kai auch auf dem guten alten Landmann Holzkohlegrill hin, der sommers wie winters hinterm Haus stand. Einige Schritte neben dem Grillautomaten der Extraklasse befand sich ein hölzerner Esstisch mit sechs Stühlen und in der Ecke gegenüber eine Lounge mit einem aus Europaletten gefertigten, flachen Tisch, einer Rattan-Couch und einem Sessel. Die passenden Polster dafür lagen bestimmt hinten in dem Gartenhaus. Ben ging einige Schritte auf die Veranda zu, dann sah er es. Oder bildete er sich das nur ein? Die Verandatür war angelehnt.

Unbehaglich sah er sich in jede Richtung um. Niemand war zu sehen. Nur keine Paranoia jetzt, ermahnte er sich. Kein Tabbart Lauber würde ihm hier auflauern, und niemand hatte ihm die Hintertür zu Henrys Wohnung geöffnet, um ihn in eine Falle zu locken. Geh nicht durch diese Tür! GEH NICHT DURCH DIESE TÜR, hallte es in seinem Kopf. Keine Einbruchspuren. Er zog seinen Jackenärmel über die Finger und schob die Tür auf.

»Hallo?«, rief er in das leere Zimmer. »Henry?« Er schüttelte über seine Dummheit den Kopf und trat einen Schritt ins Wohnzimmer. Viel ordentlicher als bei Pöttner war es hier. Auch hier gab es einen Glastisch und einen großen Fernseher. Alles sah ziemlich fein aus. Und teuer.

»Hallo? Ist da jemand?« Auf dem Esstisch lag ein roter Pappschnellhefter. Das Einzige, was hier rumlag. Was sollte es, jetzt, wo er ja mal drinnen war … Er schlug den Schnellhefter auf. Auch hier – Paranoia sei Dank – ohne Fingerabdrücke zu hinterlassen. Er fand ein DIN-A4-Blatt, auf dem zwei Fotos aufgeklebt waren. Ben stutzte, als er das Motiv erblickte, und senkte seinen Kopf näher heran. Das war Althoeffers Mercedes. Auf beiden Fotos jeweils aus einem etwas anderen Winkel aufgenommen. Der Wagen stand auf irgendeiner Kreuzung. Im Hintergrund erkannte man weitere Autos, Häuserfronten rechts und links und eine Ampel. Der schwarze Mercedes hatte einen verbeulten Kotflügel auf der Fahrerseite, und der Scheinwerfer war zersprungen. Vor dem Wagen waren die Scherben zu erkennen. Da hatte jemand Fotos nach einem Unfall gemacht. Allerdings nur von *einem* Auto. Vom Unfallgegner war nichts zu erkennen. Ben holte sein Handy hervor und fotografierte die beiden Bilder ab.

Jetzt noch einen schnellen Blick in den Flur und dann nichts wie weg. Lieber nicht in die obere Etage, oder? Raus und die Polizei anrufen.

* * *

Kopfhörer auf den Ohren. Die Außenwelt hermetisch abgeschirmt. Glasklare Techhouse-Beats. So saß Kai da. Die drei Typen, die mit ihm die Sitzplätze rund um den Tisch teilten, hatte er schon wieder vergessen. Lustig. Das Tief, das für den Regen verantwortlich war, hieß *Kai*, sagte der Newsticker auf seinem Bildschirm. Er sah kurz aus dem Zugfenster und stellte fest, dass es nach wie vor regnete. Prächtig! Wenn das Tief schon Kai hieß, sollte es seine Arbeit auch ordentlich erledigen!

Er scrollte durch das Dokument, das Dogface ihm geschickt hatte. Den Bankrechner von diesem Steinbach würde er geknackt kriegen, keine Frage. Wie, das stand noch auf einem anderen Blatt, aber das würde sich ergeben. Diesem Tabbart Lauber musste Einhalt geboten werden. Schon allein, weil Ben sonst bald bekloppt werden würde. So oft, wie der sich nach hinten umsah, würde er bald einen steifen Nacken bekommen. Und als Nächstes konnten sie ihn dann einliefern. Das ging so nicht weiter. Die Bullen fanden Lauber einfach nicht mit ihrem bürokratischen Gehampel. Er hatte da größeren Spielraum. Zumindest, solange er sich nicht erwischen ließ, was logischerweise nicht passieren würde. Schade nur, dass er Lauber nicht sehen konnte, wenn der herausfand, dass seine Kohle als anonyme Spende an die Welthungerhilfe gegangen war. Zu geil!

Schon zwei Monate vorher hatte Kai sich aus einem Bauchgefühl heraus zwei Briefkastenfirmen mit anonymen Konten auf den Caymans einrichten lassen. Das war keine große Sache gewesen. Hier würde er das Geld kurzfristig parken. Gut, richtig anonym ging heute nichts mehr, aber die russische Holding, die er gegründet hatte, war nicht zu ihm zurückzuverfolgen, da war er sich sicher. Er hatte sich extra einen zusätzlichen Laptop besorgt, den er bei Saturn in bar bezahlt hatte und den er ausschließlich in öffentlichen oder ungesicherten WLAN-Netzen benutzte – niemals für irgendwelche privaten Zwecke oder bei sich zu Hause.

Jetzt widmete er sich wieder seinen Hausaufgaben. Er hatte sich Laubers Kontonummer eingeprägt. Die würde er nicht vergessen. Aber natürlich hatte er sie sich zur Sicherheit auch auf einen Zettel geschrieben, den er in der Hosentasche mit sich trug. Bloß kein Risiko eingehen! Den Namen, auf den das Konto lief, hatte er sich nicht aufgeschrieben. Der lautete, fantasielos wie Lauber war, Jane Doe. Die Visage von Steinbach hatte er ebenfalls auswendig gelernt. Im Netz waren einige Bilder zu finden, und Dogface hatte ihm auch welche geschickt. Schmales Gesicht, grauer Teint, ausgiebige Falten, die von den Nasenlöchern fast bis zum Kinn reichten. Sein Mund sah aus wie bei einer Marionette. Lichte Haare, zum Seitenscheitel gekämmt, und irgendwie wirkte der Typ, als würde er jeden Moment einpennen.

»Kleiner, drogensüchtiger Bänkerarsch«, murmelte Kai grinsend. Die koksten doch alle! »Dir piss ich an die Karre!« Als er aufblickte, sah er, dass das Paar gegenüber am Tisch ihn irritiert anblickte. Scheiß Kopfhörer.

* * *

Dämlicher Nieselregen, aber Hauptsache, er war da raus! Die Scheibenwischer verschmierten mehr, als dass sie wischten. Kaum hatte Ben den Wagen um die nächste Ecke gelenkt, hielt er in einer Einfahrt wieder an. Er holte sein Handy aus der Tasche und wählte die Telefonnummer von Kommissar Huntrich. Nicht unbedingt der richtige Ansprechpartner, wenn es um Einbruch ging, sein Metier war ja eher der Mord, aber der Kommissar erklärte sich bereit, den Fall der »offenen Verandatür« bei Henry Novac an den entsprechenden Kollegen weiterzuleiten. Dass Ben selbst einen kleinen Blick in die Wohnung gewagt hatte, verschwieg er lieber. Gerade wollte er Kais Nummer wählen, da begann das Mobiltelefon bereits *Katzeklo, Katzeklo* … zu trällern und eine unbekannte Nummer anzuzeigen. Originell. Helge Schneider hatte er lange nicht gehört. Sein Bild im Rückspiegel sah ihn mitleidig an. Und wieder die Sorge im Bauch, dass es Tabbart Lauber war, der vom anderen Ende aus sprechen würde. Schließlich war es jetzt schon ein paar Tage verdächtig ruhig gewesen.

»Hallo.«

»Hallo, Ben, hier ist Lina«, sagte die sanfte, aber ermattet klingende Stimme am anderen Ende.

»Hallo, Lina«, entgegnete Ben und atmete erleichtert aus.

»Zwei Sachen nur. Ich habe Henrys Adresse herausgefunden. Die Sekretärin meines Mannes, Frau Gerber, hat sie mir rausgesucht.«

Uninteressant, dachte Ben, sagte aber nichts. Lina Althoeffer redete weiter: »Und dann wollte ich Ihnen noch sagen, dass morgen das Testament eröffnet wird. Um elf Uhr.«

»Ah. Interessant.«

»Ja, vielleicht können Sie ja kommen? Dann berichte ich Ihnen, was es gegeben hat. Und Ihre Sachen stehen hier auch noch, die können Sie dann gleich mitnehmen. Dann wundert sich auch keiner von der Familie.«

»Meine Sachen?«, fragte Ben irritiert. »Was für Sachen?«

»Ihre Tasche aus dem Auto. Die mit den Requisiten. Die Polizei hat mir alle Gegenstände aus dem Auto hier hingestellt. Die riecht nicht mehr taufrisch.«

»Ach so!« Daran hatte er überhaupt nicht gedacht. »Ja, dann komme ich morgen mal rum. Bei Ihnen zu Hause?«

»Nein, in der Brauerei. Kommen Sie einfach in die Verwaltung und sagen Sie am Empfang, dass Sie zu mir wollen.«

»Geht klar.«

»Haben Sie was zu schreiben?«

»Was?«, fragte er, als ihm einfiel, dass sie ihm die Adresse mitteilen wollte, von der er gerade abgefahren war.

»Äh, jaja«, log er und machte sich bereit, das Schreiben der Adresse fernmündlich zu schauspielern. Als sie dann sprach und statt Südstraße die Buchenkampstraße nannte, zuckte er zusammen. »Wie bitte?«, fragte er. Er klang etwas zu aufgeregt. »Äh, ich meine, können Sie das noch einmal wiederholen?«

Sie wiederholte die Adresse, und er entschied, dass er sich das merken würde, ohne es aufzuschreiben. »Ist das die Adresse, die er in der Firma angegeben hat?«, fragte er nach.

»Ja, genau. Das ist seine Adresse, sagte ich das nicht?«

»Doch, doch, natürlich.« Zur Ablenkung entschied er sich spontan, doch eine kleine Miniinformation herauszurücken. »Ich habe übrigens den Nothammer gefunden. Er lag an der Stelle, die Sie mir genannt haben. Und tatsächlich sind Henrys Fingerabdrücke drauf.«

»Sehen Sie!«, sagte sie. »Glauben Sie jetzt auch, dass da irgendwas merkwürdig ist?«

»Entweder merkwürdig, oder er hat in seiner Panik einfach nicht dran gedacht.«

Einen Moment herrschte Stille, dann sagte sie: »Das würde ich gerne genau wissen. Bleiben Sie dran! Wir sehen uns morgen.« Sie legte auf.

»Buchenkampstraße?«, sagte Ben in die Stille hinein. »Wieso Buchenkampstraße?« Er ließ den Motor an. Sein Handynavi erklärte ihm, dass die Straße nur fünf Minuten entfernt sei. Kai konnte er auch später noch anrufen.

* * *

Ein ungeduldiger BMW-Fahrer hinter ihm hupte drei Mal, nur weil Ben seinen Wagen auf Schneckentempo gebremst hatte, als er an dem Haus in der Buchenkampstraße vorbeifuhr, das angeblich Henrys Adresse war. Er vollführte eine Geste in den Rückspiegel, die einer italienischen Großmutter würdig gewesen wäre, und bremste das Auto weiter ab. Zusätzlich aktivierte er die Scheibenwaschanlage. Die rechte Düse war so verdreht, dass sie nicht die Frontscheibe traf, sondern

Autos, die nicht den gesetzlichen Mindestabstand einhielten. Penner!

Drei Häuser weiter tat sich auf dem platanenbewachsenen Mittelstreifen eine Parklücke auf. Eine grauhaarige Dame in einem Opel Corsa mühte sich in Zeitlupe ab, ihren Wagen rückwärts auf die Straße zu lenken. Ben genoss jede Sekunde. Das genervte Gesicht des BMW-Fahrers in seinem Rückspiegel sorgte für gute Laune.

Bei dem Haus handelte es sich um einen Altbau mit stuckverzierten Außenwänden und Simsen unter den Fenstern. Irgendwann war der mal ganz hübsch gewesen. Vielleicht beige oder hellgrau. Das war nicht mehr auszumachen. Die Farbe war an der gesamten Front verwittert, an vielen Stellen war der Putz bis auf den Backstein darunter abgeplatzt. Graffitis selbst in Höhe der oberen Etagen. Fenster und die Haustür waren mit Brettern vernagelt, die ebenfalls besprayt waren oder mit Plakaten beklebt. Für dieses Gebäude wären sich die meisten Hausbesetzer zu fein. Miete würde hier garantiert keiner mehr kassieren. Vielleicht hatte Lina ihm eine frühere Adresse (eine ganz, ganz, ganz frühere Adresse) von Henry gegeben, oder sie hatte sich mit der Hausnummer vertan. Ben überquerte eilig die Straße. Regen und Wind waren heftiger geworden, und er fröstelte in seiner dünnen Jeansjacke. Er lief auf die vernagelte Haustür zu, die in grellen Farben darauf hinwies, dass CTO BACK IN DA HOUZ war. Da die verrammelte Version der Haustür nach hinten versetzt in einen tunnelähnlichen Gang gebaut war, stand er hier im Trockenen. Hier wohnte auf keinen Fall ein Henry …

Ben stutzte. An der linken Seite des gemauerten Hauszugangs, dessen Wände rechts und links knapp einen Meter fünfzig in die Tiefe reichten, waren drei braune Briefkästen angebracht. Briefkästen, welche an der Oberseite über eine Klappe verfügten, unter der sich der Schlitz befand, und auf deren Vorderseiten es eine abschließbare Klappe gab. Jeder Kasten war mit einem beschrifteten Schild versehen, und siehe da, der rechte trug den Namen *Henry Novac*. Ben pfiff durch die Zähne. Wenn der Herr Chauffeur auch nicht hier wohnte, so ließ er sich scheinbar Post hier hinschicken. Sozusagen eine Briefkastenfirma für Privatleute. Das war Ben neu, und er würde sich später mal Gedanken darüber machen, wofür das im Zeitalter von Packstationen nützlich sein könnte.

Durch ein paar schmale Langlöcher in der Metalltür war das braune Papier eines Umschlags zu erkennen. Vielleicht nur Werbung, aber … Ben warf einen Blick auf die Straße. Niemand zu sehen. Der Regen prasselte aber auch so gewaltig vom Himmel, dass sich jeder halbwegs normale Fußgänger ein trockenes Fleckchen gesucht hatte. Hauptsache, das hörte gleich auf, wenn er zurück zum Auto musste. Er hatte sein Lockpickingset schon in der Hand. Für dieses Schlösschen würde er maximal drei Sekunden brauchen, und kaum hatte er den schmalen, länglichen Stift ins Schloss gesteckt und zwei, drei Mal zart daran geruckelt, ließ es sich geschmeidig drehen, und der Briefkasten gab sein Geheimnis preis. Zuerst fiel ihm ein Prospekt vom Hammer-Baumarkt entgegen. Dahinter lag ein brauner Umschlag, der, aufgedruckt auf ein Klebeetikett, diese

Adresse und Henry als Empfänger auswies. Ein Absender war nicht zu erkennen. Ben steckte den Brief unter seine Jacke. Dann legte er den Prospekt zurück in den Briefkasten und schloss ihn so schnell wieder ab, wie er ihn geöffnet hatte.

»Sauerei«, grummelte er, bevor er durch den kapitalen Platzregen zurück zum Auto lief und klitschnass wurde.

»Verdammte Hacke!«, fluchte er. Er war mit dem Fuß in eine Matschpfütze gelatscht, während er den Schlüssel ins Schloss steckte. Mit einem schmatzenden Geräusch befreite er ihn, öffnete die Fahrertür und ließ sich rückwärts auf den Fahrersitz fallen. Er war komplett durchnässt.

Ben stellte den Motor an und drehte die Lüftung auf höchste Stufe, die ein anklagendes Sirren auftönen ließ, bevor sie schläfrig brummend ihren Dienst versah. Er hörte es mehr, als dass er es durch die beschlagenen Scheiben sah – es hatte aufgehört zu regnen. Wahrscheinlich hatte der Schlag seiner Wagentür die meteorologischen Vorgänge über Wickede dementsprechend angepasst.

Er zog den Umschlag unter seiner Jacke hervor. Das braune Papier war dunkelnass verfärbt. Ein mit Tinte geschriebener Liebesbrief wäre wohl dahin. Er riss ihn auf und spürte schon beim Herausziehen, dass es sich um ein Foto handelte. Es zeigte den verbeulten Mercedes. Den, den er schon auf den Fotos in Henrys Wohnung gesehen hatte. Diesmal stand der Wagen auf dem Gelände einer Werkstatt. Im Hintergrund erkannte Ben zwei weitere Autos mit Blechschäden, und rechts im Bild war eine Garage oder Werkshalle zu erkennen. Ein Rolltor war zu zwei Dritteln hochgezogen, und dahinter stand so etwas wie eine Hebebühne. Mit einem grimmigen Brummen warf er Foto und Umschlag auf den Beifahrersitz.

Als er den Rückwärtsgang einlegte und entschieden hatte, dass der zehn Zentimeter breite Streifen auf der Frontscheibe, durch den er die Außenwelt wahrnehmen konnte, für die Fahrt ausreichen würde, stockte er. Er riss so schlagartig den Fuß von der Kupplung, dass sein Fiesta einen kurzen Ruck nach hinten machte und der Motor absoff. Er griff erneut nach dem Foto. Tatsächlich! Es gab einen Unterschied zwischen diesem Bild und dem, welches er auf Henrys Esstisch gefunden hatte. Um sicherzugehen, holte er sein Handy hervor und tippte sich zu dem abfotografierten Bild. Auf dem Werkstattfoto fehlte beim Mercedes das Fenster der Fahrerseite. Auf dem Bild aus Henrys Wohnung, welches noch am Unfallort aufgenommen worden war, war die Scheibe noch da. Er schaltete die Innenbeleuchtung an und hielt sich das Foto näher an die Augen. Ganz rechts unten an der Gummidichtung war abgesplittertes Glas zu erkennen. Die Scheibe war nicht einfach heruntergelassen worden, bevor das Foto gemacht wurde. Sie musste nachträglich geborsten sein.

KAPITEL 5

Ja?«, meldete sich Kai am anderen Ende der Leitung. Er sprach es kurz und abgehackt aus, als wäre er dabei gestört worden, einen unfreundlichen Bahnmitarbeiter zur Schnecke zu machen.

»Ich bin's«, sagte Ben, der an den Hintergrundgeräuschen hörte, dass Kai im Zug saß. Er war ein Stück weiter zu einem Park-&-Ride-Parkplatz gefahren. Den Motor hatte er laufen lassen und die Heizung kochte auf voller Pulle. Noch drei Stunden, und seine Kleidung wäre trocken. »Immer noch nicht da?«, fragte er.

»Nee. Der stand gerade 'ne Dreiviertelstunde mitten im Nirgendwo rum, und keiner sagt einem, was Sache ist.«

»Als wenn du was mitkriegen würdest. Du hast doch garantiert deine riesigen Kopfhörer auf den Ohren.«

»Joa, das stimmt nu auch wieder.«

»Kennst du *4 Kings, 4 Knights*?«, kam Ben auf den Punkt.

»Ja, aber ich würde dir nicht raten, dein Geld da reinzustecken. Geh lieber weiter unehrlich arbeiten.«

»Ha ha«, sagte Ben humorlos. »Ich hab hier den Benutzernamen von Althoeffers Fahrer, diesem Henry.

Meinst du, du kannst da reinkommen? Ich will mich da mal etwas umsehen.«

Kai ließ einige Sekunden verstreichen, bevor er antwortete: »Was willste denn da? Gibt's da was Interessantes?«

»Keine Ahnung. Aber angeblich war der professioneller Online-Pokerspieler. Das will ich mal checken. Vielleicht finde ich was Wichtiges.« Er hörte, wie Kai im Hintergrund tippte.

Ben ließ ihm die Zeit, doch nach weniger als einer Minute sagte er: »Die benutzen … warte mal kurz …« Wieder folgte ein Tippsturm, der sich wie das Prasseln Tausender kleiner Hagelkörner auf ein Glasdach anhörte. »Die benutzen noch die alte PHP-Version … Verrückt! Da gibt's ein Gap, womit ich zwar nicht direkt reinkomme, aber ich kann, wenn die das nicht über einen Drittanbieterpatch gefixt haben, über MySQL die hinterlegte E-Mail-Adresse ändern und dann darüber das Passwort zurücksetzen. Wie klingt das?«

Ben hatte keine Ahnung, wie das klang, denn bereits bei dem Wort *Gap* hatte sein Gehirn abgeschaltet. Kais enthusiastischer Tonfall zeigte ihm aber, dass es so viel wie »Ja, geht!« bedeutete. »Hört sich toll an«, sagte er betont nebensächlich. »Wann machste mir das?«

»In zwanzig Minuten kommt der Zug in Frankfurt an. Hör auf dein WhatsApp. Aber sag mir noch den Benutzernamen, um den es geht.«

»Ah, klar!« Er hätte das jetzt glatt vergessen. »Dandy-Henry01. Also Dandy, wie man's spricht. Dann ein Minu…«

»Hab ihn. Bis später!«

Das Luftholen für einen Abschiedsgruß hätte Ben sich sparen können, Kai hatte schon aufgelegt.

* * *

Die WhatsApp-Nachricht hatte Ben erreicht, während er auf dem Weg nach Hause war. *NurDerBVB* lautete sie. Das war wohl das neue Passwort. Ein Daumen-hoch-Smiley musste erst mal reichen. Ausgiebig danken konnte er ihm immer noch später.

Zu Hause wechselte er die nassen Sachen gegen Jogginghose und T-Shirt. Jetzt war Viertel nach eins. Das bedeutete, Jenny würde in der Mittagspause sein und ihr Handy in der Kantine auf lautlos gestellt haben. Die beste Gelegenheit, sie anzurufen. Ein kleiner Gruß auf die Mailbox, und heute Abend nach dem Auftritt würde er zu ihr fahren und …

»Hallo?«, meldete sie sich auf der anderen Seite.

»Oh, hallo«, sagte Ben verwirrt. »Ich dachte …«

»Was dachtest du? Dass mein Handy leise gestellt ist und du nur eben was auf meine Mailbox quatschen musst?«

»Ach was … Natürlich nicht.« Warum musste die ihn immer gleich durchschauen? »Ich dachte einfach, ich versuche es mal wieder bei dir.«

»Aha. Und?«

Ganz klar, hier war Vorsicht geboten. »Ja … Jetzt bist du ja dran.« Er räusperte sich. »Also wegen gestern … Das tut mir echt leid. Das war komplett doof.« Er hielt inne, wartete einige Sekunden, doch Jenny schien ihm noch nicht die Absolution erteilen zu wollen. »Bist du noch da?«, fragte er. Zeit gewinnen war jetzt alles.

»Ja, ich bin noch da«, sagte sie knapp.

»Also, echt, Jenny. Es tut mir leid. Das kommt nicht wieder vor.«

Wieder herrschte Stille, dann sagte sie: »Wir müssen uns unterhalten.«

Wie bitte? Was sollte der Quatsch bedeuten? Ein *Wir müssen uns unterhalten* war so gut wie ein *Ich schieß dich in den Wind.* Jetzt hackte es wohl. »Sollen wir uns heute Abend treffen?«, fragte er, bemüht, einen abgeklärten Ton zu bewahren.

»Okay. Um sieben bei mir?«

Er kniff das Gesicht zusammen und formte ein tonloses *Fuck,* bevor er weitersprach. »Ich hab erst noch 'nen Auftritt. Wird etwas später.« Das hatte er eigentlich *vorher* anbringen wollen.

»Wann denn?«

»So gegen elf«, sagte er und wusste, dass das ziemlich optimistisch war. Der Auftritt fand zwar in Dortmund statt, aber vorher gab es ein Drei-Gänge-Menü, und so was zog sich mal gerne hin. »Nicht später als halb zwölf.« Er kniff die Augen zu, als er ihre Antwort abwartete.

»Nö«, sagte sie knapp. »Das ist mir zu spät. Da schlafe ich schon. Dann lass uns Sonntag treffen.«

»Sonntag erst?«, fragte er. »Warum nicht morgen oder übermorgen?«

»Morgen treffe ich mich nach Feierabend mit Rebekka, und Samstag fahre ich zu meinen Eltern, Ben.« Beim letzten Teil des Satzes war sie lauter geworden. Bestimmter. Bedrohlicher … »Wie du *auch* weißt! Haben wir am Wochenende besprochen. Schließlich wolltest du mitkommen. Aber ehrlich gesagt, würde ich lieber alleine fahren.«

»Ach, ja klar«, sagte er in einem *Ich-bin-aber-auch-ein Dussel*-Ton. »Also, ich kann«, sagte er und versuchte, seiner Stimme einen flammenden Unterton zu verleihen.

»Mir wäre lieber, wenn wir uns erst am Sonntag treffen, okay?«

* * *

Was bildete die sich eigentlich ein? Sie war ja nicht um ein Haar am Grund des Phönixsees jämmerlich ersäuft worden wie eine räudige Katze. Sie wurde nicht seit Mai von diesem Tabbart Lauber gejagt, der es auf ihren Kopf abgesehen hatte. Sie tappte nicht alle paar Monate über irgendwelche Leichen und … ach ja, gut. Über Leichen tappte sie als Rechtsmedizinerin schon. Aber trotzdem! Es drehte sich ja nicht alles nur um sie. Wenn sie Schluss machen wollte, okay. Dann war es eben so. Er war vierunddreißig Jahre gut ohne jemanden ausgekommen und …

Er stoppte im Gedanken. Nein, in diese Gefilde würde er nicht abtauchen. Nicht, bis er es nicht aus ihrem eigenen Mund gehört hatte.

Zerknirscht ging er in die Küche und sah den kaputten Backofen. »Und hier ist auch alles noch im Arsch. Na toll! Kann ich mich auch wieder drum kümmern«, meckerte er die Kaffeemaschine an, die auch schon seit Monaten kaputt war. Im Kühlschrank fand er zwei Scheiben angeranzte Salami und einen abgelaufenen Naturjoghurt.

Was würde er jetzt für so ein labberiges Beerdigungsbrötchen geben? Er öffnete den Joghurt, roch dran und entschied, dass er noch essbar war. Drei Wochen drüber war ja noch so gut wie neu. Er goss ihn in eine Schüssel und kippte den Rest Bodensatz aus einer Tüte Dinomüsli hinzu. Das hatte er vorher noch nie wahrgenommen. Zum Glück würde er sich heute Abend beim Auftritt vom Buffet bedienen können. Lustlos würgte er die weiße Pampe herunter, wobei er sich schwor, Kai erst wieder in die Wohnung zu lassen, wenn der mit mindestens sieben prall gefüllten Einkaufstaschen vor der Tür stand. Was der sich einbildete! Während er sich klarmachte, was Kai für ein unverschämter Parasit und Vielfraß war, kam ihm das Passwort des Pokerportals in den Sinn. Er ließ die schmutzige Schüssel auf dem Küchentisch stehen und ging eine Etage tiefer in seinen Büro-/Probenraum. Inspizierte dort zunächst den kleinen Toilettenraum auf etwaige Heckenschützen und schaltete dann seinen Computer ein, der mit lautstarkem Dröhnen verkündete, dass er hochfuhr und dass der Lüfter in den ganzen sieben Jahren niemals entstaubt worden war. Ben suchte in WhatsApp nach Kais Nachricht. Ach ja, *NurDerBVB*.

Ben tippte *4kings4knights.com* in die Adresszeile des Browsers und wartete. Mindestens eine halbe Minute blieb die Seite weiß, dann wurde es mit einem Schlag bunt. Ben meldete sich mit Henrys Zugangsdaten an, und wieder rödelte sein Rechner, und die Seite wurde erneut weiß. Dann poppte Henrys Kontoübersicht auf. Er klickte auf den Button *Chats*, und dieser schob sich nach unten hin auf. Acht orange unterlegte Felder, von denen vier in einer Reihe standen, wurden sichtbar. Darauf zu lesen war jeweils ein Benutzername, mit dem Henry einen Chat gestartet hatte.

»Aha, aha«, murmelte Ben, als er an siebter Stelle einen Namen las, der ihn aufhorchen ließ. *Jack11111*.

Er klickte auf den Namen, und das Feld ploppte nach unten hin auf. Die letzten Nachrichten des Chats erschienen. Grüne Sprechblasen für Henrys Mitteilungen. Und blaue, in denen die Botschaften von *Jack11111* zu lesen waren. Einen Designerpreis würde der Programmierer mit dieser Farbwahl wohl nicht einheimsen. Unter den Sprechblasen gab es ein Eingabefeld, in welches man eine neue Nachricht eintippen und über einen kleinen Button in Form eines Papierfliegers absenden konnte. Der Chatausschnitt, den Ben lesen konnte, war nicht besonders aufregend.

Henry: *klappt*
Jack: *Okay!*

Ben klickte auf eine der Chatnachrichten und drehte mit dem Zeigefinger das Rädchen in der Mitte seiner Maus. Ältere Nachrichten flogen vorbei, und es dauerte nicht lange, bis er bei der obersten angekommen war. Über ihr stand in Minischrift auf hellorangefarbenem Grund: Ältere *Nachrichten werden nach 30 Tagen gelöscht – aktivieren Sie jetzt den Premium-Chat und verpassen keine Nachrichten mehr – zum Upgrade (3,95 €/Mo zum bestehenden Tarif)*. Der letzte Teil war unterstrichen und verlinkt.

»Mist!«, schimpfte Ben. »Ich denke, der ist Profi. Und dann kann er sich nicht mal den vollen Chat leisten?«

Henry: *wann?*
Jack: *5000 sofort. Rest nach der Testamentseröffnung. Ich muss vorsichtig sein. Kann nicht das ganze Geld auf einmal in bar abheben. 5 jeden Monat.*
Henry: *ich brauche das geld schneller*
Jack: *Wenn die sehen, dass Geld von dir kommt, räumen sie dir schon mehr Zeit ein.*
Henry: *ich weiß nicht*
Jack: *Anders geht es nicht. Willst du aussteigen? Dann bist du morgen raus.*
Henry: *nein. wird schon laufen*
Jack: *Und es lohnt sich ja auch.*
Henry: *ja*

Ben merkte, dass er mit jedem Wort näher an den Bildschirm gerückt war, und richtete sich im Bürostuhl auf. Dann scrollte er weiter.

Jack: *Hast du das Teil schon ausprobiert?*
Henry: *nee. das klappt schon. ist ja nur für den notfall*
Jack: *Es muss schon sicher sein.*
Henry: *ja kümmere mich drum*
Jack: *Besser natürlich die NS!*
Henry: *das probiere ich aus*
Jack: *Wie?*
Henry: *lass mir was einfallen*
Jack: *Hast du dir das YT-Video angesehen?*
Henry: *klar*
Jack: *Okay. Ich verlass mich drauf. Wäre doof, wenn's nicht klappt.*

Henry: klappt
Jack: Okay!

Ben fühlte sich, als hätte ihm jemand seinen Echtholzzauberstab mit verchromten Enden gegen den Kopf gedonnert. Vor ihm lag der Beweis, dass der Unfall kein Unfall gewesen war. »Das Teil« stand garantiert für den Nothammer, mit NS musste Nackenstütze gemeint sein, und scheinbar gab es auf »YT«, YouTube, ein Video dazu. Ben öffnete einen neuen Tab im Browser und surfte zur Webseite des Videoportals. Eine Sekunde schwebten seine Finger unschlüssig über der Tastatur, dann tippte er *auto versinkt nackenstütze* in das Suchfeld. Gleich das erste Video lautete *Auto versinkt im See. Wie Sie sich mit der Nackenstütze retten können*. Ben klickte es an. Er hatte sich bereits einige Videos auf YouTube zum Thema »Auto versinkt im See« angesehen – es gab eine ganze Menge –, aber dieses hier war nicht dabei gewesen.

Es handelte sich um einen Beitrag eines Motorsportmagazins. Crabcars. In sensationshungrigem Ton berichtete ein junger Moderator, der in einem roten Cabrio vor einem malerischen See saß, von den Gefahren, die unter der ruhigen Oberfläche eines Sees lauern konnten. Zumindest, wenn man in der ungünstigen Lage war, dass man sich dort in einem geschlossenen Auto befand und die Luft langsam knapp wurde. Ben nervten das Gelaber und die übertriebenen Schnitte, bei denen immer wieder dieselben Bilder von einer hübschen Blondine in bauchfreiem Top kurz vor dem Tod durch Ertrinken gezeigt wurden, und er klickte sich auf der Laufzeitleiste des Videos weiter vor. Irgendwann kam er an den Punkt, an dem besagte Blondine, die bereits bis zum Bauchnabelpiercing im trüben Seewasser steckte, sich geistesgegenwärtig im Sitz umdrehte, gekonnt die Nackenstütze entfernte und mit einer der Metallhalterungen auf das Seitenfenster drosch. Nach dem dritten Schlag zerplatze es, und Blondie konnte, ohne Wasser geschluckt zu haben, aus dem Auto fliehen. Danach erschien ein weiteres Mal der trocken gebliebene Moderator. Er ermahnte alle Zuschauer eindringlich und mit ernster Miene dazu, das Lösen der Nackenstütze vor dem Ernstfall zu üben, denn manche Halterungen hätten *durchaus ihre Tücken*. Das bewies er, indem er ungeschickt an der Nackenstütze des Cabrios rumfingerte.

Genau, dachte Ben, der Idiot sah so aus, als würde er die Scheibe seines Cabrios einschlagen, wenn er damit im See landete. Er stoppte das Video, indem er den ganzen Tab schloss. Die Pokerseite mit dem Chat erschien wieder.

Er steckte in der Klemme. Zwar hatte er herausgefunden, was er sich erhofft und schon geahnt hatte. Die Informationen, die aus dem Chat hervorgingen, waren aber so direkt und unmissverständlich, dass er diese nicht für sich behalten durfte. Er musste die Polizei davon unterrichten, die ja von einem Unfall ausging. Am besten, er rief gleich bei Kommissar Huntrich an. Und abspeichern und ausdrucken würde er den ganzen Kram auch noch. Zur Sicherheit.

Gerade wollte er seine Nummer wählen, als es bei ihm klingelte.

»Herr Huntrich«, sagte Ben. »Gerade wollte ich Sie anrufen.«

»Das passt ja«, meinte Huntrich. »Dann erzählen Sie mir doch mal, warum Sie überhaupt bei dem Herrn Novac im Garten rumlungern. Hab ich gerade so drüber nachgedacht.«

Ben erklärte ihm in kurzen Sätzen, dass Lina Althoeffer der Ansicht sei, dass der Unfall im See kein Unfall war und dass ihn seine Ermittlungen in diesem Zug eben auch dorthin geführt hatten.

»Mir ist eben ein Chatverlauf zwischen Henry und einem gewissen Jack untergekommen«, ergänzte Ben. »Und darin geht es eindeutig um den Unfall im Phönixsee.«

»Aber wie soll Henry denn mit jemandem über den Unfall gechattet haben?«, fuhr Huntrich dazwischen. »Der liegt doch seit dem Unfall im Koma.«

»Der Chat hat vorher stattgefunden.«

Es herrschte einige Sekunden Stille, dann sagte Huntrich: »Dann erklären Sie mir das mal.«

Ben las Huntrich den Chatverlauf vor und erklärte ihm, was es mit »dem Teil« und den Abkürzungen »NS« und »YT« auf sich haben musste.

Als er geendet hatte, sagte Huntrich: »Ich frage mal lieber nicht, wie Sie in das Konto von diesem Pokerspiel gekommen sind, aber ich muss Sie bitten, mir den Link und die Zugangsdaten dafür zu schicken. Alles, was mit dem vermeintlichen Unfall zu tun hat, liegt zwar noch bei den Kollegen vom Verkehr, aber ich werde denen das intern zukommen lassen und drauf pochen, dass uns der Fall übergeben wird.«

»Ach ja …«, begann Ben, brach dann aber ab.

»Ja?«, fragte der Kommissar, als Ben nicht weiterredete.

»Ach nichts«, antwortete der. Ihm war die Sache mit den Bildern eingefallen, die den Mercedes mit dem kaputten Seitenfenster zeigten. Aber die hatte er ja aus Henrys Briefkasten gestohlen. Das wäre neben Einbruch und Hacking die dritte Gesetzwidrigkeit, die er zugeben würde, und so hielt es für besser, doch lieber den Mund zu halten.

»Na dann, na dann«, sagte Huntrich mit einem skeptischen Unterton. »Also, schicken Sie mir alles rüber. Und wenn es noch was geben sollte ...« Er ließ den Satz einige Sekunden wirken, bevor er weitersprach. »... dann melden Sie sich bitte. Ansonsten, aber das dürfte ja klar sein, bitte ich Sie, sich aus der Sache rauszuhalten. Dieser Henry ist jetzt ein Fall für uns.«

»Geht klar!«, gelobte Ben. Die Lüge zwickte leicht in seiner Magengegend. »Ach ja ...«, sagte Ben schon wieder.

»Jetzt aber«, sagte Huntrich.

»Wissen Sie, ob die Kollegen herausgefunden haben, ob bei Henry irgendwas geklaut wurde?«

»Herr Pruss, das werde ich Ihnen doch nicht auf die Nase binden!«

»Gab es einen Computer?«, ließ Ben nicht locker. »Der war bestimmt nicht da, oder?«

Huntrich schwieg eine Zeit lang, dann sagte er: »Nein. Einen Computer gab es da nicht. Nur so eine Spielekonsole am Fernseher. Vielleicht hatte er keinen Computer.«

»Sehr unwahrscheinlich als Profi-Pokerspieler, oder?«

»Da gebe ich Ihnen recht. Oder kann man dieses Portal auch über diesen Spielecomputer aufrufen?«

Verdammt. Woher sollte er das wissen? »Keine Ahnung«, gab er zu. »Aber das lässt sich ja rausfinden.«

Huntrich grummelte etwas Zustimmendes. Dann verabschiedeten sie sich, und diesmal war es Huntrich, der ein »Ach, eins noch!« in den Hörer rief.

»Ja?«

»Haben Sie schon mit Lina Althoeffer über die Sache geredet? Vom Chat, meine ich.«

»Nein, ich …«

»Dann behalten Sie das bitte vorerst für sich. Sie haben Ihre Schuldigkeit erst mal getan, Herr Pruss. Herausgefunden, dass es kein Unfall war.«

»Ja, aber ich …«

»Jetzt bin ich an der Reihe und übernehme ab hier. Reden können Sie wieder mit Frau Althoeffer, wenn ich es Ihnen sage.«

Ben wusste zwar, dass das maximal ein Vorschlag von Huntrich sein konnte und kein Befehl, trotzdem wollte er sich vorerst daran halten. Nicht, dass Huntrich sich gezwungen sah, seine außergesetzlichen Aktivitäten doch genauer unter die Lupe zu nehmen. »Geht klar«. Als Huntrich nichts erwiderte, legte er auf.

Ben machte sich daran, dem Kommissar die Zugangsdaten zum Pokerportal per Mail zu senden. Dann griff er nach seinem Handy und schrieb Kai: *Guten Tag auch! Zugriff zum Pokerkonto war Gold wert. Vielen Dank! Könntest du das Gleiche noch mal mit Jack11111 machen? DANKE!*

Fast hatte er es zurück auf den Tisch gelegt, als ihm einfiel, dass er noch etwas vergessen hatte. Er öffnete WhatsApp und schrieb: *Kann man auf dieser Pokerseite auch über eine Spielekonsole spielen, oder geht das nur mit einem richtigen Computer?*

* * *

»Richtiger Computer«, murmelte Kai und zog die Stirn in Falten. »Du hast mal wieder keine Ahnung, Pruss.«

Nur ein »richtiger« Computer geht. Um Jack kümmere ich mich. Weiß aber noch nicht, wann ich es schaffe, tippte er in sein Handy.

Kai hockte seit knapp zwanzig Minuten auf einem unbequemen, aber total cool aussehenden Barhocker vor einem hohen Tisch aus derbem Holz. Darauf lagen sein Laptop und dessen lederne Tasche. Sein übriges Gepäck, den kleinen Koffer und den Kleidersack, hatte er im Gepäckraum des Hotels abgelegt. Zwar hatte er kein Zimmer gebucht, aber das schien niemanden an der Rezeption zu stören. Jetzt sah er aus wie ein richtiger Businessman und würde hier, mitten im legendären *Mainhatten,* nicht auffallen. Auffallend hatte er nur auf die Rezeptionistin gewirkt, als er den Gepäckraum verlassen hatte und statt Jeans und Pullover einen Anzug trug. Sie würde es überleben.

Von seinem Platz hatte er Einblick in den Eingangsbereich des Hotels inklusive der Fahrstühle. Gäste, die die Bar durch die seitliche Glastür vom Treppenhaus aus betraten, konnte er von hier ebenfalls beobachten. Sein platt gesessener Hintern hatte ihm schon mehrmals die Ledersessel auf der anderen Seite der Lobby schmackhaft machen wollen, aber erstens standen die mit dem Rücken zum ganzen Geschehen, und zweitens würde er in den Dingern wahrscheinlich einpennen. Und drittens – er hob einen Zeigefinger – war es von hier aus unkomplizierter, der langhaarigen Schönheit hinterm Bartresen zu signalisieren, dass seine Kaffeetasse leer war.

Kai ließ seinen Blick durch den Saal schweifen. Nur drei weitere Personen waren anwesend, die nicht zur Belegschaft gehörten. Allesamt Männer in teuren Anzügen. Genau wie er. Einer saß im Sessel in der Lobby und las Zeitung, die anderen beiden hatten schon ihr zweites Glas Weißwein oder Äbbelwoi oder was man hier so trank, vor sich stehen. Sie unterhielten sich angeregt, doch Kai konnte ihrem hessischen Dialekt nicht folgen. Zum Glück war Steinbach keiner davon. Denn wenn der genauso redete wie die beiden, hätte Kai bei jeder Abhöraktion verloren. Am besten, er erledigte die Angelegenheit mit *Jack11111* jetzt gleich, dafür brauchte er nicht viel Aufmerksamkeit, und …

Er erstarrte, als er erkannte, wer in diesem Augenblick mit schnellen Schritten durch die goldgerahmte Drehtür des Hotels trat. Der Typ hielt sein Handy ans Ohr und redete. An seiner anderen Hand schwang lässig eine lederne Laptoptasche. Markus Steinbach, der Bankerarsch. Sah genauso ungesund aus wie auf den Bildern, die Kai von ihm gesehen hatte. Bäh! Bei solchen Fatzken waren Vorurteile vollkommen angebracht. Steinbach marschierte zur Rezeption, und ohne sein Mobiltelefon vom Ohr zu nehmen, grummelte er der Rezeptionistin das Wort »Post?« entgegen. Die Dame nickte freundlicher, als er es verdient hatte, und drehte sich zur Wand. Diese war in schmale Fächer unterteilt, die mit den Zimmernummern beschriftet waren. Zielstrebig griff sie in eine der Ablagen und zog einige Umschläge daraus hervor. Die Zimmernummer war zu Kais Leidwesen nicht zu erkennen, aber er merkte sich, dass es das Fach in der dritten Reihe von oben links war, neben einem Fach, in dem sich ein hellbrauner Umschlag befand. Den Code würde er knacken!

Steinbach nahm sein Eigentum wortlos entgegen, drehte sich um und verschwand in einem Fahrstuhl, der sich in dieser Sekunde öffnete, als hätte er eigens auf den Banker gewartet.

»Penner«, murmelte Kai, klappte das Laptop zu und nahm es zusammen mit der Tasche vom Tisch. Er wandte sich dem Bartresen zu und signalisierte der Kellnerin, dass er gleich zurückkommen werde. Er schlenderte an der Rezeption vorbei, schielte auf die Wand mit den nummerierten Fächern und erkannte, dass besagtes Fach die Nummer 206 trug. Dann ging er zurück an seinen Platz. Ein frischer Kaffee wartete auf ihn und dampfte köstlich. Er stellte fest, dass das Koffein wirkte und seine Arme sich ein wenig wie elektrisiert anfühlten. Kai registrierte eine Bewegung am Rand seines Blickfeldes. Perfekt, seine Sinne waren geschärft! Markus Steinbach hatte soeben die Glastür vom Treppenhaus geöffnet. Er telefonierte immer noch und hatte die Laptoptasche gegen eine Tageszeitung eingetauscht. Zwar konnte Kai nicht verstehen, worum es bei dem Telefonat ging, aber Steinbachs Mund bewegte sich energisch, und seine Stirn lag in Falten. Er lief an Kai vorbei zur Bar, nahm mitten im Redefluss sein Handy vom Ohr und sagte der Kellnerin, dass sie um drei Uhr zwei Latte an den Tisch »da vorne« bringen solle. Aber pünktlich. Das »bitte« sparte er sich, und die Dame schenkte ihm dennoch ein freundliches Lächeln. Zum Glück redete er hochdeutsch! Dann setzte er sich zwei Tische neben Kai, warf die zu einem Viertel gefaltete Zeitung auf den Tisch und versenkte sich wieder in sein Telefonat.

Und die Laptoptasche lag prall gefüllt mit allem, was sich Kais Hackerherz wünschen konnte, oben in Zimmer 206. Aber wie sollte er da rankommen?

Steinbach legte seine linke Hand auf den Tisch und … tatsächlich. In ihr hielt er die Schlüsselkarte. Er legte sie auf dem Tisch ab und schob sie geistesabwesend hin und her, als wollte er Kai damit ärgern. Doch der ärgerte sich nicht. Ihm war eine Idee gekommen.

* * *

Er packte seinen Kram ein zweites Mal zusammen und ging zur Rezeption. Diesmal war es die Kellnerin, die ihm ein Zeichen machte, indem sie auf seine erneut geleerte Kaffeetasse deutete. Er hob den Daumen und lächelte. Seine Kopfhaut kribbelte. Gelobt sei Koffein!

»Hallo, ich hätte gerne ein Zimmer«, sagte er dem freundlich lächelnden Rezeptionisten, der zu Kais Leidwesen gegen die attraktive Rezeptionistin ausgetauscht worden war. »Haben Sie was mit einer Zwei vorne?«

»Wie bitte?«, fragte der Mitarbeiter und sah ihn irritiert an, ohne das freundliche Lächeln zu vernachlässigen.

»Irgendwas Schönes mit einer zweihunderter Nummer. Ist auf der Ebene noch was frei?«

»Ich schaue einmal nach«, sagte der Empfangschef und vergrub sein Gesicht in den Monitor vor sich.

Kai konnte seine Gedanken lesen: Was für ein Spinner!

»Ich hätte die Nummer 203 frei. Wäre das okay?«

»Nehme ich«, sagte Kai. »Bitte zwei Schlüsselkarten.«

»Das ist allerdings ein Einzelzimmer. Dritte dürfen die Schlüsselkarte ...«

»Weiß ich, weiß ich!«, unterbrach ihn Kai und machte eine beschwichtigende Geste mit der Hand. »Ich vergesse nur gerne eine Karte im Zimmer, deswegen lege ich die andere in meine Brieftasche.«

Der Mitarbeiter deutete ein Nicken an und verlangte Kais Personalausweis. Eine Unterschrift später erhielt Kai ein bedrucktes Pappheftchen mit zwei Schlüsselkarten. »Wenn Sie morgen frühstücken wollen ...«

»Weiß ich alles!«, unterbrach Kai ihn. »Bin öfter hier. Ich komme auch ins Internet. Danke!«

Der Rezeptionist schielte auf seinen Monitor und murmelte: »Das ist doch Ihr erster Besuch hier ...«

Kai ignorierte ihn und verließ schnellen Schrittes den Tresen. Für Freundlichkeit war keine Zeit. Er wollte schnellstmöglich zurück auf seinen Platz. Den nächsten Kaffee (den fünften – oder war es der sechste?) schlürfen und auf seine Gelegenheit warten, den genialen Plan umzusetzen, den Steinbach ihm auf dem Silbertablett serviert hatte. Kai zog eine der Schlüsselkarten aus dem Heftchen. Auf einer Seite trug sie den Aufdruck des Hotellogos, ansonsten war sie weiß. Keine Zimmernummer weit und breit, weil die Karten bei jedem Gast neu kodiert wurden.

Kais Magen verdichtete sich schlagartig zu einer koffeingefüllten Rosine. Seine Hände zitterten, und er spürte, wie der Schweiß unter seinen Achseln seitlich des Brustkorbs hinablief.

»Alles klar mit Ihnen?«, fragte eine Stimme hinter ihm, und er hätte am liebsten aufgeschrien.

Er drehte sich schlagartig um und blickte der Kellnerin in die Augen. »Äh, wie bitte? Ich meine, nein, alles klar. Hab nur zu viel Kaffee getrunken, glaube ich.«

»Mit sieben Tassen sind Sie auch mein Tagesrekord. Kann ich Ihnen vielleicht noch was anderes bringen? Einen Baldriantee vielleicht?« Sie lächelte ihn herausfordernd an, und Kai konnte sich ein Lachen nicht verkneifen.

»Das wäre wohl das Beste, aber lassen Sie mal. Ich würde dann zahlen.«

»Gerne.« Sie nahm ein Kassiergerät von ihrem Gürtel und tippte darauf ein.

Kai gab sich Mühe, Steinbach im Auge zu behalten. Der hatte sein Telefonat beendet und warf einen Blick auf sein Handy. Die Schlüsselkarte lag nach wie vor neben der Zeitung, vor ihm auf dem Tisch.

»Das wären dann 31,50 Euro«, sagte die Kassiererin und Kai spürte einen zweiten Schwächeanfall anrollen. 4,50 Euro für einen Kaffee? »Jetzt brauche ich wirklich einen Baldriantee«, sagte er. »Aber dafür reicht mein Geld nicht mehr.« Er bezahlte, und die Kellnerin verabschiedete sich hinter ihren Tresen.

Wie sollte er es bewerkstelligen, die Karten auszutauschen? Vielleicht könnte er mit einem Vorwand zu Steinbachs Tisch gehen und …

Er stoppte mitten im Gedanken, denn in diesem Augenblick erhob sich der Banker und ging zum Tresen. Mit einer Handbewegung dirigierte er die Kellnerin zu sich. Jetzt oder nie! Kai sprang von seinem Barhocker und ließ Steinbach nicht aus den Augen, der auf die arme Bedienung einredete. Auf wabernden Knien lief er zum Tisch des Bankers, wobei er seine Schlüsselkarte in der rechten Hand hielt. Ein schneller Blick über die Schulter. Der Kerl brabbelte, und die Kellnerin nickte fortwährend. Gut. Kai legte seine Karte auf dem Tisch ab, genau neben Steinbachs. Nur noch die andere Karte greifen und …

»Hallo? Was machen Sie da?« Kais Bewegungen froren schlagartig ein, als er Steinbachs Stimme hinter sich hörte.

* * *

Diesmal entlud sich der Schreck mit einem lauten »Ha«, das kein bisschen wie ein Lachen klang, sondern eher wie etwas, das einem Karatekämpfer entwich, der einen Stapel roter Ziegelsteine zerschlug. Seine Hand lag – Schockstarre sei Dank! – auf dem Tisch und auf seiner Karte. Oder hatte er die Hand nicht schon auf Steinbachs Karte gelegt? Oder wollte er das gerade tun? Scheiße. Er drehte sich um und blickte dem Banker in die Augen. Wie hatte der es geschafft, die vier Meter vom Tresen zu seinem Tisch innerhalb von einer halben Sekunde zurückzulegen?

»Hallo!«, sagte auch Kai. Dann drehte er sich wieder in Richtung Tisch und deutete mit dem linken Zeigefinger – die rechte Hand lag nach wie vor auf einer der Karten – auf Steinbachs Zeitung. »Also ich bin«, begann er mit flatternder Stimme. »Ich bin hier gerade vorbeigekommen, und da hab ich doch die Überschrift hier gelesen … Hier.« Sein Zeigefinger tippte auf irgendwelche Buchstaben, die fetter und größer als die anderen gedruckt waren. Steinbach warf einen Blick darauf. *»Hilft Ingwer gegen Erektionsstörungen?«*

»Genau!«, sagte Kai und lachte verlegen. »Wissen Sie, ich hab 'nen Kumpel, der hat Probleme damit, und wo ich das gerade las …«

»Soll ich Ihnen den Artikel rausreißen?«, sagte Steinbach und lachte dreckig. Dabei zog er seinen Stuhl zurück und setzte sich.

»Nein, nein, nicht nötig«, sagte Kai. »Ich werd ihm einfach mal ausrichten, dass er es versuchen soll. Vielen Dank!« Er zog die Hand vom Tisch und konnte nur hoffen, dass die Karte, die sich darunter befand, die richtige war. Dann griff er sich seine wenigen Habseligkeiten und eilte in Richtung Treppenhaustür.

»Wir haben auch Ingwertee«, rief ihm die Kellnerin hinterher, doch er entschied sich, das rigoros zu überhören.

* * *

Die Freude über das Blinken des kleinen, grünen Lämpchens am Schloss von Zimmer 206 währte nicht lang. Ein ausgewachsener Schreck überfiel Kai, als er sah, was sich hinter der Tür von Steinbachs Hotelzimmer verbarg. Erwartet hatte er ein schlauchähnliches, düsteres Minizimmer, welches eine kleine, melancholische Stimmung im Nu in eine ausgewachsene Depression verwandeln konnte. Eben ein Zimmer, wie er selbst eins gebucht hatte. Aber das hier war etwas völlig anderes. Er blickte in einen geräumigen, hellen Flur, von dem es links in die Toilette und geradeaus in einen modern eingerichteten Raum ging, welcher locker die Größe von Bens Wohnzimmer hatte. Zentraler Punkt war ein überdimensionales Boxspringbett. Daneben, schräg im Raum, stand eine dunkelgraue Ledercouch. Auf der anderen Seite an der Wand gab es einen weißen Kleiderschrank, für den, um ihn annähernd zu füllen, wohl sechs bis acht prallgefüllte Koffer nötig wären. Rechts vor dem großen Panoramafenster, durch das man einen perfekten Blick auf die umliegenden Hochhäuser hatte, zweigte eine Tür ab, die wahrscheinlich ins Badezimmer führte. Der Flachbildfernseher in Größe einer rollstuhlfahrergerechten Zimmertür war an der Wand daneben montiert. Darunter befand sich ein weißer Schreibtisch. Die drei Flaschen Wasser trugen, anders als in Kais Budgetzimmer, keine roten Banderolen mit Wucherpreis. Und davor stand er … Steinbachs Laptop.

KAPITEL 6

Zurück in seinem Zimmer, setzte das Zittern wieder ein. Er war für so einen Scheiß nicht gemacht. Er war gemacht dafür, zu Hause in Jogginghose auf der Couch zu sitzen und für anonyme Auftraggeber Sicherheitslücken in den Computernetzen russischer Oligarchen zu finden. Zwischendurch mal eine Folge Bosch auf Amazon-Video zu gucken und dabei Gute-Laune-Tee aus seiner BVB-Tasse zu schlürfen. Als operative Fronteinheit war er ungeeignet.

Er riss die mit 3,80 Euro beschriftete Banderole von der Pulle Wasser auf seinem Schreibtisch und trank sie gierig zur Hälfte leer. Dann klappte er den Monitor hoch, zog sich den Plastikstuhl ran und wollte gerade den Powerkopf an Steinbachs Laptop betätigen, als ihm einfiel, dass er zunächst seinen speziell präparierten USB-Stick einstecken musste. Als sich der Ladebildschirm zeigte, stoppte Kai den Vorgang mit einer Tastenkombination und stellte im erscheinenden BIOS das USB-Laufwerk als primäres Startgerät ein. Damit hatte die Computerfee ihre sagenumwobene Macht auf ihn übertragen – und er entspannte sich. Das war sein Terrain. Jetzt war alles im Fluss.

Es war, als beobachtete er sich selbst dabei, wie seine Hände über die Tastatur flogen, wie sein rechter Zeigefinger mit dem Touchpad den Mauszeiger auf schnellstem Wege an die richtigen Stellen lotste. Nach sieben Minuten war die Arbeit erledigt. Den Rest würde Steinbach selbst erledigen, wenn er den Rechner das nächste Mal startete und so den unsichtbaren Code aktivierte, der dafür sorgen würde, dass Kai kompletten Zugriff auf den Computer hatte. Unbemerkt konnte er dann alle Eingaben von Steinbach verfolgen, wenn ihm danach war, die Frontkamera starten und, was am wichtigsten war, auch auf die Programme zugreifen, die der Banker verwendete. Das Leben konnte so schön sein. Allerdings musste er das Scheißding ja wieder loswerden.

Bis auf ein eng umschlungenes, wild verliebtes Pärchen Marke Chef und Sekretärin war auf dem Flur niemand zu sehen. Und zum Glück hatte die Dame nur ihren Schnösel im Blick und der die Fahrstuhltür. Sie bemerkten Kai nicht einmal. Als ob es darauf ankäme, leise zu sein, schlich er auf Zehenspitzen zu Steinbachs Tür.

Wie hatte das blöde Notebook überhaupt auf dem Tisch gestanden? Wenn Steinbach hier eine Vorliebe hatte, zum Beispiel vorne am Rand oder mitten auf der Tischplatte, könnte das wichtig sein. Kai schob ihn einmal hin und wieder her, konnte sich aber nicht recht entscheiden. Doch das Laptop wurde ohnehin mit einem Schlag unwichtig.

Jemand öffnete die Zimmertür.

Reflexartig sprang Kai in den Zwischenraum von Boxspringbett und Panoramafenster. Ein verdammt schlechtes Versteck, weil es schlicht und ergreifend keines war.

Er würde zu hundertprozentiger Sicherheit gesehen werden. Kai sah sich schon in Hand- und Fußfesseln vor dem Haftrichter stehen. Zumindest wenn Steinbach ihn nicht kurzerhand aus dem Fenster warf. Viel mehr als die unschönen Bilder vor seinem geistigen Auge sah er nicht. Zumindest niemanden, der ihn in seiner Zuflucht erwischte. Er lag jetzt mindestens zehn Sekunden hier, wahrscheinlich eine halbe Minute. Jedenfalls zu lange, als es benötigte, in den Raum zu gelangen, um ihn zu entdecken. Er blinzelte. Er atmete. Luft tat gut.

Steinbach drückte die Klospülung.

Kai sprang auf. Klospülung bedeutete genügend Zeit, aus dem Zimmer zu kommen. Er rannte um das Bett herum, hatte fast die Tür in den Flur erreicht, als er sah, wie sich die Klinke der Klotür senkte. Der Dreckskerl wusch sich nach dem Abziehen nicht die Hände!

Kai wich aus, taumelte nach rechts und tat das Einzige, was in dieser verdammten Dreckslage noch möglich war.

* * *

Ben saß, mit einem nackten Fuß, dessen großer Zeh unter dem Nagel blau anlief, gegen die Wand gelehnt auf dem Boden und starrte auf den grauen Teppich. Der Tritt gegen das Lautsprecherstativ war schmerzhaft, aber ein notwendiges Ventil gegen seinen Wutausbruch gewesen. Er war am Arsch. Eine Show konnte er heute nicht spielen. Schließlich waren seine Requisiten hierfür im See versenkt worden. Zwar lagen sie jetzt irgendwo in der Brauerei rum, aber garantiert war das meiste davon unbrauchbar und setzte bereits Moos an. Er würde seinem Auftraggeber beichten müssen, dass er zur Feier des Tages mal Close-up-Zauberei zeigen würde anstatt der geplanten Show. Von den Requisiten, die er bei dieser Darbietung, die direkt an den Tischen der Gäste stattfand, bräuchte, waren zwar auch etliche im Phönixsee versunken, aber ein Kartenspiel, zwei oder drei Münzen und ein paar weitere Kleinigkeiten ließen sich wohl auftreiben.

Schwerfällig erhob er sich, wobei sein Blick unwillkürlich auf die rollbare Kleiderstange fiel, die hinten am Fenster an der Wand stand. »Alter«, murmelte er, als er verstand, was er dort sah. Oder besser – *nicht* sah. »Alter«, sagte er ein zweites Mal und fühlte sich, als ginge er durch Watte, als er einige Schritte in die Richtung tat. Das konnte unmöglich wahr sein. Die bescheuerte Kleiderstange, an der sein bescheuerter zweiter Anzug hängen sollte, war leer. Klar, der erste bescheuerte Anzug – der vom Dortmunder Badeabenteuer – war in der Reinigung, aber der andere … »Den hat der Penner sich geklaut …«, rief er in den Raum. In Zeitlupe hob er die Hände vor die Stirn. Dann schrie er: »ICH. RASTE. AUUUUUUSSSSSS!«

In der Nachbarschaft jaulte ein Hund.

* * *

Kai riss die Tür des Kleiderschranks auf, der zum Glück geräumig und bis auf die obligatorischen diebstahlsicheren Kleiderbügel und eine Wolldecke auf dem Boden leer war, und schlüpfte hinein. Ganz ruhig, Alter, ermahnte er sich. Dir fällt schon was ein. Er hörte, wie

Steinbach irgendwas abstellte, das Jackett auszog und sich aufs Bett fallen ließ.

Kai streckte seinen Oberkörper ein Stück nach rechts. Es gab eine schmale Ritze zwischen den Schranktüren. Bloß keinen Kleiderbügel berühren! Da lag die Person auf dem Bett. Es war nicht Steinbach. Da lag eine junge Dame mit blonden, langen Haaren, die nichts weiter als »kaum was« aus feinem, rotem Stoff trug. Dazu farblich passende, halterlose Strümpfe und High Heels. Sie lag flach auf dem Bett und hielt sich ihr Handy ans Ohr.

»Becky hier. Bin jetzt da«, sagte sie. »Ja. Bis dreiundzwanzig Uhr.« Dann legte sie das Handy neben sich auf die Bettdecke und murmelte: »Hoffentlich lässt der sich noch ein bisschen Zeit.«

Steinbach hatte sich ein Feierabendvergnügen der besonderen Art auf sein Zimmer bestellt. Na bravo. Unter anderen Umständen hätte dieser unfreiwillige Piep-Show-Besuch ja ganz interessant sein können. Aber an die Entspannung, die dafür nötig war, konnte Kai jetzt nicht denken. Er musste hier raus, bevor Steinbach kam, so viel stand fest! Vielleicht würde sie sich noch einmal »frisch« machen? Angesichts der Tatsache, dass sie sich nach dem Toilettengang nicht die Hände gewaschen hatte, war das ohnehin bitter nötig. Aber vielleicht war es ihre Masche, das erst anzugehen, wenn der Kunde bereits im Zimmer war? Um die Spannung zu steigern … Mit einem Augenzwinkern würde sie die Tür hinter sich schließen, während … Kai merkte, wie er abschweifte und sich *doch* ein Gefühl der Entspannung breitmachte. Das musste mit allen Mitteln unterbunden werden. Er kramte sein Handy hervor. Zum Glück hatte Becky den Fernseher angestellt. Die Gefahr, von ihr gehört zu werden, war schon mal ein wenig dezimiert. Kai öffnete WhatsApp und sah, dass er eine Nachricht von seinem Freund Ben bekommen hatte: *BIST DU BESCHEUERT????????? HAST DU MIR MEINEN ANZUG GEKLAUT??????? ALTER, ICH HAB GLEICH EINEN AUFTRITT!!!!!! ICH ERWARTE, DASS DER ANZUG IN EINER STUNDE WIEDER HIER IST!!!! EINE STUNDE!!!!!!!!!!*

Na ja, dachte Kai, ob Ben nach wie vor sein Freund war, würde sich noch herausstellen. Hätte er den fehlenden Anzug nicht ein paar Minuten später entdecken können? Obwohl, es entbehrte nicht einer gewissen Ironie, dass beide, er und Ben, gleichzeitig vor einer leeren Kleiderstange standen. So was konnte man sich nicht ausdenken. Jetzt halfen nur Fingerspitzengefühl und Raffinesse. Mit ein wenig Glück würde er hier rauskommen und gleichzeitig seine Freundschaft mit Ben retten.

Er schrieb: *Oh nein, mein Lieber. [AFFE-DER-SICH-DIE-AUGEN-ZUHÄLT-EMOJI] Hab total vergessen, dass du nen Auftritt hast. [MANN-DER-SICH-DIE-HAND-VOR-DIE-STIRN-HÄLT-EMOJI] Ich bin immer noch in Frankfurt. Jetzt haben wir den Ärger … Zieh doch meine G-Star-Jeans an und mein rotes Boss-Hemd. Das macht was her. Da passen deine Anzugschuhe doch perfekt zu! [DAUMEN-HOCH-EMOJI]*

Er drückte auf *Senden*, dann schrieb er eine zweite Nachricht: *Ich weiß, ist jetzt blöd, aber du müsstest mir einmal dringend aus der Patsche helfen. Such dir doch mal bitte die Nummer vom …*

Hier stoppte er und blickte entsetzt in die Dunkelheit. Wie hieß dieses verschissene Hotel noch mal? Es half nichts. Er musste sein Schlüsselkarten-Pappetui aus der Tasche fummeln und den Namen ablesen. Dann löschte er den letzten Satz und tippte: *Ruf mal bitte jetzt sofort die unten stehende Nummer vom Ruby Jane Hotel an und sag, die sollen dich mit Zimmer 206 verbinden. Wenn sich da jemand meldet, ist das die Becky. Sag ihr, sie soll bitte sofort runter in die Bar kommen. Herr Steinbach hätte eine Planänderung. Erwähne mich aber nicht. Ist DRINGEND! Geht um Leben und Tod! Ehrlich!!!!!*

Dann las er die Nummer vom Pappetui ab, tippte sie ebenfalls ein und wollte fast schon auf *Senden* drücken. Doch dann wechselte er noch einmal die App und stellte auf Bens Handy ein zehnmaliges *Pling* als Zeichen für eintreffende Nachrichten ein. Selbst wenn Ben das Mobiltelefon nach dem Senden seiner Wutnachricht auf lautlos gestellt hatte, würde der Ton abgespielt werden. Er drückte dann den *Senden*-Button. Der würde sich schon wieder einkriegen. Und irgendwie war das ja alles auch ein bisschen witzig. So spielte das Leben eben. Er linste durch den Schlitz ins Zimmer. Er hatte ja erst mal nichts anderes zu tun. Aber schon vibrierte es in seiner Hand.

Bist du bescheuert??? Nichts mach ich. GAR NICHTS! [WUTSCHNAUBENDER-EMOJI]

Der Kerl hatte den Ernst der Lage nicht kapiert.

Jetzt mach bitte! Ist echt ein Notfall. Hast einen gut bei mir. Oder zwei! Erkläre dir später warum, schrieb er und hoffte, dass die Botschaft ankam. Denn, das wurde ihm erst jetzt so *richtig* bewusst, es ging vielleicht wirklich um Leben und Tod. Wenn Steinbach ihn hier erwischte, könnte das böse für ihn enden.

Er blickte unentwegt das Display an und wartete auf eine Nachricht. Zehn Sekunden … eine halbe Minute … eine Minute. Gerade als er sich entschied, Ben eine weitere Nachricht zu schreiben und dem Kerl mit irgendwas zu drohen, hörte er, wie im Zimmer das Telefon klingelte. Ein nervig schriller Ton, der eher in seine Kemenate gepasst hätte als in diese edle Suite. Becky bekam einen Schrecken. Ihr Oberkörper schoss im Bett aufrecht hoch, und sie blickte sich mit einem Gesichtsausdruck um, als könnte sie sich beileibe nicht vorstellen, was um alles in der Welt solche Geräusche von sich geben sollte. Als sie merkte, dass das Klingeln vom Telefon auf dem Nachttisch kam, stieß sie ein genervtes Stöhnen aus, machte aber keine Anstalten, den Hörer abzunehmen.

»Jetzt geh doch ran!«, versuchte Kai sie leise flüsternd anzutreiben und hoffte, sein Freund/Exfreund/Mitbewohner auf der anderen Seite der Leitung würde lange genug durchklingeln lassen.

Er tat ihm den Gefallen. Nach dem zehnten oder zwölften Klingeln stöhnte Becky ein weiteres Mal genervt auf, rollte sich auf die Seite in Richtung Nachttisch und nahm den Hörer ab. »Ja?«, sagte sie, ohne mit ihrer Stimmlage einen Hehl daraus zu machen, dass ihr die Störung alles andere als recht war. Dann lauschte sie. »Hä? Das kost aber extra!«

Hoffentlich antwortete Ben jetzt was Intelligentes.

Dann stöhnte sie erneut auf, länger und leidender, und sagte: »Na gut. Komme runter!« Dann legte sie auf, ohne sich zu verabschieden. »Der kann kräftig draufzahlen«, murmelte sie, als sie geschäftig durch das Zimmer schritt, sich ihren Mantel anzog und nach ihrer Handtasche griff. »Und dann telefoniert irgend so ein Depp hinter mir her«, hörte Kai sie murmeln, bevor sie die Tür hinter sich zuschlug.

* * *

Ben hatte Judith Meyer, Marketingchefin bei *Reiser und Dorm*, einer Firma aus Schwerte, die irgendwas Langweiliges für langweilige Maschinen herstellte, als extrem perfektionistische Verhandlungspartnerin kennengelernt. Dass ihr die vollendeten Tatsachen, vor die Ben sie im Vorgespräch stellte, nicht behagen würden, war klar. Seine Argumente, Close-up-Zauberei passe viel besser zum Anlass – was stimmte –, und sein Outfit, blaue Jeans und blaues Hemd, seien doch ein perfekter Kontrapunkt zur piekfeinen Garderobe der Gäste, wollten nicht zünden. Und so fühlte er sich eher wie eine zusammengefaltete Pappschachtel statt als Stargast, nachdem sie entschieden hatte, mit ihm fertig zu sein. Zum Glück war Close-up-Zauberei eine sichere Sache, und er hatte die Gäste – wenn auch nicht die Geschäftsleitung, bei der die fiese Meyer ihn verpetzt hatte – schnell auf seiner Seite.

Nichts wie weg hier, war seine Devise nach dem Auftritt, und er überlegte, wie er ungesehen von Marketingchefin und Chefriege aus dem vollgepferchten Lagerraum, den sie ihm als *Garderobe* verkauft hatten, entwischen konnte. Er entschied sich, den Seitenausgang für das Personal zu nehmen. Da, wo die Küchenhilfen und Kellner immer mit einer Schachtel Kippen in der Hand rausgingen. Sein Traum zerplatzte, als er sah, wie sich die Klinke von außen bewegte und eine Sekunde später Judith Meyer im Türrahmen erschien.

»Kommen Sie mal bitte raus?«, sagte sie und vermied es, in Stimme und Tonfall irgendeine erkennbare Regung zu legen.

Oha, dachte Ben. Jetzt würde es weitergehen. An seiner Gage würden die nicht rütteln, das war mal klar! Zu seinem Erstaunen rang sie sich im sanft beleuchteten, schmalen Flur ein Lächeln ab, was dank der indirekten Beleuchtung und der merkwürdigen Schatten, die die Erhebungen auf ihrem Gesicht warfen, eine Spur teuflisch wirkte. Offenbar kostete es sie einige Mühe. Neben ihr stand ein älterer Herr im grauen Dreiteiler mit Fliege. Ben erkannte ihn als einen der Gäste, der seine Darbietung begeistert aufgenommen hatte. »Herr Precht möchte mit Ihnen reden. Ihm haben Ihre Zauberspäße gefallen.«

»Zauberspäße?«, sagte Precht und zog skeptisch eine Augenbraue hoch. »Für mich war das echte Kunst! Sie verstehen Ihr Handwerk, Herr Pruss!« Dann lachte er anerkennend und griff Bens Hand, die er kräftig schüttelte. »Wirklich mal was anderes als so eine Show, bei der alle einschlafen. Einfach toll! Alle waren begeistert!«

Eat this, Frau Meyer, dachte Ben.

»Na«, sagte sie, und Ben stellte fest, dass ihr Lächeln nicht wegen der Schatten teuflisch wirkte. Sie *war* der Teufel! »Ich lasse sie dann mal alleine.« Damit drehte sie sich um und verschwand zurück in den Saal.

»Ich brauche unbedingt eine Karte von Ihnen. Sie müssen zu unserer Weihnachtsfeier kommen!«, sagte Precht.

»Gerne!«, antwortete Ben und holte aus der hinteren Hosentasche eine Karte hervor. Sie war etwas zerknickt, aber das schien sein Gegenüber nicht zu merken, der nach wie vor Ben anlächelte.

»Sagen Sie mal«, begann er, als er die Visitenkarte in die Tasche hinter sein Ziertuch gesteckt hatte. »Sie waren doch zusammen mit dem Paul in dem Auto, richtig?«

»Ja, richtig«, antwortete Ben, der wusste, dass es um den Vorfall am Phönixsee ging. »Ich saß hinten neben Frau Althoeffer im Wagen.«

»Schlimme Sache«, sagte Precht. »Mann, Mann, Mann. Ich kannte Paul seit der Schulzeit. Wir sind zusammen im Schützenverein und bei den Rotariern …« Seine Augen suchten einmal den Raum ab. »Also waren … Ich kann es immer noch nicht glauben.«

Sie nickten sich mit betretenen Gesichtern zu, und es entstand eine unangenehme Pause.

»Sie waren auch auf der Beerdigung, richtig?«, sagte Ben, um irgendwas zu sagen und obwohl er sich nicht daran erinnern konnte, Precht dort gesehen zu haben.

»Na klar.« Precht nickte. Dann blieb es eine Weile unangenehm still zwischen den beiden, bis Precht sagte: »Na dann … Ich werde mal kurz vor die Tür gehen.« Er kramte in seiner Innentasche und förderte eine Schachtel Zigaretten zutage.

»Ich komm mit in die Richtung«, sagte Ben, der sich garantiert eine Kippe schnorren würde.

Er schnappte sich seinen Koffer, und sie liefen den Gang entlang, der vor dem Eingang in die Küche nach links abzweigte und zur Tür in den Hof führte. Zwei

Küchenhilfen in weißen Jacken und schwarzen Hauben auf dem Kopf kamen ihnen glucksend entgegen, trugen eine kalte Rauchfahne in den Flur und blickten sie irritiert an, ohne etwas zu sagen.

Draußen nieselte es, und sie fanden unter einem schmalen Abdach Platz, neben dem ein von Zigarettenkippen überquellendes Gurkenglas signalisierte, dass sie hier richtig waren. Nachdem Precht Ben wortlos eine angeboten hatte und beide Zigaretten glimmten, sagte er: »Wie geht es denn jetzt wohl mit der Brauerei weiter? Wissen Sie auch nicht, oder?«

»Keine Ahnung«, antwortete Ben, der den ersten Zug der Zigarette kribbelnd hinter seinen Schläfen spürte. »Ich habe nur gehört, dass morgen das Testament eröffnet werden soll.«

»Die Erben verkaufen den Laden, wenn Sie mich fragen.«

»Ja, meinen Sie?«, fragte Ben mit wachsendem Interesse.

Precht nickte. »Die Brauerei läuft ja schon seit Jahren nicht mehr besonders. Außerhalb vom Ruhrpott trinkt kaum einer noch Althoeffer.« Er deutete mit der Hand, die die Zigarette hielt, in Richtung der Gaststätte. »Selbst hier in Dortmund in den Kneipen gibt's das kaum noch. Aber was es gibt, ist wohl ein Angebot von Redleffs. Die wollen die Marke wieder aufbauen. International. Haben ihm zwölf Millionen geboten. Der Notar hatte schon alles in trockenen Tüchern. Aber Paul wollte auf keinen Fall unterschreiben.« Er stieß ein kurzes, humorloses Lachen aus. »Und Pauls Mutter, kennen Sie die? Paula?«

»Ich hab sie bei der Beerdigung gesehen. Ansonsten hab ich nur von ihr gehört.« Ben entschied, dass er genug gequalmt hatte, und drückte die letzten Zentimeter seiner Kippe zwischen den anderen, die wie abgemähte Blumenstängel aus dem Glas ragten, aus.

Precht nickte, betrachtete das Gurkenglas mit missfälligem Blick und legte seinen Zigarettenstummel vorsichtig darauf ab. »Die war natürlich auch strikt dagegen, dass verkauft wird.« Wieder das kurze Lachen. »Der Paul stand immer noch ganz schön unter ihrer Fuchtel. Die ist jetzt fast hundert und meint aber, sie wüsste immer noch, wie das Biergeschäft läuft.« Beide lachten. »Ich hab das ja von ihr gehört. Mit dem Unfall. Ich glaub, es war keine Stunde danach, da hat sie bei mir angerufen und mir das erzählt. Das muss man sich mal vorstellen. Ich hab die vorher bestimmt zehn Jahre nicht gesehen oder gehört.« Er schüttelte den Kopf.

»Sie hat bei Ihnen angerufen?«

»Sie hat *alle* angerufen ... Die ist hauptberuflich Tratschtante, seit sie nicht mehr offiziell in der Brauerei arbeitet. Aber das schlägt doch dem Bierfass den Boden aus, oder?«

Ben, der sich so ein Verhalten auch bei seiner eigenen Mutter vorstellen konnte, ließ die Frage unbeantwortet. »Hat sie denn betroffen geklungen, oder wie ...?«

»Geheult hat sie und gezetert. Ich konnte erst gar nichts verstehen. Und als sie die Nachricht losgeworden ist und ich dastand wie vor den Kopf geschlagen, hat sie gesagt, sie muss jetzt auflegen. Und weg war sie.«

»Unglaublich«, sagte Ben.

»Ja«, bestätigte Precht knapp. »Ist auch egal … Seine Kinder haben ihn jedenfalls immer gedrängt, das Angebot von Redleffs anzunehmen. Bis auf Patrick hat sich ja sowieso keiner fürs Bierbrauen interessiert.« Er kniff Ben ein Auge zu. »Was nicht heißt, dass sich der Mauritz nicht für *Bier* interessiert. Nur mit dem Brauen hat er's eben nicht so.«

Ben lächelte verschwörerisch, obwohl er Mauritz noch nie mit etwas Stärkerem als Bionade gesehen hatte.

Ben bemerkte, wie ihm die Kälte unter das Jackett zog, aber er wollte unbedingt mehr erfahren. »Und was ist mit Pauls Frau? Wollte die auch, dass er verkauft?«

»Lina? Nein. Die war immer auf Pauls Seite. Oder auf gar keiner.« Er zuckte mit den Achseln. »Hat jedenfalls immer gesagt, dass Paul die Entscheidungen selbst treffen soll.«

»Was meinen Sie, wer die Brauerei erbt? Patrick dann wohl, oder?« Falls Precht das Gefühl hatte, ausgefragt zu werden, zeigte er es nicht. Er machte auch keine Anstalten, wieder reingehen zu wollen.

»Schwierig, schwierig«, sagte er und drehte die Hand in einer wagen Geste hin und her. »Paul hat Patrick nie zugetraut, die Firma zu führen. Der meinte immer, der hätte nur Schnapsideen.« Er ließ einen grummelnden Laut von sich, und Ben registrierte, dass es ein Lachen sein sollte. »Und Schnapsideen sind bei Bier nicht besonders gut, wenn Sie wissen, was ich meine.« Ben lächelte höflich. »Ich fand ja einige Ideen vom Patrick gar nicht schlecht. Mehr alkoholfreie Getränke wollte der zum Beispiel ins Sortiment aufnehmen. Aber Paul hat sich schon jahrelang gegen alkoholfreies Pils gewehrt, wo das schon jede andere Brauerei im Angebot hatte.« Precht atmete mit einem Schnauben ein und redete weiter: »Aber wahrscheinlich wird ihm nichts anderes übrig bleiben. Ich weiß nicht, ob Lina die Firma führen will. Sie könnte bestimmt. Hat irgendwas mit Wirtschaft studiert, meine ich. Die Möglichkeit werden sie wohl hoffentlich zu Lebzeiten besprochen haben. So, jetzt wird mir kalt. Ich geh mal wieder rein.«

KAPITEL 7

Die Entscheidungen, die Kai in seinem bisherigen Leben getroffen hatte, hatten sich im Nachhinein in absteigender Reihenfolge meist als falsch, schlecht oder im besten Fall ungünstig erwiesen. Zurückzuführen war das auf seine unvergleichliche Art, seine Fähigkeiten zu über- und die an ihn gestellten Anforderungen zu unterschätzen. Sicher war diese Schwäche ausschlaggebend dafür, dass er mit fünfunddreißig noch immer ledig auf einem Feldbett schlief und nicht verheiratet mit Kind und Hund im Schlafzimmer eines Reihenendhauses. Gleichzeitig war er mit der Gabe ausgestattet, die Dinge »nicht zu eng« zu sehen. *Läuft!*, war sein Motto. Doch zu diesem Gedanken war er am heutigen Morgen nicht fähig.

Er hatte eine undefinierbare Zeitspanne in einem Zwischending von Schlaf, Bewusstlosigkeit und Wachheit verbracht, bevor er einen ersten Versuch wagte, die Augen zu öffnen. Ein Versuch, der mit einem stechenden Schmerz in der Stirn endete. Er grunzte. Wenigstens dazu war er fähig. Und noch etwas. Der zarte Lichtstrahl, der die Netzhaut seiner Augen erreicht hatte, schien zumindest rudimentäres Denken wieder möglich zu machen. DUM DUM DIBI DIBI DUM DUM. In Dauerschleife jagte dieser Beat durch seinen Kopf. Woher er kam? Er hatte keine Ahnung. DUM DUM DIBI DIBI DUM DUM. Dann fiel es ihm ein.

Er war am Vorabend nicht wie geplant zum Hauptbahnhof gefahren und in den Zug nach Dortmund gestiegen. Irgendetwas in ihm hatte entschieden, wenn er schon mal in Frankfurt war und ein Hotelzimmer gebucht hatte, konnte er sich auch mal wieder im Pearl Club blicken lassen. Und offensichtlich hatte er den Plan umgesetzt. Erste Bilder von einem Taxi, von riesigen Türstehern, von Lichtern, einer Bar, von tanzenden Menschen erschienen vor seinem geistigen Auge. DUM DUM DIBI DIBI DUM DUM.

Warum geht es mir so dreckig?, hallte es in seinem Kopf zwischen den Beats. So kotzübel? So verdammt Scheiße?

Die Erinnerung an Jägermeister war es, die in ihm schlagartig die Energie weckte, aus dem Bett zu steigen und zur Toilette zu hasten. Warum zum Teufel war er nackt? Nachdem er eine Zeit lang bräunlichen Schleim in die Kloschüssel gespuckt hatte und er die Augen schon mehr als die Hälfte der Zeit offen halten konnte, kamen weitere Erinnerungen. Es war geil gewesen. Es war laut gewesen. Und voll. Und er hatte Jägermeister-Energy gesoffen. Oh ja, gesoffen! Das einzige Zeug, das ihm so einen dreckigen Kater verpassen konnte. Und das einzige Zeug, das so geil wie nichts anderes schmeckte.

Er betätigte den Spülknopf und erhob sich schwerfällig. Er war immer noch hackedicht, so viel stand fest. Er wühlte in seinem Kulturbeutel und fand sein Kater-Notfallpack. Eine Tablettenschachtel, in der sich die drei göttlichen Gaben des Abendlandes, Aspirin, Paracetamol und Ibuprofen, befanden. Er drückte jeweils eine Tablette davon aus jeder Plastikverpackung und spülte sie mit so wenig Wasser wie möglich hinunter. In zwanzig Minuten würde das Gefühl, sein Kopf werde rechts und links von zwei ICEs zusammengequetscht, verschwunden sein.

* * *

»Kennen Sie das, wenn man denkt, alles um einen herum stürzt auf einmal zusammen, Ben?«, fragte Lina. Sie hielt die Augen geschlossen und massierte sich die rechte Schläfe. Ben, der gerade auf dem Besucherstuhl Platz nehmen wollte, blieb lieber stehen. Lina öffnete ihre Augen und sah aus dem Fenster. Ihr Blick schien durch die Stiftskirche hindurchzugehen, die neben dem Brauereigelände stand.

»Kann ich mir vorstellen, dass das im Moment alles viel für Sie ist.« Was Schlaueres fiel ihm nicht ein.

»Ein Kommissar Huntrich hat mich gestern angerufen. »Ob ich einen Jack kennen würde, hat er gefragt. Sie würden jetzt auch wegen der Sache im Phönixsee ermittteln.«

»Kennen Sie einen?«

Lina schüttelte den Kopf. »Sagt mir nichts. Ich weiß auch nicht, was das soll.«

»Ich weiß auch nur, dass in dem Zusammenhang mit dem Unfall, der vielleicht keiner war, der Name Jack gefallen ist. Deshalb wird er sie gefragt haben. Routine.« Den Drang, ihr vom Chat zu erzählen und dass er *wusste*, dass es kein Unfall gewesen war, unterdrückte er nur mit Mühe. Da Lina sich auf den Chefsessel setzte, wagte Ben es, sich ebenfalls zu setzen.

»Weiß der Kommissar, dass ich Sie als Detektiv engagiert habe?«, fragte sie.

Ben nickte. »Dem entgeht nicht viel. Ich musste den Kommissar im Zuge meiner Ermittlungen über etwas, das ich herausgefunden habe, informieren. Darüber darf ich leider noch nicht sprechen.« Er fühlte sich bei der Antwort unbehaglich und wich ihrem Blick aus. Sein Blick fiel auf ein großformatiges Bild, das seitlich hinter ihr an der Wand hing. Es zeigte Familie Althoeffer in trauter Eintracht vor einem grauen Hintergrund. Eine fantasielose Familienaufnahme aus einem Fotostudio, auf dem alle drei ein Lächeln imitierten. Paul, Lina und ... Ben erschauderte. Linas Sohn. Jacques! Den hatte er überhaupt nicht auf dem Schirm gehabt. Bei den wenigen Gelegenheiten, an denen er ihm begegnet war, hatte Jacques Ben stets weiträumig gemieden. Was okay war. Der Junge hatte den Eindruck in Ben geweckt, dass er möglichst die ganze Welt weiträumig meiden würde, wenn er nur in die Hände eines Raumschiffs gelangen könnte. Typisch pubertäres Verhalten.

Auf dem Bild war Jacques bereits ein Stück größer als seine Mutter und sein Stiefvater, aber er sah noch aus wie ein normaler Junge. Braune, kurze Haare im Bürstenschnitt, Tom-Tailor-T-Shirt, zerrissene Jeans und Sneaker. Heute trug er lange, schwarz gefärbte Haare, wobei eine Haarsträhne das eine Auge komplett überdeckte. Das andere, für die Außenwelt sichtbare war tiefschwarz geschminkt. Dazu trug er ausnahmslos schwarze Kleidung. Gothic oder Grufti oder wie die aktuelle Bezeichnung dafür lautete.

Als hätte Lina seine Gedanken gelesen, sagte sie: »Bevor Sie fragen: Er hat sich auch erkundigt, ob mein Sohn Jack sein könnte. Das ist natürlich Quatsch. Aber die Frage bietet sich ja an.«

»Das stimmt«, gab Ben ihr recht.

»Er ist nicht gerade ein einfaches Kind.« Sie zuckte mit den Schultern. »Wir haben unsere guten und unsere schlechten Zeiten. Aber dass er Mordgedanken gegen mich hegt … Er war …« Sie machte eine kurze Pause. »Er *ist* sehr bestürzt über das, was passiert ist. Auch wenn er das überspielt.«

Ben überlegte, was er darauf erwidern sollte, aber sie sprach zum Glück weiter: »Er und Paul wären meine Erben gewesen. Aus meiner Lebensversicherung hätte er hundertfünfzigtausend bekommen. Wie die rechtliche Regelung ist, wenn der andere Erbe ebenfalls verstorben ist, weiß ich nicht. Genauso wenig, wie ich weiß, was mit meinem Anteil aus Pauls Erbe geschehen wäre, wenn ich auch gestorben wäre.« Sie verzog die Lippen zu einem schmalen Lächeln und schüttelte langsam den Kopf. »Denken Sie, dass Jacques sich hinsetzt und diese Fragen im Internet recherchiert?«

»Völlig abwegig«, sagte Ben und verschob die Frage, ob das *wirklich* seine Meinung war, auf später. Die Bürotür öffnete sich, und Paul Althoeffers Sekretärin erschien in der Tür. Frau Gerber hieß die doch, überlegte Ben, oder Gröber?

»Der Notar ist jetzt da. Und die anderen Herrschaften ebenfalls. Sie sind noch unten«, sagte sie.

* * *

Kai taumelte zurück ins Schlafzimmer. Der plötzliche Lichtwechsel von nahezu dunkel – er hatte sich nicht die Mühe gemacht, den Lichtschalter zu betätigen – zu fast dunkel schmerzte in seinen Augen. Allerdings weckte der schmale Lichtkegel, der durch die geschlossenen Vorhänge glitt, sein Interesse. Denn er erleuchtete in ehrfurchtgebietender Weise seinen Laptop, der aufgeklappt auf dem Schreibtisch stand. Anstatt sich wieder ins Bett zu legen, wie er es vorgehabt hatte, setzte er sich auf den Stuhl und betätigte die Leertaste. Es leuchtete das Display auf und offenbarte seine Desktopoberfläche. Der hatte gestern wohl nicht gesoffen, dachte Kai und bewegte die Maus auf das Icon zu, welches mit MS betitelt war, der Abkürzung für Markus Steinbach.

Während das Spitzelprogramm mit Namen Fireview lud, registrierte Kai in der rechten unteren Ecke die Uhrzeit. 9:36 Uhr. Die Chancen waren also gar nicht so schlecht, dass Steinbach seinen Laptop schon wieder im Einsatz hatte. Und tatsächlich, ein sich langsam aufbauender Ladebalken zeigte an, dass das Hintertürchen zum Rechner des Bankers offenstand und Kai jeden Moment voller Zugriff gewehrt werden würde.

Have Fun, Asshole!, meldete sich das Programm. Hacker verfügten über einen unvergleichlichen Humor.

Der Ladebalken zeigte kurz hundert Prozent an, dann verschwand er, und die Inhalte von Steinbachs PC erschienen. Kais Kopfschmerzen und die Müdigkeit verzogen sich in den Hintergrund. Die ICEs hatten ihre Fahrt beendet. Ein eingeschalteter Rechner war doch immer noch die beste Medizin. Steinbach war damit beschäftigt, sich irgendwelche gezackten Charts anzusehen. Die interessierten Kai nicht die Bohne.

Fireview hatte den Vorteil, dass man nicht nur sehen konnte, was der andere mit dem Rechner anstellte. Man konnte unabhängig davon auch selbst Apps starten und benutzen. Die Programme, die man aufrief, zeigten sich ausschließlich auf Hackerseite, was ebenfalls für Mausbewegungen und Eingaben galt. Einzige Schwachstelle war, dass der infizierte Rechner sehr langsam wurde. Aber das schoben die ahnungslosen Ausgespähten normalerweise auf einen schlechten Internetempfang.

Auf die freiwillige Mitarbeit seitens Steinbach würde Kai aber nicht ganz verzichten können. Dieser würde das Programm zur Kontenverwaltung, Vistatrans genannt, selbst öffnen müssen, da dafür ein Passwort nötig war, welches Kai nicht kannte. Wenn Steinbach es mal eingetippt hatte, dann natürlich schon. Ohne den Blick vom Bildschirm zu nehmen, griff er den Laptop und verzog sich damit zurück ins Bett.

Gerade war er unter die Decke geschlüpft, da schwebte Steinbachs Mauszeiger über dem Vistatrans-Symbol. Das Programm öffnete sich und fragte nach einem Passwort. Kai sah echte Buchstaben in dem entsprechenden Feld und keine Sternchen. Es handelte sich um einen ellenlangen Code aus Groß- und Kleinbuchstaben, Sonderzeichen und Zahlen, den Fireview automatisch speichern würde. Kai brauchte sich zum Glück nichts zu merken. Merken wollte er sich aber Steinbachs Vorgehen beim Erstellen einer Überweisung. Und als hätte der Banker seine Gedanken gelesen, tat er ihm den

Gefallen. Eigentlich war es genau wie beim Homebanking. Nur, dass es hier nicht um 49,99 Euro ging, die virtuell von Kai zu Jeff Bezos flogen, sondern um schlappe neunundvierzig Millionen von Jason & Johnson Ltd. auf den Caymans zu WorldChina LLP bei einer Bank, die sich Goodwin & Partner nannte.

»Scheiße!«, schrie Kai in den Raum. Mit einem Volumen in der Stimme, dass sich sogar bei den ohrenbetäubenden Beats im Pearl Club die Köpfe nach ihm umgedreht hätten. Steinbach, Mr. Doof-Bankmann Nummer eins, Finanzhai, geldgeiler Sack der Superlative, benutzte eine verdammte Zwei-Faktor-Authentifizierung. Hierbei wurde vor der Generierung der sechzehnstelligen TAN eine zufällige PIN an Steinbachs Handy geschickt. Erst wenn er diese eingab, wurde die Transaktionsnummer generiert. Jetzt war er am Arsch, jetzt musste er auch noch Steinbachs Handy hacken oder klauen und …

»NEEEEIIIINNNNNN!!!« Der seelische Schmerz drängte den Kater vollends in den Hintergrund. Auf dem Bildschirm war die Meldung erschienen: *PIN korrekt. TAN wird am TANJack angezeigt.* Was um Himmels willen war ein TANJack? Noch irgendein anderes dämliches Gerät. Musste man denn mit solchen Sicherheitsmaßnahmen auffahren, nur wegen ein paar Milliönchen? Er würde mit einer Kalaschnikow in die Bank spazieren müssen, wenn er auch nur einen Euro von Laubers Konten abzweigen wollte. Er würde …

»Hey!«, kam eine Stimme rechts von ihm.

* * *

Ben hatte sich auf einem der zwei Ledersessel im Vorzimmer niedergelassen, nachdem Lina gegangen war. Auf dem tiefen, goldgeränderten Glastisch, der vor ihm stand, lagen Ausgaben der Magazine *Besser brauen* und *Der moderne Braumeister*. Davon würde er garantiert keins anrühren. Er wollte lieber ein Pläuschchen mit Frau Gerber halten. Das goldene Schildchen auf ihrem Schreibtisch, auf dem der Name neben einem schäumenden Bierglas eingraviert war, hatte seinem Gedächtnis auf die Sprünge geholfen.

Sie blickte kurz zu ihm auf, bevor sie sich wieder ihrer Arbeit widmete. Sie manövrierte Papiere von einer Seite des Schreibtischs auf die andere. Aufnehmen, an den Kanten glattstoßen und umgekehrt wieder ablegen hieß die Tätigkeit wohl. Sie wirkte fahrig. Erneut blickte sie kurz zu Ben, der sich Mühe gab, den Eindruck zu erwecken, nicht in ihre Richtung gestarrt zu haben.

Dann räusperte sie sich und sagte: »Also … Ich hab …« Anstatt den Satz zu beenden, klopfte sie einen bereits millimetergenau geebneten Papierstapel ein weiteres Mal.

»Ja?«, fragte Ben und setzte sein Entertainer-Lächeln auf. Damit konnte er bei Damen jenseits der fünfzig das Eis brechen.

»Ich habe …«, setzte sie ein zweites Mal an. »Zufällig mitbekommen, dass Frau Althoeffer Sie als Detektiv engagiert hat.«

Zufällig? Ben vermutete, dass dieses »zufällig« mit einer von der Chefetage nicht autorisierten Einstellung der Gegensprechanlage zusammenhing. »Mmh«, sagte er und nickte knapp.

»Ja, also …«, Frau Gerber versuchte ein Lächeln, entschied sich aber schnell anders und sagte: »Also, ich weiß ja nicht, worum es genau geht bei Ihren Recherchen. Aber wegen dem Henry …«

»Ja?«, ermutigte Ben.

»Also, ich hab da was Komisches gesehen, neulich.« Sie nickte, als müsste sie sich selbst bestätigen, dass es wirklich etwas Komisches gewesen war. »Also, ich fand es schon damals komisch. *Vor* dem Unfall im See … Aber im Nachhinein ist es noch komischer.«

»Wollen Sie es mir erzählen?«, fragte Ben und musste sich bemühen, nicht allzu angeknipst zu wirken.

»Ja … ja«, antwortete sie und klang atemlos. Als ob das Ordnen der Papiere außerordentlich anstrengend wäre. »Als ich neulich Feierabend gemacht hab. So acht, neun Tage vor dem Unfall. Da sehe ich auf der B 236 kurz hinter dem Berghofen-Tunnel, so ein Stück einen Feldweg rein, den Mercedes vom Chef stehen.«

»Aha«, sagte Ben.

»Ich war im Auto«, ergänzte sie das, was Ben ohnehin vermutet hatte. »Es war da gerade ein Stau, wegen dieser Baustelle da am Freischütz. Da ist gerade nur eine Fahrtrichtung frei.« Sie deutete mit dem Zeigefinger in Richtung des Fensters, als ob die Ortsangabe damit perfekt wäre. »Sonst wäre ich wohl einfach vorbeigefahren. Aber so konnte ich das genau sehen. Erst wusste ich auch noch nicht, dass das der Wagen vom Chef ist.«

Komm zur Sache, dachte Ben und nickte eifrig in der Hoffnung, ihren Redefluss anzustacheln.

»Aber der saß auf dem Beifahrersitz. Das Auto stand nämlich so schräg, dass ich die Seite sehen konnte. Und da dachte ich noch: Was sitzt der Chef denn auf dem Beifahrersitz? Der sitzt normalerweise nämlich immer hinten, wenn kein anderer mitfährt, wissen Sie?«

»Aha, aha«, sagte Ben, der mittlerweile fast die Hoffnung aufgab, etwas Interessantes zu hören.

»Ja, und Henry stand neben dem Auto. Auf der anderen Seite. Der Fahrerseite. Und der hat da so rumlamentiert. Als wenn der von außen mit dem Chef im Wagen geredet hätte. Ich dachte, vielleicht musste der mal pinkeln. Also der Henry.«

»Also der Chef saß im Wagen, und Henry stand draußen. Weil er wahrscheinlich mal pinkeln musste.« Ben hoffte, dass die Testamentseröffnung bald mal zu Ende sein würde. Wenn die Geschichte in dem Tempo weiterging, konnte hier gleich noch *sein* Testament verlesen werden.

»Ja. Aber dann wurde die Ampel grün, und es ging weiter. Ich fahr also wieder an und denke noch, wie komisch das ist, weil der Chef an dem Tag eigentlich mit dem Dunnwitz zusammen einen Termin hatte wegen der Verträge für die neue Brauanlage.« Wieder deutete sie mit dem Zeigefinger, diesmal in die entgegengesetzte Richtung. Ben überlegte, ob es nützen würde, Frau Gerber ein wenig zu schütteln.

»Und der Henry hatte eigentlich seinen freien Tag. Aber ist ja auch egal. Jedenfalls … ich fahr da vorbei und drehe mich noch einmal um. Und da kann ich dann auch die Fahrerseite vom Auto sehen. Und der Henry steht neben der geschlossenen Fahrertür – und plötzlich ist die Scheibe weg.«

»Die Scheibe ist weg?«, fragte Ben und hielt eine Ohrfeige rechts und links für angebrachter.

»Ja. Die ist einfach geplatzt, oder was. Ich hab gesehen, wie diese kleinen Scherben da runtergerieselt sind.«

Was erzählte die da? »Die Scheibe ist geplatzt?«

»Ja, wenn ich es Ihnen doch sage!« Sie hielt beide Handflächen in die Höhe. »Und da dachte ich ja schon, komisch. Ist doch komisch, oder?«

»In der Tat«, gab Ben zu. »Und dann?«

»Ja, nichts und dann. Dann hat einer hinter mir gehupt, weil ich so langsam geworden bin, und dann bin ich weitergefahren.«

»Haben Sie denn Herrn Althoeffer darauf angesprochen?«

»Ja, na klar!«, sagte sie mit einer Betonung, die sich verdächtig nach »Ich bin ja nicht plemplem« anhörte. »Der hat das geleugnet. Hat behauptet, er wäre ja in dem Termin gewesen. Und Henry hatte ja seinen freien Tag. Und sein Auto hätte die ganze Zeit zu Hause gestanden und die Seitenscheibe wäre auch vollkommen in Ordnung.«

Ben nickte langsam und ließ seinen Blick durch den Raum schweifen. Er suchte nach irgendeiner Frage, die ein guter Detektiv jetzt stellen würde. »Und Henry? Haben Sie den auch angesprochen?«

»Ja, ja, ja, ja«, antwortete sie und klang fast begeistert. »Der war dabei. Ich bin den beiden unten auf dem Parkplatz über den Weg gelaufen. Gleich am Tag danach.« Sie machte eine Pause, als müsste sie sich vor den nächsten Worten erst sammeln. »Die haben sich gegenseitig angeguckt, als hätte ich nicht alle Tassen im Schrank.«

Ben überlegte, ob das der Fall sein könnte. Die Sache war ein Stück zu aberwitzig. »Und konnten Sie einen

Blick auf das Auto werfen? War die Scheibe an der Fahrerseite ganz?«

Frau Gerber ließ den Kopf sinken und blickte einige Sekunden auf die Tischplatte, bevor sie den Blick wieder hob. Leise sagte sie: »Ja. Die war da.«

Darauf hätte Ben gewettet. »Wissen Sie noch, wann das war? Also der Tag Ihrer Beobachtung?«

»Jaja, das war …« Sie legte endlich den Stoß Papiere zur Seite und setzte sich die Lesebrille auf. Dann nahm sie einen spiralgebundenen Wochenkalender zur Hand, der neben dem Monitor lag, und blätterte darin herum. Willkommen im 21. Jahrhundert, dachte Ben. »Das war der …« Ihr Zeigefinger wischte über die Seiten. »Das war der 10.9. Um sechzehn Uhr hatte er den Termin.« Sie nahm die Brille von der Nase und legte sie über ihrem Bauch ab, wo sie durch die Kette gesichert hängen blieb. »Und Herr Pruss …«, begann sie leise. »Wegen diesem Jack …«

»Ja?«, fragte er.

»Ich weiß ja gar nicht, wie ich es Ihnen sagen soll … Aber ich glaube, ich weiß, wer dieser Jack ist.«

* * *

Der Laptop flog in hohem Bogen durchs Zimmer. Gleichzeitig rollte Kai nach links aus dem Bett, wobei er einen tarzanähnlichen Laut von sich gab. Laptop und Kai schlugen simultan auf dem Boden auf, und der Computer gab ein Geräusch von sich, das seinem Besitzer stärkere Schmerzen verursachte als der harte Aufprall des eigenen Körpers und die Auswirkungen des

Katers zusammen. Doch hatte die Kollision mit dem Fußboden auch ihre gute Seite. Sie brachte die Erinnerung zurück. Wie hieß sie noch gleich? Nadja? Nein. Nadine. Sie hatten sich in dem Club kennengelernt, und ja, ein Bild von einem Taxi, in das sie beide einstiegen, erschien vor seinem geistigen Auge. Kai blickte die müde Dame an. Ihre dunkelrot gefärbten, kurzen Haare, die gestern zu einem strengen Seitenscheitel gekämmt waren, standen in alle Richtungen ab. Was machte die hier? Er überlegte, ob sie überhaupt sein Typ war, konnte sich aber ad hoc nicht entscheiden. Sie gähnte herzhaft, ohne sich die Hand vor den Mund zu halten, und setzte ein zerknittertes Lächeln auf. Die Falten des Kopfkissens hatten sich in ihrer rechten Gesichtshälfte verewigt. »Warum bist du denn schon so fit?«, fragte sie. »Und was schreist du hier rum?«

»Ach sorry«, sagte er, während er auf dem Fußboden sitzen blieb und sich die Bettdecke ranzog, um seine Blöße zu bedecken. Auf die zusätzliche Wärme hätte er verzichten können. Es schien, als würden in seinem Innern literweise Jägermeister-E gekocht. »Ich war nur so in die Arbeit vertieft, und da hab ich einen kleinen Schrecken bekommen.«

»Du hast vergessen, dass ich da bin«, sagte sie mit einem Grinsen, das so teuflisch und überführend war, wie nur Frauen es draufhatten.

»Nein. Nein, auf keinen Fall!«, log er.

»Wie heiße ich denn?«

»Nadine«, sagte er bestimmt und war sich gar nicht mehr so sicher.

Doch die junge Frau nickte anerkennend.

»Und okay. Ich hab vergessen, dass du hier bist«, gab er zu. Was machte dieses Weib mit ihm? In solchen Situationen galt eigentlich seine Devise: Was sollte Ehrlichkeit hier bringen?

»Wusste ich es doch, du schäbiger Lügner«, sagte sie und warf ihm ein Kissen ins Gesicht. Dann lachte sie. »Du warst aber auch besoffen … Eigentlich hatten wir ja was anderes vor, aber kaum warst du ausgezogen, hast du dich auf das Bett fallen lassen und bist eingepennt.«

Zum Glück!, dachte er. Was brachte einem die tollste Liebesnacht, wenn man sich hinterher an nichts erinnern konnte? Nur, was sagte man in so einem Fall? Tut mir leid, war wohl etwas anmaßend. »Der Jägermeister hat mich fertiggemacht. Ich vertrage das Zeug nicht«, sagte er stattdessen.

»Na ja«, sagte Nadine, setzte sich im Bett auf und hielt sich dabei die Decke vor den Oberkörper. Ein Schmetterlingstatoo unterhalb ihres linken Schlüsselbeins wurde sichtbar. »Wir waren eben nicht dazu bestimmt«, sagte sie mit gespielt schmachtendem Blick, der sehnsuchtsvoll in Richtung Decke wanderte. Die war lustig! Dann erhob sie sich, wobei sie die Bettdecke weiterhin vor dem Körper hielt – was Kai bei aller Etikette jetzt nicht mehr für zwingend notwendig erachtete –, und sammelte ihre Kleidungsstücke und ihre Handtasche vom Boden auf. Und bevor sie die Badezimmertür hinter sich schloss, rief sie ihm einen Satz zu, der ihn erstarren ließ wie einen Jägermeister-E auf dem Mond: »Und gleich erzählst du mir, ob du deinem Banker schon die Millionen geklaut hast!«

* * *

»Frau Gerber?« Ihre Stimme ließ Ben zusammenzucken, und auch Frau Gerber konnte ihren Schreck nicht verbergen. Beide drehten sich in Richtung des Durchgangs, der zum Flur führte.

Lina Althoeffer stand dort neben einem jovial wirkenden Herrn mit Halbglatze, Nickelbrille und Aktenkoffer. Dem Abziehbild eines Notars, dem Ben auf der Beerdigung begegnet war. Hinter den beiden hatten sich Paul Althoeffers Söhne Mauritz und Patrick sowie seine Tochter Ella versammelt. Letztere führte ein Minihündchen an der Leine, das neugierig zwischen den Beinpaaren hin und her lugte. Erst beim zweiten Blick erkannte Ben auch Jacques, der einige Schritte hinter der kleinen Gruppe stand und gelangweilt in Richtung Boden stierte.

»Jaaa?«, sagte sie gedehnt. In der einen Silbe klang mehr Schuld mit als in einer Folge *Lindenstraße*. Und Ben fühlte sich keineswegs anders, obwohl sie es ja gewesen war, die das Gespräch auf Jack gebracht hatte.

»Würden Sie bitte auch mitkommen zur Testamentseröffnung?«, fragte Lina und mühte sich ein sanftes Lächeln ab.

»Ich?«, gab Frau Gerber sichtlich irritiert zurück.

»Ja bitte«, antwortete der Notar und nickte einmal mit geschlossenen Augen.

»Na ja, dann …« Sie blickte nervös zu Ben, raschelte ein weiteres Mal mit einigen Papieren, die jetzt wieder alles andere als einen adretten Stapel bildeten, und erhob sich schwerfällig vom Stuhl.

Ben atmete hörbar aus, als die Bande verschwunden und garantiert außer Sicht- und Hörweite war. Frau Gerber wusste, wer Jack ist? Und wahrscheinlich wussten jetzt alle anderen, dass Frau Gerber das wusste. Sie hatte zwar geheimnistuerisch geredet, aber nicht eben leise. Zumindest nicht so leise, wie der Menschenpulk rund um Lina gewesen war. Wie hatten die es geschafft, sich so anzuschleichen? Hatten die die Schuhe ausgezogen, weil man den Konferenzraum nur in Socken betreten durfte? Hatte jemand von ihnen alarmiert gewirkt, nachdem der Name Jack gefallen war? Ben ließ sich die Szene durch den Kopf gehen und entschied dann, dass er es nicht wusste.

Er mühte sich umständlich aus dem tiefen Sessel hoch. In ein paar Jahren würde er dafür einen Zivi brauchen, so viel stand fest. Frau Gerbers Kalender war nach wie vor auf die Woche rund um den 10.9. aufgeklappt. Er fand den Eintrag: *16 Uhr, PA: Schlömer*. Er hatte zwar keine Ahnung, wer mit *Schlömer* gemeint war, aber bei PA handelte es sich wohl um Frau Gerbers Kürzel für Paul Althoeffer. Er entschied sich, nicht auf sein Gedächtnis zu vertrauen, und tippte ein paar Notizen in sein Handy. Auch, wo die Stelle war, an der Frau Gerber zur selben Zeit Henry und Paul Althoeffer gesehen haben wollte. Warum sollte Henry zusammen mit dem Brauereichef den Nothammertest gemacht haben? Denn das musste es mit der geplatzten Scheibe ja auf sich haben. Und die Scheibe war nun mal tatsächlich kaputt gewesen, wie er auf dem Foto gesehen hatte, das er in Henrys alternativem Briefkasten gefunden hatte. Er musste Frau Gerber unbedingt fragen, ob der Mercedes am Tag ihrer Beobachtung schon den Unfallschaden gehabt hatte. Alles andere ergab keinen Sinn. Es ergab schon jetzt alles keinen Sinn. Er merkte, dass er in Gedanken versunken an einem Ort stand, an dem er besser nicht erwischt werden sollte, und verschob das Grübeln auf später.

Er ließ seine Augen über die Tischplatte wandern. Da lag der Papierstapel, mit dem Frau Gerber nervös rumgehampelt hatte. Irgendein Gesprächsprotokoll, in dem es um Brauwasseraufbereitung und anderes langweiliges Zeug ging, das einen vom Biertrinken abhielt. Dahinter lagen ein paar Rechnungen. Er pfiff leise durch die Zähne, als eine Absenderadresse seine Aufmerksamkeit erregte. Schlömer Brauanlagen GmbH, Urs-von-Finken-Str. 23 in Essen. Damit war das schon mal geklärt. Unter den Punkten *Kunden-* und *Rechnungsnummer* las er den Eintrag *Ihr Ansprechpartner: Betty Schlömer-Bronsei,* darunter stand ihre Durchwahl. Er öffnete ein weiteres Mal die Notizbuch-App und ergänzte seine Aufzeichnungen.

Nichts wie zurück in den tiefen Sessel, bevor er noch in flagranti erwischt wurde. Nur noch ein schneller Blick auf den Umschlag, der auf einer Handtasche lag, die neben dem Schreibtisch abgestellt war. Es handelte sich um einen unfrankierten Brief, an Frau Gerber adressiert. Wahrscheinlich ihre Lohnabrechnung. Oder Kündigung, dachte Ben. Jedenfalls kannte er jetzt, neben ihrem Vornamen Gabriele, auch ihre Adresse. Sie wohnte in Schwerte. Wenn er hier in der Brauerei nicht mehr die Gelegenheit bekam, mit ihr zu sprechen, könnte er ihr später einen Besuch zu Hause abstatten.

* * *

Kai hatte Nadine im besoffenen Kopf so ziemlich alles erzählt, was im nüchternen Zustand der höchsten Vertraulichkeitsstufe entsprach. Kurz gesagt, seine neue Bekanntschaft war bestens vertraut mit der ganzen Geschichte. Angefangen bei dem letzten Fall um Richard von Dauss, den er mit Ben zusammen gelöst hatte, bis hin zu der recht einseitigen Prügelei mit dem Specknackenriesen und wie Tabbart Lauber auf der Flucht Bens und sein eigenes Leben seitdem schwermachte. Bis dahin hätte es für einen amüsanten Abend gereicht. Aber Kai hatte sich offensichtlich wie der Jägermeister höchstpersönlich gefühlt und ihr auch gleich erzählt, wie er Lauber um seine Millionen bringen wollte und wie genial er den Rechner seines Bankmanagers Markus Steinbach gehackt hatte. Er hatte keine Ahnung, wie ihr Körper Alkohol verarbeitete – sie hatte gleichauf mitgezogen, wenn Kais schwammige Erinnerung ihn nicht trog –, aber sie kannte sogar noch alle Namen der Beteiligten. Na bravo. Er würde sie im Main versenken müssen – oder heiraten.

Während Nadine duschte, begutachtete er seinen Laptop. Das Display war geschrottet. Da leuchtete kein Pixel mehr. Mit etwas Glück konnte er einen externen Monitor anschließen und damit weiterarbeiten. In dem Fall würde er natürlich alles andere als mobil sein. Mist. Aber angezogen könnte er wenigstens sein, fiel ihm ein, als das Geräusch der Dusche plötzlich verstummte.

Nadine wirkte frisch und munter. Ihre kurzen, dunkelroten Haare waren wieder zu dem strengen Seitenscheitel gekämmt, der gestern seine Aufmerksamkeit erregt hatte. Aufmerksamkeit schon, ging es ihm durch den Kopf, sexuelle Anziehung eher weniger. Warum war sie überhaupt hier? Er schob den Gedanken beiseite, da sein eigener Körper wieder in den Fokus rückte. Der fühlte sich immer noch wie der schleimige Bodensatz eines Schnapsfasses an, und er fürchtete, daran würden auch Zähneputzen und Duschen nichts ändern.

»Du brauchst also erst mal 'nen Monitor und dann Steinbachs Handy, richtig?«, sagte sie, als sie sich Kais restliche Geschichte angehört hatte. Darauf kam es jetzt auch nicht mehr an.

»So sieht's aus. Und ich brauche seinen TANJack. Dieses Gerät, auf dem die Nummern dann erscheinen.« Er setzte einen gequälten Gesichtsausdruck auf. »Ich glaub, das kann ich knicken.«

»Fangen wir mal mit 'nem Monitor an. Den hab ich zu Hause. Dann kannst du mit deinem Kumpel chatten, diesem Dogface. Und vielleicht hat der ja noch eine Idee.«

* * *

Als Frau Gerber nach knapp zwanzig Minuten, gefolgt von Patrick, Lina und dem Notar – vom Rest der Truppe war keine Spur mehr zu sehen –, das Büro betrat, wirkte sie, als hätte Paul Althoeffer ihr fünfzehn Jahre Einzelhaft vererbt. Anzutreten ab sofort. Ihre Gesichtsfarbe erinnerte an die Farbe des hellgrauen Laserdruckers hinter ihrem Schreibtisch. Mit Mühe zog sie ihren Bürostuhl zurück und ließ sich schwerfällig darauf sinken. Ben hielt es für geboten aufzustehen. Auch diesmal wehrte sich die Sitzgelegenheit verbissen. Der Notar gesellte sich neben ihn und nutzte den schmalen Glastisch, um seinen Aktenkoffer abzustellen. Er öffnete ihn und begann, darin an irgendwelchen Akten rumzunesteln.

»Das haben Sie sich verdient«, hörte Ben Patrick leise zu Frau Gerber sagen. Lina rang sich ein schmales Lächeln ab und nickte, was Frau Gerber aber nicht bemerkte. Dann tätschelte Patrick zart ihre rechte Schulter und ergänzte in einem Tonfall, als spräche er zu einer Sechsjährigen, die Weihnachtskekse für die Klassenkasse verkauft: »Wir sind alle froh, Sie zu haben, und ich gehe davon aus, dass Sie auch *mir* treu bleiben. Jetzt gehen Sie erst mal nach Hause und genießen das Wochenende.«

Aha, Patrick Althoeffer hatte also die Firma geerbt. Oder zumindest so viele Anteile, dass er allein bestimmen konnte, wer die Chefsekretärin sein würde. Na dann, Prost!

»Wollen Sie kurz mit in mein …« Lina stockte, und Ben fiel auf, dass Patrick beim Wort »mein« schlagartig den Blick auf sie gerichtet hatte. Das ging schnell! »… also ins Büro kommen, Ben? Dann gebe ich Ihnen Ihre Tasche.« Ohne eine Antwort abzuwarten, öffnete Lina die Tür und verschwand in dem Arbeitszimmer.

»Eine Sekunde«, unterbrach Patrick Althoeffer und schritt auf Ben zu. Der bemerkte, dass der Brauereierbe ergiebig schwitzte. Sein Jackett war an den Achseln dunkel verfärbt, und auf der endlosen Stirn, um die sich ein dunkelgrauer Haarkranz schlang, waren Tröpfchen erkennbar. Ein Herzinfarkt schien für Ben weitaus wahrscheinlicher als die Frage, die aus Patricks Mund kam: »Wann kommen Sie morgen?«

Hatte er richtig gehört? Er verschluckte das »Wie bitte?«, welches ihm auf der Zungenspitze lag. Vor über einem Monat, am Abend irgendeiner Roadshow, hatte Patrick Althoeffer ihn für seinen »Jägerabend« gebucht. Offenbar ein Treffen seiner Jägerfreunde, das jedes Vierteljahr bei einem anderen Waidmann stattfand. Ben hatte den Termin nicht vergessen, aber ihn intern als *abgesagt* kategorisiert, nach all dem, was passiert war. Hatte der Typ tatsächlich vor, das durchzuziehen? Was war das für eine komische Familie? Dass der Kindergeburtstag stattfand, konnte er sich gerade noch zusammenreimen. Aber das? »Ich dachte, so gegen halb acht«, antwortete Ben, der absolut nichts in der Richtung gedacht hatte, aber auch nicht das Recht hatte, sich in die Gepflogenheiten der Trauerarbeit seiner Kunden einzumischen.

Bevor Patrick antworten konnte, schaltete sich Lina ein. »Was habt ihr denn vor?«, fragte sie und sah so derangiert aus, als würde sie die Antwort bereits kennen.

»Ich habe morgen meinen Jägerabend«, sagte Patrick Althoeffer ungerührt.

»Das ist nicht dein Ernst, oder?«, fragte Lina und trat einen Schritt zurück.

Aus dem Augenwinkel erkannte Ben, dass Frau Gerber, die bislang still dagesessen und ihren Tacker angestarrt hatte, sich wieder einen Papierstapel griff und dessen Kanten emsig auf den Tisch prügelte. Ordnung musste sein! Auch der Notar schien seinen Kopf ein Stück tiefer in den Aktenkoffer versenkt zu haben. Ein paar Zentimeter noch, und er würde komplett reinpurzeln.

»Wieso?«, fragte Patrick und setzte eine verständnislose Miene auf, die besser zu seinem ungerührten Blick passte als das falsche Lächeln.

Lina schüttelte den Kopf. »Ich fasse es nicht«, fauchte sie.

»Ach, reg dich nicht auf. Das ist eine ganz gesittete Gesellschaft.«

Ben konnte sich des Gefühls nicht erwehren, dass sich um Patricks Lippen ein süffisantes Lächeln andeutete. Aber dass er ihm auch ein kleines Augenzwinkern zugeworfen hatte, musste er sich eingebildet haben.

»Und ehrlich mal. Ich kann das nicht einfach absagen. Weißt du, wie lange wir brauchen, um einen gemeinsamen Termin zu finden?«

Ben schielte zum Notar. Der war immer noch nicht in den Koffer gefallen. Schade. Ben wäre liebend gern hinterhergesprungen. Lina schloss die Augen, die jetzt von Tränen glitzerten, schüttelte erneut den Kopf und wand sich mit einer abwinkenden Geste wieder der Bürotür zu.

»Räumst du dann deine Sachen noch da raus?« Patrick meinte das Büro. »Damit ich am Montag einziehen kann?«

Ben hatte Patrick ein schmales Lächeln, gefolgt von einem »Na dann …« zugeworfen und war Lina eilends nachgelaufen.

Sobald die Tür hinter ihnen geschlossen war, beeilte er sich zu sagen: »Ich wusste nicht, dass das tatsächlich stattfindet. Ich dachte natürlich, er sagt das ab.« Er zog die Achseln hoch. »Aber er hat mich ja nun mal gebucht.«

* * *

»Das da hinten am Eingang, das ist Steinbach«, flüsterte Kai.

»Der Dicke oder der Dünne?«, fragte Nadine und blickte auf das Duo, das draußen vor dem Hoteleingang stand.

Die beiden Herren, einer groß, gepflegt und schlank, einer klein, gepflegt und mopsig, waren in ein Gespräch vertieft. Zwischen ihnen stand ein quadratischer, silberner Mülleimer, der auch als Aschenbecher diente. Der Dicke paffte an einer Zigarette, der Dünne stand da und redete.

»Der Dünne«, gab Kai zur Antwort. »Der hat sein Handy in der Jacketttasche. Guck mal, wie die sich ausbeult.«

Nadine nickte, drehte sich um und ging schräg durch die Lobby zu einer Steele, in deren Halterungen Prospekte zu Sehenswürdigkeiten und Kartenmaterial steckten. Sie griff sich einen Prospekt, blickte kurz drauf und zerknüllte ihn. Mit einer knappen Kopfbewegung signalisierte sie Kai, dass er ihr folgen solle. Die Automatiktür öffnete sich, und Nadine lief in Richtung Mülleimer, neben dem Steinbach und sein Kollege standen, und warf das Papierknäuel hinein. Sie drehte den Kopf zu Kai und fragte: »Echt kein Brötchen? Ich habe Hunger!« Bevor Kai darauf antworten konnte, machte sie kehrt und rempelte Steinbach an.

Der Banker hielt reflexartig seine Arme nach vorne und fing sie auf. »Vorsicht, meine Dame«, sagte er und lachte.

»Oh, Entschuldigung.« Sie lächelte ihn freundlich an und schlüpfte an ihm vorbei.

»Taxi!«, rief Kai und hob winkend die Hand, als in dieser Sekunde eines um die Ecke bog. Nichts wie weg. Ganz schnell. Er hatte genau gesehen, wie Nadine Steinbachs Handy geklaut hatte.

* * *

»Ist egal. Wirklich, Ben.« Lina hatte sich hinter ihren Schreibtisch zurückgezogen und sich nur kurz in seine Richtung umgedreht. »Soll er doch seinen verdammten Jägerabend machen.« Dann öffnete sie eine Tür der Schrankwand, zog Bens Requisitentasche hervor und stellte sie ihm vor die Füße.

Sowohl die Überbringerin als auch die Tasche selbst boten einen bemitleidenswerten Anblick. Das schwarze Leder war durch das Wasser dunkler geworden. An den Rändern hatten sich weiße Streifen gebildet, als wäre das Wasser im Phönixsee salzig. Außerdem miefte das Teil wie ein feuchter Labrador in der Sauna. Schweigend hob er sie an. Sie war um einiges schwerer als üblich. Wahrscheinlich würde er sie so wegwerfen, wie er sie entgegengenommen hatte. Selbst wenn ein paar der Requisiten noch brauchbar waren. Das Teil musste weg. Samt Inhalt.

»Danke«, sagte er und versuchte ein Lächeln.

Lina zog die Nase hoch, blinzelte ein paar Mal und setzte sich auf den Bürostuhl. Sie bedeutete Ben mit einer Handbewegung, sich ebenfalls zu setzen.

»Frau Gerber hat zwanzigtausend Euro geerbt«, sagte sie, wobei sie leicht durch die Nase sprach. »Die Gute ist ganz verstört. Hatte nicht damit gerechnet.«

Ben nickte. Er überlegte, dass sie in diesem Moment wohl nicht mithören würde. Patrick und von Dunnwitz waren noch bei ihr, und selbst wenn die gegangen waren, hatte Frau Gerber nicht so gewirkt, als würde sie heute noch einen klaren Gedanken fassen können.

»Patrick hat die Firma geerbt. Das haben Sie ja wohl mitbekommen.« Sie blickte sich im Raum um. »Er hat ja seine Besitzansprüche schnell geltend gemacht.« Sie stieß ein freudloses Lachen aus. »Paul hat das an die Bedingung geknüpft, dass die Firma für zehn Jahre nicht verkauft werden darf.«

»Mmmh.«

»Mauritz hat zweihunderttausend bekommen und Ella vierhunderttausend.« Sie machte eine Pause und zupfte sich einige Flusen vom Ärmel, bevor sie weitersprach: »Jacques hat fünfzigtausend Euro geerbt mit der Bedingung, diese zunächst für seine Ausbildung zu benutzen. Das war's.«

»Nicht ganz«, sagte Ben. »Wie sieht es mit Ihnen aus?«

»Ach so.« Sie schüttelte irritiert den Kopf. »Klar … Ich habe die beiden Häuser und Pauls Privatvermögen geerbt. Circa vier Millionen.«

Fast hätte Ben einen anerkennenden Pfiff ausgestoßen, konnte sich aber rechtzeitig bremsen und beließ es bei einem hoffentlich neutral wirkenden Nicken. »Und? Gibt es dabei irgendwelche Überraschungen?« Nach dem Gespräch mit Precht fand er das durchaus. Aber lieber zu konkreteren Fragen herantasten, als gleich vorzupreschen.

»Na ja«, sie zuckte mit den Achseln. Abwesend starrte sie eine Weile auf die Tischplatte, ohne etwas zu sagen.

Ben hätte am liebsten mit der Hand vor ihren Augen gewunken, um sie wieder ins Hier und Jetzt zu holen, doch sie begann auch ohne sein Einschreiten zu reden: »Paul hielt Patrick nie für den Richtigen. Aber die Hoffnung, dass er doch noch ein würdiger Nachfolger werden würde, hat er nie ganz aufgegeben. Er hatte …« Sie brach ab, und Ben sah, wie ihr Tränen in die Augen schossen. Dann öffnete sie eine Schublade und holte ein Paket Papiertaschentücher hervor. Nachdem sie sich die Tränen abgetrocknet und geschnäuzt hatte, fuhr sie fort. »Er hatte wohl nicht damit gerechnet, schon zu sterben.« Sie lächelte traurig. »Aber er hatte auch keine Alternative. Mauritz und Ella haben sich nie angeboten.«

»Und Sie?«, fragte Ben.

»Wenn ich die Firma geerbt hätte, dann hätte ich versucht, sie in Pauls Sinn weiterzuführen. Das wäre eine ziemliche Herausforderung geworden. Ich hab zwar irgendwann mal BWL studiert, aber nie richtig in dem Bereich gearbeitet.«

»Sie haben gesagt, dass Paul verfügt hat, dass die Firma zehn Jahre nicht verkauft werden darf. Gab es denn Ideen in der Richtung?«

»Die Redleffs-Gruppe ist schon länger hinter unserer Marke her. Als Letztes haben sie zwölf Millionen geboten, aber Paul hat das immer entschieden abgelehnt.«

»Und wie sieht es mit dem Rest der Familie aus?« Ben machte eine kurze Pause und ergänzte: »Und mit Ihnen?«

»Ich hab mich immer hinter Paul gestellt. Die Brauerei war sein Leben, und er hätte es sicher nicht verwunden, wenn er gesehen hätte, was aus seinem Namen gemacht wird, ohne dass er Einfluss darauf hätte nehmen können. Die Kinder hätten am liebsten schon das erste Angebot angenommen. Das lag bei knapp der Hälfte. Es existieren so einige unterschriftsreife Vorverträge, kann ich Ihnen sagen.«

»Können Sie mir davon mal einen schicken? Am besten den letzten. Und können Sie mir auch eine Liste mit allen Namen der Unterhändler machen? Sowohl von Redleffs als auch hier aus der Firma?«

»Also hier hat mein Mann alles alleine geregelt. Er hat sowieso alles alleine geregelt. Die anderen Namen kann ich Ihnen schicken. Das waren vor allem die zwei Redleffs-Söhne und ein Typ namens Klaus Ungemach. Den Namen kann man nicht vergessen. Wofür brauchen Sie das?«

Gute Frage, dachte Ben und hoffte, seine Antwort klang nicht zu weit hergeholt. »Wenn die Redleffs-Gruppe sich so intensiv um die Marke bemüht hat, muss man sie auch in die Ermittlungen einschließen.«

»Sie meinen …«

»Erst mal meine ich gar nichts. Aber Kommissar Huntrich sollte alle Namen derjenigen kennen, die ein Motiv hatten, Ihren Mann …« Er stockte, weil er nicht wusste, wie er den Satz beenden sollte. Doch Lina hatte verstanden.

»Meinen Mann und mich«, ergänzte sie, und Ben nickte. »Warum hat Ella das Doppelte geerbt wie Mauritz?« Diese Frage brannte ihm schon die ganze Zeit auf der Zunge.

Lina zog die Augenbrauen hoch, bevor sie antwortete: »Wenn es nach Paul gegangen wäre, hätte er Mauritz gar nichts vererbt. Zum Glück habe ich das mal am Rande mitbekommen, als er mit dem Notar darüber gesprochen hat.« Wieder umspielte das traurige Lächeln ihre Lippen. »Ich hab ihm ins Gewissen geredet, dann hat er es geändert.«

»Wie kommt das? Können sich die beiden nicht leiden?«

»Mauritz ist das schwarze Schaf der Familie. Unangepasst, aufmüpfig. Kein Interesse, was Ordentliches zu lernen.« Ihr Lächeln wurde breiter. »Ja, Herr Pruss, mein Paul hatte schon einige recht konservative Ansichten. Dass Mauritz ihn nie als den Familienpatriarchen anerkannt hat, hat ihn hart getroffen.«

»Und das war bei Patrick und Ella anders?«

»Sie wollen es aber genau wissen, Ben.«

»Ich versuche nur, mir ein Bild …«

»Ich weiß, ich weiß. Ich hab mir das ja selbst mit Ihnen eingebrockt.« Sie lächelte entwaffnend. »Ich versuche mal, es Ihnen zu erklären. Hat einige Zeit gedauert, bis ich selbst dahintergekommen bin. Also, Patrick war ein absolutes Wunschkind von Paul und seiner ersten Frau Mona. Alles lief wie geplant. Paul hat sich einen männlichen Stammhalter gewünscht, und den hat er bekommen. Kein leichtes Erbe, was er da angetreten ist, kann ich Ihnen sagen.«

»Inwiefern?«, wollte Ben wissen.

»Patrick konnte es Paul nie recht machen. Weder als Kind noch als Jugendlicher und als Erwachsener schon gar nicht.«

Ben nickte. Dieser Eindruck hatte sich ihm schon das ein oder andere Mal während der Roadshow vermittelt. Paul schien selbst bei Belanglosigkeiten immer einen grundlegenden Groll gegen Patrick zu hegen. »Und Mauritz?«, fragte er.

»Der war zur falschen Zeit am falschen Ort. Es hat nie einer ausgesprochen, aber ich bin der festen Ansicht, dass Paul und Mona sich als zweites Kind ein Mädchen gewünscht haben. Aber erst mal kam eben Mauritz. Ich denke, er war vom ersten Tag an eine Enttäuschung.«

»Traurig«, meinte Ben.

»Der Ansicht bin ich auch. Ich finde, Mauritz hat mehr verdient.« Sie machte eine kurze Pause und überdachte ihre Worte. »Dabei meine ich nicht das Erbe. Ich meine, er hätte mehr Aufmerksamkeit verdient, mehr Zuneigung von Paul. Der hat ihn aber, wenn möglich, wie unsichtbar behandelt. Wenn ich nicht gewesen wäre, hätten die beiden sicher gar keinen Kontakt mehr gehabt.«

Ben nickte. »Bleibt noch Ella.«

»Die Prinzessin.«

»Die Prinzessin?«

»Endlich das ersehnte Mädchen, nach der großen Enttäuschung Mauritz. Ella konnte sich alles erlauben. Zum Glück war sie auch in allem eine Überfliegerin und hatte die richtigen …« Sie zeichnete mit den Fingern Anführungszeichen in die Luft: »Interessen.«

Ben räusperte sich. Ihm lag eine Frage auf der Zunge, doch er scheute sich, sie auszusprechen. »Was meinen sie, warum …«

»Ja?«, sagte Lina, als er nicht weitersprach.

»Na ja. Warum hat Ella dann *nur* vierhunderttausend Euro geerbt, wenn sie doch seine Prinzessin war?«

»Als hätte ich die Frage nicht geahnt, Ben«, antwortete sie mit einem schiefen Lächeln. Ben war froh, dass ihre Unterhaltung an einer Stelle angekommen war, die Lina nicht mehr unaufhörlich zu Tränen rührte. »Ich denke, das kann ich Ihnen erklären. Das Verhältnis zwischen Ella und Paul war in den letzten Jahren sehr angespannt. Ach, was heißt in den letzten Jahren? In den letzten Jahrzehnten, könnte man sagen. Ich denke, Ella hat irgendwann angefangen, gegen die Rolle als Papas Prinzessin zu rebellieren. Sie hat Psychologie studiert. Ein rotes Tuch für Paul. Und damit nicht genug, sie liebt auch noch Frauen. Damit war Pauls Traum von einem adäquaten Schwiegersohn komplett dahin. Und er …« Sie deutete ein Achselzucken an. »… wusste nichts Besseres, als ihr zur Strafe den Geldhahn abzudrehen. Vielleicht war er so …« Sie richtete den Blick aus dem Fenster.

»So?«, fragte Ben, doch sie blieb ihm die Antwort schuldig.

»Ich kann nur meine Eindrücke wiedergeben.« Sie wandte sich wieder Ben zu. »Die Familie ist sehr verschlossen. Ich war jetzt sechs Jahre mit Paul zusammen, vier davon verheiratet, aber ein inniges Verhältnis konnte ich zu keinem seiner Kinder aufbauen. Irgendwie gab es da immer eine gewisse Distanz. Nicht nur mir gegenüber, sondern auch untereinander. Es schien immer irgendwie Neid oder …« Sie blickte sich suchend im Raum um, als ob das fehlende Wort dort irgendwo lauern würde. »Konkurrenzverhalten zu geben. Genau kann ich es nicht sagen.«

Ben hätte sich am liebsten über das Verhältnis der beiden Eheleute untereinander erkundigt, fand aber nicht den richtigen Dreh. Irgendwie schienen alle Fragen unpassend. Wie mochte das »echte Leben« von Lina und Paul wohl ausgesehen haben? Allein ihre Erscheinungsbilder wollten nicht recht zusammenpassen. Er ein verdammt korpulenter, älterer Herr. Sie eine hübsche, mindestens zwanzig Jahre jüngere Frau.

Na ja. Was wusste er schon …

* * *

»Hey, ich wohne hier um die Ecke«, sagte Nadine, als er sie auf die Rückbank des Taxis gedrückt hatte und sich selbst neben sie quetschte.

Anstatt zu antworten, schnaufte er dem Fahrer entgegen: »Fahren Sie los. Erst mal nur geradeaus.« Der Fahrer, ein glatzköpfiger Mann mit ungleichmäßig verteilten Bartstoppeln an den Wangen, nickte und fuhr los.

»Warum hast du das gemacht?«, zischte Kai.

»Hehe«, machte sie. »Weil ich es kann.« Und zum Fahrer gewandt: »Hier vorne rechts, dann können Sie uns rauslassen.«

Der Mann grummelte etwas Unverständliches.

Und Kai sagte: »Das war nicht nötig.« Er stellte fest, dass er laut redete und die Augen des Fahrers durch den inneren Rückspiegel auf ihn gerichtet waren. Er senkte die Stimme: »Steinbach wird genau wissen, wer ihm das Handy geklaut hat.«

»Ach, bleib locker«, flüsterte Nadine zurück und lächelte. »Ist doch egal. Die Frankfurter Polizei kümmert sich nicht um Handydiebstähle und … oh …« Sie griff in ihre Jackentasche, holte das Handy hervor und stellte es in den Flugmodus. »So, jetzt kann er es nicht mehr orten.«

»Und wieso *kannst* du das eigentlich?«, wollte Kai wissen.

»Einfach hier anhalten«, sagte Nadine, holte ihr Portemonnaie aus der Tasche und reichte dem Fahrer, der in der zweiten Reihe stehen geblieben war, einen Zehner.

»Ich kann doch bezahlen«, sagte Kai und stieg aus.

»Klar. Ich hab nur vorgestreckt«, sagte Nadine und trat hinter Kai auf die Straße. »Da vorne wohne ich. Zweiter Stock.« Sie zeigte auf ein fünf- oder sechsstöckiges Haus mit Schieferdach und vielen Giebeln, wie es sie in dieser Stadt zuhauf gab. »Das mit der Klauerei war zwischen sechzehn und achtzehn meine Schlüsselqualifikation. In der Zeit ging es mir echt scheiße, weil ich mir beim Fußball einen Gelenkknorpel geschrottet hab und nicht mehr spielen durfte. Stattdessen hab ich eben geklaut. Allerdings keine Handys, sondern Portemonnaies.«

»Aha. Da bin ich ja froh, dass die Schlüsselqualifikation auch bei Handys funktioniert.« Kai zog einen Mundwinkel hoch und imitierte ein Grinsen. Begeisterung über die Tatsache, dass er jetzt das Handy des Bankers hatte, wollte sich aber nicht einstellen. Irgendwie war ihm das alles ein wenig unheimlich. Wie realistisch war es, dass man nach einem Saufgelage zufällig neben einer professionellen Taschendiebin aufwachte, die dann auch noch genau das machte, was man gerade brauchte?

»Hey, sei nicht sauer. Du hättest noch den ganzen Tag gegrübelt, wie du an sein Handy kommst. Und ich nehme die Dinge eben gerne in die Hand. Und außerdem bist du ja auch nicht ganz ohne.« Sie waren an der Eingangstür des Hauses angelangt, sie öffnete den Reißverschluss ihrer Handtasche und kramte den Haustürschlüssel hervor.

»Ach nein? Wieso.«

»Na, du hast gestern die Schlüsselkarte von Steinbach gezockt und seinen Computer manipuliert. Erzähl das mal 'nem Staatsanwalt.« Sie schob die Tür auf.

»Lieber nicht«, antwortete Kai und drückte sich hinter Nadine in den Hausflur.

KAPITEL 8

Frau Gerber hatte es irgendwie geschafft, sich sowohl aus ihrer Glotzstarre zu befreien als auch alle Papierstapel mit preußischer Präzision auf Kante zu dreschen. Sie war verschwunden, als Ben mit seiner stinkenden Tasche Linas Büro verließ. Er würde sie später besuchen, wenn er zum Kindergeburtstag zu Jara und Miko fuhr. Sollte sie sich erst mal beruhigen.

Er fuhr zu der Stelle, an der die Sekretärin den Mercedes gesehen haben wollte. Es gab nur einen Feldweg hinter dem Tunnel, der nach rechts abzweigte und ein paar Meter hinter der Einmündung vor einer eingezäunten Weide endete. Ben setzte den Blinker, fuhr auf den Weg und stellte seinen Fiesta so ab, wie seiner Meinung nach der Mercedes hier gestanden haben könnte. Dann öffnete er die Fahrertür und erblickte auf dem Boden Hunderte feiner Glassplitter. Solche, wie man sie von zerschlagenen Autofenstern kannte. Die von Backofenscheiben sahen anders aus. Es handelte sich um nahezu identische, quadratförmige Bruchstücke. Ohne sich von seinem Sitz zu erheben, hob er einige davon auf und betrachtete sie aus der Nähe.

Ben stieg aus dem Wagen, wohlbedacht, nicht in die dickste Matsche zu treten, sondern die spärlichen Grasbüschel zu treffen, und lief zurück in Richtung Landstraße. »Glotzt nicht so«, grummelte er, als er die gelangweilten Blicke der Autofahrer wahrnahm, die ihn beobachteten, während er auf dem Seitenstreifen ein Stück der Straße zurücklief. Irgendwann drehte er sich um und betrachtete sein Auto. Tatsächlich konnte er durch das Beifahrerfenster ins Innere des Wagens blicken. Die Sonne stand um diese Uhrzeit, es war jetzt kurz vor fünf, so, dass in der Autoscheibe keine bemerkenswerte Spiegelung zu sehen war. Man konnte also jemanden erkennen, der auf der Beifahrerseite saß. Aber warum sollte Paul Althoeffer zusammen mit seinem Chauffeur ein Autofenster schrotten? Das ergab nur Sinn, wenn Paul Althoeffer in den Plan, das Auto im See zu versenken, eingeweiht war. Aber genau das ergab, verdammt noch mal, keinen Sinn!

* * *

Kai hätte sich gerne dreigeteilt. Alles musste möglichst gleichzeitig laufen. Er musste *dringendst* Steinbachs Handy knacken und sicherstellen, dass es weiterhin funktionierte, ohne dass Steinbach seinen Standort nachverfolgen konnte. Das sollte mit dem Zugang zu dessen Rechner relativ schnell möglich sein. Damit würde er die Zwei-Faktor-Authentifizierung ausnutzen können, um die PIN für die Sicherheitsabfrage vom Computer aufs Handy zu schicken, was die Voraussetzung dafür war, die TANs für die Überweisungen zu generieren. Der letzte Punkt würde fehlschlagen, weil Kai über keinen TANJack verfügte, und er würde garantiert nicht Nadine damit beauftragen, in die Bank zu marschieren und Steinbachs zu klauen.

Eigentlich war das alles unmöglich. Ein Scheißspiel. Und das, obwohl er in Nadines Arbeitszimmer vor einem veritablen Gaming-PC saß. Arbeitszimmer war nicht der richtige Ausdruck. Eher passte Spielzimmer. Zwei riesige Monitore standen auf einem weißen Tisch, davor eine schwarze Tastatur, deren Design für die Bedienung von Spielen optimiert war und nur bedingt dafür geeignet, eine Doktorarbeit auf ihr zu tippen. Der PC war ein anthrazitfarbener Kasten mit seitlichem Sichtfenster, in dessen Innenleben ein gespenstisch rotes Licht pulsierte. Von vorne sah man den überdimensional großen Lüfter, der dafür sorgte, dass die High-End-Grafikkarte selbst bei härtestem Pixelgemetzel nicht schlappmachte. Kai saß auf einem Gamerstuhl, der in knalligem Rot gehalten war und dafür sorgte, dass man auch bei langen Spielenächten keine Rückenschmerzen bekam und im Notfall an Ort und Stelle ein Nickerchen einlegen konnte. Daran war für Kai nicht zu denken, obwohl sein Kater und der wieder stärker einsetzende Brummschädel ihm förmlich auf die Augenlider drückten. Nadines Kaffee, den sie in Minutenschnelle aus einem Coffeemaker gezaubert hatte, schien den Druck unter seinem Scheitel dummerweise zu verschlimmern. Egal. Der musste runter! Und gleich noch einer hinterher!

Kai schob die Gamertastatur zur Seite und stellte seinen kaputten Laptop auf den frei gewordenen Platz. Dann zog er eines der Monitorkabel aus dem PC-Riesen und steckte es in die HDMI-Schnittstelle seines Rechners. Er blähte die Backen, während er den Ein-/Ausschalter des Geräts betätigte und pustete die Luft erleichtert aus, als er sah, dass der PC hochfuhr.

»Wirklich kein Brötchen?«, fragte Nadine.

»Nee. Hast du denn welche? Wir haben doch gar keine besorgt.«

»Um die Ecke ist ein Bäcker. Ich gehe da kurz hin. Du kommst hier doch erst mal alleine klar, oder?«

Hat dir keiner gesagt, dass man fremde Männer nicht alleine in seiner Wohnung lassen soll?, lag ihm auf der Zunge. Er sagte aber: »Ja, ich komme klar. Bring mir einfach ein paar Brötchen mit, bitte. Ganz normale. Nix drauf.« Dabei tippte er bereits sein Passwort ein. Hoffentlich war Steinbach online und hing nicht mit dem Dicken vor dem Hotel ab und rauchte passiv. Oder schlimmer, hing bei der Polizei ab und erstellte perfekte Phantombilder von Nadine und ihm. Genau, Herr Kommissar, der Kerl sah aus wie ein alkoholkranker Computernerd aus dem Ruhrpott, und die Frau war gekleidet, als ob sie aus der Disco käme. Die würde ich auf jeden Fall wiedererkennen!

Steinbach war online. Er hatte Vistatrans geöffnet und befand sich mit einem Kollegen, der mit MA abgekürzt wurde, in einem internen Chat.

MS: *Ich glaube, ich habe mein Handy im Büro vergessen.*

MA: *Sehe ich hier nicht.*

MS: *Guck richtig nach. Auch in der Schublade oben.*

MA: *Sehe ich hier nicht.*

MS: *Fuck! Hab ich das verloren, oder was?*

Steinbachs Mauszeiger bewegte sich auf das X oben rechts im Chatfenster, und er schloss die Unterhaltung. Dann öffnete der Banker die Einstellungen der Kontenverwaltung und tat etwas, für das Kai Nadine am liebsten geküsst hätte.

* * *

»Ein Unfall?« Aus Linas Stimme sprach Verwirrung.

»Ja, 'tschuldigung«, sagte Ben. Er hatte sich zurück in sein Auto gesetzt und noch am Ort des Henry-Paul-Autofenster-Vorfalls Linas Nummer gewählt. Er entschloss sich, von vorne anzufangen, sich aber vorsichtig ranzutasten. Lina sollte noch nicht alle Einzelheiten seiner Ermittlungen kennen und möglichst keine voreiligen Schlüsse ziehen. »Ich habe Bilder gesehen, die den Mercedes nach einem Unfall zeigen. Mit defektem Scheinwerfer an der Fahrerseite und ...« Er hielt es für besser, die Informationen so straff wie möglich zu halten. »... mit kaputtem Seitenfenster.«

»Sie meinen nach dem Unfall im Phönixsee, oder? Da war die Scheibe ja kaputt, weil ...«

»Nein, nein«, unterbrach Ben sie. Er schloss die Augen. Es gab ohnehin nichts zu sehen. Der eben einsetzende Nieselregen hatte die Windschutzscheibe wie mit einer Sprühflasche benetzt. »Sorry, Lina, am besten, ich fange noch mal an. Haben Sie in der Zeit vor dem Unfall im Phönixsee mitbekommen, dass der Mercedes einen Unfallschaden hatte? War er vielleicht längere Zeit mal in der Werkstatt oder hat Ihr Mann was von einem Auffahrunfall erzählt?«

Auf der anderen Seite blieb es einige Sekunden lang still, bevor Lina antwortete: »Also … nein. Nicht, dass ich wüsste. Von einem Unfall hat mir Paul nichts erzählt und …« Wieder blieb es still, bis sie ergänzte: »Und das hätte er doch bestimmt getan. Und Sie haben Bilder gesehen, auf denen der Wagen einen Unfall gehabt hat?«

»Genau!«, bestätigte Ben.

»Also, vielleicht war Henry alleine mit dem Auto unterwegs und hatte einen Zusammenstoß?«, schlug sie vor. »Und mein Mann hat mir das nicht erzählt.« Der Klang ihrer Stimme wurde fester. »So wird es gewesen sein. Wahrscheinlich wollte er mich einfach nicht beunruhigen. Oder er hat es vergessen. Er hatte ja gerade viel um die Ohren mit dem Jubiläum und der Redleffs-Sache.«

Zeit, die Augen wieder zu öffnen. Trostloses Grau hinter dem Wasserschleier auf der Scheibe. »Was meinen Sie mit der Redleffs-Sache?«, fragte er und ergänzte: »Ich denke, Ihr Mann wollte die Brauerei nicht verkaufen?«

»Das stimmt. Aber wissen Sie, Ben, er hat es sich nicht einfach gemacht. Kurz nach Silvester kam das erste Angebot von Redleffs rein. Ich kann mich noch erinnern. Er hat mir gesagt, dass das schnell erledigt sei, denn er würde nicht verkaufen. Aber dann hat Patrick Wind von der Sache bekommen. Und der hat das Ella und Mauritz geflüstert, und die …«

»Und die hätten liebend gerne verkauft«, beendete Ben den Satz.

»Richtig!« Sie stieß ein kurzes, traurig klingendes Lachen aus. »Der Druck hat Paul schon zugesetzt. Er hat zugestimmt, dass mit Redleffs verhandelt wird und dass Patrick an den Gesprächen beteiligt wird.«

»Verstehe«, sagte Ben und betätigte den Hebel, der den Scheibenwischer in Bewegung setzte. Der Wasserschleier verschwand, das trostlose Grau blieb. »Und die Verhandlungen gingen das ganze Jahr über, bis kurz vor dem Unfall?«

»Im Prinzip schon. Mit Unterbrechungen. Zwischendurch war wochenlang Funkstille, dann kam immer mal wieder ein neuer Vertragsentwurf rein. Anfang August hatte mein Mann die Verhandlungen dann aber für endgültig gescheitert erklärt.«

»Kennen Sie den Grund?«

»Bis auf den, dass mein Mann sowieso nicht verkaufen wollte?« Wieder dieses traurige Lachen. »Letztendlich ist es wohl daran gescheitert, dass Redleffs nur an der Marke interessiert war und die Produktion in Dortmund einstellen wollte. Ich glaube, hätten die zugesichert, die Brauerei an der Hermannstraße weiterzuführen, hätte er vielleicht unterschrieben.«

»Und Patrick?«, wollte Ben wissen.

»Der war außer sich. Er war es ja, der die Verhandlungen immer wieder angetrieben hat. Hat Paul einen dementen Holzkopf genannt. Und Paul hat Patrick die Schuld gegeben, dass der sich nicht genug für den Standort Dortmund eingesetzt hat.« Sie stieß den Atem hörbar durch die Lippen. »Die beiden standen sich in nichts nach, glauben Sie mir.«

Ben brauchte Zeit zum Nachdenken, und Lina gewährte sie ihm schweigend. »Eine Frage noch, Lina. Wer hat eigentlich die Vertragsentwürfe gemacht? Lief das über die Notare der Firmen, oder wie geht so was vonstatten?«

»Genau«, bestätigte sie. »Das heißt, in diesem Fall lief es über unseren Notar. Von Dunnwitz. Auf den hatten sich beide Parteien als Vertrauensperson geeinigt. Das war die erste Forderung meines Mannes.«

Ben spürte, dass er das Lenkrad fest umklammert hielt, und lockerte den Griff. »Hätte von Dunnwitz irgendwas davon gehabt, wenn die Verhandlungen zugunsten Redleffs' ausgegangen wären?« Bevor Lina antworten konnte, kam ihm eine Erkenntnis. »Ach, vergessen Sie's«, sagte er. »Von Dunnwitz kannte ja Pauls Testament und wusste, dass Patrick zwar erben würde, aber nicht die Firma verkaufen durfte.«

»Also«, begann Lina zaghaft. »Erst mal hätte von Dunnwitz von einem erfolgreichen Verkauf garantiert mehr gehabt als seinen Stundensatz. Fünf bis zehn Prozent wären sicher in seine Tasche geflossen, das kann ich bestimmt rausbekommen. Und zweitens ...« Sie sprach nicht weiter.

»Ja?«, forderte Ben sie auf.

»Von Dunnwitz kannte das Testament nicht. Er hat es zwar für meinen Mann verwaltet, und die beiden haben auch verschiedenen Punkte diskutiert. Aber geschrieben hat Paul es eigenhändig und in einem Umschlag übergeben.«

* * *

Kai fand, für Steinbach hätte ein Fanfarenzug spielen müssen dafür, dass dieser die Zwei-Faktor-Authentifizierung abgestellt hatte. Das bedeutete, die TANs würden ohne Umwege und sofort auf diesem TANJack erscheinen. Perfekt! Das ersparte Kai eine Menge Arbeit – und

Nadines spontaner Handyklau hatte sich ausgezahlt. Blieb aber nach wie vor das Problem, an diesen verflixten TANJack zu kommen. Da musste Dogface noch mal ran. Vielleicht hatte der eine Lösung? Kai wechselte ins Chatfenster. Er stellte dem Black-Hat Hacker seine Frage und wartete auf die Antwort. Dogface ließ sich Zeit. Die Buchstaben verschwammen vor Kais Augen. Es fühlte sich an, als pumpte sein Körper kontinuierlich aufgespeicherte Alkoholreste in die Blutbahn, um den Kater auf konstantem Niveau zu halten. Nie wieder Jägermeister! Er schloss kurz die Augen und lehnte sich an. Geiler Gamerstuhl, so einen brauchte er auch. Besser als die Couch, die echt mies für den Rücken war. Er würde sich so einen in Schwarz bestellen und ihn zu Hause direkt neben den Router stellen, ans Fenster, und er würde …

* * *

Ihre Beine fühlten sich wackelig an, und das Zittern ihrer Hände ließ sich nicht unterdrücken, als sie den Schlüssel in das Schloss ihrer Haustür steckte. Erst beim zweiten Versuch traf sie den Schließzylinder. Den Weg hierher hatte sie fast in Trance zurückgelegt. Die tägliche Routine ließ das Auto wie von alleine fahren. Sie betrat den schmalen, düsteren Flur, drückte die Tür hinter sich zu und hängte die Handtasche und ihren Blouson an die Garderobe. Erst jetzt stellte sie fest, dass sie noch ihre Lesebrille an der goldenen Kette um den Hals trug. Die blieb eigentlich immer im Büro. Unwillkürlich schüttelte sie den Kopf und hängte sie an den Haken, an dem auch die Tasche hing.

Ihr Blick fiel auf das Bild ihres Mannes, das zusammen mit dem ihrer beiden erwachsenen Kinder neben dem Telefon auf einem rustikalen Sideboard stand.

»Ich habe geerbt, Dieter«, sagte sie mit zittriger Stimme an den stumm lächelnden Herrn auf dem Foto gerichtet. »Zwanzigtausend Euro.« Sie machte eine Pause, als wollte sie Dieter die Möglichkeit geben, das eben Vernommene zu verdauen, und fügte hinzu: »Schade, dass du das nicht mehr erleben kannst, Dieter. Jetzt könnten wir unsere Kreuzfahrt machen.«

Sie spürte, wie ihr das Wirrwarr unterschiedlicher Gefühle die Tränen in die Augen steigen ließ, und sie wandte sich vom Bild ab. In der Küche öffnete sie den Kühlschrank und holte aus dem Eisfach die angefangene Flasche Doppelkorn, die seit Dieters Tod im letzten Jahr immer noch hier lag. Sie fand das Zeug widerlich, aber heute konnte sie einen gebrauchen.

Im Schrank fand sie ein Pinnchen. *Willkommen in Bludenz* stand darauf. Sie verzog das Gesicht, als der Schnaps brennend ihre Kehle hinunterlief. Hitze machte sich in ihrem Gesicht breit. Zwanzigtausend Euro. Der Herr Althoeffer war doch ein guter Mensch. Dass er sie bedacht hatte! Etwas gefasster setzte sie sich auf einen Küchenstuhl und legte die Arme vor sich auf den Tisch. Und sie würde weiter dort arbeiten. Patrick Althoeffer hatte ihr direkt nach der Testamentseröffnung gesagt, dass er erwarte … ja, so hatte er es ausgedrückt. Er *erwarte,* dass sie weiterhin der Brauerei die Treue hielt. Eigentlich hatte sie damit gerechnet, dass die Firma verkauft würde. Schließlich gab es seit einiger Zeit ein ordentliches Übernahmeangebot. Dann wäre ihre Zukunft ungewiss gewesen. Aber das war jetzt passé. Patrick Althoeffer hatte die Firmenanteile von Paul Althoeffer unter der Bedingung geerbt, dass er das Unternehmen mindestens zehn Jahre lang nicht verkauft. Und bis dahin war sie in Rente.

Paul Althoeffers Privatvermögen, aus dem auch ihr Erbteil stammte, wurde unter den anderen Erben aufgeteilt. Wie viel jeder von ihnen bekam, hatte sie nicht mitbekommen. Ihr Name war der erste gewesen, der im Testament erwähnt wurde, und nach Nennung der Summe hatte sie nur noch ein Piepsen gehört. Davon musste sie unbedingt Doris erzählen.

Eilig stand sie auf und stützte sich einige Sekunden an der Tischplatte ab, bis der Schwindel verschwunden war. Dann ging sie zurück in den Flur. Die Kinder würde sie später anrufen, die waren bestimmt noch nicht zu Hause.

Sie hob den Hörer ab und wählte die Nummer ihrer Freundin aus dem Kopf.

»Kadereit?«, meldete sich eine ältere Frauenstimme. So wie immer. Den Namen in einer Art und Weise betont, als stellte sie eine Frage.

»Doris, ich bin's«, sagte sie und betrachtete ihr eigenes Lächeln in dem ovalen Wandspiegel über dem Sideboard. »Stell dir vor. Ich habe was geerbt. Und du bist die Erste, die es erfährt.« Sie kicherte. »Außer natürlich die anderen Erben. Die wissen es auch.«

In dem Moment erklang ein Ton, der wie ein rostiges Krächzen klang, und sie drehte sich unwillkürlich in dessen Richtung. Durch die drei quadratischen Milchglasfenster, die in den weißen Kunststoff der Wohnungstür eingelassen waren, konnte sie einen Schemen erkennen, nicht aber, um welchen Besucher es sich handelte. Ihre Gesprächspartnerin sagte irgendwas, doch das bekam sie nicht mit.

»Doris, warte kurz. Es hat geklingelt.« Sie legte den Hörer beiseite und öffnete die Tür. »Ach Sie?«, sagte sie, lächelte und schob die Tür auf. Dann zeigte sie zum Telefon. »Ich telefoniere gerade. Eine Sekunde.« Sie griff den Hörer, und als sie im Spiegel die Bewegung hinter sich wahrnahm und den Schlag im Rücken spürte, fühlte es sich an, als hätte ihr jemand eine schwierige Frage gestellt, auf die sie keine Antwort wusste. Sie sah, wie sich Falten auf ihrer Stirn bildeten. Dann sah sie, wie der Hörer langsam aus ihrer Hand glitt. Was sollte sie antworten? Ihre Lippen bewegten sich, ohne dass ein Wort ihren Mund verließ. Sie kannte die Antwort nicht, aber es lag ihr doch auf der Zunge.

Als die Wohnungstür zufiel und das sanfte Tageslicht ausgeschlossen wurde, schloss auch sie ihre Augen.

* * *

Als Kai die Augen aufschlug, schwebte ein rot leuchtender Totenkopf vor ihm auf und ab, der rhythmisch den Kiefer auf- und zuklappte. Kai schnippte mit dem Finger an die Maus – und der Bildschirmschoner verschwand. Im Raum war es duster geworden. Regen klatschte gegen die Fensterscheibe, und er war sicher, ein Donnergrollen hatte ihn geweckt. Ein Gähnen bahnte sich mühselig seinen Weg nach außen. Die Kopfschmerzen waren noch da, und der Magen fühlte sich wund an. Das kannte er. In spätestens zwei Stunden würde er Kohldampf bekommen und wäre, sollte er in die Bredouille kommen, wieder in der Lage sein, Bier zu trinken. Es müsste nachmittags sein, so fünfzehn Uhr, schätzte er. 14.47 Uhr zeigte die Uhr auf dem Monitor an. Auf sein Katergefühl war eben Verlass. Seine Augen brauchten einige Sekunden, um die weiße Schrift auf schwarzem Grund lesen zu können. Dogface hatte ihm geschrieben.

11.24 Uhr: hab mich schlau gemacht. es gibt eine möglichkeit, die codes umzuleiten.

11.28 Uhr: gelesen?

11.34 Uhr: ?

11.36 Uhr: fuck so macht es keinen spass. ich brauche das wlan der bank, dann programmier ich dir was. kriegst du alleine nicht hin ;)

11.37 Uhr: kannst du hinfahren und den wlan-namen rausfinden?

11.40 Uhr: pennst du? wenn ich den namen vom wlan nicht kenne, kann ichs nicht testen.

Nach dieser Stelle folgte eine stattliche Liste unflätigster Beschimpfungen, die Kai nur überflog. Er wusste, wie das gemeint war, so redete man eben in der Szene.

13.24 Uhr: gut! hab es selbst rausbekommen. bankull07## heißt es. hab einen gut bei dir. lad dir das programm hier runter und starte das ding, wenn du da eingeloggt bist. dann überweisung machen …

Kai las die Anweisungen, wie eine Überweisung – hoffentlich – zu bewerkstelligen war, und stieß ein erleichtertes Stöhnen aus, als er den Link anklickte, der das Programm, das *dogface* ihm programmiert hatte, downloadete. Wenn das funktionierte und er mit dem Namen des WLAN richtig lag, war der Rest ein Kinderspiel. Er musste sich zwar in das interne Netz der Bank einhacken, aber das sollte kein Problem sein, schon gar nicht mit Steinbachs Handy, das garantiert das Passwort gespeichert hatte und sich automatisch mit dem bankeigenen Netz verbinden würde. *Du hast einen gut bei mir*, schrieb er. Jetzt musste er nur noch einen USB-Stick besorgen und …

»Rechts oben in der Schublade«, vernahm er eine Stimme hinter sich. Nadine war reingekommen und hatte über seinen Kopf hinweg sowohl Dogface' Text als auch seine Gedanken gelesen. Was stimmte mit dieser Person nicht? Kai würde das nächste Mal drauf achten, ob ihr Körper ein Spiegelbild warf. Oder war sie vielleicht so eine Marvel-Superheldin? Er öffnete die besagte Schublade und fand, was er suchte. Mit wenigen Klicks speicherte er das Programm von Dogface auf dem Stick ab.

»Und jetzt?«, fragte Nadine.

Er drehte sich im Stuhl zu ihr um. Sie trug nicht mehr das Outfit vom Vorabend, sah aber mit der zerrissenen Jeans und dem roten T-Shirt, das perfekt zu ihrer Haarfarbe passte, um einiges frischer aus, als Kai sich fühlte. »Wir gehen einkaufen«, sagte er.

KAPITEL 9

Der Besuch im Elektronikladen hatte nicht lange gedauert. Kai wusste, was er wollte, und das Gerät lag im Regal. Der Laptop würde ausschließlich in fremden Netzen und nur für Spezialaufgaben benutzt werden, die maximale Anonymität voraussetzten. Barzahlung war obligatorisch, und er ärgerte sich, dass er das Geld unterwegs an einem Bankautomaten hatte ziehen müssen. Ganz normale Paranoia.

Über einen weiteren USB-Stick startete er Tails. Dieses Mini-Betriebssystem reichte. Windows 10, was vorinstalliert war, würde er garantiert nicht anfassen.

Minuten später wartete das Programm von *Dogface* auf das WLAN der Bank. Und das war das Problem. Er biss in das zweite trockene Brötchen des Tages und beobachtete die Anzeige auf Steinbachs Handy. Er saß in Nadines Wagen auf dem Beifahrersitz, die zum dritten Mal den Block des klotzigen Weimann-Hochhauses umfahren hatte, in der das Bankhaus Brunner und Klar untergebracht war. Trotz der Tatsache, dass sich die Geschäftsräume des Kreditunternehmens im Erdgeschoss und im ersten Stock des grauen Betonkastens befanden, hatte sich Steinbachs iPhone bisher nicht im hauseigenen Netz eingeklinkt.

»Ich muss dichter ran«, sagte er zu Nadine, ohne den Blick vom Display zu heben.

»Wie wäre es, wenn ich direkt hier vorne über den Platz und neben das Eingangsportal fahre? Über das Beet hier vorne komme ich rüber.« Sie deutete auf den Eingang des Hochhauses, der gute zwanzig Meter hinter der Straße lag und nur für Fußgänger zu erreichen war.

»Meinst du, da meckert keiner?«, fragte Kai, bevor er den Witz kapierte. »Fahr am besten noch mal hinters Haus, da parken wir irgendwo auf dem Seitenstreifen. Da gibt es irgendwo einen Hintereingang, wo man näher ans Haus kommt.«

»Parken auf dem Seitenstreifen«, wiederholte sie und lachte. »Wir sind hier in der Innenstadt von Frankfurt, nicht in der Kleinstadt Dortmund.« Trotzdem gab sie Gas und setzte an der Kreuzung den Blinker nach rechts.

Einen freien Parkplatz gab es wie erwartet nicht, dafür eine Einfahrt zu einem Mieter-Parkhaus, bei dem das Rolltor heruntergelassen war. Nadine rangierte ihren Kleinwagen so weit nach rechts, dass sich gerade noch ein Porsche Cayenne oder Audi Q8 würde vorbeiquetschen können, falls nötig.

Kai drehte und wendete Steinbachs Handy hin und her, ohne das Display aus den Augen zu lassen. »Netz hab ich immer noch nicht.«

»Kletter doch ein Stück die Fassade hoch, dann wird's bestimmt besser.«

»Was soll ich machen? Ich …«, begann Kai sich zu rechtfertigen, als das Rolltor sich nach oben bewegte.

* * *

Bens Zauberkarriere hatte im Alter von sechzehn Jahren mit einem Kindergeburtstag begonnen. Siebzig Mark hatte er kassiert, um beim neunten Geburtstag der Hembrock-Zwillinge aus der Nachbarschaft für Unterhaltung zu sorgen. Allein an diesem Nachmittag hatte er die drei wichtigsten Regeln der Kinderzauberei gelernt:

1. Zeige vor Kindern niemals einen Kartentrick, es sei denn, du willst *ausgebuht* werden.
2. Zeige vor Kindern nie einen Trick, den du nicht beherrschst, es sei denn, du willst *ausgelacht* werden.
3. Wenn du doch einen Trick zeigst, den du nicht beherrschst, sollte das zumindest keiner sein, bei dem hinterher die Hose an der peinlichsten Stelle einen nassen Fleck hat.

Kurzum, die erste Gage war hart verdient gewesen, und Vater Hembrock hatte Ben mit mitleidigem Blick und Schulter-Stupser zehn Mark mehr zugesteckt als abgesprochen.

Heutzutage waren Kindergeburtstage die einzige Auftrittsgattung, die Ben nicht nervös machte. Und schon gar nicht heute, wo er es mit Zwillingen zu tun hatte, welche sich mehrfach als große Fans geoutet hatten. Nervös machte ihn nur, dass er Frau Gerber immer noch nicht das Geheimnis um diesen *Jack* entlockt hatte. Er war extra eine halbe Stunde früher losgefahren, um sie zu besuchen, aber er hatte sie nicht angetroffen. Ans

Telefon ging sie auch nicht. Auf dem Rückweg würde er es ein weiteres Mal versuchen. Seine Karre stank nach der vor sich hin faulenden Zaubertasche, die im Fußraum vor der Rückbank lag und in der seltene Algenkulturen das Licht des Festlandes erblickten. Das Teil musste schleunigst weg.

Das Haus, vor dem Ben seinen Fiesta geparkt hatte, war ein schmuckes Fachwerkhaus im Stadtteil Brechten. Hier war nichts vom Trubel der Großstadt zu spüren. Rund um die Kirche waren die mittelalterlich anmutenden Häuser verteilt und verströmten eher Sauerlandatmosphäre als Ruhrpottcharme. Hübsch. Und es fisselte nur noch. Er überlegte, ob gute Laune angebracht war, entschied sich aber dagegen. Schließlich lag dieses dämlich-bekloppte Jägerbesäufnis noch vor ihm. Und das *Wir-müssen-reden* mit Jenny.

Das Althoefferhaus ragte hinter einer mannshohen, dichten Hecke hervor. Ben wuchtete einen alten Reisekoffer aus dem Kofferraum, den er vor Jahren auf dem Trödelmarkt ergattert hatte und der seitdem sein Requisitenkoffer bei Kinderauftritten war. Seine Auftrittskleidung – Jeans, T-Shirt, weiße Sneaker – passte nicht unbedingt zu dem antiken Schmuckstück, aber das hatte bisher kein Kind gestört. Er lief über den gepflasterten Zugang, vorbei an zwei nass geregneten Kinderfahrrädern, die rechts und links des Wegs auf der Wiese lagen. Drei bunte, am Türrahmen angepinnte Ballons vermeldeten klar und deutlich: *Leute, hier findet ein Kindergeburtstag statt*. Er klingelte und vernahm prompt aufgeregte Kinderstimmen, die gleichzeitig »Es hat geklingelt!«, »Der Zauberer!« und »Das ist Ben!« kundtaten.

Mauritz öffnete. Allein. Die Kinderstimmen waren verebbt. Der Hausherr sah aus, als hätte er bei *Obdachlos für einen Tag* mitgemacht und gleich drei Folgen abgedreht. Er trug die schlabberige, braune Kordhose vom Morgen und ein T-Shirt, das man eher in einer Putzkiste für Reitstiefel vermutete als an jemandem, der sechsstellig geerbt hatte.

»Tag, Ben. Kommen Sie doch rein«, sagte er und verzog einen Mundwinkel in einer Art, als wollte er ein Kind erschrecken.

Ben trat in den düsteren Flur, dessen Decke so flach war, dass er sie mit der Hand hätte berühren können. Es roch nach Holz, und bei jedem Schritt knarzten die Dielen unter seinen Turnschuhen. Mauritz deutete stumm auf einen geflochtenen Korb in einer Raumecke, in dem sich übergroße, graue Filzpantoffeln mit bunten Nähten befanden. Kurz darauf knarrten die Dielen unter Bens Füßen in grellrot umsäumten Hausschuhen. Am liebsten hätte Ben diese Angelegenheit ausdiskutiert, doch dafür war er leider nicht in der erforderlichen Verhandlungsposition.

Die Tür zum Wohnzimmer öffnete sich, und Mauritz' Frau Romy trat in den Flur. Nicht zum ersten Mal hatte Ben den Eindruck, dass die beiden aussahen wie eine umgekehrte Form von Paul und Lina. Er lang und schlank – gar ein bisschen ausgezehrt – und sie klein und einen Hauch mehr als wohlbeleibt.

»Herr Pruss ist da«, sagte Mauritz und deutete auf Ben.

»Ich hab es wohl mitbekommen«, flötete sie. Sie kam mit einem Strahlen auf Ben zu und schüttelte ihm mit ihren beiden Händen herzlich die freie Hand. »Schön, dass du da bist, Ben.« Wäre ihr Lächeln eine Spur strahlender, hätte Ben eine Sonnenbrille gebraucht. »Wir waren doch beim Du, oder?« Dabei drehte sie sich glucksend zu ihrem Mann um und schlug ihm im Spaß auf den Oberarm.

»Na klar, na klar«, sagte Ben, der sich fragte, was mit dieser Frau nicht in Ordnung war. Bei der Beerdigung hatte sie ihn noch gesiezt. Sollte sie ihn doch ansprechen, wie sie wollte. Die Tür, durch die sie selbst gekommen war, öffnete sich einen Spalt, doch sie war gleich zur Stelle und stellte ihren Fuß davor, sodass es bei der kleinen Öffnung blieb. »Na, na, na«, sagte sie streng.

»Ist Ben da? Gibt es jetzt die Zaubershow?«, fragte eine Kinderstimme hinter der Tür, die Ben als die von Miko erkannte.

»Später«, sagte sie resolut. »Geht weiter kneten.« Damit drückte sie die Tür zu. »Die Kinder wollen erst noch kneten.« Sie hatte sich wieder an Ben gewandt. »Du bleibst doch bestimmt noch zum Grillen, oder?«

So einen Hunger könnte er gar nicht haben. »Daraus wird leider nichts. Ich hab gleich noch einen Termin.«

»Aha«, sagte sie, und ihre Stimme klang schnippisch.

»Dann kommen Sie doch erst mal rein, Ben. Die Kinder …«, begann Mauritz, aber seine Frau unterbrach ihn.

»Die kneten noch! Ben muss erst in deinem Arbeitszimmer warten.«

Dagegen hatte er nichts. Arbeitszimmer waren nicht die schlechtesten Orte, um an Informationen zu gelangen.

* * *

Es war ein Bentley, der hinter dem Rolltor zum Vorschein kam, und der Fahrer schien nicht erfreut darüber zu sein, dass zwischen Nadines Citygo und seinem Luxusschlitten maximal noch eine Golftasche gepasst hätte. Er zog ein Gesicht, als fürchtete er, sein Gefährt könne sich mit einer seltenen Krankheit anstecken und plötzlich auch zu einem Kleinwagen schrumpfen.

Kai und Nadine tauschten einen Blick aus, als das Rolltor sich gemächlich wieder nach unten bewegte. Sprich es nicht aus, dachte Kai, doch diesen Gefallen tat sie ihm nicht.

»Jetzt beweg schon deinen Arsch«, rief sie und nickte in Richtung der Pforte, dessen Öffnung mittlerweile keine zwei Meter mehr betrug.

»Wollen wir nicht erst mal besprechen …?«

»Jetzt mach hinne!«, schrie sie, und Kai zuckte zusammen.

»Bin weg«, antwortete er, klappte den Laptop zu und eilte aus dem Wagen.

Jetzt stand er einsam und allein in der Höhle des Löwen und konnte zusehen, wie er zurechtkam. Na ja, zum Glück *allein*. Das Parkhaus war menschenleer. Die Luxuskarossen, die hier unten bei düsterem Licht und Abgasmief ihr Dasein fristeten, würden ihn nicht verpfeifen. Er drückte sich an die kahle Betonwand und bemühte sich, seinen Atem unter Kontrolle zu bringen. Was ging eigentlich in dieser Nadine vor? Warum war die eigentlich immer noch da? Ein missratener One-Night-

Stand gut und schön, aber … Er hob den Blick und sah die Überwachungskameras, die gut alle zehn Meter wie schwarze Glotzaugen aus der Betondecke starrten. Komplette Rundumsicht in jede Parkbucht. Verdammt, garantiert hatte eins dieser Dinger ihn bereits gefilmt, und wenn jetzt ein übereifriger Sicherheitsmann auf seinen Überwachungsbildschirm starrte, würde es hier gleich ungemütlich werden. Er senkte den Kopf. Wenn er doch wenigstens eine Baseballkappe tragen würde. Er lief mit festen Schritten in Richtung der beleuchteten Glastür, die zum Treppenhaus führte. Den Fahrstuhl gleich daneben würde er garantiert nicht benutzen.

Die Treppe, die hinter der Tür nach oben führte, bildete auf der ihr gegenüberliegenden Seite eine Nische. Ein Stück leeren, dunklen Raumes, der für nichts zu gebrauchen war. Dementsprechend würde ihn hier garantiert kein Kameraauge beobachten, und … Ja! Hier fand Steinbachs Handy endlich das WLAN. Zwar zeigte das Display nur einen mageren Strich an, aber das würde hoffentlich reichen.

Rückwärts und im Entenmarsch zwängte Kai sich so dicht in die Schräge wie möglich. Wenn jemand den Weg aus dem Parkhaus nahm, den er gekommen war, würde er gesehen werden. Hoffentlich war keiner der Geldsäcke auf dem Fitnesstrip und meinte, das Treppenhaus nehmen zu müssen. Er stieß einen angeekelten Fluch aus, als sein Gesicht unsichtbare Spinnenweben durchtrennte. Dann lehnte er sich gegen die Wand, ohne mit dem Hintern den staubigen Boden zu berühren, und stellte den Laptop auf den angewinkelten Knien ab.

Er rekapitulierte im Geist *Dogface'* Anweisungen. Zunächst verband er Steinbachs Handy mit seinem Computer, um damit das interne WLAN der Bank benutzen zu können. Dann startete er Fireview. Er atmete erleichtert auf, als sein Spyprogramm ihm mit der Meldung *Have Fun, Asshole!* zu verstehen gab, dass der infizierte Rechner online war. Und nicht nur das. Der Bildschirmschoner auf Steinbachs Computer war aktiviert. Perfekt! So konnte Kai unbemerkt arbeiten, denn der Bildschirmschoner würde aktiv bleiben und niemand würde seine Mausbewegungen sehen können. Moderne Technik war doch einfach genial! Er startete das Bankingprogramm Vistatrans auf dem fremden Rechner. Passwort und Benutzername dafür hatte Fireview abgefischt, als Steinbach diese Informationen das letzte Mal eingegeben hatte, und füllte die entsprechenden Felder automatisch aus. Kai musste nur noch auf *Anmelden* klicken.

Eine Sekunde lang blieb es schwarz in Kais Kopf, dann erinnerte er sich wieder. Er tippte Laubers Kontonummer in das Suchfeld, und schon nach der vierten Ziffer bot ihm das Programm automatisch die komplette sechzehnstellige Nummer an. Brav! Die letzten Überweisungen von jeweils knapp über zwanzigtausend Euro waren nach Venezuela und Brasilien gegangen. Lauber schien sich Südamerika als gemütlichen Rückzugsort ausgesucht zu haben. Sein aktueller Saldo betrug 1.563.203,12 Euro. Ein Betrag, bei dem Kai kurz schwindelig wurde. Er öffnete das Überweisungsformular, so wie er es bei Steinbach beobachtet hatte, und übertrug auf den Cent genau diesen Betrag in das entsprechende Feld. Als Empfänger gab er das Nummernkonto seiner Scheinfirma ein. In den Einstellungen fand er *»TAN auf extern«* und stellte es ein, wie *Dogface* es ihm aufgetragen hatte. Ein Schweißtropfen lief ihm ins Auge. Jetzt oder nie. Er atmete einmal tief aus und klickte auf *Absenden*. Ein Fenster legte sich über das Formular, welches die TAN forderte. Ein kürzer werdender, blauer Streifen deutete an, dass Kai sich besser beeilen sollte. Er wechselte in das Programm von Dogface und klickte auf *Connect*.

* * *

Wow!, dachte Ben. Zu einem weiteren Gedanken war er bei dem Chaos, welches er in Mauritz' Arbeitszimmer antraf, nicht in der Lage. Vor ihm lag der krasse Gegensatz zu fußbodenschonenden Filzpantoffeln, die man Besuchern aufs Auge drückte. Schludrig sah Mauritz Althoeffer mit seinen braunen Cordanzügen und seinem wilden Haarwuchs ja aus. Aber das, was Ben hier vorfand, grenzte an Messitum. Und es roch wie im alten Schulkeller, aus dem Ben immer die Karten für Erdkunde hatte holen müssen. Vom Fußboden war wenig zu sehen. Stapel aus Akten, Büchern, losen Blättern, Zeitungen und Zeitschriften waren überall im Raum verteilt. Dazwischen lagen Musikinstrumente herum. Ben erkannte zwei Gitarren, ein Saxofon und eine Klarinette. Ein Trampelpfad von einem halben Meter Breite war zwischen Tür und Schreibtisch ausgespart, sodass man den Raum auch durchqueren konnte, wenn man nicht in der Lage war zu fliegen.

»Nicht schön, aber hier hab ich meine Ruhe«, sagte Mauritz Althoeffer, und erst jetzt bemerkte Ben, dass

Romy nicht mehr da war. Zum Glück. »Setzen Sie sich am besten auf den Schreibtischstuhl, der ist frei.« Ben tat zwei zaghafte Schritte in den Raum hinein, und Mauritz ergänzte: »Ich treib die Bande etwas an, dann können Sie gleich starten. Möchten Sie was trinken?«

»Nein danke«, antwortete Ben und hoffte, dass er es zum Tisch schaffen würde, ohne einen der Stapel umzuwerfen.

»Dann bis gleich«, sagte Mauritz und schloss die Tür. Ben begann, sich auf sachten Filzpantoffeltapsern durch den Raum zu arbeiten. Den Koffer ließ er hinter sich auf dem Trampelpfad stehen.

Der Schreibtisch versank unter einer unüberschaubaren Last aus diversen Haufen, Bergen und Papierstößen. Frau Gerber hätte hier einiges zu Stoß-Klopfen gehabt. Drei abgewickelte und mit Zahlen bedruckte Rollen Endlospapier hingen von der Tischplatte herunter, bis sie von den Stapeln am Boden gebremst wurden. Ben hätte angenommen, dass solche Endlosdrucker seit den Achtzigern ausgestorben waren. Aber das dazugehörige Gerät stand in der rechten Raumecke unter dem Fenster, welches mit einer diagonal gerafften Gardine von außen sicher einen idyllischen Eindruck vermittelte. Auch aus dem Gerät quoll eine meterlange Papierschlange, deren Ende auf einer abgewetzten, hellbraunen Kunstledercouch endete.

Was machte Mauritz Althoeffer überhaupt beruflich? Nachdem er den Bürostuhl ein Stück in seine Richtung gedreht und seinen Körper vorsichtig darauf niedergelassen hatte, fiel Bens Blick auf ein gerahmtes Plakat an der Wand. *Anne-Angler-Stiftung zur Förderung sparten-*

übergreifender Kunst- und Kulturprojekte war darauf zu lesen. Das Motiv zeigte einen dürren Mann in schwarzen Leggings und nacktem Oberkörper, der auf einer Bühne merkwürdige Verrenkungen darbot und dabei, seinem Gesichtsausdruck nach, entweder in Ekstase geraten war oder einen heftigen Hexenschuss bekommen hatte. Bens analytisches Detektivgehirn zog den Schluss, dass man sich so was nur hinhängte, wenn man beruflich damit zu tun hatte, aber das würde sich schon noch zeigen.

Als er sich den Papieren auf dem Schreibtisch zuwandte, nahm er zwei weitere gerahmte Plakate an der rechten Wand wahr. Die beiden Motive sorgten dafür, dass er in seiner Bewegung einfror.

* * *

Nichts passierte. *Dogface'* Programm bewerkstelligte nicht mehr, als den *Connect*-Button von Schwarz auf Dunkelgrau zu färben, jedes Mal wenn man draufklickte, und das hatte Kai nun schon einige Male getan. »Scheiße«, flüsterte er. Brennender Schweiß floss ihm ins rechte Auge.

Er wechselte zurück ins Bankprogramm und sah, dass der blaue Streifen nur noch halb zu sehen war. Tendenz sinkend. Dann ploppte der Code auf. Erschien einfach auf dem Bildschirm. Yes! Nicht kopieren, sondern abtippen, erinnerte er sich. Er musste sich die Zahl einprägen, was ihm nicht schwerfiel. Ohne noch einmal gegenzuchecken, klickte er auf *Bestätigen*. Zehn Sekunden tat sich nichts, dann verschwand das Fenster samt Formular und Laubers Finanzübersicht tauchte wieder auf. Neuer Saldo: 0,00 Euro.

»Heya BVB!«, rief Kai und merkte erst, wie laut er gesprochen hatte, als er seine Stimme von den kahlen Betonwänden widerhallen hörte.

Und dann wurde es ihm klar. Er hockte in der dreckigsten Ecke mitten in Feindesland und hatte soeben eins Komma irgendwas Millionen Euro auf sein eigenes Konto überwiesen. War er eigentlich bescheuert? Und war sein Konto *wirklich* so sicher und anonym, wie er annahm? Würde man es *wirklich* nicht zu ihm zurückverfolgen können? Hatten die Sicherheitskameras ein brauchbares Bild von ihm gemacht? Er musste schnellstmöglich hier raus. Ab an die Luft, ab in den Zug und dann am besten nie, nie wieder nach Frankfurt.

Eine gefühlte Ewigkeit schaute er auf die Zahl, die sein Kontostand jetzt aufwies. 1.563.203,12 Euro. Nur weg damit, ging es ihm durch den Kopf. Er markierte den Gesamtbetrag und übertrug ihn ins Überweisungsformular. Die Kontonummer der Welthungerhilfe hatte er im Kopf. Dort würden einige große Augen machen. Er klickte auf *Auftrag freigeben* und trug die Transaktionsnummer ein, die in einem weiteren Programm aufploppte.

Sekunden später war das Geld weg. Kontostand: 0,00 Euro.

Er klappte den Laptop zu und mühte sich aus seinem ungemütlichen Sitz hoch. Sein Knie knackte, und irgendwie kam ihm das viel zu laut vor. Es war so verdammt still hier im Treppenhaus. Ihm kam eine Idee. Er putzte Steinbachs Handy von allen Seiten an seinem

Pullover ab und legte es auf die unterste Stufe. Der arme Bänker konnte es gerne zurückhaben. Dann blickte er durch die Glastür ins Parkhaus. Das Rolltor war wie erwartet verschlossen. Er überlegte, wie er sich am sichersten durch den Haupteingang schlagen konnte, als ein rotes Licht neben dem Rolltor aufleuchtete. Die Ampel, die dem möglichen Gegenverkehr auf der Innenseite signalisierte, dass draußen ein Auto darauf wartete, einfahren zu können. Wie erwartet setzte sich das Tor in Bewegung. Jetzt oder nie! Kai rannte mit gesenktem Kopf zur Mauer neben der Einfahrt. Sekunden später rollte ein Wagen gemächlich an ihm vorbei. Kai setzte zum Trab an. Hoffentlich stand Nadine noch da und …

»Fuck!«, schrie er, als er mit dem Knie gegen die Stoßstange eines zweiten Wagens prallte, der die Einfahrt hinabgefahren kam und eine Vollbremsung einlegte. Er rettete sich mit einem Sprung nach rechts und schaffte es, dabei den Laptop sicher vor die Brust zu drücken. Reflexartig ging sein Blick zum seitlichen Fahrerfenster. Der Gesichtsausdruck des Fahrers war eine Mischung aus Wut und Schrecken. Kais Gehirn weigerte sich einige Sekunden lang, den Mann hinterm Steuer zu erkennen. Steinbach war es nicht. Schlimmer!

* * *

Ben hatte Schwierigkeiten, seinen Blick von dem grinsenden Jack Nicholson zu lösen, der durch den Spalt einer Holztür schaute, die er mithilfe einer Axt in sie hineingeschlagen hatte. Die berühmte Szene aus dem Film *Shining*. Das andere Plakat zeigte denselben Schauspieler in seiner Rolle bei *Einer flog über das Kuckucksnest*. »Du steigst in meiner Jack-Liste ein ganzes Stück weit nach oben, Mauritz«, flüsterte Ben in den Raum hinein.

Dann riss er seinen Blick von den Plakaten und wandte sich den drei Endlos-Ausdrucken auf dem Schreibtisch zu, die über die Tischkante hinaus bis auf den Fußboden reichten. Zwei schmutzige Kaffeetassen und ein lustiges Taschenbuch mit Tick, Trick und Track darauf hinderten sie vor dem Hinabrutschen. Ben überflog kopfüber die klotzig ausgedruckten Buchstaben- und Ziffernreihen und erkannte Eurobeträge und Wörter wie *Zinsen, Umbuchung, betriebsrelevant, Barabhebung* … Er streifte die Filzpantoffeln ab und umrundete die Tischplatte auf Zehenspitzen – für mehr Fuß war zwischen den Stapeln kein Platz. Dann fotografierte er Bogen für Bogen ab. Auch den halben Meter, der aus dem Drucker ragte, ließ er nicht aus.

Richtig zufrieden war er nicht, als er auf dem Bürostuhl Platz nahm. Ob er mit den abfotografierten Ausdrucken und der Tatsache, dass Mauritz Jack-Nicholson-Fan war, etwas in seinem Fall beweisen konnte, bezweifelte er. Er bemerkte, dass er auf einen knapp zwei Zentimeter großen Spalt zwischen zwei Ausdrucken des Endlospapieres starrte. Was stand da? *Testamentserö…* Er schob Tick, Trick und Track und einen der Ausdrucke zur Seite und warf einen Blick auf den Brief, der dort lag und mit *Testamentseröffnung* betitelt war. Dann hörte er, wie im Flur die Tür vom Wohnzimmer aufgestoßen wurde. Er bekam Besuch.

Schnell schob er alles wieder an seinen Platz. Hatte er wirklich das gelesen, was er glaubte gelesen zu haben?

Als die Tür aufschwang und Mauritz im Türrahmen auftauchte, war er sich sicher. Auf der Testamentseröffnung stand, dass Mauritz zwanzigtausend Euro geerbt hatte, nicht zweihunderttausend, wie Lina ihm erzählt hatte.

* * *

»D… d… d…«, brachte er nur heraus und wedelte wild mit der freien Hand. Nadine blickte Kai befremdet an, der neben der geöffneten Beifahrertür stand. »D…das war der Lauber da im Auto!«, spie Kai aus, als er mit dem Oberkörper zuerst auf den Beifahrersitz sprang. Noch bevor er die Tür hinter sich zugerissen hatte, setzte Nadine aus der Einfahrt zurück. Der Wagen, in dem Lauber saß, fuhr an und rollte gemächlich ins Parkhaus.

»Dein Lauber?«, fragte Nadine und gab mit quietschenden Reifen Gas, als ob der Flüchtige hinter ihnen her wäre.

»Ja! Wenn ich es dir doch sage! Fuck, dem hab ich gerade seine Kohle geklaut, und jetzt hat er mich gesehen!«

Sie bremste scharf an einer roten Ampel und sah Kai an. Eine Augenbraue vielsagend hochgezogen. »Und du bist sicher, dass dir nicht dein Restalkohol einen Streich spielt?«

»Das war er! Ich schwöre es dir!« Kai ließ sich in den Sitz fallen, der Laptop, den er die ganze Zeit vor die Brust gedrückt hatte, fiel auf seinen Schoß. »Oh Mann. Oh Mannomannomannomann. Der hat mich erkannt. Garantiert. Und jetzt überleg mal, was passiert, wenn der feststellt, dass, fünf Minuten bevor ich ihm vor die Stoßstange gerannt bin, seine Konten leer geräumt worden sind.«

»Ich bin am Arsch«, sagte er, und seine Stimme war nicht mehr als ein Jaulen. Das Beste wäre, er würde sich von Nadine gleich am Flughafen absetzen lassen und dahin fliegen, wo er Lauber eigentlich vermutet hatte. Er sah zu ihr hinüber. Sie hatte ihr Handy am Ohr.

»Jens?«, sagte sie. Dann: »Lauber ist in Frankfurt. Ist eben in einem dunkelblauen Opel Grandland in das Parkhaus vom Weimann gefahren. Das Nummernschild habe ich auch.«

»Wer ist denn …?«, begann Kai, doch Nadine stoppte ihn mit einer unwirschen Handbewegung.

»Der ist direkt nach einem weißen Porsche Cayenne reingefahren. Vielleicht haben wir den auch auf dem Schirm? Nummernschild …« Sie nannte es und fuhr fort: »Jetzt schnapp dir deine Männer und holt ihn euch!«

Nachdem sie aufgelegt hatte, blieb es einige Sekunden still zwischen den beiden, während Kai sie nur ansah und Nadine stur auf den Verkehr achtete. Irgendwann sagte er: »Bist du bei deinen Taschendiebstählen so oft erwischt worden, dass du die Polizisten hier in Frankfurt duzt? Und die wissen auch alle gleich, wer Lauber ist. Interessant.« Dann stierte auch er aus der Windschutzscheibe und sagte nichts mehr. In seinem Innern brodelte es. Nadine, wenn das überhaupt ihr richtiger Name war, war keine Marvel-Heldin, sie war …

»Tut mir leid«, unterbrach sie seine Gedanken. Und nachdem er nichts antwortete, sagte sie: »Ich durfte dir das nicht sagen. Ich darf es eigentlich immer noch nicht.« Sie blickte zu ihm herüber. »Aber jetzt hast du es ja selbst herausgefunden.«

»Was? Dass du von der Polizei bist?«, sagte er schnippisch. »Ach.« Er machte eine abwinkende Geste in ihre Richtung, ohne sie anzusehen. »Das hab ich mir schon gedacht. Mal ehrlich. Da musste 'ne Menge Manipulation im Spiel gewesen sein, gestern im Club. Ansonsten hätte ich dich garantiert nicht mit ins Hotelzimmer genommen. Wahrscheinlich hätte ich dich nicht mal bemerkt. Hast du mir irgendwas in den Drink getan?«

»Wow!«, sagte sie und blickte wieder auf die Straße.

Kai fühlte einen Schmerz in der Brust. Einen echten, manifesten. Nicht bloß den Druck der Enttäuschung.

Sie begannen beide gleichzeitig:

»Das gestern war …«

»Wie lange habt …?«

»Du zuerst«, sagte Kai.

»Das gestern war eine spontane Entscheidung. Tut mir leid. Und nein, ich hab dir nichts in den Drink gekippt.« Sie hupte und machte eine wütende Geste in Richtung eines Mercedesfahrers. Kai hatte nicht erkennen können, was dieser angestellt hatte, um sich das zu verdienen. »Wir haben dich schon länger auf dem Schirm.«

Das kratzte. Das kratzte mehr als alles andere, stellte Kai fest, und sein Kopf ging die Möglichkeiten durch, an denen er einen Fehler gemacht haben könnte.

»Das lag übrigens nicht an dir. Kollegen von mir sind *Dogface* schon seit Monaten wegen einer anderen Sache auf der Spur. Dann tauchte in seiner Kommunikation plötzlich ein *horniest01* auf, der sich für Laubers Geld interessierte. Damit kam die Sache zu uns, weil wir hinter Lauber her sind.«

Es herrschte eine kurze Pause. Kai ärgerte sich. Kommunikation mit anderen war in der Hackerszene so nötig wie gefährlich. Er hatte gewusst, dass das die Achillesferse war, aber gleichzeitig hätte er nicht gedacht, dass ein *Dogface* sich von den Behörden auskundschaften lässt. Er fragte: »Bist du von Interpol?«

»BKA«, sagte Nadine. »Wir waren sehr an den Geldwegen von Lauber interessiert, deshalb haben wir uns angesehen, was Dogface so anstellt.« Sie räusperte sich. »Und ihn über Umwege auch die Dinge rausfinden lassen, die wir wussten.«

»Und wie seid ihr drauf gekommen, dass ich dieser …« Er stellte fest, dass sein Alter Ego horniest01 nur cool war, wenn man ihn nicht laut aussprechen musste. »… Typ bin, der sich für Laubers Geld interessiert?«, beendete er den Satz.

»Das war ordentliche Polizeiarbeit.« Sie stieß ein atemloses Lachen aus. »Wir haben kombiniert, will ich mal sagen. Wer hat die Fähigkeiten, Laubers Konto zu hacken, und wer könnte daran interessiert sein? Da sind wir schnell auf dich gekommen.«

»Aha«, sagte Kai knapp.

»Ja, und dann haben wir intern entschieden, dass wir dich beobachten und machen lassen.« Sie räusperte sich wieder, als wäre ihr die Beichte unangenehm. »Ich meine, wir waren auch daran interessiert zu sehen, was passiert, wenn Laubers Geld weg ist. Und …« Sie machte eine Pause und wägte ihre Worte ab. »Und wir hätten das alleine nicht so leicht bewerkstelligen können.«

»So leicht?«, fragte er und sah sie skeptisch an.

»Da sind bürokratische Hürden, musst du wissen. Das dauert Ewigkeiten.«

»Also hast du mich nur benutzt.« Er verschränkte wütend die Arme vor der Brust und sagte nichts mehr. Die nächsten Minuten blieb es still zwischen den beiden, und gerade als Nadine den Mund öffnete, um etwas zu sagen, klingelte ihr Telefon. Sie nahm den Anruf an und stellte auf Lautsprecher.

»Ja?«

»Er ist weg«, war eine männliche Stimme zu hören.

»Was? Er lag doch auf dem Silbertablett.«

»Er ist gleich wieder aus dem Parkhaus abgehauen. Hat der euch vielleicht gesehen?«

Nadine warf Kai einen knappen Blick zu, sagte aber nichts.

»Und warum hast du den nicht gleich selbst hopsgenommen?«, kam es aus dem Lautsprecher, und Kai hörte deutlich den Vorwurf aus der Stimme.

»Hallo?«, sagte Nadine empört. »Darf ich dich daran erinnern, dass ich unbewaffnet bin und eine Zivilperson dabeihatte?«

»Ja, sorry. War nicht so gemeint.«

»Weit kann er ja nicht sein«, sagte Kai und fuhr vor Schreck zusammen, als Nadine ihm einen feindseligen Blick zuwarf.

»Ist der Siebert immer noch bei dir?«, fragte der Anrufer scharf?

»Idiot«, flüsterte sie wütend und sagte dann lauter, wieder an den Anrufer gewandt: »Seht zu, dass ihr den kriegt. Ich lege jetzt auf.« Bevor der Anrufer noch einen Ton erwidern konnte, hatte sie das Gespräch beendet.

»Was sollte das? Jetzt weiß jeder, dass ich meine Tarnung aufgegeben hab.«

»Ja, entschuldige bitte«, sagte Kai angriffslustig. »Ich hatte kurz vergessen, dass ich ja meine Schuldigkeit getan hab.« Er deutete an den rechten Fahrbahnrand. »Kannst mich hier rauslassen. Ich komme alleine klar.«

»Kommst du nicht«, entgegnete sie. »Ich fahre dich jetzt zurück nach Dortmund. Lauber wird schnell merken, dass seine Kohle weg ist und die Verbindung zu dir herstellen. Ich bin verantwortlich für dich, bis die Kollegen Lauber haben.«

»Na toll. Unbewaffnet.«

»Meine Knarre liegt im Kofferraum«, sagte sie, und dann schlug sie wütend mit beiden Händen aufs Lenkrad. »Ich hätte mir den doch gleich krallen sollen, verdammte Scheiße.«

»Na, super!«, sagte er mit einem beleidigten Unterton.

Das Auto hielt an einer roten Ampel, und er widerstand dem Drang, einfach auszusteigen. Sollte sie ihn doch nach Hause bringen, wenn sie unbedingt wollte. Seine Klamotten lagen zwar noch bei ihr in der Wohnung, aber er hatte sein Portemonnaie, sein Handy und seinen Laptop dabei, das war das Wichtigste.

* * *

Wenn doch alles so problemlos laufen würde wie ein Kinderauftritt. Dabei hatte Ben bei der Bande Acht- bis Zehnjähriger gleich für einen ausgelassenen Lachflash gesorgt, als er das Wohnzimmer mit den Riesenpantoffeln betrat. Einige Kinder – nicht Jara und Miko, für die es normal war, dass erwachsene Besucher damit gedemütigt wurden – glaubten, dass die lustigen Hausschuhe zum Auftritt gehörten. Das Ende vom Lied war, dass Ben seine Show auf Socken spielte, während alle Kinder mit einem Paar extra große Filzpantoffeln ausgestattet waren.

Nach der Show hatte er eilig sein Geld kassiert und sich verabschiedet, obwohl Romy ihm wiederholt das Barbecue schmackhaft gemacht hatte und der Anblick der in Marinade eingelegten Rippchen seinen ausgehungerten Magen reichlich quälte. Nein, er musste los, sonst würde er keine Minute Ruhe bekommen und nur noch Münzen und Bälle hinter Kinderohren hervorzaubern.

Auf dem Heimweg hatte er mehrfach versucht, Lina zu erreichen, aber sie war nicht rangegangen. Warum hatte sie ihm erzählt, dass Mauritz zweihunderttausend Euro geerbt hatte, wenn es in Wirklichkeit nur zwanzigtausend Euro waren? Oder hatte er sich da verhört? Nie und nimmer!

KAPITEL 10

Ben lümmelte zu Hause auf dem Sofa rum und schob den Gedanken hin und her, die abfotografierten Ausdrucke von Mauritz auf seinen Computer zu laden. Dummerweise setzte das voraus, dass er die Couch verließ und in seinen Büro-/Probenraum eine Etage tiefer ging. Für den Moment fühlte es sich aber weitaus verführerischer an, nichts weiter zu tun, als bewegungslos auf der Couch zu verharren.

Es klingelte an der Tür. Ein Geräusch, das ihm seit Beginn seiner Lauber-Paranoia ein ungutes Gefühl bescherte. Er fluchte leise auf dem Weg zum Schlafzimmerfenster, zog den Vorhang beiseite und blickte durch das Fenster hinunter auf den Bürgersteig.

Auf den zweiten Blick erkannte er die Frau, die da unten stand und schon wieder den Klingelknopf malträtierte, um auf sich aufmerksam zu machen. Das roch nach Ärger.

»Guten Abend«, sagte Ella Althoeffer knapp, als sie am Fuße der Treppe auftauchte und rasch die letzten Stufen nahm. Obwohl sie Ben gerade mal bis zur Brust reichte, schien es, als baute sie sich vor ihm auf. Ihre kurzen, braunen Haare waren streng gescheitelt, und sie trug denselben grauen Hosenanzug wie am Morgen. An ihrer Schulter baumelte eine sackartige Ledertasche, die deutlich gefüllt aussah.

»Guten Abend«, begrüßte sie auch Ben.

»Könnte ich kurz reinkommen?«, fragte sie, ohne eine Miene zu verziehen.

»Was kann ich für Sie tun?«, stellte er die Gegenfrage, als sie sich an ihm vorbei in den Flur drückte.

»Erst mal können Sie die Tür schließen.«

Oha, dachte Ben. Was eben noch zart nach Unmut duftete, hatte sich schon jetzt zu einer miefenden Wolke Ärger verdichtet. Nicht mal ihren Hund hatte sie dabei, den Ben allzu gerne zur Deeskalation benutzt hätte. Er schloss die Tür. Der Gedanke, dass er mit dieser ganz natürlichen und folgerichtigen Handlung praktisch ihre Anweisung ausgeführt hatte, wurmte ihn.

»Na dann«, sagte er, lächelte und deutete in Richtung Wohnzimmer. »Wollen wir …«

Weiter kam er nicht, weil sie ihm ins Wort fiel. »Was schnüffeln Sie herum, Herr Pruss? Was hat das mit meiner Familie zu tun?«, fragte sie, und Ben war beeindruckt, wie bedrohlich ihre S-Laute klangen.

»Ja, ich …«, begann Ben und lief an ihr vorbei ins Wohnzimmer. Etwas Zeit gewinnen, dann würde die passende Antwort schon kommen. »Wieso …? Wer …?«

»Ich habe heute Morgen genau gehört, wie Frau Gerber Sie auf Ihre *Ermittlungen* angesprochen hat!« Sie betonte das Wort, als wäre es das Aberwitzigste, was sie je gehört hatte.

»Ich weiß nicht, was Sie meinen, Frau Althoeffer.« Damit log er nicht einmal. Dass Frau Gerber das Wort *Er-*

mittlungen verwendet haben sollte, war ihm nicht in Erinnerung geblieben. Er setzte sich auf die Couch und bot ihr mit einer Geste den Sessel an.

Ella Althoeffer zog es vor, stehen zu bleiben. »Sie könnten Ihre Ermittlungen einstellen, da sie wüsste, wer dieser *Jack* ist. Das hat sie zu Ihnen gesagt.«

»Und wie kommen Sie darauf, dass das etwas mit Ihrer Familie zu tun hat?« Am liebsten wäre er auch wieder aufgestanden. Dass die kurz gewachsene Althoeffer-Tochter von oben herab auf ihn einredete, behagte ihm nicht.

»Weil dieser Kommissar Huntrich bei mir war und mich ebenfalls nach einem Jack gefragt hat.«

»Und? Wissen Sie, wer das ist?«

Sie trat einen Schritt auf ihn zu. »Das geht Sie gar nichts an«, sagte sie scharf und wedelte dabei mit ihrem Zeigefinger. »Aber *ich* habe das Recht zu erfahren, ob *Sie* mittlerweile wissen, wer dieser Typ ist. Es geht schließlich um meine Familie.«

»Nein.« Hier konnte er ehrlich sein. »Ich weiß es nicht. Frau Gerber und ich hatten noch keine Gelegenheit, uns weiter zu unterhalten. Ich habe heute am frühen Abend noch versucht, sie zu erreichen. Aber sie war nicht zu Hause.«

»Ich war auch bei ihr«, gab sie zu. »Hab sie auch nicht angetroffen.«

»Aber Frau Althoeffer«, begann Ben mit einfühlsamer Stimme. »Hat Kommissar Huntrich bei Ihnen denn angedeutet, dass dieser ominöse Jack zu Ihrer Familie gehört?«

»Natürlich nicht«, antwortete sie und schien allein über die Frage pikiert. »Er hat nicht mal gesagt, was überhaupt los ist.«

»Sehen Sie. Bei mir auch nicht.« Dass das auch nicht nötig war, weil Ben es ohnehin wusste, musste er ihr ja nicht auf die Nase binden. »Es interessiert mich dann ehrlich, warum Sie sich so an diesem Namen aufreiben. Im Dunstkreis von irgendwelchen polizeilichen Ermittlungen kam der Name Jack scheinbar auf. Sie können Huntrich doch einfach seine Arbeit machen lassen. Es sei denn …« Er machte eine Pause und überlegte kurz, ob er den Satz aussprechen sollte. Er entschied sich dafür. »Es sei denn, Sie haben vielleicht wirklich eine Ahnung, wer dieser Jack sein könnte …«

»Das geht zu weit, Herr Pruss!«

Das fand Ben nicht. Sie baute sich vor ihm auf und drohte mit dem Zeigefinger. Irgendeine Idee hatte sie zu diesem Namen, da war er sich sicher.

»Ich will wissen, wer Sie engagiert hat und warum.« Jetzt setzte sie sich doch in den Sessel und stellte ihre Tasche vor sich auf den Boden.

Ben ließ sich Zeit mit seiner Antwort. Wenn Ella mit in der Sache steckte – ein Motiv hatte sie schließlich, da sie von einem Verkauf der Firma profitiert hätte –, könnte er mit ein paar unvorsichtigen Worten die Ermittlungen und nicht zuletzt Lina in Gefahr bringen. Er könnte sich selbst in Gefahr bringen! Was hatte die da bloß in ihrem riesigen Sack? Sollte sie anfangen, daran rumzufummeln, würde er sie anspringen und ihr das Teil karatemäßig aus den Flossen schlagen. »Herr Huntrich hat mich eben auch nach diesem Jack gefragt.« Die Idee war ihm spontan gekommen, er wollte sehen, wo sie hinführte. Er zog unschuldig die Schultern hoch. »Darüber habe ich mit Frau Gerber geplaudert. Möglich, dass ich dabei gesagt habe, dass ich gerne *ermitteln* würde, wer das ist. Das interessiert mich schon. Sie nicht?«

Ella Althoeffer blieb still und musterte ihn. Ben wich ihrem Blick nicht aus. Dann sagte sie mit monotoner Stimme: »Wer hat Sie engagiert, Pruss?«

Er hatte nicht vor, dieses Spiel weiterzuspielen, und stand auf. »Ich denke, Sie gehen jetzt besser, Frau Althoeffer. Unser Gespräch führt zu nichts.« Er hatte den Eindruck, ihr Gesicht hätte sich eine Sekunde lang in eine Gollumfratze verwandelt. Auch sie erhob sich und griff beim Aufstehen ihre Tasche. Ben machte sich bereit zuzutreten.

»Eins sage ich dir, Pruss.«

Oha, die förmliche Anrede war Vergangenheit. Bewegte sich da ihre Hand?

»Du bekommst Nachricht von meinem Anwalt. Ich lasse nicht zu, dass du, aus welchem Grund auch immer, in meiner Familie rumschnüffelst.«

Ben entspannte sich. Die Drohung mit dem Anwalt war keine Waffe, gegen die man sofort mit Treten und Hauen zu Werke ging. Als sie an ihm vorbei in Richtung Flur stürmte, kam ihm die nächste Idee. »Sind Sie eigentlich zufrieden mit Ihren vierhunderttausend Euro?«

Sie blieb im Türrahmen stehen und wandte sich zu ihm um. »Welche vierhunderttausend Euro?«, fragte sie und zog die Stirn in Falten.

»Na, die aus dem Erbe«, antwortete Ben.

»Vierhunderttausend?« Sie verzog ihr Gesicht zu einem humorlosen Lächeln. »Gute Recherche sieht anders aus, Pruss.« Sie schüttelte den Kopf und drehte sich wieder um. Als sie die Wohnungstür öffnete, sagte sie, mehr zu sich selber: »Vierhunderttausend!« Dann stieß sie ein kurzes, schrilles Lachen aus, trat in den Hausflur und schlug die Tür hinter sich zu.

Ben war sich sicher, dass diese Reaktion ehrlich gewesen war. Sie konnte mit den vierhunderttausend nichts anfangen. Lina hatte ihn diesbezüglich ebenfalls angelogen.

* * *

Ben ahnte, dass Kai irgendeinen Mist verzapft hatte. Der war am vorherigen Abend irgendwann nach Hause gekommen, als er selbst schon im Bett lag. Eine junge Dame namens Nadine im Schlepptau. Und während Kai Bens Kleiderschrank nach der Luftmatratze durchwühlt hatte, hatte der sich mehrfach erkundigt, ob irgendetwas vorgefallen sei und ob es Ben gut gehe. Dann war er rausgeschlichen und hatte angedroht, Ben heute Morgen alles zu erzählen, und *er* solle unbedingt in der Wohnung bleiben. Na, danke auch. Ben hatte sich stattdessen am Morgen weggeschlichen, ohne sich vorher im Wohnzimmer oder in der Küche blicken zu lassen. Den Weg konnte er sich ohnehin sparen. Der Kühlschrank war schließlich genauso leer wie das Innere der Luftmatratze.

Zwei Streifen- und ein Notarztwagen standen vor Frau Gerbers Haus. Bloß nicht, dachte er, als er seinen Ford drei Häuser weiter am Straßenrand abstellte. Eine Frau mit hellgrauer Haarpracht und hellgrauem Mantel saß auf der Sitzfläche ihres Rollators, den sie vor dem Haus auf dem Gehweg geparkt hatte. Ihr Gesicht war zu einer Grimasse verzogen, und sie redete auf eine junge Polizistin ein, die ihr sanft eine Hand auf die Schulter gelegt hatte.

Ausgerechnet jetzt klingelte Bens Telefon. *Kai* zeigte das Display an, und zu hören war der ganz normale Klingelton. Das war der finale Beweis dafür, dass mit Kai etwas nicht stimmte. Aber das musste warten. Er drückte den Anruf weg und stieg aus dem Auto.

Die alte Frau bemerkte Ben und rief ihm zu: »Sind Sie der Kommissar? Ich bin Doris Kadereit.« Ihre Stimme bebte, und Ben war sich sicher, dass das nicht nur ihrem fortgeschrittenen Alter zuzuschreiben war. Ohne eine Antwort abzuwarten, fuhr sie fort: »Renate Gerber ist tot. Sie liegt da. Ach Gott, ach Gott, ach Gott, ach Gott …« Dabei deutete sie mit ihrem linken Zeigefinger über ihre gegenüberliegende Schulter und sah Ben hilfesuchend an.

»Ähm, Entschuldigung«, sagte Ben, der die beiden Damen erreicht hatte. »Ich bin nicht von der Polizei. Aber ich kannte Frau Gerber. Aus der Brauerei. Das tut mir so leid.« Ein brennender Druck hatte sich bei der Nachricht auf seine Brust gelegt, der ihm die Luft abschnürte.

»Ah«, kam es aus Frau Kadereits Mund. Dann ließ sie ihren Kopf sinken und schluchzte, wobei ihre Schultern auf und ab hüpften.

»Stimmt es, dass …?« Er deutete ebenfalls mit dem Zeigefinger in Richtung Eingangstür und sah die Polizistin an, die seinen Blick erwiderte und mit einem knappen Nicken antwortete.

»Waren Sie auf dem Weg zu ihr? Zu Frau Gerber, meine ich«, fragte sie.

»Ja, ja. Was ist denn passiert?«

»Das kann ich Ihnen nicht sagen. Aber ich muss Sie bitten hierzubleiben. Wir müssen Ihre Aussage aufnehmen, und die Personalien, Herr …«

»Pruss. Ben Pruss. Na klar. Ich bleibe hier«, antwortete Ben, der ohnehin nichts anderes vorgehabt hatte. »Kommt Kommissar Huntrich?«

Die Polizistin zuckte mit den Achseln. »Wir haben den Dauerdienst gerufen. Ich weiß nicht, wer da am Wochenende Einsatz hat.«

In diesem Moment hielt neben ihnen ein dunkelblauer Kombi in der zweiten Reihe. »Ja. Huntrich«, sagte die Kollegin und wandte sich dem Kommissar zu, der soeben aus dem Auto stieg. Zum Glück! Huntrich würde nicht auf die Idee kommen, dass Ben irgendwas mit Frau Gerbers Tod zu tun hatte. Auch dann nicht, wenn er erfuhr, dass Ben gestern Abend schon hier gewesen war und für die Nacht kein Alibi hatte. Der Reißverschluss von Huntrichs Parker war geöffnet, und Ben stellte fest, dass sein Bauch noch weiter nach vorne raushing als bei ihrer letzten Begegnung.

»Moin«, sagte Huntrich knapp zu seiner Kollegin, dann wandte er sich an Frau Kadereit. »Sie sind …«

»Doris Kadereit«, antwortete die alte Dame. »Ich hab Frau Gerber gefunden. Sind Sie jetzt der Kommissar?«

»Hauptkommissar Huntrich mein Name.« Dann wandte er sich an Ben: »Sie gehen mal ein bisschen spazieren. Aber bleiben Sie in Sichtweite. Sie sind später dran.« Dabei machte er eine Handbewegung, als wollte er eine lästige Fliege verscheuchen.

Ben drehte sich um, ohne etwas zu erwidern, und lief den Fußweg entlang bis ans Ende des Grundstücks, wo er sich am Gartenzaun des Nachbarhauses anlehnte. Hier war er, sichtbar für alle, außer Hörweite. Durchatmen fiel ihm immer noch schwer. Konnte es wirklich sein, was diese Frau Kadereit da sagte? Er kramte sein Handy aus der Hosentasche und öffnete eine App namens *HearIt*. Er hatte sie bei einer Suchaktion für potenziell nützliche Detektivapps mal installiert, aber bisher nicht ausprobiert. Sie rühmte sich damit, einige Meter entfernte Geräusche – so zum Beispiel eine Zeugenvernehmung auf dem Bürgersteig – verstärken und hörbar machen zu können. Er fischte seine Kopfhörer aus der Innentasche seiner Jacke und stopfte sie sich in die Ohren. Ein Dreiklang zeigte an, dass sie sich drahtlos mit dem Handy verbunden hatten. Huntrich und Frau Kadereit redeten die ganze Zeit und waren sicher bald am Ende der Begrüßungs- und Beileidsfloskeln angelangt. Als er den mit *GO* beschrifteten Button der App betätigte, hörte er erst mal nur das Auto, welches an ihm vorbeifuhr, und den Wind, der heulte, als stünde er auf einem Nordseedeich und eine Sturmflut rückte an. Er richtete das Mikrofon seines Mobilgerätes in Richtung der Gesprächspartner aus und vernahm plötzlich die Stimme von Frau Kadereit. Wind und Verkehr rückten in den Hintergrund. Es klang zwar, als redete die alte Dame durch ein Ofenrohr, aber wen juckte das? Willkommen in der Zukunft, dachte Ben.

»… gestern Nachmittag.«

»Wissen Sie noch die Uhrzeit, Frau Kadereit?«

»Das muss so gegen halb fünf gewesen sein. Das können Sie doch bestimmt herausfinden, oder?«

»Jaja … Und worum ging es in Ihrem Gespräch?«

»Das war ja nur ganz kurz.«

»Wenn Sie es mir aber bitte trotzdem so genau wie möglich wiedergeben würden?«

»Jaa«, sagte die alte Dame gedehnt. »Wie war das gleich? Also Renate hat mir erzählt, dass sie was geerbt hat. Vom Bierbrauer bestimmt, der ist ja …«

Huntrich unterbrach sie. »Hat sie gesagt, dass sie von Herrn Althoeffer geerbt hat, oder hat sie nur gesagt, *dass* sie etwas geerbt hat?«

»Nee, nee. Nur, dass sie was geerbt hat. Und, dass ich die Erste bin, die davon erfährt.«

»Aha, und dann?«, drängelte Huntrich.

»Dann hat es an der Tür geläutet. Hab ich auch durch den Hörer gehört. Das Ding röhrt ja.«

»Mmh, mmh.« Ben erkannte aus dem Augenwinkel, dass Huntrich eine Drehbewegung mit dem Zeigefinger vollführte, um Frau Kadereits Redefluss anzukurbeln. Gerade, als sie wieder das Wort ergriff, rief jemand: »'tschuldigung. Könnten Sie wohl gleich reinkommen? Ich müsste wieder los.« Ben, der sich in Richtung der Stimme umsah, erkannte eine Gestalt in Frau Gerbers Eingangstür stehen. Offenbar der Notarzt.

»Sie müssen sowieso auf die Rechtsmedizin warten. Ich kann's nicht ändern«, blaffte Huntrich so laut zurück, dass Ben sein Handy schnell in eine andere Richtung drehte. Das hätte er auch ohne Verstärkung gehört. Der Notarzt verzog sich mit geknickter Miene zurück ins Haus. Huntrich fand in der Kollegin der Schutzpolizei ein anderes Opfer. »Wo bleibt die überhaupt? Haben Sie denen gesagt, dass es eilig ist?« Was die junge Dame darauf antwortete, konnte Ben nicht hören, aber die Lippenbewegungen ließen auf ein *Leck mich, Huntrich* oder *Na klar, Herr Huntrich* schließen.

Er bemerkte, dass sich Frau Kadereits Lippen bewegten, und justierte das Mikrofon in die richtige Richtung.

»… ach Sie.«

»Ach Sie?«, fragte Huntrich.

»Ja. Sie hat ›Ach Sie‹ gesagt.«

»Als Frage oder als Aussage?«

»Wie meinen?« Aus Frau Kadereits verwirrtem Gesichtsausdruck ging nicht hervor, ob sie die Frage akustisch oder inhaltlich nicht verstanden hatte.

»Ich meine, ob Frau Gerber dieses ›Ach Sie‹ als Frage gestellt hat.« Er machte es vor: »Ach Sie? Dann wäre das ein Zeichen dafür, dass jemand geklingelt hat, den man nicht unbedingt erwartet hätte. Wenn Sie es hingegen als normale Aussage gesprochen hatte, dann könnte es eher bedeuten, dass es jemand war, den sie durchaus an ihrer Tür erwarten würde. Den Postboten zum Beispiel.«

»Sie meinen, es könnte der Postbote gewesen sein?«

Huntrich räusperte sich einmal und rang sich ein mildes Lächeln ab. »Je nachdem«, sagte er. »Frage oder Aussage?«

Frau Kadereit überlegte. »Frage, würde ich sagen.« Sie blickte gedankenverloren direkt in Bens Richtung und bewegte stumm die Lippen, als versuchte sie, sich die Situation möglichst genau in Erinnerung zu rufen. Dann wandte sie sich wieder an den Kommissar. »Ja. Als Frage. Sie klang verwundert.«

»Sehen Sie! Sehr gut, Frau Kadereit. Dann wird es der Postbote wohl nicht gewesen sein.«

»Zum Glück«, sagte diese. »Das ist nämlich auch meiner.« Und nach einer kurzen Pause: »Jedenfalls hat sie dann gesagt, dass sie gerade am telefonieren ist, und dann gab es ein ziemliches Gerangel. Lang hat's nicht gedauert, aber ich habe einen Schlag gehört, und es hat gepoltert. Wahrscheinlich als ...« Sie stoppte und hielt sich beide Hände vor den Mund.

»Ich verstehe«, sagte Huntrich, der wieder zu einem empathischeren Tonfall gefunden hatte. »Hat Frau Gerber noch irgendwas gesagt? Oder geschrien?«

Frau Kadereit blickte dem Kommissar direkt in die Augen und schüttelte langsam den Kopf. »Nein. Aber jemand anderes hat gesagt: ›Gib mir mal die Flasche.‹«

»Gib mir mal die Flasche?«, wiederholte Huntrich.

»Ja, eindeutig. ›Gib mir mal die Flasche.‹«

»Eine männliche Stimme?«

»Ja. Ein Mann.«

»Mmh, mmh.« Huntrich strich sich mit der Hand wiederholt über das Kinn und blickte grimmig in den Himmel. »Sonst hat keiner mehr was gesagt?«

»Nein. Ansonsten war es still. Kurze Zeit später wurde der Hörer aufgelegt.«

»Und was haben Sie dann gemacht?«

»Ja, ich war natürlich verwirrt. Aber ich hab zu mir gesagt: Doris, warte erst mal ab. Die meldet sich schon wieder.« Sie wischte mit ihrer Hand über die Augen. »Wer denkt denn auch an so was? Ich hab sie dann noch ein paar Mal angerufen, aber ist ja keiner rangegangen. Und heute Nacht hab ich kein Auge zugetan, obwohl ich zwei Tabletten genommen hab. Und heute Morgen bin ich dann gleich hier hin.«

»So gegen kurz nach neun, richtig?« Ben hätte am liebsten »Warum um Himmels willen erst so spät?« rüber gerufen.

»Ja. Ich bin dann so gegen fünf doch noch eingeschlafen. Sonst wäre ich schon früher hier gewesen.«

»Und dann? Stand die Tür offen?«

»Nein, die Tür war zu. Aber ich hab sie durch den kleinen Schlitz gesehen. Durch das Fenster kann man ja nicht gucken, das ist ja so milchig. Aber das hat so einen ganz schmalen Rand.« Sie deutete mit Daumen und Zeigefinger an, wie schmal der Rand war. »Und dadurch hab ich sie gesehen. Und dann hab ich aufgeschlossen. Ich hab ja 'nen Schlüssel. Renate hat auch einen von mir. Also ...« Sie stieß einen kurzen, klagenden Laut aus. »Hatte einen ... Und dann bin ich zu ihr hin und hab sie angefasst. Sie war schon ganz kalt. Ich hab die Blutlache an ihrem Kopf gesehen.«

Huntrich nickte mehrfach. »Von wo aus haben Sie die Polizei angerufen?«

»Na, von ihrem Telefon. Das stand ja da. Ich hab ja kein Handy ... War das nicht gut wegen Fingerabdrücke?«

Huntrich rang sich ein versöhnliches Lächeln ab. »Ich bin mir sicher, dass der oder die Täter Handschuhe getragen haben. Sie haben nichts falsch gemacht.«

Das sah Ben anders. Vielleicht hätte Frau Gerber gerettet werden können, wenn Frau Kadereit gestern noch die Polizei gerufen hätte. Auch wenn das Gedankenspiel niemandem mehr nutzte, spürte Ben Ärger in seinen Eingeweiden aufflammen.

»Vielen Dank, Frau Kadereit«, fuhr Huntrich fort. »Sie haben uns sehr geholfen. Ich werde mich vielleicht später noch bei Ihnen melden. Sie haben Ihre Personalien sicher angegeben.« Er tätschelte Frau Kadereits Schulter, bekam ihr Nicken aber nicht mehr mit. Seine Augen suchten bereits die Kollegin in Uniform.

Ben stoppte die Lauschfunktion und steckte das Mobiltelefon zurück in die Hosentasche. Die Kopfhörer ließ er auf den Ohren. Sollte Huntrich denken, er habe Musik gehört. Wieder klingelte sein Handy, und wieder war es Kai. »Jetzt nicht«, murmelte Ben und drückte den Anruf erneut weg.

»Wo bleiben denn …«, bellte Huntrich, als ein mit *Rechtsmedizin* beschrifteter Wagen hinter den Streifenwagen zum Stehen kam und ihn vorläufig zum Schweigen brachte. »Aha. Das wird aber auch Zeit«, schob er kleinlaut hinterher und lief in Richtung Haustür.

Ben musste zwei Mal hinsehen. Hinter dem Steuer saß Jenny. Was machte die denn da? Die hatte doch heute frei und war mit ihren Eltern verabredet. Sie hatte Ben erkannt, der nach wie vor am Gartenzaun des Nachbargrundstücks lümmelte. Ihr Gesichtsausdruck war eine Mischung aus Überraschung und Ärger. Oder wie sollte er die verschraubten Augen und das Kopfschütteln sonst deuten? »Was hat die denn schon wieder?«, murmelte er, hob zwei Finger zum Gruß und rang sich ein Lächeln ab.

»Was machst du denn hier?«, sagte sie, als sie die Wagentür zuschlug und den grünen Kastenwagen umrundete.

»Ich wollte gerade zu Frau Gerber, aber die ist …« Er hielt inne und deutete mit der Handfläche in Richtung ihres Hauses.

»Na, auf die Geschichte bin ich gespannt«, sagte sie.

Ben fühlte sich wie ein Schuljunge, der etwas angestellt hat.

»Frau Grün!« Huntrich blickte zur Tür hinaus. »Wenn Sie bitte nicht mit den Zeugen sprechen würden, sondern gleich zu uns kämen, wäre das ganz, ganz toll.«

»Was hat der denn?«, fragte Jenny, als sie ihren Koffer von der Ladefläche ihres Wagens hievte und die Flügeltüren zuschlug.

»Keine Ahnung«, sagte Ben. »Schlecht geschlafen, oder so. Was machst du eigentlich hier? Es ist doch Wochenende, und wir sind doch eigentlich bei deinen Eltern verabredet.«

»*Ich* bin mit meinen Eltern verabredet«, entgegnete sie mit deutlich schnippischem Unterton. »Und scheinbar ist mir was dazwischengekommen.« Sie ging an ihm vorbei in Richtung des Gartentores, drehte sich dann noch mal um und sagte: »Alle zwei Wochenenden Bereitschaft. Schon immer.«

Au. Mist. Ja sicher! Ihm fiel keine geistreiche Erwiderung ein, und Jenny war ohnehin bereits im Haus verschwunden.

Gib mir mal die Flasche. Ben saß in seinem Auto. Und der Regen pladderte wieder. Zum allgemeinen Garagentorgrau des Himmels hatten sich kleinere dunkelgraue Wolken gesellt.

Gib mir mal die Flasche? Was sollte dieser Satz, den Frau Kadereit am Telefon gehört hatte und den einer der Täter gesagt haben soll? Demnach müssten es mindestens zwei gewesen sein, es sei denn, der Kerl hatte

Frau Gerber angesprochen. Aber angeblich hatte es ja vorher einen Schlag gegeben und danach ein Poltern. Wenn Frau Gerber also noch in der Lage gewesen wäre zu sprechen, hätte sie doch etwas darauf erwidert. Und warum Flasche? Vielleicht hatte einer der Typen Frau Gerber eins mit einer Flasche über den Kopf gezogen, und danach wollte der andere Kerl auch noch mal damit zuhämmern. Aber erschlug man jemanden mit einer Flasche? Das kam sicher öfter vor, aber Ben hielt diese Mordwaffe nicht für die erste Wahl, wenn man *plante*, jemanden ins Jenseits zu befördern. Da wären doch eher eine Eisenstange oder ein dicker Stein angebracht oder …

Ben tippte mit den Fingern beider Hände auf dem Lenkrad herum. Vielleicht hatten die Typen Frau Gerber erschlagen, und der eine hatte sich danach erst mal einen Schluck aus seinem Flachmann gegönnt. Und der andere wollte eben auch mal nippen. Die Quote der Mörder, die nach begangener Tat einen Schnaps brauchten, dürfte recht hoch liegen. Aber es war schon dumm, überhaupt zu sprechen, wenn der Hörer noch nicht wieder auf dem Telefon lag. Hoffentlich konnte Ben Jenny ein paar Details entlocken, aber dafür würde er sich mächtig anstrengen müssen.

»Gib mir mal die Flasche … Gib mir mal die Flasche.« Er murmelte den Satz mehrfach vor sich hin. Probierte verschiedene Betonungen aus. Irgendwas an dem Satz kitzelte sein Gehirn, aber warum … warum?

»Pruss, Sie können auch mal Probleme mit mir kriegen! Richtige Probleme!«

Ben hatte den Kommissar bisher nie schreien hören. Aber weiß Gott, das konnte er. Der Notarzt war fast den ganzen Weg bis zu seinem Auto gerannt. Da hatte Ben schon die üble Vorahnung, dass Huntrichs Laune durch das gemeinsame *Pläuschchen mit Leiche* nicht besser geworden war. Als der Kommissar dann aus der Tür trat, hätte Ben am liebsten den Rückwärtsgang eingelegt. Warum nicht mal Richtung Nordsee abhauen? Schlechter konnte das Wetter da auch nicht sein. Huntrich kam mit stampfenden Schritten auf Bens Auto zugelaufen. Dort angekommen, versuchte er, die Beifahrertür aufzureißen. Ben sah, wie der bullige Kerl am Griff ruckelte und zerrte, als wollte er seine feststeckende Faust aus einem Bonbonglas zerren, ohne eine der Süßigkeiten loszulassen. Erstens hatte Ben keine Zentralverriegelung, und zweitens ließ sich die Tür seit seinem Rendezvous mit Laubers Kellerfenster ein paar Monate zuvor sowieso nicht mehr von außen öffnen. Huntrich schien das als persönliche Beleidigung zu deuten, denn seine Miene verfinsterte sich weiter, als er den Wagen umrundete. Loderten da Flammen aus seinen Ohren, oder vermischte sich die Farbe seiner hektischen Wangenflecken nur mit den tiefgrauen Regenwolken?

»Los, rüber da!«, befahl Huntrich. »Ich hab keine Lust, im Regen zu stehen.« Er drückte seinen Hintern schon auf den Fahrersitz, als Ben noch nicht mal kapiert hatte, dass von ihm verlangt wurde, auf den Beifahrersitz zu wechseln.

»Ist ja gut!«, sagte Ben und tauschte den Platz in einer waghalsigen Kombination aus Rollen und Klettern, bei der er die Sonnenblende der Beifahrerseite abriss.

»Eigene Schuld«, kommentierte Huntrich und knallte die Tür zu. »Mistwetter.« Seine Oberschenkel pressten sich von unten an das Lenkrad, sein Bauch von vorne.

»Wollen Sie den Sitz vielleicht etwas nach hinten rücken?«

»Ich will nur eins, Privatdetektiv *Ben Pruss*«, begann er und beugte sich dabei ein Stück zu nah an Ben heran, der auf seinem neuen Sitzplatz weiter nach hinten rückte. Wie auf Kommando setzte der Regen so stark ein, dass seine Worte von einem durchdringenden Trommeln untermalt wurden. »Halten Sie sich aus meinen Fällen raus. Ist das zu viel verlangt?«

»Also entschuldigen Sie mal, Herr Hauptkommissar … äääh … Huntrich.« Er hatte keinen Schimmer, was Huntrich für einen Vornamen hatte. »Wenn ich mich nicht eingemischt hätte, dann wäre keiner drauf gekommen, dass der Unfall im See eben kein Unfall war. Das kann ja wohl kaum Ihre Einstellung sein. Tut mir leid, wenn ich Ihnen Arbeit gemacht habe.« Scheiß Wetter, Frau Gerber tot, Jenny sauer und jetzt Huntrich, der ausflippte und offensichtlich vorhatte, den Fahrersitz mit seinem Hintern in den Kofferraum zu quetschen. Da hörte der Spaß aber mal auf.

»Wissen Sie, wie mir Staatsanwalt Breuer auf den Eiern steht? Der war mit Paul Althoeffer befreundet und hat jetzt große Angst um seine zwei Deputatkästen Kellerbier im Monat. Und jetzt noch das Theater hier.« Er wandte sich von Ben ab und blickte Richtung Frontscheibe. Nicht hindurch, denn durch den Regen waren nur Schlieren zu erkennen. »Und ich wette, Pruss, wenn

Sie hier auftauchen, ist das garantiert kein Raubmord von 'nem Junkie auf Turkey.«

»Dann hätten Sie das ja schon mal ausgeschlossen«, sagte Ben patzig. Er warf die Sonnenblende, die er immer noch in den Händen hielt, in den Fußraum. »Frau Gerber wollte mir erzählen, wer Jack ist.«

»Jack?«, entgegnete Huntrich, ohne Ben anzusehen, und zog die Stirn kraus.

»Ja, der von dem Poker …«

»Ich weiß, welcher Jack«, wurde er unterbrochen. »Davon brauche ich übrigens unbedingt Ihre Bildschirmkopien. Das ist die nächste Scheiße.« Er drehte sich schwerfällig wieder in Richtung Beifahrerseite. »Diese dämlichen Nachrichten da sind ja nur einen Monat oder so haltbar, dann werden sie automatisch gelöscht. Das war genau gestern der Fall. Da gibt es weit und breit keinen Chatverlauf mehr mit einem Jack.« Er atmete schwer ein und aus.

Ben hoffte, sein Lenkrad würde dem permanenten Druck standhalten.

»Wenn ich Breuer jetzt auch noch sage, dass der Chatverlauf weg ist, dann kann ich in Zukunft den Pförtner in der Dienststelle spielen. Das ist ja der einzige Hinweis, auf den sich die Annahme stützt, dass es kein Unfall war. Sie haben die Dinger doch?«

Seit dem Wort *Bildschirmkopien* hörte Ben ein Piepsen im Ohr, welches im Rhythmus seines Herzschlages auf und ab pulsierte. »Klar«, sagte er und hätte liebend gerne ein Fenster geöffnet.

»Wenigstens das. Hab die ganze Nacht nicht gepennt deswegen.« Er schloss die Augen und redete weiter:

»Haben Sie die auf dem Handy? Dann können Sie mir die gleich rüberschicken. Breuer will die so schnell wie möglich haben.«

»Was?«, fragte Ben, der geistesabwesend die Tropfen auf der Windschutzscheibe beobachtete. Er räusperte sich. »Ich meine Nein. Nein, ich habe die Screenshots nicht hier. Die kann ich Ihnen erst später schicken. Wenn ich wieder zu Hause bin. Aber ...«

»Was?«, fragte Huntrich und sah Ben mit strenger Miene an.

»Ähm ... ich bin heute eigentlich gar nicht mehr zu Hause. Und morgen auch nicht. Ist ja Wochenende und ...«

»Ich habe kein Wochenende. Und Breuer auch nicht. Schicken Sie mir die Dinger einfach zu. Dann müssen Sie eben noch mal nach Hause fahren. Und dafür frage ich Sie auch nicht nach einem Alibi für gestern Nachmittag.«

»Das ...«, begann Ben und schluckte den Rest des Satzes hinunter. *... hätte ich sowieso nicht,* wäre es fast aus ihm herausgebrochen. Stattdessen sagte er: »Das ist doch ein Deal.«

Einige Sekunden blieb es still zwischen den beiden, dann sagte Huntrich: »Wieso Jack? Warum wusste Frau Gerber überhaupt was davon?«

»Ich habe kurz vor der Testamentseröffnung mit Lina Althoeffer darüber geredet. In ihrem Büro ... das heißt im Büro, das jetzt Patrick Althoeffers ist. Und irgendwie hat Frau Gerber das mitbekommen.«

Der Regen ließ etwas nach, und Ben sah, wie ein Leichenwagen in zweiter Reihe vor dem Haus hielt. Die Nachbarn bekamen heute eine echte Show geliefert.

»Und weiter?«

»Sie hat mich darauf angesprochen, als ich mit ihr alleine war.«

»Was hat sie genau gesagt?«

»Ich weiß, wer Jack ist.«

»Mmh, mmh. Und warum hat sie das nicht gleich rausposaunt?«

»Weil genau in dieser Sekunde alle wieder in der Tür standen. Lina, Patrick, der Notar, Mauritz, Ella und Jacques.«

»Meinen Sie, einer von denen hätte das hören können?«

»Da bin ich ziemlich sicher«, meinte Ben. »Zu dem Vorzimmer gibt es keine richtige Tür, sondern nur einen offenen Durchgang. Waren Sie da mal?«

»Bisher nicht. Aber ich werde mich dort auf jeden Fall mal blicken lassen«, entgegnete der Kommissar. »Meinen Sie, das war das Motiv? Das sie wusste, wer Jack ist?«

Ben nickte nachdenklich. »Ihre kleine Erbschaft wird wohl nicht der Grund gewesen sein.«

»Sie hat auch was bekommen?«

»Ja, zwanzigtausend Euro. Aber dafür bringt man ja keinen um.«

»Eher nicht.«

»Und sie hatte ja noch keinem von dem Erbe erzählt.«

Huntrich hob eine Augenbraue und sah Ben an. Da waren sie wieder. Die Flammen aus den Ohren. »Woher wissen Sie das?«

»Ja, denke ich. Oder?«, sagte Ben, der sich am liebsten die lose Sonnenblende vor die Stirn geschlagen hätte.

»Sie haben mein Gespräch mit Frau Kadereit abgehört«, sagte Huntrich mit einer Ruhe in der Stimme, die Ben das kalte Grausen in den Nacken jagte.

»Stimmt«, gab er sich kleinlaut geschlagen.

Huntrich stöhnte und schloss die Augen. Wie auf Kommando beschlugen die Scheiben auf Bens Seite. »Sie sind doch eben nichts weiter als ein mieser, kleiner Schnüffler, Pruss.«

»Sorry, aber es könnte auch für mich wichtig sein, alles über den Mordfall zu …«

»Oh, oh, oh, oh«, bremste Huntrich ihn. »Vorsichtig, Herr Pruss. Ganz vorsichtig! Mordfälle sind meine Aufgabe.« Er zeigte dabei mit dem Zeigefinger auf Bens Gesicht. »Sie können sich gerne weiter auf Ihren Pokerseiten tummeln.«

Das war eindeutig. Darauf würde er erst mal gar nichts erwidern. Würde Huntrich schon sehen, was er davon hatte. Er verschränkte stattdessen demonstrativ die Arme vor der Brust.

»Jedenfalls, wenn das Motiv dieser *Jack* war«, redete der Kommissar weiter, dem Bens Trotzphase nicht aufzufallen schien. »Dann ist es wahrscheinlich, dass es jemand von der Familie war. Ich werde einige Gespräche führen müssen. Dabei …« Wieder drehte er sich umständlich zu Ben um. Er zog dabei so stark an dem Handgriff über dem Seitenfenster, dass Ben damit rechnete, dass der auch gleich neben der Sonnenblende in seinem Fußraum liegen würde. »Dabei erzähle ich aber nichts von Ihrer Jack-Geschichte mit Frau Gerber. Das bleibt erst mal unter uns. Sie halten auch den Mund, was das angeht, klar? Am besten, Sie reden gar nicht mehr darüber.«

»Mmh«, antwortete Ben und hoffte, seine Stimme kam angemessen schnippisch rüber. Huntrichs Taktik fand er nachvollziehbar, aber das würde er ihm auf keinen Fall unter die Nase reiben. »Eins noch«, ergänzte er.

»Ja?«, sagte Huntrich.

»Auch wenn es unwahrscheinlich ist: Der Notar könnte auch was damit zu tun haben.«

»Möglich ist alles«, entgegnete Huntrich, wobei er den Handgriff losließ und ein Stück in sich zusammensackte wie ein Bär, der festgestellt hat, dass sein Honigtopf leer ist. »Die Frage ist, ob er ein Motiv hat, die beiden um die Ecke zu bringen?«

Ben zuckte mit den Schultern. »Die Frage ist sowieso, *wer* ein Motiv hat. So wie ich es herausgehört habe, hätte fast jeder in der Familie davon profitiert, wenn Paul und Lina gemeinsam gestorben wären.«

»Inwiefern?«, wollte der Kommissar wissen.

»Alle dachten, dass Lina die Firma erben würde. So hat es der Alte wohl immer gesagt. Angeblich hat er nicht die größten Stücke auf Patrick gehalten. Es war eine kleine Überraschung, dass der die Firmenanteile doch bekommen hat. Aber er darf die Brauerei zehn Jahre lang nicht verkaufen.«

»Hatte er das denn vor?«

»Anscheinend ja. Der Brauerei ging es in den letzten Jahren nicht gut. Es liegt ein Angebot von Redleffs über zwölf Millionen Euro zum Kauf der Marke vor. Davon hätte der Notar auch einen Batzen abbekommen, denn der hat die Verträge gemacht und zwischen den Parteien vermittelt.«

Der Kommissar blähte die Backen auf und pustete Luft durch die Lippen. Dabei landeten einige Spucketropfen auf der Innenseite der Windschutzscheibe. Ben würde das Auto bei einer Spezialwerkstatt reinigen lassen müssen.

»Außerdem hat Lina den Großteil des Privatvermögens geerbt. Davon hat Patrick überhaupt nichts bekommen, Ella und Mauritz …« Er stockte mitten im Satz, als ihm einfiel, dass zumindest Mauritz nur ein Zehntel dessen geerbt hatte, was Lina ihm mitgeteilt hatte. Und Ella, ihrer Reaktion gestern nach zu urteilen, wohl auch. Er kannte immer noch nicht den Grund dafür, weil er Lina bisher nicht erreicht hatte. »… haben einen Geldbetrag geerbt.«

»Genaueres wissen Sie nicht?«, fragte Huntrich.

»Lina hat angeblich vier Millionen bekommen. Und dazu das Haus und noch irgendein Sommerhaus oder so. Können Sie das nicht offiziell rausfinden?« Ben war sich bei den vier Millionen auch alles andere als sicher.

»Im Moment kann ich gar nichts rausfinden, was mir nicht freiwillig einer von denen erzählt. Und erzählen tun die scheinbar nicht so gerne.« Er schnaubte schon wieder etwas wütend, und Ben ärgerte sich, dass er die Frage überhaupt gestellt hatte.

»Was wäre denn anders gewesen, wenn Lina bei dem Unfall …« Huntrich sprach den Satz nicht zu Ende, sondern schnitt sich symbolisch mit Zeige- und Mittelfinger die Kehle durch.

»Als Erstes wäre die Firma an die Kinder oder an eines der Kinder gegangen. Gut, das ist jetzt auch passiert, aber wie gesagt, alle haben damit gerechnet, dass Lina die Firma erbt. Zweitens wäre das Gesamtvermögen anders aufgeteilt worden. Die vier Millionen und die Häuser geteilt durch drei hätten sich schon gelohnt.«

»Oder durch vier, wenn man Jacques mit einbezieht.«

»Der hätte zumindest von seiner Mutter geerbt. Von ihrem Privatvermögen weiß ich nichts. Aber sie hat eine ordentliche Lebensversicherung.«

»Und Jacques hört sich sehr nach Jack an ...«

»Aber der Junge ist erst sechzehn. Ich kann mir kaum vorstellen, dass der einen Mordplan ausgeheckt hat und sich zur Umsetzung Henry ins Boot geholt hat.«

»Vorstellen kann ich mir das auch nicht, aber ich muss es auf jeden Fall auf dem Schirm haben.«

»Mauritz ist großer Jack-Nicholson-Fan. Er hat zwei große Plakate in seinem Arbeitszimmer hängen.«

»Hört, hört«, entgegnete der Kommissar. »Na ja, ich werde sowieso allen auf die Füße treten. Damit fange ich gleich mal an.« Er prustete erneut hörbar die Luft aus, woraufhin sich weitere Sprenkel zu den vorhandenen gesellten. »Und jetzt auch noch der Alarm mit Lauber.« Der Satz klang atemlos.

»Was ist denn mit Lauber?«, wollte Ben wissen, dem allein beim Hören des Namens der Schrecken durch die Glieder fuhr.

Huntrich richtete den Blick auf ihn und verzog das Gesicht, als würde Ben stinken wie seine Requisitentasche.

»Sie wissen nichts?«

»Was soll ich denn wissen?« Ben zog die Achseln hoch.

»Na, Ihr lieber Freund Kai war in Frankfurt und hat angeblich Tabbart Lauber da gesehen.«

»Was?«, krähte Ben und richtete sich im Sitz so weit auf, dass er sich den Kopf am Autodach anstieß.

»Sagen Sie bloß, Sie wissen von nichts?«

»Von nichts«, entgegnete Ben und rieb sich mit der Hand über den Scheitel.

»Ja.« Huntrich zuckte mit den Schultern. »Er ist an irgendeinem Bankhaus gewesen und Lauber mehr oder weniger ins Auto gelaufen. Der hat ihn auch gesehen.«

»Und?«

»Nichts und. Seine Freundin hat sofort die Polizei angerufen und das Nummernschild von Laubers Auto und den Ort durchgegeben. Aber gekriegt haben sie ihn nicht. In dem Hochhaus ist auch die Bank ansässig, die ihn betreut, aber von denen …« Der Kommissar sah Ben mit hochgezogenen Brauen an. »… Wunder oh Wunder, weiß keiner was.« Huntrich öffnete die Fahrertür und schob seinen Körper umständlich ins Freie. »Na ja, wir sind ihm jedenfalls auf den Fersen.«

* * *

So! Bens Handy war so manipuliert, dass beim nächsten Anruf die schlimmste Stelle von *Duality*, einem Song der Metalband *Slipknot*, in voller Lautstärke gespielt würde. Nadine war auf den Song gekommen, und der würde ganz sicher Bens Aufmerksamkeit erregen. Zur Sicherheit hatte Kai noch die Möglichkeit von Bens Handy entfernt, den Anruf wegzudrücken. Er würde den Song nur dadurch beenden können, den Anruf anzunehmen. Ha! Bei aller Sorge, die Kai sich machte, war das wenigstens ein kleiner Lichtblick an diesem trüben Tag. Sie hatten sich am Vortag während der Fahrt und später in der Wohnung bei diversen Flaschen Althoeffer Pils noch ausgesprochen. Sie hatte ihm versichert, dass sie alles daransetzen werde, seinen Namen aus der Sache rauszuhalten. Und er hatte ihr geglaubt, dass sie ihn im Club zu achtzig Prozent aus beruflichem Interesse angesprochen hatte, aber zu mindestens ebenfalls achtzig Prozent auch aus privatem. Was sollte er tun? Er war nun mal ein Mann, und auch, wenn das mathematisch unmöglich war, fühlte er sich doch geschmeichelt. Er hatte es ihr nicht gesagt, aber es tat gut, sie um sich zu haben.

»Ey, Kai. Das war nur ein Scherz. Du kannst deinem Freund das doch nicht auf die Ohren hämmern. Der meldet sich schon, wenn er kann«, sagte sie, konnte sich ein Lachen aber nicht verkneifen.

»Wenn du wüsstest«, antwortete Kai mit hochgezogenen Brauen.

Sein Finger schwebte über Bens Telefonnummer, und gerade, als er sie antippen wollte, klingelte sein Handy. Ein bisschen enttäuscht erkannte er, dass es sich um Ben handelte.

Sein freundliches »Hi, hi, mein Lieber!« entfaltete keine beruhigende Wirkung.

»Alter, du hast den Lauber gesehen? Warum erzählst du mir das nicht? Und was ist das überhaupt für eine *Freundin*, die du da mitgebracht hast? Ist das die, die die Polizei gerufen hat?«, dröhnte es aus dem Hörer, sodass Kai das Telefon etwas vom Ohr entfernte und Nadine mit großen Augen ansah. Sie saß auf dem Sessel gegenüber und hatte jedes Wort gehört. Jetzt hieß es Pluspunkte sammeln, die man anschließend gegen Ben einsetzen konnte … jeder Pluspunkt war vonnöten.

»Jaja, das ist die Nadine. Kenn ich schon lange«, log er, und die Lüge tat ihm weh, aber er hatte mit Nadine abgesprochen, dass ihre Tarnung zumindest noch eine Zeit lang vor Ben und der Dortmunder Polizei aufrechterhalten werden sollte. Er sortierte seine Worte, obwohl er seit Stunden das Gespräch wieder und wieder im Kopf durchgegangen war. »Ich wollte dich gestern Nacht nicht beunruhigen. Und gib zu, das hätte dich beunruhigt. Und heute Morgen …« Er stieß ein kleines, nur angedeutetes Lachen aus. »Heute Morgen wollte ich ja mit dir reden, aber du warst ja sofort weg. Ich dachte, wir frühstücken vielleicht zusammen und …«

»Der Kühlschrank ist immer noch leer«, dröhnte es aus dem Hörer. »Du. Gehst. Einkaufen!«

Perfekt! Ein erstklassig zugespielter Ball! »Du, ich hab eben zu Nadine gesagt, dass ich gleich erst mal zur Metro fahre und ordentlich einkaufen gehe. Mal so'n richtiger Großeinkauf!« Kai hoffte, dass sich sein extra begeistertes Lächeln in seiner Stimme wahrnehmen ließ. Auf der anderen Seite herrschte eine kurze Stille. Dann, mit deutlicher Skepsis im Tonfall: »Moment mal. Du hast Lauber nicht einfach nur gesehen und er dich. Gib's zu!«

»Mann Ben, warum bist du denn immer so skeptisch? Kann man nicht einfach mal freundlich sein?«

»Du nicht.«

»Na, wenn du meinst«, gab er enttäuscht zurück. »Komm, ich erzähle es dir kurz. Keine wilde Story …«

»WAS?«, schrie Ben kurz darauf in den Hörer, obwohl Kai noch fast gar nichts erzählt hatte. »Du wolltest Laubers Kohle klauen? Bist du denn komplett wahnsinnig? Was meinst du, was passiert, wenn der das herausbekommt? Dann können wir beide uns von unseren Gesichtern verabschieden!«

Kai meinte herauszuhören, dass Ben sich wiederholt mit der flachen Hand gegen die Stirn hämmerte.

Dann sagte er: »Zum Glück, dass er dich gesehen hat. Jetzt kannst du den Scheiß sowieso vergessen.«

»Na ja …«, antwortete Kai, dem die Hitze ins Gesicht stieg. »Genau genommen …«

»Was?«

»Na ja … Genau genommen bin ich Lauber erst über den Weg gelaufen, *nachdem* ich sein Konto leergeräumt habe.« Er stieß ein Kichern aus, von dem er hoffte, dass es gleichzeitig entwaffnend und belanglos klang. »Alter, überleg dir mal den Zufall. Da rennst du durch Frankfurt. Hunderttausende von Menschen, und wem läufst du vor die Karre …?«

»Das. Ist. Jetzt. Nicht. Wahr.«

Wieder diese Redeweise, bei der jedes Wort wie ein eigener Satz gesprochen war. Beunruhigend. Und so laut, dass sogar Nadine zusammenzuckte und versuchte, ihren Körper in den Sesselritzen verschwinden zu lassen. Kai hielt den Hörer weiter vom Ohr weg, denn er ahnte, dass die Lautstärke von Bens Stimme noch nicht ihren Höhepunkt erreicht hatte.

»ALTER? WIE KANN MAN SO BESCHEUERT SEIN?« Dann fing Ben an, hysterisch zu kichern.

Das schlimmste Geräusch, das Kai je gehört hatte – von denen der eingesperrten Hexe ein paar Monate zuvor im Fall von Lauber und von Dauss mal abgesehen. Eine Gänsehaut wuchs auf seinen Armen.

Irgendwann sagte Ben: »Wir sind tot. Ist dir das klar? Jetzt hat er gar nichts mehr zu verlieren, Alter. Jetzt sind wir alle tot.« Dann wieder dieses Kichern. »Kannst du auch schon mal diesem Mädel sagen. Deiner *Freundin* … Die sollte sich lieber von uns fernhalten! Wir sind verseucht! Hörst du? Verseucht!«

Es war schlimmer, als Kai es sich jemals ausgemalt hatte. »Ben …« Das Kichern allein hatte das Zeug, ihn umzubringen. »BEN …«

»Wie viel?«

»Was?«

»Wie viel hast du ihm abgenommen?«

»Ähm.« Die Antwort auf diese Frage barg erneut einiges Überraschungspotenzial, dessen Auswirkungen auf die Menschheit nicht überschaubar waren. Kai räusperte sich. »Eins Komma fünf«, sagte er und presste die Lippen zusammen.

»Was eins Komma fünf?«

»Oder eins Komma sechs«

»Eins Komma sechstausend, oder was? Das glaubst du doch selber nicht!«

»Äh … Millionen.«

Als es auf der anderen Seite still blieb, ergänzte er: »Na ja. Ich habe es jetzt nicht auf den Cent, aber …« Er wurde von einem Schrei unterbrochen. Animalisch.

Wild. Dann ein Geräusch, das klang, als hätte Ben das Lenkrad seines Wagens abgerissen, um damit auf das Armaturenbrett einzuprügeln.

* * *

Ben schlug noch einige Male mit der freien Handfläche gegen das Lenkrad, als er das Gespräch bereits weggedrückt und das Handy auf den Fahrersitz gefeuert hatte. Sein Handballen pochte. Bald würde hier gar nichts mehr pochen. Am besten, er schrieb hier und jetzt sein Vermächtnis. Ein Kuli musste hier doch irgendwo rumliegen, und die Rückseite des alten Parkscheins sollte als Fläche ausreichen. Sonnenblende im Arsch, Windschutzscheibe vollgerotzt, und ein weiteres Mal durch den TÜV kam der wohl auch nicht. Die Karre würde schon mal Kai erben. Obwohl der ja genauso tot war. Noch toter.

Er griff sich sein Handy und sah, dass eine Kurznachricht angekommen war.

Wir reden dann später weiter. Ach ja, wäre gut, wenn du Huntrich nichts von dem Geld erzählst, sonst krieg ich mächtig Ärger.

Ben grunzte, dann wählte er Linas Nummer. Als es bei ihr bereits klingelte, fiel ihm ein, dass die ja noch gar nichts von Frau Gerbers Tod wusste. Die Übermittlung der Todesnachricht wollte er doch lieber der Polizei überlassen. Als er auflegen wollte, meldete sie sich: »Hallo, Ben.«

»Hallo … äh, Lina«, entgegnete Ben. Dann gab er sich einen Ruck. Es war ja sowieso alles egal. »Schlechte

Nachrichten. Ich weiß nicht, ob Sie es schon gehört haben?« Hoffentlich hatte sie!

»Was denn?«

Sie hatte nicht. »Frau Gerber ist gestern Nachmittag gestorben.«

Es folgte eine längere Stille, und auch Ben wusste nicht, was er sagen sollte. »Was?«, fragte sie schließlich.

»Es tut mir leid«, entgegnete er. »Ich war heute Morgen auf dem Weg zu ihr, weil …« Hier stockte er eine Sekunde, und Lina beendete für ihn den Satz: »Weil Sie von ihr erfahren wollten, wer Jack ist.« Sie sprach es nicht als Frage aus.

»Richtig«, sagte Ben. »Sie haben also gehört, was sie gestern zu mir gesagt hat?«

»Ich glaube, das hat jeder gehört. Sie war nicht eben leise. Was ist denn passiert?«

»Sie ist ermordet worden.« Den Satz auszusprechen war wie ein Pflaster abreißen. Er musste schnell raus oder gar nicht.

»Oh Gott.« Ben glaubte zu hören, dass sie weinte. »Was wurde ihr … Ich meine …«

»Ich weiß es nicht. Als ich eben hier ankam, war die Polizei schon da. Ich wurde eben von Kommissar Huntrich vernommen.«

»Glauben Sie, das wurde ihr angetan, weil sie wusste, wer Jack ist?«

»Halten Sie das für möglich?«, stellte er die Gegenfrage.

Es blieb einige Sekunden still, bis sie antwortete. »Möglich, oder?«

»Ich denke schon. Aber das würde bedeuten, dass …«

»Dass es einer aus der Familie war«, beendete sie den Satz. »Aber das war uns doch eigentlich klar. Oder?«

Ohne ihre letzte Frage zu beantworten, sagte Ben: »Überlegen Sie bitte mal, ob wirklich jeder aus der Gruppe gestern Frau Gerber gehört haben könnte.«

»Na ja.« Sie schniefte. »Wir sind aus dem Besprechungsraum gekommen. Ich und der Notar vorweg, direkt hinter mir Patrick und Mauritz und zuletzt Ella und Jacques, denke ich. Wir haben nicht geredet. Es war eine komische Situation.«

»Ich weiß, was Sie meinen«, sagte Ben.

»Keine Ahnung. Ich denke, Herr von Dunnwitz, Patrick und Mauritz haben es auf jeden Fall hören können. Ich glaube, die standen ja schon mehr oder weniger im Raum, oder?«

»Ja, ich denke, sie standen in der Türschwelle. Nur Jacques und Ella waren noch im Flur.«

»Haben Sie davon der Polizei erzählt?«

»Ja klar, das ist ja ein wichtiger Hinweis. Kommissar Huntrich will jeden der gestern Anwesenden befragen. Aber die Sache mit Jack will er erst mal außen vor lassen.«

»Was hat es mit diesem Jack überhaupt auf sich? Wo ist der Name aufgetaucht?«

»Das kann ich Ihnen nicht sagen«, antwortete Ben. Darüber musste er nicht lange nachdenken. Er durfte es sich unmöglich noch mehr mit Huntrich verscherzen. Der große Knall mit den nicht vorhandenen Screenshots würde reichen. Wenn er Glück hatte, würde Lauber ihn vorher erwischen. »Kommissar Huntrich hat es mir ausdrücklich verboten, und da will ich mich lieber dran halten«, schob er hinterher.

»Mmh«, entgegnete Lina, und Ben meinte, Enttäuschung aus ihrer Stimme zu hören. Dann sagte sie: »Ich weiß auf jeden Fall, wer kein Alibi hat.«

»Wer denn?«

»Patrick. Er hat gestern in die Runde gesagt, dass er in sein Jagdrevier will. Da ist er normalerweise allein, soviel ich weiß. Zumindest, wenn nicht gerade irgendeine Hetzjagd ansteht, oder was die da so treiben.«

Als Ben nicht gleich antwortete, redete sie weiter: »Entschuldigung. Ich sollte mich da nicht reinhängen. Aber ehrlich, ich mag ihn nicht besonders. Und er mag mich nicht.«

»Kommissar Huntrich wird Sie auch fragen, wo Sie gewesen sind.«

»Stimmt, das ist kein Problem. Ich saß gestern Nachmittag nach der Testamentseröffnung zwei Stunden bei Doktor Bergermann. Wenn ich nicht diese Rückenschmerzen hätte, hätte ich wahrscheinlich alleine zu Hause auf der Couch gesessen. Und ich …« Sie machte eine Pause, als würde sie nachdenken. »Jacques war alleine zu Hause. Meinen Sie …«

»Der wird sicher auch befragt. Aber bestimmt hat der irgendeinen WhatsApp-Chat zu der Zeit oder war in einem Onlinespiel oder so«, beruhigte sie Ben. »Ich bin mir auch sicher, dass keiner bei der Polizei Ihren Sohn wirklich verdächtigt. Soll der etwa mit dem Bus zu Frau Gerber gefahren sein?«

»Sicher haben Sie recht«, sagte Lina.

»Ich bin gespannt, ob der Jägerabend jetzt doch abgesagt wird.«

»Also, wenn ich eine Prognose abgeben darf … Nein.

Soviel ich weiß, hatte Patrick kein besonderes Verhältnis zu Frau Gerber. Hat sie immer nur als Tippse gesehen, auch wenn er gestern eine kleine Show für sie abgeliefert hat.«

»Ach ja, Lina«, setzte Ben an und blieb dann stumm.

»Ja?«

Er dachte kurz darüber nach, ob er sie auf die falschen Erbsummen ansprechen sollte, die sie ihm gestern mitgeteilt hatte. Er entschied sich dagegen. Das konnte noch später geklärt werden. »Hat sich erledigt«, sagt er stattdessen und beendete das Gespräch.

Als er zurück in die Wohnung kam, überlegte er, ob er Kai gleich mit dem alten Baseballschläger verprügeln sollte, den er seit dem Sommer hinter seinem Bett versteckt hatte. Vielleicht reichte es auch, ihn erst mal nur anzuschreien. Zu seiner Enttäuschung fand er die Wohnung leer vor. Das Pärchen war ausgeflogen. Schade! Er füllte sich ein Glas Wasser aus dem Wasserhahn in der Küche – das einzige antialkoholische Getränk, welches hier aufzutreiben war –, steckte sich den Baseballschläger unter den Arm und ging eine Etage tiefer in seinen Büro-/Probenraum.

Die nächsten zwei Stunden verbrachte er damit, sich die Fotos anzusehen, die er von den Ausdrucken auf Mauritz' Schreibtisch angefertigt hatte. Zunächst brauchte er eine Dreiviertelstunde, um die Bilder vom Handy auf seinen Computer zu übertragen. Dabei hatte er mehr als einmal den Impuls verspürt, Kai anzurufen und ihn zu fragen, wie man das bewerkstelligte. Sein Stolz hielt ihn davon ab, und er schaffte es alleine. Einige Bilder zeigte sein verdammter Monitor verkehrt herum an. Und weil er keinen Schimmer hatte, wie er diese in die richtige Richtung drehen konnte, hatte er – ausbalanciert mit zwei strategisch gesetzten Bücherstapeln –, seinen Monitor flach auf den Schreibtisch gelegt. So konnte er mal von der einen, mal von der anderen Seite der Tischplatte die Bilder begutachten. Wer bitte schön brauchte einen Kai?

Schnell erkannte Ben, dass es sich um Kontoauszüge der Anne-Angler-Stiftung über den gesamten Zeitraum des bisherigen Jahres handelte. Ben hatte mit seiner Vermutung, das merkwürdige Plakat betreffend, offenbar recht gehabt. Mauritz Althoeffer musste bei der Stiftung so was wie der Kassenführer oder Buchhalter oder Prokurist sein. Er brauchte nicht lange, um zu erkennen, dass das Konto nach einem Saldo von letzter Woche mit fast siebentausend Euro in den Miesen war. Ben sah sich die einzelnen Buchungen an. Seit dem siebten Januar hatte es immer wieder Barabhebungen von dem Konto gegeben. Jedes Mal handelte es sich um denselben Geldautomaten. Das erkannte er an dem Kürzel GA, das immer im Zusammenhang mit derselben Nummer auftauchte. Es waren Beträge im unteren vierstelligen Bereich. Tausend, tausendfünfhundert, zweitausend und zweitausendfünfhundert. Hier und da blitzten einige Fünftausend auf, auch mehrere Dreitausend. Er schrieb die Beträge auf die Rückseite eines alten Auftrittsvertrags und addierte sie. Glatte siebenundsiebzigtausend Euro.

Er pfiff leise durch die Zähne, griff nach der Maus und versuchte, den Browser zu öffnen. Verdammt kniffelig bei dem flach auf dem Tisch liegenden Monitor. Er richtete den Bildschirm wieder auf – die Bücherstapel hatten ihre Schuldigkeit getan –, diesmal traf er das Icon sofort, und er rief Google Maps auf. Er hatte keine Ahnung, ob das funktionieren würde. Er tippte das Wort *Geldautomat* in das Suchfeld ein, gefolgt von der Nummer aus den Kontoauszügen.

»Wieso hab ich das jetzt geahnt?«, murmelte er, als genau ein einziger Standort auf der Karte markiert wurde und damit klar war, wo sich der Bankautomat befand.

Er griff zum Handy und wählte eine Nummer aus dem Speicher. »Dennis?«, sagte Ben, als dieser sich mit einem knappen »Ja« gemeldet hatte. »Gut, dass du drangehst. Sag mal. Der Kai hat mir gesagt, dass du diesen MUSK-Art-Laden da in Wickede kennst.«

Was folgte, war ein dreckiges Lachen. »Geiler Laden. Aber nichts für dich, Prussi. Du brauchst eher Cardio, und das kannst du da vergessen.«

»Deswegen frage ich nicht. Kennst du auch einen Henry Novac?«

»Klar kenne ich den. Warum?«

»Ach, lange Geschichte«, antwortete Ben und hoffte, dass Dennis nicht weiter nachfragen würde. »Weißt du auch was davon, dass der gepokert hat? Mit irgendwelchen Albanern, oder so?«

Von der anderen Seite kam ein gedehntes »Aaaaaah!«. Dann sagte Dennis: »Jetzt kapier ich! Du spielst jetzt auch Geldeintreiber mit deinem Detektivbüro, was? Dann brauchst du *doch* eher Muskelaufbau. Geh aber lieber in 'nen anderen Laden, Prussi. Ich kenne da bei dir in der Ecke das …«

Ben unterbrach ihn. »Nee du, lass mal. Das mit dem Poker interessiert mich wegen was anderem. Hast du da auch mitgemacht?«

»Alter.« Es klang, als hielte er Ben für komplett verrückt. »Auf keinen Fall. Ich hab das aber nach dem Training oft mitbekommen. Die haben immer im Spritti's daneben gespielt. Geile Kneipe … aber egal. Die ham da Beträge auf'n Tisch gehauen, dass mir schon beim Zuhören übel wurde.«

»Waren da nur Typen vom Fitnessstudio dabei oder auch Externe?«

»Externe?«, fragte Dennis.

»Also Typen, die nicht im Fitnessstudio trainiert haben.«

»Das kam immer mal wieder vor. Hab da alle möglichen Gestalten gesehen.«

»Auch so'n dünner Typ mit grauem Vollbart und grauen Haaren? Trägt oft Cordanzüge und so.«

»Jau, du. So einen kenn ich. Das war der Einzige, der 'n bisschen anders ausgesehen hat als die anderen. Sonst waren das ja eher so Jogginghosen-Gangster, die sich jeden Tag die Haare anrasieren. Davon hätte ich dir keinen beschreiben können. Die sehen ja alle gleich aus.«

»Und hast du …«, begann Ben, doch Dennis unterbrach ihn.

»Aber den haben die ausgenommen. Glaub ich. Alter, der war garantiert spielsüchtig, oder sowas. Hab öfters mal gehört, dass die Albaner über den gequatscht haben, wenn sie alleine waren. Die haben sich über den kaputtgelacht.« Er stieß hörbar Luft durch die Lippen aus und sagte dann: »Wegen dem hab ich den Henry damals gewarnt, dass die falsch spielen. Über den, Henry mein ich, haben die mit Sicherheit auch geredet, aber nur, wenn ich nicht da war … oder eben leise. Weil die ja wussten, dass wir uns kennen.«

Ben hörte ein dreifaches Hupen, dann packte sein Gesprächsteilnehmer diverse Schimpfwörter in ein kurzes Fluchen. Jetzt war geklärt, wo Dennis sich befand. In seinem Auto mit eingeklemmtem Handy zwischen Ohr und Schulter.

»Dieser Typ, von dem du gesprochen hast, hat aber immer Kohle gehabt. Manchmal haben die ihn natürlich auch gewinnen lassen. Der sollte ja die Lust nicht verlieren. Dann lief der immer wie ein Bescheuerter durch die Kneipe und hat Lokalrunden gegeben.«

»Danke, mein Lieber. Du hast mir sehr geholfen. Das reicht mir erst mal.«

»Was? Erst mal? Ruf bloß nicht mehr bei mir an!«, antwortete Dennis in vollkommen humorlosem Tonfall und legte auf.

Die Geschichte, die Ben sich ausgemalt hatte, nachdem ihm auf Google Maps der Standort des Geldautomaten angezeigt wurde, war von Dennis bestätigt worden. Es handelte sich um *den* Geldautomaten, der neben Spriti's Eck und dem Fitnessstudio bei Gini's Traum (von 12 bis 5 mindestens drei Damen, Geldautomat am Haus) stand. Mauritz hatte sich dort sein Spielgeld abgeholt. Allerdings nicht von seinem eigenen Konto, sondern von dem der Stiftung, für die er arbeitete.

Ben klickte sich zurück zu den abfotografierten Kontoauszügen. Demnach war die letzte Barabhebung vor knapp zwei Wochen gewesen.

Ben hörte ein Poltern im Hausflur. Er stand von seinem Tisch auf und ging durch den kurzen Flur zur Tür. Stimmengemurmel. Das konnte er zuordnen. Bevor er öffnete, vergewisserte er sich dennoch einmal und blickte durch den Spion.

* * *

Kai war dabei, seinen ersten Fuß auf die Treppe nach oben zu setzen. Erstarrte jetzt aber in seiner Bewegung und zeigte wie auf Kommando ein breites Lächeln, das eher gepasst hätte, wenn Ben nicht bloß aus einer Tür getreten, sondern nach sieben Wochen aus einem zusammengebrochenen Bergwerksstollen befreit worden wäre. »Ach Ben, da bist du ja endlich mal! Schön, dass wir uns sehen!«

Das Lächeln schien in Kais Gesicht einzementiert zu sein. Ben wünschte sich einen Hammer und einen Meißel.

»Schau mal, wir haben eingekauft!« Kai stützte den Kasten Bier, den er in den Händen trug, mit dem Knie ab und vollführte mit der frei gewordenen Hand eine präsentierende Geste.

»Du hast eine Kiste Bier gekauft?«, fragte Ben und überlegte, ob Kai und seine Begleiterin schon alle Biervorräte weggesoffen haben konnten. Das war physikalisch und biochemisch völlig unmöglich.

»Ja, genau! Ich dachte, mal wieder eine Kiste Brinkhoff's wäre toll. Außerdem wollte Nadine das schon immer mal probieren. Ach ja, das ist übrigens Nadine. Eine alte Freundin aus Frankfurt. Ihr kennt euch ja noch nicht, oder?« Er vollführte eine präsentierende Geste von Nadine zu Ben und wieder zurück zu Nadine.

Ben nickte ihr knapp zu, ohne seinen wütenden Gesichtsausdruck zu verändern, und Nadine nickte mit einem schmalen Lächeln zurück.

»Und bevor du jetzt meckerst ...« Er setzte die Kiste auf der untersten Stufe ab und ging zu Nadine, die rechts und links eine prall gefüllte Einkaufstüte in den Händen gehalten, diese aber jetzt neben sich auf den Boden gestellt hatte. »Wir haben auch andere Sachen eingekauft, sieh mal.« Kai zog die Griffe der Tüte auseinander und schnappte sich das Erste, was ihm in die Hände fiel. »Guck hier, Nutella, Toast. Richtigen Kaffee.« Er hielt sich das Paket mit dem gemahlenen Kaffee an die Nase und schnupperte daran, als wäre er der Melitta-Mann höchstpersönlich. »Der gute. Nicht der von Aldi.« Er legte den Kaffee zurück in die Tüte und deutete auf die andere. »Und hier, Aufbackbrötchen, Tiefkühl-Lasagne, Pizza. Steinofen!«

»Der Backofen ist kaputt«, sagte Ben und hatte fast Spaß an dem neutralen Gesichtsausdruck, den er dabei aufsetzte.

»Ach komm, jetzt sei doch nicht so negativ!«, entgegnete Kai und versuchte ein versöhnliches Lächeln. »Das kriegen wir schon hin! Und weißt du, was ich gerade erst zu Nadine gesagt habe?« Er blickte in ihre Richtung und nickte mehrfach, als erwartete er, dass sie das Wort ergriff. Die junge Frau grinste nur verlegen, und Kai half ihr auf die Sprünge: »Ich habe gesagt, dass wir jetzt gleich mal zu den Althoeffers recherchieren.« Er räusperte sich. »Also ich natürlich. Ich weiß nämlich nicht, ob du es schon weißt, aber die Hausbank der Althoeffers ist auch die von Lauber. Hab ich zufälligerweise gesehen, und …« Er blickte aus den Augenwinkeln und begeistert in Richtung Nadine, die nicht so aussah, als hätte sie Kais Hausflur-Geplapper so abgesegnet. »… ich habe ja den Zugang zu der Bank. Ich könnte da problemlos mal gucken, was es da so an interessanten Sachen zu sehen gibt.« Er lächelte Ben begeistert an. »Na?«

Bloß keine Begeisterung zeigen! Aber das konnte in der Tat interessant sein. »Die Kaffeemaschine ist auch kaputt«, sagte er humorlos.

Als er wieder alleine war, einen Schluck Wasser aus dem Wasserhahn getrunken und einen weiteren in seinem Gesicht verteilt hatte, nahm Ben erneut sein Handy zur Hand. Er musste die Sache mit Lauber geistig erst mal wegschieben. Grübeln brachte da nichts. Er entsperrte das Mobiltelefon und tat einen Schritt auf die Fenster zu. Auf der Straße war es ruhig. Zwei alte Damen veranstalteten ein Rollator-Wettrennen auf dem Bürgersteig, und ein DHL-Fahrer sortierte Päckchen an der offenen Seitentür seines Lieferwagens. Na bravo, dieses *Wegschieben* klappte ja prächtig! Er scrollte durch seine Notizen und fand den Eintrag zur Schlömer Ltd., den er nach dem Gespräch mit Frau Gerber aus ihrem Kalender abgeschrieben hatte. Angeblich sollte Paul Althoeffer an dem Tag und zu der Stunde bei einem Termin dort gewesen sein, als Frau Gerber ihn zusammen mit dem Mercedes und Henry auf dem Feldweg an der B236 gesehen haben wollte. Er merkte sich den Namen der Ansprechpartnerin, Betty Schlömer-Bronsei, und kopierte ihre Telefonnummer. Als das erste Freizeichen ertönte, fiel ihm ein, dass heute ja Samstag war. Trotzdem ließ er es klingen.

»Schlömer«, meldete sich nach dem dritten Klingeln eine Frauenstimme auf der anderen Seite.

»Ach, gut, dass heute jemand drangeht, hätte ich gar nicht mit gerechnet«, sagte Ben und gab sich Mühe, die Freundlichkeit an den Tag zu legen, die er Kai für lange Zeit verwehren würde. »Steffen Freckner hier, Firma Althoeffer.« Wie war ihm so schnell dieser Name eingefallen? Er lief zum Schreibtisch, griff zu einem Kugelschreiber und notierte ihn auf der Schreibtischunterlage. »Spreche ich mit Frau Schlömer-Bronsei?«

»Am Apparat.«

»Perfekt«, sagte er. »Bei uns ist die Hölle los. Frau Schlömer-Bronsei …«

Sie unterbrach ihn: »Ja, es tut mir ganz, ganz leid, was mit Ihrem Chef passiert ist. Wir sind alle hier ganz schockiert.«

»Es ist wirklich nicht zu glauben«, gab Ben ihr recht und schämte sich, als er merkte, dass er einen theatralisch bekümmerten Gesichtsausdruck aufgesetzt hatte. »Frau Schlömer-Bronsei, vielleicht können Sie mir helfen. Können Sie herausfinden, wann der Paul Althoeffer das letzte Mal bei Ihnen war? Wir sind uns da nicht ganz sicher, und wir brauchen die Daten für die interne …« Er stockte, weil er nicht wusste, welche *Interne* die *Daten* brauchte, doch das war zum Glück gar nicht nötig.

»Das war …«, antwortete Frau Schlömer-Bronsei, und er hörte Mausklicken im Hintergrund. »Das war am …

aha, hier hab ich es. Genau! Am 10.9. um sechzehn Uhr. Da hatten wir uns über das letzte Angebot für die Brauanlage unterhalten.«

»Aaaaaah«, gab Ben gedehnt zurück. »Damit haben Sie mir schon mal sehr geholfen.« Das genannte Datum und die Uhrzeit stimmten mit dem Kalendereintrag von Frau Gerber überein. »Und er war auch wirklich da, oder? Er steht nämlich zur gleichen Zeit in einem Prüfprotokoll in der Flaschenreinigung, aber das kann ja dann nicht sein.«

»Nein, das kann nicht sein. Das war das letzte Mal, dass ich Herrn Althoeffer gesehen habe, und an dem Tag musste ich gleich nach dem Meeting zum Bahnhof. Daran kann ich mich erinnern, und so steht es auch in meinem Kalender.«

»Na, dann muss ich wohl dem Kollegen mal auf die Finger klopfen«, sagte Ben und stieß ein kurzes Lachen aus.

Sie verabschiedeten sich freundlich, Ben legte das Handy auf den Tisch und ging zurück zum Fenster. Paul Althoeffer war also wirklich bei dem Meeting gewesen. Aber was hatte Frau Gerber dann beobachtet? Oder hatte sie sich doch mit dem Tag vertan? Aber was für einen Sinn sollte es überhaupt haben, dass Paul Althoeffer dabei gewesen war, als Henry den Nothammer ausprobiert hat. Das war doch alles Mist!

KAPITEL 11

Das Haus sah schon von außen nach Patrick Althoeffer aus. Über der rustikalen Haustür prangte ein kunstvoll geschnitztes Schild, welches verkündete: *Alte Böcke, alte Bäume, gute Jagd und junge Träume. Mädchen schlank, mit runder Brust, alles edle Waidmannslust.* Auf den Fensterbänken standen hölzerne Blumenkästen, die im Sommer einst eine üppige Blumenpracht präsentiert haben mochten. Jetzt zeigten die verwelkten Stängel nach unten und gaben ein trostloses Bild ab. Ben wusste, dass Patrick Althoeffer in Scheidung lebte. Da hatte sich wohl die Frau um die Pflanzen gekümmert.

Der deutlichste Hinweis auf Althoeffer junior fand sich direkt neben der Eingangstür. Dort war auf dem weißen Rauputz ein altes Emailleschild angebracht, welches in knallroter Schreibschrift *Trink mit mir ein Althoeffer!* forderte. Daneben war das gemalte Bild eines lächelnden Bergmanns zu sehen, der seine Schicht hinter sich hatte. Seine Tracht und sein Gesicht waren vom Kohlenstaub geschwärzt. Ben kannte das Bild aus seiner Kindheit. So eines hatte in Tante Karlas Kiosk gehangen. Und ohnehin hatte man es früher an jeder Ecke gesehen, als die Kneipenwirte zu jedem Schichtwechsel schon mindestens hundert Biere gezapft hatten, wenn die Kumpel, bevor sie sich in der Kaue duschten und umzogen, in Scharen zum verdienten Feierabendbier kamen.

Bens Nachmittag war erkenntnisreich verlaufen, wenn auch nicht sehr erhellend in Bezug auf einen denkbaren Komplizen von Henry. Ben war irgendwann vom Büro-/Probenraum in die Wohnung zurückgegangen. Er hatte Wohnzimmer und Küche so lange gemieden wie möglich und war sofort in sein Schlafzimmer abgebogen. Als frischer Kaffeegeruch – eindeutig nicht die Instand-Plörre – seine Nase umschmeichelte, entschied er sich, doch mal die anderen Räume zu betreten. Nadine und Kai saßen am Küchentisch. Vor ihnen standen Teller, die lange Zeit ungenutzt gewesen waren. Reste von Spaghetti und Tomatensoße waren darauf zu erkennen. Und ja, durch den Kaffeeduft, der auf wundersame Weise der Kanne unter der seit Monaten defekten Kaffeemaschine entströmte, nahm er ein zartes Aroma von mediterranen Gewürzen, Knoblauch und angedünsteten Zwiebeln wahr. Das würde Kai nie fertigbringen. Sicher hatte seine neue Flamme diese, er schnupperte noch einmal, göttliche Soße gezaubert. Und stand da nicht die alte Plastikschüssel mit frisch angemachtem Salat? Er …

»Wir haben Miracoli gemacht. Schnapp dir 'nen Teller und setz dich«, hatte Kai gesagt. »Und hier.« Er hob den Kaffeebecher in Kopfhöhe. »Kaffee wie bei Oma. Die Maschine ist zwar kaputt, aber ich hab das Wasser direkt aus dem Wasserkocher in den Filter gekippt. Das geht perfekt. Machen wir jetzt immer!«

Er hatte sich gewunden. Hatte behauptet, keinen Hunger zu haben und nur in die Küche gekommen zu sein, um seinen Anzug zu holen, den Kai ihm bitte sofort abliefern sollte. Aber als dann die Geschichte raus war, dass seine Kleidungsstücke »versehentlich« in Frankfurt geblieben waren, resignierte er. Entweder er stärkte sich jetzt oder fiel auf der Stelle tot um.

Beim Essen hatte Kai ihm berichtet, was er herausgefunden hatte. Sowohl einige Konten der Brauerei als auch die von Paul Althoeffer privat sowie die der beiden Brüder Patrick und Mauritz lagen beim Bankhaus Brunner und Klar. Das Konto von Marco Reus ebenfalls, hatte Kai nebenbei eingeworfen, aber davon wollte er ihm ein anderes Mal erzählen. Zusammengefasst kam raus, dass Paul und Patrick zwar über mehr Geld verfügten als Kai und Ben in den letzten zehn Jahren zusammengenommen, aber keiner der beiden war richtig reich. Von Millionen war da weit und breit nichts zu sehen. Faktisch war auf Paul Althoeffers Konto niemals so viel, dass davon die von Lina genannten Erbsummen ausbezahlt werden konnten. Vielleicht gab es ja bei einer anderen Bank weitere Konten, aber Ben konnte sich das nicht vorstellen. Mauritz' Kontostand war schon eher mit dem von Ben vergleichbar und bestenfalls mit einer »schwarzen Null« zu beschreiben.

Also nichts Neues: Richtig absahnen konnte man als Erbe nur, wenn man die Möglichkeit hatte, die Brauerei zu verscherbeln. Und da zu Pauls Lebzeiten das Gerücht in der Familie umging, dass Lina erben und niemals verkaufen würde, blieb es dabei. Sowohl Mauritz als auch Patrick hatten ein Motiv, gleich das ganze Ehepaar auszulöschen. Und dass Ella sich bestimmt auch über ein kleines Millionenerbe gefreut hätte, durfte ebenfalls nicht außer Acht gelassen werden.

Bemerkenswert fand Ben, dass es Nadine war, die behauptete, der Satz »Gib mir mal die Flasche«, den Frau Kadereit durch den Hörer von Frau Gerber gehört haben wollte, *irgendetwas* klingeln lasse.

Ben und Kai hatten sich nach dieser Aussage kurz skeptisch in die Augen geblickt. »Wahrscheinlich hat Kai das in der Kneipe zu dir gesagt«, schlug Ben vor, und Nadine gab zu, dass das eine Möglichkeit war. Aber auch er hatte nach wie vor das Gefühl, dass er den Satz von irgendwoher kannte.

Um final zu unterstreichen, dass Ben mit seinen Ermittlungen im Kreis lief, hatte er auch noch den Vorvertrag mit der Redleffs-Brauerei in seinem E-Mail-Postfach gefunden. Wie erwartet waren dort zwölf Millionen als Kaufbetrag vorgesehen gewesen, sowie eine Pauschale von zehn Prozent für den Notar, jeweils zur Hälfte zahlbar von Redleffs und Althoeffer. Also wäre der Notar mit 1,2 Milliönchen aus dem Deal gegangen, was als zusätzliche Stütze fürs Alter sicher nicht zu verachten war. Wäre Ben in dem Auto umgekommen, hätte Kai seine Bude übernommen, seine Eltern hätten sein Bett bei Ebay-Kleinanzeigen verkauft und seine anderen Habseligkeiten an den Sperrmüll gestellt. Und nicht mal Jenny hätte gewusst, dass er in tiefer Liebe von ihr gegangen war.

Ben schnallte sich ab und verließ das Auto. Dann schnappte er sich seinen Zauberkoffer von der Rückbank und ging zu Patrick Althoeffers Haus. Jetzt war

Showtime angesagt. So langsam feuerte das Lampenfieber in seinem Bauch. Solche Auftritte nahm man nur für das Schmerzensgeld an, das dafür bezahlt wurde. Vier oder fünf Männer zu unterhalten, die allesamt eher dem Alkohol als kulturellen Ergüssen zugetan waren, war selten leichtes Brot. Er war extra eine Stunde früher gekommen, um Zeit zu haben, sich im Haus umzusehen.

Er klingelte und ihm wurde geöffnet. Patrick Althoeffer schien bereit für den Abend. Er trug eine lederne Kniebundhose mit waidmännisch grünen Kniestrümpfen und Stiefeln, mit denen er nüchtern problemlos die Zugspitze und im besoffenen Kopf zumindest das Obergeschoss seines Hauses erklimmen konnte. Dazu trug er ein weißes Rüschenhemd, bei dem er mit einer Hand am Hals rumfummelte, um eine schwarze Schnürsenkelkrawatte zu richten. Ben stieg der penetrante Duft eines schweren Parfüms in die Nase. Mann, dem Typen war sein Jägerabend heilig, wenn er sich dafür so aufbrezelte. »Oh. Sie sind ein bisschen früh«, sagte er, als er Ben erkannte.

»Ja, 'tschuldigung. Ich bin lieber immer etwas früher vor Ort.«

»Ach, das habe ich bei den Roadshows gar nicht bemerkt. Da kamen Sie doch eher ein bisschen abgehetzt an«, entgegnete er und zwinkerte dabei. Ben beließ es bei einem schmalen Lächeln. Althoeffer junior hatte ihn ertappt.

»Na, dann kommen Sie mal rein.«

Im Flur waren sie nicht allein. Ein merkwürdig ausgestopftes Tier stand am Boden, welches aussah wie eine Mischung aus Hase, Reh und Ente. Es trug einen Jägerhut mit Gamsbart und zielte mit einer kleinen Holzflinte auf Bens Beine. Patrick Althoeffer bemerkte Bens starren Blick auf das Mischwesen und sagte: »Das ist mein Wolpertinger. Ist ganz zutraulich und pinkelt nicht in die Ecken.« Dann stieß er ein schroffes Lachen aus.

»Ha!«, sagte Ben und rang sich ein Lächeln ab. »So was hab ich ja noch nie gesehen!« Und so was wollte ich auch niemals sehen, dachte er.

»Die Genossen kommen gleich erst«, sagte Althoeffer. Er blickte auf seine Armbanduhr. »So in einer halben Stunde, denke ich. Dann würden wir erst ein bisschen was trinken, und ich würde sagen, dann kommen Sie. Was Sie machen, wissen Sie ja sicher selbst am besten.« Er lachte speckig. »Ich kann Ihnen aber gleich sagen, eine Stripperin hätte hier leichteres Spiel. Aber die hatten wir erst beim letzten Mal.« Diesmal hatte das Zwinkern einen schlüpfrigen Unterton, und Bens Lachen fiel eine Stufe zu stürmisch aus.

»Wollen Sie gleich mitkommen? Das findet draußen in der Partyhütte statt.«

»Lieber nicht«, sagte Ben. »Vielleicht kann ich mich hier irgendwo im Hintergrund aufhalten? Das wäre mir lieber.« Das war schon bei *normalen* Auftritten die Regel Nummer eins. Für seine heutige Mission aber besonders wichtig.

»Na okay«, sagte Althoeffer wenig überzeugt. »Sie können dann hier solange ins Gästezimmer gehen.« Er öffnete eine Tür auf der linken Flurseite und trat vor Ben ein. In dem Raum befanden sich ein Bett, dessen Matratze nicht bezogen war, ein leerer Schreibtisch sowie ein Stuhl. Ein kleiner Kleiderschrank stand in der Ecke. Wie in solchen Räumen üblich, wenn nicht gerade ein Gast zugegen war, standen dort auch noch ein Staubsauger, ein Bügelbrett mit zugehörigem Bügeleisen, mehrere Umzugskartons und drei Kisten Althoeffer Pils herum.

»Ist doch gemütlich hier, oder?«, fragte der Hausherr. »Und Bier gibt es auch genug!«

»Super!«, antwortete Ben und stellte seinen Koffer vor dem Tisch ab.

»Ich lass Sie dann erst mal alleine. Ich denke, Ihr Auftritt kann dann so …« Er blickte auf seine Armbanduhr. »… in eineinhalb Stunden stattfinden, schätze ich. Um acht kommt das Essen. Wie lange machen Sie?«

So kurz wie möglich, hätte Ben am liebsten geantwortet. Stattdessen sagte er: »Ich dachte so an eine halbe Stunde?«

»Ich denke, das reicht den alten Säcken.« Damit verließ er den Raum und ließ Ben alleine zurück.

Der öffnete seinen Koffer und legte sich seine Requisiten auf dem Tisch vor dem Fenster zurecht. Er bemerkte, dass er die Partyhütte im hinteren Teil des Gartens einsehen konnte. Das war ganz und gar keine Baumarktlaube, sondern eindeutig die Edelvariante. Fachwerkstil, gemauert, getönte Fensterfronten, die sich im Sommer zur Seite wegklappen ließen. Mit Schnitzereien verzierte Holzbänke auf der Veranda davor. Das Innere der Hütte war sanft beleuchtet. Im Hintergrund flackerte ein Feuer in einem offenen Kamin. Er sah, wie Patrick Althoeffer neben dem Haus auftauchte, die Wiese überquerte und in der Hütte verschwand. Nicht schlecht, dachte Ben. Frau abgehauen, Kinder mitgenommen, das hieß, dass er sich alleine im Haus befand.

Er öffnete die Zimmertür und trat in den Flur. Die Toilettentür war nicht schwer zu erkennen, sie lag gleich gegenüber, war etwas schmaler als die anderen und trug die Aufschrift *WC*. Darüber waren zwei kleine Messingplaketten angebracht. Eine stellte ein hockendes Mädchen in langem Kleid dar, die andere einen Jägersmann mit Flinte über der Schulter, der im Stehen pinkelte. Die Ausrede, er hätte die Toilette gesucht, würde also nicht funktionieren, wenn er erwischt wurde. Er entschied sich für die Tür links von seiner und wurde belohnt. Es handelte sich um Patricks Arbeitszimmer. Auf der einen Seite deckenhohe Regalwände mit Akten und Büchern bestückt. Letztere rankten sich hauptsächlich rund um die Themen Brau- und Jagdwesen. Auf der anderen Seite war die Wand mit weiteren ausgestopften Tieren und kleineren Geweihen verziert. Ben erkannte einen Fasan, einen Falken, zwei Eichhörnchen und mehrere Vögel. Ein Wiesel-Hermelin-Frettchen-oder-was-auch-immer-Vieh, das Ben angriffslustig anstierte, gab es auch noch. Zum Glück zielte es nicht mit einem Gewehr auf ihn, sondern hielt nur einen verzierten Wanderstock in seinen Klauen.

Über den Schreibtisch hinweg sah man durch das Fenster ebenfalls den Garten und die Hütte. Ben erkannte Patrick, der damit beschäftigt war, Gläser auf einen Tresen zu stellen. *Er* konnte Patrick sehen, der ihn jedoch nicht. Eine geraffte, weiße Gardine hing als praktischer Sichtschutz vor dem Fenster. Auf der quadratischen Schreibtischplatte stand der obligatorische Monitor mit Tastatur und Maus, links daneben eine Stereoanlage, bestehend aus einem CD-Player, einem Verstärker und einem Doppelkassettendeck. Ben kannte so was noch aus den Neunzigern. In Zeiten von Spotify und Bluetooth-Lautsprechern traf man das heute eher selten an. Über ein Kabel war ein kleines, flaches Mischpult mit der Hi-Fi-Anlage verbunden. Es verfügte über fünf Schieberegler, mehrere Knöpfe und fünf analoge Anzeigen mit Nadeln, die sich auf einer Skala bewegen konnten. Ein weiteres Kabel ging in die Steckdose, ein drittes steckte im Computer. Ob der sich hier irgendwelche Jagdhornfanfaren zusammenmischte?, überlegte Ben. Er ließ seine Blicke über die Beschriftungen der Ordner im Regal schweifen. *Steuern, Korrespondenz, Brauerei,* mehrere Ordner, die mit *Revier Dortmund Fuchseggen* und *Marderbeauftragter* beschriftet waren. Nichts, was spontan sein Interesse weckte. Er inspizierte einige gestapelte Dokumente auf dem Schreibtisch, doch das schienen nur ein paar private Rechnungen zu sein. Ein kurzer Blick aus dem Fenster zeigte ihm, dass Patrick Althoeffer immer noch in der Hütte vor sich hin werkelte.

Ben bemerkte, dass die Nadel einer der Anzeigen auf dem Mischpult unregelmäßig ausschlug. Daneben leuchtete eine stecknadelkopfgroße Leuchtdiode. Noch darüber nachdenkend, was das bedeuten konnte, legte er die Dokumente zurück an ihren Platz, wobei er an die Maus stieß, die sich einige Zentimeter über den Tisch bewegte. Ein Bild erschien auf dem Monitor. Es zeigte ein Programm, welches den Ausschlag der Nadel auf dem Mischpult widerspiegelte. Hier jedoch in Form einer an- und abschwellenden Sinuskurve. Darunter waren vier weitere Felder sichtbar, die ebenfalls solche Wellenformen anzeigen könnten. Aber hier bewegte sich nichts, genau wie auf den analogen Skalen des Mischpults.

Ben schlich zur Tür, öffnete sie und lauschte in den Flur. Patrick Althoeffer war zwar nach wie vor in seiner Hütte mit Vor-Besäufnis-Werkeleien beschäftigt, aber Ben fand es ratsam, auf Nummer sicher zu gehen. Nicht, dass plötzlich die Putzfrau hinter ihm stand. Es war nach wie vor still, und auch der absonderliche Waidmann-Frankenstein hatte seine Position nicht verändert. Irgendwie gruselig, das Teil …

»Aaaaah!«, schrie er das Monster an und konnte nur knapp den Impuls unterdrücken, das Ding durch den kleinen Raum zu treten. Ein dröhnendes »Das Wandern ist des Müllers Lust« schallte durch den Flur. Er fuchtelte mit der linken Hand an der rechten Hosentasche rum, und irgendwie gelang es ihm, das Handy in die Finger zu bekommen. »Du bist so was von tot, Siebert«, flüsterte er scharf in sein Telefon, nachdem er den Anruf angenommen hatte.

»Äh, sorry …«, meldete sich am anderen Ende die Stimme einer Frau. »Ich bin's, Nadine. Kai hat mir versprochen, dass er dein Handy diesmal nicht manipuliert hat, aber …« Er hörte Kai im Hintergrund unterdrückt kichern.

»Dem Typen darfst du nichts glauben, hörst du? Gar nichts!« Da er immer noch in der Tür zwischen Flur und Arbeitszimmer stand, trat er einen Schritt nach vorne und schloss die Tür leise. Er hielt es für besser, sich im Flur erwischen zu lassen, wenn Althoeffer junior zurückkommen sollte. »Was gibt es denn?« Er bemühte sich, ruhig zu sprechen, obwohl sein Herz immer noch hüpfte wie Kais Kehlkopf beim gehässigen Lachen.

»Wegen diesem Satz. *Gib mir mal die Flasche*.«

»Ja?«, fragte Ben und stellte fest, dass er auf seiner Zunge fast schmecken konnte, was Nadine jetzt sagen würde.

»Ich weiß, wo ...«, begann sie, doch er unterbrach sie.

»Das Video«, sagte er. Danach blieb es eine Sekunde still in der Leitung.

»Genau«, antwortete Nadine. »Das Imagevideo von der ersten Jubiläumsfeier. Hab mir das gestern angeguckt, bin aber nicht gleich drauf gekommen.«

Ben schlug sich an die Stirn. Jetzt erinnerte er sich. Er hatte das Video aus Langeweile einmal angefangen und nur zufällig das Ende gesehen, weil er immer wieder vorgespult hatte und beim Fassanstich hängen geblieben war. Nachdem Patrick es fertiggebracht hatte, nicht mehr als die Hälfte vom Inhalt des wuchtigen Holzfasses auf der Bühne zu verteilen, hatte er nass geschwitzt ins Publikum gestrahlt und so etwas gesagt wie: »Und jetzt erst mal ein Althoeffer!« Eigentlich hätte der Film an dieser Stelle enden können, aber der findige Videocutter, der, wie Ben wusste, sich als Braumeister besser mit Gärungsgraden auskannte als mit zeitgenössischem Filmschnitt, hatte die Szene ein Stück weiterlaufen lassen. Und da war es zu hören gewesen. Patrick Althoeffer hatte seinen Vater angestupst, auf eine Stelle hinter der Kamera gedeutet und gesagt: »Gib mir mal die Flasche.«

* * *

»Wir müssen unbedingt Frau Kadereit fragen, ob das die Stimme ist, die sie gehört hat, und dann Huntrich Bescheid geben. Es macht zwar keinen Sinn, aber …«

»Schon erledigt«, sagte Nadine und stoppte damit Bens Redefluss.

»Was?«

»Ich habe Frau Kadereit angerufen und ihr die Stelle vorgespielt. Die schwört Stein und Bein, dass sie genau das gehört hatte.«

»Wie?«, Ben war verwirrt und musste erst mal seine Worte sortieren. »Woher wusstet ihr denn, wen ihr anrufen müsst? Ihr kennt doch die Frau gar nicht.«

»Ja, äh …«, begann Nadine, und Ben wusste, dass Kai irgendwelche Zeichen machte und ihr etwas zuflüsterte. »Also Kai ist irgendwie an die Aufnahme der Vernehmung gekommen, und da wird ja ihr Name gesagt und …«

»Aufnahme der Vernehmung«, sagte Ben und merkte, dass seine Stimme lauter wurde. »Es gibt nur eine *Aufnahme der Vernehmung*.« Die drei letzten Worte sprach er mit besonderer Betonung. »Und die ist *zufälligerweise* auf meinem Handy. Sag dem Kerl, er soll aus meinen Sachen rausbleiben, sonst kann er sich demnächst eine andere Couch suchen, auf der er wohnt.«

Nadine stieß ein verlegenes Kichern aus. »Ja gut, mach ich. Aber er meint …«

»Ich weiß genau, was der meint, und glaub mir, er hat unrecht!«, spie Ben in sein Handy und drückte den Anruf weg. »Der spinnt ja wohl, der Kerl!«, sagte er und bemerkte, dass er die Kreatur des perversen Präparators anredete, die ihn aus schwarzen Knopfaugen unverwandt anstarrte. Was sollte dieser Mist jetzt schon wieder bedeuten? Egal, das musste warten! Vielleicht fand Kai ja noch irgendeinen tollen Hinweis dazu auf seinem Handy, und vielleicht würde diese Frankfurterin noch so einen tollen Einfall haben. Dann könnten sie ja mit einem Brinkhoff's anstoßen und sich gegenseitig die lustigsten Anekdoten von Tabbart Lauber erzählen. Er hatte erst mal was anderes zu tun.

Ben lehnte die Tür hinter sich an, ging zurück zu Patricks Schreibtisch und drehte die Lautstärkeregelung an der Stereoanlage auf null. Dann schaltete er den Verstärker ein, der sich mit einem dumpfen *Plopp* bemerkbar machte. Langsam drehte er den Lautstärkeregler höher. Über Jägerfanfaren hätte er sich nicht gewundert. Auch nicht über DO 91,2. Aber es waren keine Fanfaren und auch kein Lokalradio zu hören. Jemand sprach leise. Er drehte etwas am Regler und konnte plötzlich verstehen, was da gesprochen wurde.

»Na, alter Hubertusjünger, schon alles vorbereitet, oder soll ich noch mal abhauen?«

Ben blickte argwöhnisch das Gerät an, dann sah er aus dem Fenster. Eine weitere Person hatte sich zu Patrick Althoeffer gesellt. Ben hörte, was die beiden sprachen.

»Alles im Griff! Schön, dass du da bist, Josef.«

Warum hörte der sich selber ab? Er blickte auf das Computerprogramm und bemerkte eine rote Schaltfläche, die mit REC beschriftet war. Die Anzeigen der anderen Kanäle verfügten ebenfalls über diesen Button. Dort waren sie jedoch, mangels eines Eingangssignals, ausgegraut. »Der nimmt das auch noch auf«, murmelte

Ben, wobei sein Blick zwischen dem Gesehenen in der Hütte und dem Computerprogramm hin und her wechselte. Patrick Althoeffer hatte seinem ersten Gast unaufgefordert ein Bier gezapft und es ihm vor die Nase auf den Tresen gestellt. Dann hob er sein eigenes, nicht mehr ganz volles Glas an und prostete seinem Jagdkumpan zu. Nachdem beide mit einem einzigen kräftigen Schluck ihre Gläser geleert hatten, sagte Althoeffer: »Ist übrigens trefflich, dass die anderen noch nicht da sind. Ich wollte sowieso mit dir ein kleines Pläuschchen halten.«

»Oho«, sagte der andere. »Das muss ja ein dickes Ding sein, wenn die anderen das nicht mithören dürfen.«

Ben sah, wie Althoeffer schmal lächelte.

»Wo warst du eigentlich gestern Nachmittag? So zwischen fünfzehn und achtzehn Uhr?«

»Ha! Brauch ich jetzt ein Alibi, oder was?« Josef lachte. Er stellte sein Glas zurück auf den Tresen und rückte es so nah wie möglich an Althoeffer heran, der es unaufgefordert nahm und unter den Zapfhahn hielt.

»Sag einfach«, forderte der.

»Ja, wo schon? Ich hab gearbeitet, wie immer.«

»Bei dir zu Hause im Büro?«

»Wo sonst?«

»Dachte ich mir. Und gibt es dafür Zeugen?«

»Was?«, sagte Josef und nahm sein zweites Bier entgegen.

»Ja, rede schon! Hat das jemand gesehen? Ulla ist doch noch im Urlaub, oder? Die also schon mal nicht. Aber hast du mit irgendwem telefoniert, oder so? War die Putzfrau da?«

Josef überlegte einige Sekunden, dann sagte er mit einiger Verwirrung in der Stimme: »Nee. Ich meine … Ja. Ulla ist im Urlaub, aber telefoniert oder so was habe ich nicht. Ich hab einfach gearbeitet.« Er trank einen Schluck und behielt das Glas in der Hand. »Warum willst du das wissen?«

»Kann sein, dass die Bullen dich fragen.«

»Was? Was ich gestern Nachmittag gemacht hab? Wieso das denn?«

An der Antwort war Ben auch interessiert. Er traute sich, den Lautstärkeregler ein Stück höher zu schrauben und beugte sich näher an die Boxen.

»Ich hab denen gesagt, dass wir gestern zusammen waren.« Althoeffer trank, bevor er weiterredete. »Im Revier.«

»Im Revier?«, fragte Josef. »Warum das denn?«

Patrick Althoeffer stieß ein unverständliches Grummeln aus, dann sagte er: »Ja, weil *ich* da war und es keiner bezeugen kann.«

»Ja und?«

»Zur gleichen Zeit ist meine Sekretärin, die alte Gerber, zu Hause umgelegt worden. Und bevor es da ein Hin und Her gibt und die sich unnötigerweise auf mich einschießen, hab ich gesagt, wir beide wären zusammen gewesen.«

Einige Zeit blieb es still in der Hütte, dann fragte Josef: »Ach, du Scheiße. Was ist denn passiert? Und du bist sicher, dass du im Revier warst?«

»Also bitte. Natürlich war ich da. Du glaubst doch nicht, dass ich die Alte abgemurkst habe? Ich konnte die zwar nicht besonders leiden, aber ich bringe die doch nicht um. Hab gar kein Motiv. Das wissen die Bullen auch. Was weiß ich, was passiert ist. So'n Kommissar war hier und sagte, die ist zu Hause umgebracht worden, mehr nicht. Und ob ich was dazu wüsste.«

Die Äußerung schien Josef lustig zu finden. Sein Lachen klang wie ein tiefes *Mohoo Mohoo*. Dann schlug er mit der flachen Hand auf die Platte des Tresens, was Ben zusammenzucken ließ, räusperte sich und sagte: »Oh Mann. Scheiß, den keiner braucht.« Ben hörte, wie er Althoeffer das Glas erneut rüberschob. »Komm, zapf uns noch einen! Und klar. Wenn die mich fragen, war ich mit dir da. Hast ja sowieso noch einen gut bei mir wegen der Sache mit der Krachner.« Jetzt lachten beide, und Josef fügte hinzu: »Die hat gekracht, hömma!« Dann stießen sie zusammen an.

Ben sah, wie ein weiterer Gast über die Wiese in Richtung Hütte spazierte und kurze Zeit später lautstark von seinen schon leicht angesäuselten Kumpanen begrüßt wurde. Das Gehörte musste Ben erst mal verdauen. Patrick Althoeffer hatte sich ein Alibi für den gestrigen Nachmittag besorgt. Das war ein Knaller! Er musste diese Tonaufnahme unbedingt sichern. Hatte er nicht irgendwo in seinem Zauberkoffer einen USB-Stick, den er … Er stoppte mitten im Gedanken, als er bemerkte, dass sich eine zweite Nadel auf dem Mischpult bewegte. Sein Blick wanderte automatisch zum Monitor. Unterhalb der ersten war eine zweite Wellenform aufgetaucht, die sich munter auf und ab bewegte. Der vorher ausgegraute Button neben dem Anzeigefeld hatte sich rot verfärbt und war nun, wie der darüber, mit *REC* beschriftet. Ein durchgestrichenes Lautsprechersymbol neben der Wellenform zeigte Ben an, dass dieser Kanal stumm geschaltet war. Ben griff nach der Maus, klickte auf das Lautsprechersymbol, worauf sich eine weitere Konversation unter die Töne aus der Hütte mischte. Josef und Patrick waren in Gegenwart des neuen Gastes ohnehin nicht mehr bei einem abhörwürdigen Thema, sondern hielten sich gerade damit auf, Letzteren mit seinem neuen Porsche aufzuziehen, den er offensichtlich brauche, um seine nachlassende Potenz zu kompensieren. Ben beeilte sich, diesen Kanal stumm zu stellen, um die andere Unterhaltung verstehen zu können.

»… der helle Teppich staubt in letzter Zeit immer so zu. Ich weiß auch nicht, woher das kommt, wahrscheinlich von den neuen Wolldecken.«

»Ja. Kann sein. Ich geh dann rüber.«

»Geht klar. Aber nicht die ganze Nacht durchspielen, okay?«

»Mmh.«

Ben zuckte zusammen, als er die Stimmen erkannte. Es handelte sich um Lina und ihren Sohn Jacques. Kein Zweifel. So wie es sich anhörte, waren sie zu Hause. Wahrscheinlich im Wohnzimmer. Wow, das war mal der Hammer, das war sogar … Ben hob den Kopf und blickte aus dem Fenster. Josef und der Neue saßen auf den Barhockern vor dem Tresen. Von Patrick Althoeffer war keine Spur zu sehen. »Scheiße«, murmelte Ben und beeilte sich, die Einstellungen sowohl am Computer, als auch am Verstärker wieder auf den alten Stand zu bringen. Er musste sich aus dem Staub machen. Er erinnerte sich, dass er den Monitor nicht abschalten durfte, und hoffte, dass der von alleine wieder in den Stromsparmodus wechselte.

Er huschte in den Flur und schloss die Tür hinter sich leise zu. Er drehte sich um, und Patrick Althoeffer stand vor ihm. Ben hielt die Klinke noch in der Hand.

»Ben?«, fragte Althoeffer.

»Ich suche die Toilette«, sagte Ben und hoffte, seine Wangen würden nicht so glühen, wie sie sich anfühlten. »Meister Walpertinger konnte mir dabei leider nicht helfen.«

»Wolpertinger«, korrigierte Althoeffer. »Die Toilette hätte ich Ihnen natürlich zeigen können. Die ist hier, gleich gegenüber vom Gästezimmer.« Er deutete auf die schmale Tür. »Da, wo WC draufsteht. Wer sollte darauf auch kommen, oder?« Wieder kniff Althoeffer ihm ein Auge zu. Nicht, dass das dank Bens Eskapaden noch in einen nervösen Tick ausartete.

»Au Mann, wie dämlich bin ich denn?«, sagte Ben und schüttelte den Kopf. »Wer lesen kann, ist klar im Vorteil. Entschuldigung, das Lampenfieber. Ich glaube, ich bin schon im Zaubertunnel.« Der Zaubertunnel war in Gegenwart eines Auftraggebers eine beliebte Ausrede für alles, was nicht nach Plan funktionierte. Er behielt das Lächeln im Gesicht, ging hinüber zur WC-Tür und legte die Hand auf die Klinke.

»Das kann ich gut verstehen!« Althoeffer lachte sein speckiges Lachen. »Also, ich sag Ihnen gleich, auf den Dirk brauchen Sie nichts zu geben, der bellt gerne, aber der beißt nicht. Aber ich wollte fragen, ob Sie später mit uns essen?«

»Oh, vielen Dank. Aber nein. Ich habe später noch einen weiteren Auftritt hier in Dortmund und müsste gleich weiter.« Bens Standardausrede für die obligatorische Einladung zum Essen.

»Verstehe. Dann komme ich gleich wieder, wenn der Auftritt starten kann. Wann müssen Sie spätestens weg?«

Sehr gute Frage! Ben liebte verbindlich abgesprochene Abfahrtszeiten. »Spätestens um acht Uhr dreißig müsste ich los«, antwortete Ben und beeilte sich, hinter sich die Toilettentür zu schließen.

Der Auftritt war nichts weniger als eine Katastrophe. Der von Patrick Althoeffer angesprochene *Dirk* stellte sich als das raus, wofür es in Zaubererkreisen mehrere Spezialausdrücke gab: Arschloch, Penner, Idiot oder, so der Ausdruck in Fachbüchern, Heckler. Pöbeleien unterhalb der Gürtellinie, Trickerklärungen (immer falsche) und, worauf Ben besonders allergisch reagierte, ungefragtes Grapschen nach den Requisiten. Die anderen vier Jägersmänner zeigten sich durchaus interessiert an Bens Show und gaben sich Mühe, ihren Kumpan zu bremsen. Doch weder ein leises »Psst« noch ein gegröltes »Halt doch einfach mal deine Fresse!« zeigten eine Wirkung.

Nach siebenundzwanzig Minuten, die sich nach zwei Stunden Kieferchirurg angefühlt hatten, beendete Ben die Show mit den Worten: »Hiermit verabschiede ich mich und bedanke mich ganz herzlich für Ihre Aufmerksamkeit. Es ist mir immer eine große Freude, vor intelligentem, gut aussehendem und nicht zuletzt humorvollem Publikum aufzutreten ...« Danach setzte er eine rhetorische Pause ein, um den Satz zu beenden: »Aber heute hat es auch Spaß gemacht.« Dabei hatte er Dirk direkt in die glasigen Augen geblickt.

Ben würde es überleben, und er hatte keine Probleme damit, den prall gefüllten Briefumschlag mit seiner

Wiedergutmachungszahlung in der Innentasche seines Jacketts zu versenken.

* * *

Das Haus der Althoeffers stand in Lichtenau. Frei stehend in der Bauernschaft zwischen dem Ortskern und Holzwickede. Es war vom Wirtschaftsweg aus über eine gepflasterte Einfahrt zu erreichen, die rechts und links mit schwarzen Laternen gesäumt war. Zu dieser Zeit war der Weg nicht mehr ausgeleuchtet. Vor der Hecke, die den Platz vor dem Haus von der Einfahrt trennte, stand ein kurz gewachsener, glatzköpfiger Kerl mit kompaktem Körperbau und stattlicher Wampe unter einem ausgewaschenen Nirvana-Shirt. Der erste Lichtblick des Tages.

Ben lächelte seinem Freund Uwe zu, während er sein Auto auf dem Seitenstreifen parkte, direkt hinter dessen Fiat Ducato, der eine gelbe und eine schwarze Hecktür besaß, während der Rest der Karosserie weiß war. Praktisch, denn Uwe, der einen eigenen Schlüsseldienst leitete, bei dem er der einzige Angestellte war, liebte den BVB abgöttisch, und der Wagen erregte in der schwarzgelb geprägten Stadt eine Menge Aufmerksamkeit.

Ben hatte Uwe von der Toilette aus angerufen, nachdem er sicher gewesen war, dass Patrick den Flur verlassen hatte. Er hatte ihn zu Linas Adresse bestellt – und hier war er nun.

Die beiden begrüßten sich herzlich mit einer Umarmung, und der obligatorische Schlag auf die Schulter, den Ben kassierte, würde wohl einen Besuch beim Physiotherapeuten nötig machen.

Neben seiner Spezialfertigkeit, dem zerstörungsfreien Öffnen von Schlössern, kannte Uwe sich bestens mit allen Fragen zu Sicherheits- und Überwachungstechnik aus. Und genau deswegen war er hier. Scheinbar brauchte er für seine Aufgabe nichts weiter als den silbernen Aluminiumkoffer, den er bei sich trug.

Althoeffers Haus war ein umgebauter Gutshof im Landhausstil, mit rot verklinkerten Wänden und Dachschindeln im selben Farbton. Ben war zu den Vorgesprächen mehrfach hier gewesen, und besonders in Erinnerung geblieben war ihm der Wintergarten, der einen unverstellten Blick auf den weitläufigen Garten mit Außenpool und Fasssauna freigab. Er klingelte. Bei Lina hatte er seinen Besuch über WhatsApp angekündigt. Allerdings ohne den Grund zu nennen. Und ohne den Hinweis, dass noch jemand dabei sein würde.

Lina öffnete und begrüßte Ben mit einem: »Hallo Be…«. Das letzte Wort verschluckte sie, weil Ben ihr mit dem Zeigefinger vor den Lippen signalisierte, dass sie still sein solle. Wie die meisten Frauen begriff sie diese nonverbale Aufforderung meisterhaft. Er winkte sie zu sich heran, und nachdem sie Bens Begleiter mit einem kritischen Lächeln zugenickt hatte, traten sie gemeinsam in die Mitte der Einfahrt.

Obwohl sie unter freiem Himmel und gut zehn Meter vom Haus entfernt standen, redete Ben mit gesenkter Stimme: »Haben Sie heute Abend mit Ihrem Sohn über die fusselnde Wolldecke gesprochen?«

»Ist das ein neuer Trick von Ihnen?« Linas kritische Miene nahm deutlichere Züge an, und ihr Blick wechselte zwischen Uwe und Ben hin und her.

»Ach quatsch, nein. Blöder Gesprächsanfang. Ich versuche es noch mal.« Er deutete mit der flachen Hand auf Uwe. »Das ist mein Freund Uwe. Ich hab ihn aus einem ganz bestimmten Grund mitgebracht. Denn ich habe herausgefunden, dass Patrick sie abhört.«

»Wie bitte?«, antwortete Lina.

Er nickte mit zusammengekniffenen Lippen. »Ich habe es geschafft, mich in seinem Arbeitszimmer umzusehen, und dabei fiel mir auf, dass er die Gespräche in seiner Partyhütte aufzeichnet. Keine Ahnung, warum. Vielleicht will er morgen noch mal hören, was er heute im besoffenen Kopf so von sich gegeben hat, denn er nimmt die Sachen auch auf.«

»Und was hat das mit mir zu tun?«, fragte Lina.

»Die Gespräche in Ihrem Wohnzimmer hört er auch ab. Vielleicht auch noch andere Zimmer. Das waren doch sie und Jacques mit der staubenden Wolldecke, oder?«

»Ja klar, aber warum …«

»Warum, ist jetzt erst mal zweitrangig. Ich habe Uwe mitgebracht, weil er sich bestens mit so was auskennt, und ich möchte, dass er Ihr Haus nach Wanzen durchsucht. Uwe ist Sicherheitsexperte.« Er warf ihm einen Blick zu und versuchte abzuschätzen, ob diese Bezeichnung angemessen war. Uwe nickte bestätigend. »Ich bin mir sicher, dass Patrick auch noch andere Räume abhört.«

»Und Sie entfernen die Dinger dann? Und ich zeige den Typen an«, sagte sie direkt an Uwe gewandt.

»Das würde ich nicht empfehlen«, warf Ben ein. »Wenn wir die Teile jetzt entfernen, wird er skeptisch. Dann wird er früher oder später darauf kommen, dass er mir das zu verdanken hat. Blöderweise hat er mich nämlich dabei erwischt, wie meine Hand auf der Türklinke seines Arbeitszimmers lag. Ich konnte mich gerade noch damit herausreden, dass ich die Toilette suchen würde.«

»Tolle Ausrede, bei den drei Schildern auf seiner Klotür«, sagte Lina, die nicht so aussah, als meinte sie das scherzhaft.

»Wir sollten die Wanzen erst mal ausfindig machen, dann wissen Sie, in welchen Räumen Sie sich nur noch über Belanglosigkeiten unterhalten dürfen. Das sollten Sie auf jeden Fall tun. Eben damit er noch was zu hören bekommt. Alle sensiblen Themen sollten dann aber nur noch an Stellen besprochen werden, die sicher sind.«

Lina nickte stumm und sagte: »Sollen wir reingehen?« Sie drehte sich um, hielt dann inne und wandte sich erneut Ben zu. »Eine Sache noch. Haben Sie Beweise mitgebracht? Ich meine, ich glaube Ihnen natürlich, schließlich wissen Sie das mit den Wolldecken, und wir werden ja gleich die Wanzen sicher auch finden. Aber handfeste Beweise, dass die von Patrick kommen, wären wohl besser.« Sie atmete schwer aus. »Weil ich wirklich vorhabe, diesen Typen anzuzeigen.«

»Leider nicht«, gab Ben zu. »Dafür reichte die Zeit nicht. Eine Sekunde später, und Patrick hätte mich erwischt.«

»Dann würde ich Sie bitten, die zu besorgen. Ich habe die Schlüssel von seinem Haus. Henry hat dort immer die Blumen gegossen, wenn Patrick mit seiner Familie im Urlaub war. Ich nehme an, jetzt, wo er keine Familie mehr hat, gießt da keiner mehr die Blumen.«

»Ja, Beweise wären gut«, antwortete Ben und räusperte sich. Darüber würde er sich später Gedanken machen, er war so schon nervös genug. »Aber jetzt kümmern wir uns erst mal um die Wanzen. Wichtig ist, dass im Haus nicht mehr gesprochen wird. Am besten, Sie machen im Wohnzimmer den Fernseher an, sodass Patrick denkt, Sie wären allein. Ihr Sohn spielt wahrscheinlich Computer, oder?«

»Fast möchte ich darüber lachen, wenn es nicht so schlimm wäre«, sagte Lina. »Richtig, der sitzt in seinem Zimmer und spielt. Der wird von uns nichts mitbekommen.«

»Zumindest nicht, bis wir sein Zimmer durchsuchen.«

»Ach, wo wir gerade hier stehen, wo uns keiner abhören kann. Kommissar Huntrich war heute Nachmittag bei mir. Ich habe ihm mein Alibi für die Zeit gegeben, als …« Sie machte eine Pause. »Sie wissen schon. Aber stellen Sie sich vor …« Sie schüttelte den Kopf und zeigte auf ein Fenster im ersten Stock. »Der Herr da oben, der sechzehn Stunden am Tag vor seiner Spielekonsole hockt und eine Million Sprachnachrichten am Tag auf WhatsApp verschickt, hat gestern, nachdem er von der Testamentseröffnung zurück war, nur *gechillt*.« Beim letzten Wort malte sie Anführungszeichen in die Luft und sprach lauter. Doch sie merkte es von selbst und senkte ihre Stimme wieder: »Bestätigen kann das natürlich keiner, weil keiner hier war. Fasst man sich da nicht an den Kopf?« Sie verdrehte die Augen.

»Dumm gelaufen«, sagte Ben. »Aber ich weiß, dass Huntrich nicht davon ausgeht, dass Ihr Sohn was mit den Vorkommnissen zu tun hat.«

»Ja, das hat er mir auch gesagt«, sagte sie und fügte etwas leiser hinzu: »Jacques allerdings nicht.«

Kurz nach Mitternacht war der Einsatz beendet. Uwe hatte darauf bestanden, jeden Raum des Hauses zu kontrollieren. Selbst das zweite Gästeklo und das Schwimmbad im Keller und auch die Fasssauna und, da war Ben kurz davor, sein Veto krampfartig herauszuschreien, den kleinen Kabuff, in dem die Filteranlage für die Pools untergebracht war. Aber bitte, Ordnung musste sein, und wie es schien, imponierte Lina Uwes Sorgfalt.

Jacques hatte sich nicht für sie interessiert, bis sie in seinem Zimmer angelangt waren. Aber auch nachdem seine Mutter ihm den Kopfhörer ein Stück vom Ohr geschoben und ihm etwas zugeflüstert hatte, hatte er nur kurz mit den Achseln gezuckt und sich weiter seinem Ballerspiel gewidmet. Ben und Uwe schien er nicht wahrgenommen zu haben.

Insgesamt hatten sie vier Wanzen zutage gefördert. Eine im Wohnzimmer, jeweils eine in Linas und Pauls Arbeitszimmer und eine im Schlafzimmer. Besondere Mühe hatte Patrick sich bei der Auswahl der Verstecke nicht gegeben. Die Abhöranlagen waren allesamt in den Rauchmeldern installiert, und Lina meinte sich zu erinnern, dass Patrick es gewesen war, der sie drei oder vier Jahre zuvor im Haus montiert hatte.

»Ich habe mich schon gewundert, warum er sich damals dafür angeboten hatte. Ansonsten schafft der es kaum, sich ohne Handwerker eine Flasche Bier aufzumachen. Ich dachte, es wäre einfach ein weiterer Versuch von ihm, sich bei Paul einzuschmeicheln. Die beiden hatten ja nicht gerade das beste Verhältnis.« Und nach einer kurzen Pause ergänzte sie: »Und ich hab ihm noch geholfen, weil ich bei den Dingern immer die Batterien auswechsle.«

KAPITEL 12

Eigentlich sollte er bei Jenny im Bett liegen. Eigentlich ... Stattdessen stand er mit seinem Auto in der Straße, die parallel zu Patricks Haus verlief. Durch den Spalt in einer Hecke sah er die Partyhütte. Vier Gestalten (eine war schon verschwunden oder lag bereits unter dem Tresen) saßen an der Theke und prosteten sich munter zu. Die hatten Sitzfleisch. Das hatten sie Ben bei der Show mehrfach versichert. Ben lief beim Anblick der vollen Gläser das Wasser im Mund zusammen. Ein Feierabendbier wäre jetzt nicht schlecht. Viel schlechter fand er die Anwesenheit des Schlüssels auf dem Beifahrersitz. Des Schlüssels zu Patricks Haus.

Als er die Wagentür zuschlug, hörte sich das Geräusch zu laut an. Er umrundete das Haus und betrachtete die Eingangstür. Rechts daneben hing eine Außenlampe. Ein Bewegungsmelder war nicht auszumachen, und die Lampe flammte nicht auf, als er zur Tür trat.

Aus dem Fenster des Arbeitszimmers konnte er die Horde beobachten. *Wo war ich in der Nacht, von Freitag auf Montag?*, schallte es aus den Lautsprechern, und die vier vollführten vor ihren Barhockern Bewegungen, die mehr nach Stand-up-Paddling ohne Paddel aussahen als nach rhythmischen Tanzbewegungen.

Ihm fiel ein, dass, sobald er die Maus berührte, der Monitor anspringen und sein Licht im ganzen Zimmer verteilen würde. Verdammter Mist. Das würde man von außen sehen. Das einfallende Licht sorgte dafür, dass er alles schemenhaft erkennen konnte. Er ging auf die Knie und zog den Stecker des Monitors aus der Dose. Als Nächstes löste er dessen Verkabelung und stellte ihn unter den Schreibtisch auf den Boden. Danach schloss er die Kabel wieder an. Der Monitor flackerte auf, als er auf Knien sitzend die Maus bewegte, die nach wie vor auf dem Schreibtisch lag. Sein Licht erhellte matt die Fläche unterhalb der Tischplatte. Nach außen würde der Schein hoffentlich nicht dringen.

Er suchte in dem Soundprogramm nach dem Speicherort für die Aufzeichnungen. Was er dort fand, ließ ihn erschauern. Sieben Ordner, betitelt mit *Vater*, *Bruder*, *Schwester*, *Hütte*, *Wohnzimmer*, *Brauerei* und *Doktor K.*

Mit *Doktor K.* wusste Ben nichts anzufangen, er interessierte sich für den Ordner, der mit *Vater* beschriftet war. Darin befanden sich über dreihundert Dateien, deren Namen Datum und Uhrzeit der Aufnahme widerspiegelten. Ben markierte alle Dateien. Gesamtgröße 4,6 Gigabyte, wie ein Eintrag in der Fußzeile des Dateiexplorers wissen ließ. Die ganzen Dateien passten unmöglich auf den USB-Stick, den er sich von Lina geliehen hatte. Aber als Beweis sollten auch weniger ausreichen. Er holte den Stick aus seiner Hosentasche hervor und steckte ihn auf der Vorderseite des Computergehäuses in einen freien Port. Ben markierte die ersten zwanzig Dateien und zog sie mit dem Mauszeiger auf den neu erschienenen Laufwerksbuchstaben. Ein Fortschrittsbalken zeigte an, dass die Dateien übertragen wurden. Ben ging ein Stück in die Hocke und blickte über die Schreibtischplatte aus dem Fenster hinaus. Die Musik hatte mittlerweile zu »Ich hab 'ne Zwiebel auf dem Kopf, ich bin ein Döner« gewechselt. Die Malle-Phase der Herrengesellschaft dauerte noch an. Die Nachbarschaft war wohl sehr tolerant hier. Ben konnte nur drei Gäste ausmachen, die um die Wette grölten. »Hoffentlich ist der nur auf dem Klo«, murmelte Ben und meinte Patrick Althoeffer.

Auf dem Monitor ploppte eine Fehlermeldung auf: *Freier Speicher reicht nicht aus. 4 Dateien wurden nicht übertragen*. Egal. Wichtig war, dass er zumindest einige Dateien gesichert hatte. Jetzt nichts wie weg.

Er zog den USB-Stick aus dem Computer und riss an den Verkabelungen herum. Jetzt bloß keine Panikattacke, ermahnte er sich, als er den Monitor zurück auf die Tischplatte stellte und die Kabel wieder anschloss. Dabei starrte er in Richtung Hütte, in der sich nach wie vor nur die drei Gestalten tummelten, von denen einer tänzerisch darstellte, wie groß die Zwiebel auf seinem Kopf war. Die anderen schienen in der Phase angelangt zu sein, in der es besser war, möglichst nur sein Bierglas anzustarren und keine sich bewegenden Elemente.

Er kontrollierte die Tischplatte. Hoffentlich sah alles halbwegs aus wie vorher. Weder Portemonnaie, Visitenkarte, Röntgenpass oder sein Handy lagen am Tatort herum. Gut so! Er öffnete so sanft wie möglich und mit einem Gesichtsausdruck, als versuchte er vergeblich, ein Gurkenglas zu öffnen, die Tür. Der zarte Schein einer Straßenlaterne erleuchtete den Flur.

In diesem Moment vibrierte sein Handy. Hektisch zog Ben es hervor und bekam spontan noch schlimmeres Herzklopfen, als er den Absender der WhatsApp erkannte.

* * *

»Bist du besoffen?« Jenny betrachtete ihren Freund skeptisch, der mit einem leisen Grienen im Gesicht an ihrer Tür stand.

Könnte man so sagen, dachte Ben, der gestern Nacht nach Hause gekommen war und Kai und Nadine beim lustigen Biertrinken erwischt hatte. Natürlich war er noch sauer auf Kai, aber das Brinkhoff's schimmerte so schmackhaft in den grünen Flaschen in ihren Händen, dass er sich kurzerhand dazugesetzt hatte. Kurzerhand, aber nicht eben kurz. Erst um kurz vor fünf, nachdem auch die letzte Flasche im Kasten gekillt war und man zum Glück nur *erwog*, noch ein paar Althoeffer aus dem Kühlschrank zu holen, war er ins Bett gekrochen. Heute Morgen hatte er kaum die Augen aufbekommen, als der Wecker geklingelt hatte, und die Tatsache, dass er jetzt überhaupt hier stand, war dem Umstand geschuldet, dass er statt eines Morgenkaffees, aufgebrüht wie bei Omma, ein kleines Althoeffer-Konterbier wie bei Oppa zu sich genommen hatte.

»Alles gut«, antwortete er und schob sich an Jenny vorbei in die Wohnung. Er gab ihr einen zaghaften Kuss, wohlbedacht, nicht in ihre Richtung zu atmen.

Trotzdem verzog sie das Gesicht. »Du stinkst wie der Typ, der immer schon um sieben Uhr morgens bei deiner Tante am Kiosk steht. Und gequalmt hast du auch!« Sie wedelte mit ihrer Hand vor der Nase herum. »Wo hast du denn die Brötchen?«

Ben blickte an sich hinab, als ob er die Brötchentüte suchen würde, und sagte: »Woher weißt du, wie der Typ an der Bude von Tante Karla riecht?«

Sie zog die Augenbrauen hoch und sah ihn scharf an. »Brötchen?«

Er winkte ab. »Ach, ich dachte mir, wir könnten doch irgendwo frühstücken gehen?«

»Klar, dachtest du dir das«, sagte Jenny und fügte hinzu: »Du hast deine einzige Aufgabe mal wieder vergessen. Gib's doch zu.«

Lächelte sie etwa? »Ja, Frau Grün. Ist gestern etwas später geworden, Kai hat nicht lockergelassen, bis ich ein, zwei Bierchen mitgetrunken hab.« Sie blickten sich eine Sekunde lang schweigend an, und dann höre Ben sich sagen: »Willst du mit mir Schluss machen?«

»Ein, zwei Bierchen? Na klar …« Sie zog eine Augenbraue hoch und sah ihn skeptisch an. »Ich schick dir eine WhatsaApp und lade dich ein zum Frühstück und bitte dich, Brötchen mitzubringen und Kuchen für den Nachmittag. Und dann mache ich vor dem Abendessen mit dir Schluss?« Sie machte eine Pause und blickte ihn skeptisch an. »Hatte ich eigentlich nicht vor, aber wenn du so fragst …«

»Nein … nein. Alles gut. Jenny …« Er trat einen Schritt auf sie zu und legte seine Hand um ihre Hüften. »Es tut mir leid.«

»Dass du die Brötchen vergessen hast?«

»Das auch. Aber das meine ich jetzt nicht. Es tut mir leid, wie ich mit dir umgegangen bin. Es tut mir leid, dass ich dich in letzter Zeit vernachlässigt habe. Dass ich dir kein guter Freund war.« Er wusste, er konnte Jenny nichts vormachen. Die merkte garantiert, dass der Restalkohol in seinem Blut ihn maßgeblich bei seinen Worten unterstützte. Aber es stimmte ja. »Der Unfall im See. Das hat mich mehr mitgenommen, als ich dachte. Und die Sache mit von Dauss und Tabbart Lauber vor ein paar Monaten …« Er machte eine Pause, dann blickte er ihr in die Augen. »Das macht mich echt fertig. Dass Lauber noch frei rumläuft und mich terrorisiert. Ich hab deswegen auch Angst um dich, und ich sehe immer noch genau vor mir, wie …«

Jenny legte ihm ihren Zeigefinger auf die Lippen. »Ist gut.« Sie nahm ihn in den Arm, und nachdem sie einige Zeit einfach nur so dagestanden hatten, sagte sie: »Du sollst nur wissen, Ben, dass ich für dich da bin. Und wenn es eine Sache gibt, die ich heute unbedingt loswerden will, ist es die: Lass uns mehr miteinander reden. Lass mich an deinem Leben teilhaben. Nimm an meinem Leben teil. Und …«

»Ja?«

»Ich hab vor, dich jetzt zu küssen. Aber nicht so, wie du stinkst. Du gehst jetzt erst mal ins Badezimmer.«

»Und dann gehen wir frühstücken?«

»Darauf würde ich nicht wetten.«

* * *

Es war früher Nachmittag, als sie endlich etwas zu essen bekamen. Von Brötchen war keine Rede mehr. Sie saßen im BierCafé an der Lange Straße. Ben verzichtete dankend auf die gebrauten Spezialitäten des Hauses und blieb, wie Jenny, bei antialkoholischen Getränken. Ihre Stimme legte sich wie ein lang vermisster Frieden, wie eine lang vermisste Ruhe über Bens Körper. Und auch ihr Zuhören tat gut. Er erzählte ihr von seinem Fall, warum er bei Frau Gerber aufgetaucht war und von dem Ärger mit Huntrich.

Danach spazierten sie Arm in Arm durch den Westpark. Sogar das Wetter meinte es gut mit ihnen. Es regnete nicht, und Jenny machte Ben zum zweiten Mal auf ein Loch in der Wolkendecke aufmerksam, durch das ein Stück blauer Himmel zu sehen war. Eine Zeit lang beobachteten sie schweigend die Kinder auf dem Spielplatz und sahen zwei Krähen dabei zu, wie sie sich lauthals stritten und über die Wiese jagten. Als Jenny Lust auf einen Kaffee bekam, stellte er sich bei Café Erdmann an. Auch für ihn schien dieses Getränk jetzt nicht mehr wie ein waghalsiges medizinisches Experiment.

Als er mit zwei Bechern in den Händen zu der Stelle zurückkam, an der sie sich getrennt hatten, sah er sie nicht. Schlagartig war der Druck auf seiner Brust zurück. Nach der ungewohnten Ruhe fühlte es sich fast wie eine Panik an. Er drehte sich in alle Richtungen, wobei heißer Kaffee auf seine Hände schwappte. »Verdammt«, fluchte er und hätte die Becher am liebsten von sich geworfen. Dann erkannte er sie mit dem Rücken zu ihm gewandt auf einer Bank sitzend. Er schlich sich von hinten an und zwang sich, den Rest der Aufregung abzuschütteln. Während er: »Einen frischen Kaffee für die schöne Señorita«, trällerte, bemerkte er, dass Jenny anstatt ihrer Jeansjacke eine schwarze Lederjacke trug.

Die fremde Frau warf ihm einen irritierten Blick zu, bevor das verliebte Lächeln aus seinem Gesicht gewischt war.

»He! Ich wollte auch einen Kaffee!« Er drehte sich zu Jenny um, die hinter ihm stand und gerufen hatte, dann zu der Dame, die begriffen hatte, dass sie verwechselt worden war.

»Oh, ich bitte um Entschuldigung. Der Kaffee war gar nicht für Sie.« Ben eilte zu Jenny, reichte ihr den Becher, und gerade, als er vorsichtig den ersten Schluck nehmen wollte, hielt er inne. Er drehte sich zu der Frau auf der Bank um. Von vorne hatte sie überhaupt nicht ausgesehen wie Jenny. Von hinten war aber durchaus eine Ähnlichkeit da.

»Willst du den Kaffee doch lieber mit ihr trinken?«, fragte Jenny.

* * *

Ben schüttelte kurz den Kopf, sagte aber nichts. Dann ging er zu einer freien Bank und setzte sich. »Hast du was dagegen, wenn ich mal kurz telefoniere?«, fragte er und bemerkte, dass Jenny sich neben ihn gesetzt hatte.

»Geht es um deinen Fall? Oder kommt dir gerade der kalte Katerschweiß und du brauchst einen Notarzt?«

»Genau«, sagte er und nickte. »Um den Fall.«

»Dann mach mal. Ich sitze einfach hier und schlürfe meinen Kaffee.«

Er trank ebenfalls einen Schluck und wählte Uwes Nummer.

Der meldete sich nach dem ersten Klingelton: »Was will denn mein Alter Prussi schon wieder?«

»Uwe! Gut, dass du gleich rangehst.«

»Bei dir Tag und Nacht, mein Herz.«

»Pass auf, du kennst doch alle möglichen Autoschrauber hier in der Ecke …«

»Das will ich meinen.«

»Richtig. Ich schicke dir gleich mal ein Foto. Darauf ist eine kaputte Karre zu sehen, um die geht es aber nicht. Es geht um die Werkstatt dahinter. Kennst du die?« Ben nahm das Telefon vom Ohr und schickte seinem Freund das Bild. »Hast du es?«

»Jau, da hat es Pling gemacht.« Uwe ließ sich einige Sekunden Zeit, dann sagte er: »Klar, das ist die Halle von Kalli Wentigmann.«

»Kalli Wentigmann?«, fragte Ben. »Nie gehört.«

Jenny sah ihn von der Seite an und nickte. »Klar. Wentigmann. In Schüren. Pekingstraße, oder ist das noch die Kohlensiepenstraße, Uwe?«, rief sie in Richtung von Bens Telefon.

»Peking ist richtig«, schrie er in den Hörer. »Frag doch einfach deine Süße, Prussi!«

»Stimmt das denn auch?«, wollte Ben wissen.

»Hey! Natürlich stimmt das«, beschwerte sich Jenny und schlug ihn leicht auf den Oberschenkel. »Zeig mal das Bild, wahrscheinlich hätte ich es sofort erkannt.« Ben zeigte ihr das Bild, und Jenny nickte. »Klar, das ist der Wentigmann.«

»Na, dann wär das ja geklärt«, sagte Uwe.

»Nicht ganz«, sagte Ben. »Ich müsste den möglichst schnell erreichen, aber ich denke, da meldet sich heute keiner, weil Sonntag ist. Hast du vielleicht eine Telefonnummer? Vielleicht sein Handy oder seine private?« Als es auf der anderen Seite einige Sekunden still blieb, sagte Ben: »Warte, ich frage lieber erst Jenny. Die hat die Telefonnummer bestimmt im Kopf.« Uwe lachte, und Jenny schlug ihm scherzhaft auf den Oberarm. Dann sagte Uwe: »Gib mir fünf Minuten.«

Die Nachricht kam nach zwei Minuten. Eine Handynummer gefolgt von dem Satz: *Bestell ihm schöne Grüße von Willi.*

»Was für ein Willi?«, murmelte Ben und tippte auf die Telefonnummer. Es tutete einige Male in der Leitung, und Ben hatte schon Sorgen, es würde sich niemand melden, als auf der anderen Seite eine Stimme ertönte:

»Ja?« Die Stimme war rau und tief. Kalli sah bestimmt aus wie der Typ neulich bei Widlizcek. Dick, mit Vollbart, Blaumann – auch am Sonntag – und Kippe im Mundwinkel.

»Ben Pruss mein Name«, stellte Ben sich vor. »Entschuldigen Sie bitte, dass ich Sie heute am Sonntag störe, aber es ist wichtig. Ich hab Ihre Telefonnummer übrigens von Willi. Schöne Grüße soll ich ausrichten.«

»Böckenkröger oder Kastner?«, fragte der Werkstattbesitzer.

Ben entschied, dass er sich für keinen der beiden entscheiden konnte. »Ehrlich gesagt, keine Ahnung. Das ging erst noch über einen anderen Kumpel.«

»Ist auch egal. Was gibt es denn?«, fragte Wentigmann und fügte hinzu: »Wenn ich heute noch an Ihr Auto soll, geht nicht. Ich mach jetzt Halbmarathon.«

Noch während das Bild zerplatzte, das Ben sich von dem Werkstattbesitzer gemacht hatte, antwortete er: »Nein, nein. Ich brauche nur eine Auskunft.«

»Na dann …«

»Sie haben doch das Auto von Althoeffer repariert, den Mercedes, richtig?«

»Wenn Sie den vom Junior meinen, dann wohl. Der im Phoenixsee baden gegangen ist, nich'.«

Am liebsten hätte sich Ben vor die Stirn geschlagen. Die Idee, dass es noch einen zweiten Mercedes in der Familie geben konnte, war ihm gerade erst gekommen. Und nicht nur die. »Es geht um den vom Junior«, stellte er klar. »Als der zu Ihrer Werkstatt gebracht wurde, war da der Fahrer alleine oder hatte er jemanden dabei?«

»Und was sagt uns das jetzt?«, wollte Jenny wissen, als Ben wieder aufgelegt hatte und seine Vermutung bestätigt worden war.

»Dass ich noch ein einziges Mal telefonieren muss«, antwortete er und fügte kleinlaut hinzu: »Also … wenn das für dich okay ist?«

»Mann Ben, ich hatte …« Sie blickte auf ihre Armbanduhr. »Sechs ungestörte Stunden mit dir. Was soll ich mehr verlangen?«

Er warf ihr ein Lächeln zu, dann tippte er auf Huntrichs Nummer. Ben erzählte dem Kommissar, dem nicht anzumerken war, dass er am Sonntag seine Ruhe haben wollte, was er eben von Werkstattbesitzer Wentigmann erfahren hatte. Nachdem Huntrich seine Ausführungen mit mehreren »Mmh, mmh« kommentiert hatte, fügte Ben hinzu: »Ich hab einen Plan. Aber dafür brauche ich Sie.«

»Wenn der Plan beinhaltet, dass ich zuerst mal die Screenshots von dem Pokerportal bekomme, würde sich das in meinen Ohren schon mal prächtig anhören«, sagte Huntrich.

Ben blickte hilfesuchend zu Jenny, die mit den Achseln zuckte und dann auf ihr eigenes Smartphone schaute. »Was das angeht …«

»Ja?«

»Ich habe keine Screenshots … mehr.«

»Sie haben keine Screenshots *mehr*?«, erkundigte sich Huntrich. Seine Stimme klang beunruhigend unaufgeregt. Dann fügte er hinzu: »Sie können mir einen Scheiß erzählen, Pruss. Sie haben garantiert niemals irgendwelche Screenshots gemacht, Sie drittklassiger Schnüffler, wetten?«

»Das wäre unter Umständen …«

Weiter kam er nicht, denn Huntrich unterbrach ihn: »Eins kann ich Ihnen sagen. Wenn es keine Screenshots gibt, dann gibt es auch keinen Plan. Und wissen Sie, warum?« Unaufgeregt klang der Kommissar nun nicht mehr. Eher angriffslustig. »Weil es dann überhaupt keinen Fall gibt«, beantwortete er die Frage selbst. »Dem Staatsanwalt geht der ganze Althoeffer-Kram sowieso komplett gegen den Strich. Und wenn ich ihm jetzt nicht *irgendetwas* liefern kann, dann war es das.«

»Aber Sie glauben mir doch?« Ben blickte zu Jenny hinüber, die jedes Wort noch deutlicher verstehen konnte als vorher bei Uwe. Sie verzog ihr Gesicht zu einer Grimasse, die ausdrückte, dass sie mit der ganzen Sache nichts zu tun hatte.

»Es geht nicht darum, was ich glaube, Pruss, sondern um Beweise. Der Chat war das Einzige, was wir hatten. Und Sie sind der Einzige, der den angeblich zu Gesicht bekommen hat ...«

»Also Moment mal ...«

»Wenn ich dem Staatsanwalt nichts vorlegen kann, werden die Ermittlungen wegen des Unfalls im See eingestellt. So einfach ist das«, entgegnete Huntrich gereizt.

»Aber wir können ihm ja was liefern.«

»Sie haben drei Minuten. Ich wollte gerade eine Runde Nordic Walking machen.«

Der eine Halbmarathon, der andere Nordic Walking? Was hatten die denn für Probleme? »Das reicht«, sagte Ben und erklärte dem Kommissar sein Vorhaben.

Nachdem Ben geendet hatte, blieb es einige Sekunden still am anderen Ende, dann sagte Huntrich: »Vergessen Sie's!«, und legte auf.

Ben blickte entgeistert auf sein Handy und überlegte, ob eine Schnappatmung gerechtfertigt wäre. Das Gefühl von Jennys Hand auf seiner Schulter beruhigte ihn. »Mach dir nichts draus. War das nicht vielleicht sowieso etwas gewagt?«

Ohne zu antworten, steckte er sein Handy ein, legte eine Hand auf Jennys Oberschenkel und massierte sich mit der anderen die Schläfen. Gerade war er wieder so weit hergestellt, um über Huntrich zu wettern, als sein Handy klingelte.

»Wir machen es«, sagte Huntrich, noch bevor er sich gemeldet hatte. »Aber ich zieh die Sache alleine durch. Der Staatsanwalt genehmigt das nie und nimmer. Und Sie halten sich fern!«

»Mann.« Ben drehte den Kopf zu Jenny und verschraubte die Augen. »Das können Sie nicht machen. Ich *muss* dabei sein!« Und bevor Huntrich etwas sagen konnte, was Ben nicht hören wollte, ergänzte er: »Sehen Sie. Wenn ich recht habe, und da sind wir uns ja sicher, dann wird die ganze Sache doch überhaupt nicht gefährlich. Und jetzt mal ehrlich ...« Er hob einen Zeigefinger in Richtung Jenny, um ihr sein Killerargument optisch anzukündigen. »Wenn die Sache bei Ihnen unter dem Radar vom Staatsanwalt läuft, dann kann es auch Ihnen nicht schaden, einen Zeugen zu haben.«

Auf der anderen Seite war eine Art Grummeln zu hören, dann antwortete Huntrich: »Sie bleiben im Hintergrund, Pruss. Keine Alleingänge! Und wenn ich nur *denke*, dass Sie sich lieber verpfeifen sollten, dann bedanken Sie sich höflich bei mir und verpfeifen sich. Klar?«

Ben hob einen Daumen in Richtung Jenny. »Alles klar, Herr Kommissar! Soll ich mich um alles kümmern?«

»Mit dem Krankenhaus regle ich alles. Wenigstens in der Richtung muss es wie eine offizielle Polizeiaktion aussehen. Aber wie wollen wir die Familie darüber informieren, dass Henry wach ist und auspacken will?«

»Darum wird sich Jenny kümmern. Das ist kein Problem.« Jenny blickte ihn erschrocken an, schüttelte empört den Kopf und zeigte ihm einen Vogel.

* * *

Von Tabbart Lauber fehlte nach wie vor jede Spur. Nadine hatte sich mittlerweile auf der Couch neben Kai gemütlich eingerichtet und war nun auch offiziell zu Kais Schutz abgeordnet worden. Ihr dringender Appell, auch Ben Personenschutz zu gewähren und endlich die Polizei Dortmund einzuweihen, war aber von ihrem Vorgesetzten abgelehnt worden. Lars Breuninger, der Lars, den Nadine in Frankfurt nach Kais Begegnung mit Lauber angerufen hatte, sah für Ben momentan keine Gefahr, und es war ihm wichtig, dass so wenig Leute wie möglich von ihrer Tätigkeit wussten. Sie hatte Kai gegenüber das arrogante Verhalten des BKA in Richtung der örtlichen Polizeibehörden zwar kritisiert, ihm aber gleichzeitig deutlich gemacht, dass sie nicht vorhatte, gegen diese Dienstanweisung zu rebellieren. »Und vielleicht ist es gar nicht schlecht, wenn Ben die meiste Zeit gar nicht hier ist. Wenn Lauber jemanden schickt, um dich umzulegen, oder, was eher unwahrscheinlich ist, selbst kommt, dann ist der woanders besser aufgehoben.«

»Könnte was dran sein«, hatte Kai geantwortet und sie gebeten, die Worte »um dich umzulegen« das nächste Mal doch etwas subtiler zu umschreiben. Er hatte daraufhin eine alte Überwachungskamera aus seinen überschaubaren Habseligkeiten gefischt und sie so am Fenster platziert, dass das Geschehen unten auf der Straße jederzeit auf seinem Laptop sichtbar war. Seitdem haftete sein Blick nahezu unaufhörlich auf dem Bildschirm, während Nadine *Downton Abbey* auf dem Fernseher schaute.

* * *

Jenny kümmerte sich. Aber erst am frühen Sonntagabend, nachdem Huntrich sich zurückgemeldet und verkündet hatte, dass sein Kontakt, der ärztliche Direktor des St. Josefs, Prof. Dr. Kröber, für den nächsten Morgen ein Zimmer für Henry auf der Privatstation reserviert habe. Henry selbst würde dieses Zimmer niemals wirklich belegen, aber der Schein wäre gewahrt. Und sogar der Computer würde ausspucken, dass Henry dort lag, falls jemand, was recht unwahrscheinlich war, sich vorher an der Pforte erkundigen sollte. Später am Tag eingeweiht würden die Leitung der Station und das Personal der Spät- und Nachtschicht. »Ich hab dem Kröber zu hundert Prozent garantieren müssen, dass die Sache ungefährlich ist«, hatte Huntrich gesagt und ergänzt: »Und das wird sie auch.«

Dann war Jenny an der Reihe. Sie wurde zwar nicht müde, gegen Bens Plan und vor allem *ihre* Beteiligung zu wettern, ließ sich aber schlussendlich drauf ein. Sie würde dafür sorgen, dass der Familienfunk innerhalb der Althoeffer-Sippe seinen Lauf nahm. Sie wählte die Telefonnummer, die Ben ihr auf seinem Handydisplay entgegenhielt. Nach kurzer Zeit meldete sich eine leise, gebrechlich klingende Stimme am anderen Ende. Die Stimme von Paula Althoeffer, Paul Althoeffers Mutter. »Jaaa?«

Jenny räusperte sich, setzte ein aufgeregtes Lächeln auf und sagte: »Das St. Josef Hospital hier. Grün… äh …del mein Name. Gründel. Stefanie Gründel …«

Ben nickte ihr zu und drehte einen Zeigefinger vor seinem Gesicht.

»Ich rufe an, weil Sie als einziger Kontakt für den Patienten Henry Novac eingetragen sind.«

»Ach. Wusste ich gar nicht«, sagte Paula Althoeffer. »Hat sicher meine Schwiegertochter gemacht. Weil ich immer erreichbar bin, wissen Se? Ich komm ja nicht mehr raus. Und der Chauffeur hat ja sonst keinen, wissen Se? Irgendjemand muss sich ja kümmern.«

»Sie sind doch Paula Althoeffer, richtig?«, vergewisserte sich Jenny, die die Antwort kannte.

»Ja! Das hab ich ja gleich gesagt!«, antwortete sie schnippisch, obwohl das nicht der Wahrheit entsprach. »Was ist denn nun mit dem Chauffeur?«, fragte sie mit deutlicher Unruhe in der Stimme.

»Herr Novac ist am Wochenende aus dem Koma erwacht.« Ben spürte bei diesen Worten einen Stich in seinem Innern. Hoffentlich war diese fiese Lüge zu irgendetwas gut – in die Hölle bringen würde sie ihn sowieso. Auch Jenny schien dieser Teil des Gesprächs nicht zu behagen, denn sie zog bei den Worten die Stirn in Falten. »Er ist wieder ansprechbar und wird nach einigen Untersuchungen morgen Nachmittag auf die Privatstation verlegt. Dort kann er auch wieder Besuch empfangen. Vielleicht wollen Sie ihn einmal besuchen? Bisher war für Herrn Novac ja niemand da. Sicherlich würde er sich freuen.«

»Ich komme nicht«, sagte Paula Althoeffer bestimmt. Dann blieb es in der Leitung still.

Jenny blickte Ben hilfesuchend an, der als Antwort wieder seinen Zeigefinger drehte. »Ja … Das ist natürlich schade«, sagte sie. »Aber wenigstens wissen Sie Bescheid.« Und dann sprach Paula Althoeffer die Worte aus, die den Plan hoffentlich perfekt werden ließen: »Ich hab's in den Knochen und gehe kaum noch raus, wissen Se? Aber ich werde den anderen aus der Familie Bescheid geben. Die hatten sowieso mehr mit dem Chauffeur zu tun als ich. Von denen wird wohl einer kommen und den besuchen.«

»Ja, das wäre nett.« Jenny hob einen Daumen, und Ben tat es ihr gleich. »Wie gesagt, ab morgen Nachmittag dürfte er sicher in dem neuen Zimmer sein. Nur …« Sie machte eine rhetorische Pause, bevor sie fortfuhr und die entscheidenden Sätze sagte: »Am *Dienstagvormittag* trifft er sich mit der Polizei, um eine Aussage zu machen. In der Zeit kann er keine Besuche empfangen.« Sie gab sich Mühe, besonders deutlich zu sprechen, und wiederholte die Information gleich noch einmal: »Also, wie gesagt. Am *Dienstagvormittag* hat er einen Termin mit der Polizei, um eine Aussage zu machen. Ansonsten kann er vorher ab *Montagnachmittag* gerne besucht werden.«

»Ich hab es begriffen. Ich bin ja noch nicht verblödet, junge Frau«, sagte Paula Althoeffer, und diesmal klang ihre Stimme deutlich gereizt. »Dienstagvormittag hat er einen Termin, ansonsten kann er besucht werden, wenn er nicht gerade auf dem Steckbecken hängt.«

»Genau.« Jenny gab sich Mühe, den schlechten Witz mit einem Lacher zu kommentieren. »Dienstagvormittag hat er einen Termin mit der Polizei.« Jetzt zeigte sie ihre Zähne, nachdem sie die Worte ausgesprochen hatte, und duckte sich, als hätte Paula Althoeffer ihren Gehstock nach ihr geworfen. Aber sie musste sichergehen, dass die Information richtig ankam. Sie nahm den Zettel vom Tisch und sagte: »Wollen Sie sich vielleicht die Station und die Zimmernummer notieren?«

»Das wäre wohl passend«, entgegnete Paula Althoeffer.

»Station 03, Zimmernummer 114. Es handelt sich um das letzte Zimmer auf der linken Seite.« Sie wiederholte Station und Zimmernummer erneut, doch Paula Althoeffer unterbrach sie mit einem: »Alles schon notiert. 03, 114.«

Jenny bedankte und verabschiedete sich, doch die alte Dame legte grußlos auf. »Puh! Bei der hab ich mich nicht gerade beliebt gemacht«, sagte Jenny, als sie erleichtert ihr Handy sinken ließ.

»Vollkommen egal, Frau Grün…del.« Er lachte, und sie stimmte mit ein. »Das Wichtigste ist, dass sie möglichst jetzt gleich zum Hörer greift und alle in der Familie anruft. Das ist ja angeblich ihre Lieblingsbeschäftigung.«

Jenny nickte. »Dann bleibt uns beiden jetzt wohl nur …«

»Ja, was denn?«

»Ja, also …«

Jenny erhob sich von der Couch, stellte das Telefon zurück auf die Station und verschwand in Richtung Flur.

KAPITEL 13

Huntrich war alles andere als entspannt. Da hatten er und Ben was gemeinsam. Zusammen betraten sie am Montagmittag Station 03. Ohne jemanden vom Personal anzutreffen, fanden sie Zimmer 114 am Ende des Gangs. Auf dem Weg vom Parkplatz hierher hatten sich beide versichert, dass es ein durchdachter Plan sei. Jemand aus dem Althoeffer-Kreis werde, so ihre Hoffnung, in Henrys vermeintlich neuem Krankenzimmer auftauchen, um ihn zum Schweigen zu bringen. In Anbetracht von Huntrichs Schusswaffe fühlte Ben eine relative Sicherheit. Sie steckte in ihrem Brusthalfter und beulte den Stoff seiner Daunenjacke aus, die für eine Konfektionsgröße geschneidert worden war, aus der der Kommissar eindeutig herausgewachsen war. Ben selbst hatte einen Taser in die Innentasche seiner Jacke gesteckt, den er vor Kurzem für zwanzig Euro auf dem Trödelmarkt an der Uni erworben hatte. Das Ding war ihm unheimlich, aber heute schien es ihm angebracht, es dabeizuhaben. Huntrich würde, wenn alles gut verlief, nichts davon erfahren. In einem Rucksack trug er etwas Proviant bei sich und ein Zauberutensil, welches eventuell nützlich sein konnte.

Bei der Auswahl des Zimmers hatte der klinische Leiter – Huntrich und er kannten sich praktischerweise aus dem Angelverein – gute Arbeit geleistet. Es war seit der Renovierung der Pflegeeinheit vor ein paar Jahren nur noch in Notfällen benutzt worden, weil es sich hinter der gläsernen Brandschutztür zur eigentlichen Station befand und gegenüber der Tür ins Treppenhaus.

Das Zimmer war geräumig, und Ben hatte schon in Hotelzimmern übernachtet, die nicht so komfortabel waren. Kunstdrucke von van Gogh zierten die Wände – den Maler erkannte selbst Ben –, und an der Seite, dem Bett gegenüber, prangte ein Fernseher von beachtlichen Ausmaßen. Neben dem Bett stand ein Paravent, der für ihre Zwecke ideal war. Dahinter konnten sie sich verbergen, bis es Zeit war zuzuschlagen.

»Wie wär's, wenn ich mich ins Bett lege, damit es auch wirklich benutzt aussieht?«, versuchte Ben einen Scherz, doch Huntrichs Mund zuckte nicht einmal.

»Sie halten sich im Hintergrund, Pruss. Lassen Sie mich das erledigen!« Er stellte die mitgebrachte Sporttasche auf dem Bett ab und öffnete zwei Reißverschlüsse. Er holte einen Laptop sowie zwei unscheinbare Kästchen heraus, die nicht viel größer waren als eine Streichholzschachtel. »Kameras«, sagte er und hielt sie Ben hin. »Mit Restlichtverstärker. Funktionieren irgendwie drahtlos«, sagte Huntrich und tippte auf den Laptop. »Geht gleich alles hier rein.«

Ben nickte und gab sich damit zufrieden.

»Ach ja, und damit Sie das klar haben.« Huntrich sah Ben mit einem Ausdruck an, dass dieser überlegte, ob er schon wieder was angestellt hatte. »Wir werden hier heute niemanden überführen.«

»Warum nicht?«, fragte Ben. »Ein Mordversuch ist doch …«

»Es wird aber keinen Mordversuch geben«, unterbrach ihn der Kommissar. »Wenn wir Glück haben, kommt derjenige, den wir auf dem Schirm haben, hereinspaziert. Aber mangels Opfer wird es keinen Mordversuch geben können.«

Verdammt! Der Kommissar hatte recht. »Warum machen wir das dann alles?«, fragte Ben.

»Weil wir sonst nichts haben. Danach haben wir aber eine Menge Indizien, und ich kann dem Staatsanwalt vielleicht einen Durchsuchungsbeschluss entlocken. Zumindest, wenn er mich nicht gleich suspendiert und einkerkert, was auch im Rahmen des Möglichen liegt.« Er schnaubte und widmete sich wieder dem Laptop.

Die nächsten zwanzig Minuten verbrachten sie damit, die Kameras auszurichten. Die Fensterbank auf der hinteren Raumseite bot sich an, weil sie von dort das gesamte Bett im Fokus hatten. Kamera Nummer zwei fand ihren Platz auf dem Nachttisch zwischen Bett und Paravent und nahm das Geschehen auf der anderen Seite unmittelbar vor dem Bett auf. Danach machten sie sich wie zwei Teenager im Ferienlager, die einen Abstecher in die Mädchenhütte planten, daran, das Bett so aussehen zu lassen, als läge jemand darin. Ben knuffte und boxte an Kissen und Decke des Bettes herum und entschied, dass es Zeit sei, sein mitgebrachtes Requisit zu bemühen. Er trat hinter den Paravent und kam mit dem Plastikkopf zurück, den er im Rucksack bei sich getragen hatte. Das Ding sah aus wie der Schädel einer glotzäugigen Schaufensterpuppe mit braunen Strubbelhaaren und lag seit Jahren unbenutzt in einer Requisitenkiste.

Huntrich blickte ihn mitleidig an, verkniff sich aber einen Kommentar.

»Damit sieht es echter aus«, rechtfertigte sich Ben. Und als alles zu seiner Zufriedenheit drapiert war, sah es tatsächlich so aus, als läge jemand im Bett, der sich die Decke bis zum Haaransatz hochgezogen hatte. Frisur und Farbe der Perücke passten zwar nicht mit der von Henry überein, aber in einem halbdunklen Zimmer würde die Täuschung ausreichen. Huntrich quittierte das Endergebnis mit einem Grunzen und Kopfschütteln und verschwand hinter dem Wandschirm. Größere Begeisterung war von ihm nicht zu erwarten.

Die Stunden verstrichen. Zäh. Klar, dass nicht schon am Nachmittag oder frühen Abend jemand auftauchen würde, um Henry zu beseitigen. Huntrichs Anwesenheit fühlte sich in der Stille wie eine Brennnessel in Bens Unterhose an. Die wenigen Versuche, ein Gespräch zu führen, welches nach ein oder zwei Sätzen von einem der beiden mit einem »Mmh« und einem verlegenen Lächeln quittiert wurde, taten ihr Übriges. Eine Bergwanderung mit Stein im Schuh wäre für Ben eine kleinere Herausforderung gewesen.

Huntrich hatte eine Tageszeitung hervorgekramt, von der er scheinbar jedes Wort las. Alleine an der Titelseite las er eine halbe Stunde rum. Als der Kommissar die Zeitung nach geschlagenen zwei Stunden weglegte, griff Ben sich das Blatt und fand nichts Interessanteres außer einem Artikel über zwei Polizisten, die in ihren Dienstmützen eine Entenfamilie über die B1 getragen hatten. Das konnte er später wenigstens Jenny erzählen.

Hin und wieder blickte Huntrich auf seine Armbanduhr, prüfte, ob der Computer, den sie zwischen sich auf einen dritten Stuhl gestellt hatten, noch ordnungsgemäß funktionierte, oder schwor Ben darauf ein, dass sich dieser gefälligst im Hintergrund aufzuhalten habe. Seine einzige Aufgabe bestehe darin, den großen, roten Button, auf dem *REC* stand, zu drücken, wenn es drauf ankam.

Um kurz nach zwanzig Uhr öffnete sich die Zimmertür, und Ben wäre vor Schreck beinahe mit einem Hechtsprung auf den Laptop gesprungen, um den *REC*-Button zu betätigen. Huntrich stoppte ihn mit einem strengen Gesichtsausdruck und begrüßte den Mann, den er Ben kurze Zeit später als seinen Kollegen Oberkommissar Rupert Pinzler vorstellte. Der sollte seine eigentlich freie Nacht bei den Krankenpflegern verbringen. Nur für den Fall der Fälle.

Ben überlegte, ob er beleidigt sein sollte, dass der Kommissar ihm vorher nichts von *Oberkommissar Rupert Pinzler* erzählt hatte, und entschied sich dafür. Mehr als ein knappes Nicken und ein »'n Abend!« kamen nicht über seine Lippen. Sollte Huntrich seinen Kollegen ruhig alleine instruieren, er würde sich da raushalten.

* * *

Er schreckte hoch. Jemand hatte ihm ans Knie getippt. War er etwa eingepennt? Huntrich glotzte Ben mit großen Augen an, und der erkannte darin das sich spiegelnde Mondlicht. Nichts weiter erhellte den Raum. Huntrich hielt Ben sein Handy vors Gesicht. »Nachricht von Rupert«, flüsterte er. »Es geht los.«

Er musste *REC* drücken, war Bens erster Gedanke. Wo war dieser bekloppte *REC*-Button? Er erweckte den Laptop, indem er mit der Spitze seines Zeigefingers über das Touchfeld strich, und sofort wurde die Programmoberfläche sichtbar. Obwohl es im Zimmer dunkel war, waren die Bildausschnitte der Kameras wegen der Restlichtaufhellung klar zu erkennen. Ben klickte die Aufnahmetaste. Die Sekundenanzeige begann zu zählen und jede Bewegung im Raum aufzunehmen. Beide starrten auf den Bildschirm. Huntrich stand, Ben saß nach wie vor auf seinem Stuhl.

Zuerst hörten sie es. Mit leisem Klacken schloss sich die Verbindungstür im Gang. Kurz danach senkte sich die Klinke. Sie blieb einige Sekunden bewegungslos, dann glitt die Tür langsam und geräuschlos nach außen. Zuerst war die Person, die das Zimmer betrat, nicht mehr als ein heller Fleck auf dem Monitor. Es dauerte einen Moment, bis die Kameras ihren Fokus auf das neu hinzugekommene Objekt ausrichten konnten und der Fleck nach und nach menschliche Konturen annahm. Ben erkannte die Person. Sie trug Krankenhauskleidung. Er hatte richtiggelegen mit seiner Vermutung.

Ben und Huntrich tauschten einen kurzen Blick aus. Der Kommissar nickte. Dann beobachteten sie, wie die Person sich langsam dem Bett näherte. Hier und jetzt war sie nie und nimmer mit Paul Althoeffer zu verwechseln. Aber aus einiger Entfernung, sitzend in einem Auto und beobachtet von jemandem, der selbst beim Autofahren zu eitel war, eine Brille zu tragen, schon.

In einer Hand hielt sie eine Spritze, mit der anderen griff sie einen Zipfel der Bettdecke und zog sie vorsichtig zur Seite. Ihre Bewegungen erstarrten, als sie die Finte entdeckte. Ein unterdrückter Schrei, die Anzeige des Lautstärkepegels bewegte sich nach rechts. Sie starrte auf den Plastikkopf. Ben sah förmlich, wie ihr Gehirn versuchte, ihre enttäuschte Erwartung mit der Realität in Einklang zu bringen. Das war Huntrichs Moment. Er trat einen Schritt neben den Paravent, während Ben gleichzeitig den Lichtschalter an seiner Seite der Wand betätigte. Zwei-, dreimal flackerte es, dann war der Raum in neongrelles Licht getaucht.

»Frau Althoeffer?« Huntrichs Stimme klang ruhig und bestimmt. Ben starrte auf das Display. Die Bilder der Kameras blieben einige Sekunden grellweiß, dann hatte die Technik sich auf die neuen Lichtverhältnisse eingestellt. Er erkannte, dass sie nach wie vor reglos dastand. Die Spritze in der Hand noch immer erhoben.

»Frau Althoeffer, drehen Sie sich langsam zu mir um«, forderte Huntrich, und Ben fiel auf, dass dieser seine Waffe nicht gezogen hatte. Sie folgte in Zeitlupe seinen Anweisungen und ließ die Hand mit der Spritze gemächlich sinken.

»Herr Kommissar«, sagte Romy Althoeffer, die Ehefrau von Mauritz, mit einem Ton, der deutlich zu schrill klang. »Ich wollte nach Henry sehen.« Ihr Lächeln wirkte auf dem Bildschirm wie eine Fratze. Die Hand mit der Spritze wanderte hinter ihren Rücken. »Aber er ist ja gar nicht da …«, fügte sie mit übertrieben verwunderter Betonung hinzu.

»Frau Althoeffer, bleiben Sie bitte ganz ruhig und lassen Sie die Spritze in Ihrer Hand fallen!«, forderte Huntrich.

Fast behutsam hob sie die Hand mit der Spritze wieder vor ihren Körper. Sie blickte sie mit einem überraschten Ausdruck an. »Das … das, das ist …«

»Fallen lassen!« Jede Milde war aus Huntrichs Stimme verschwunden.

Romy Althoeffer starrte den Kommissar an und warf die Spritze auf die Matratze des Bettes, als hätte ihr jemand gesagt, ihr Inhalt sei radioaktiv.

»Ich wollte ihm nur ein Schlafmittel geben. Ich bin doch auch Krankenschwester«, sagte sie mit einer Art Jaulen in der Stimme, als wollte sie jeden Moment in Tränen ausbrechen.

»Sie haben mit Henry zusammen den Plan geschmiedet, das Auto im See zu versenken und das Ehepaar Althoeffer zu töten.« Huntrich ließ die Aussage im Raum stehen.

»Das war doch nur, weil ich meinem Mann helfen musste.« Der weinerliche Ton kam jetzt vollends zur Wirkung. »Und meinen Kindern. Paul hatte nichts für uns über. Er weigerte sich sogar, meinem Mann ein Darlehen zu geben, damit er seine Schulden bezahlen konnte. *Ein Darlehen.*«

»Und warum sollte auch Lina Althoeffer sterben?«, wollte Huntrich wissen.

»Wir dachten ja alle, sie würde die Firma erben. Und das durfte nicht passieren. Dieses geldgierige Weib hätte sich alles alleine unter den Nagel gerissen, und wir hätten überhaupt nichts geerbt.«

»Und was wusste Frau Gerber, dass sie das Leben gekostet hat?«

Sie verzerrte das Gesicht, als hätte der Kommissar ihr mit seinen Worten Schmerzen zugefügt. In der Sekunde öffnete sich die Zimmertür.

Ben erkannte auf dem kleinen Bildausschnitt zwei Bewegungen gleichzeitig. Huntrichs Kopf drehte sich in Richtung Rupert Pinzler, der soeben den Raum betrat, und Romy Althoeffer packte die Spritze.

»Achtung!«, schrie Ben, griff seinen Rucksack vom Boden und schnappte sich seinen Taser. Das Ganze dauerte nur wenige Sekunden, doch das Gerangel war bereits im vollen Gange. Er sprang hinter dem Paravent hervor und kam neben Huntrich zum Stehen.

»Nein, Rupert!«, schrie dieser und machte einen Satz auf Romy Althoeffer zu.

Ben sah, dass Rupert Pinzler die Gefahrensituation durchaus erfasst hatte. Allerdings hatte er die Spritze in Romy Althoeffers Hand nicht wahrgenommen und die kleine Frau von hinten mit seinen Armen umschlossen, um sie festzuhalten. Noch bevor Huntrich eingreifen konnte, hatte sie Huntrichs Kollegen die Spritze in den Arm gerammt. Dieser taumelte rückwärts, wobei er die Tür erneut aufstieß. Er verlor den Halt, fiel nach hinten und schlug mit dem Hinterkopf dumpf gegen die Türklinke.

Das Geräusch ging Ben durch Mark und Bein, und er erkannte, dass *er* es war, der jetzt handeln musste. Huntrich hatte seine Dienstwaffe immer noch nicht gezogen.

Er schrie zwar: »Stehen bleiben!«, und versuchte, Romy Althoeffer an ihrem Kasak festzuhalten, aber so, wie die Furie sich wehrte, halfen hier nur andere Maßnahmen.

Bens Taser-bewehrte Hand schnellte nach vorne, fand ein Stück weißes Fleisch und drückte ab. Das Sirren des Elektroschockers war zu hören. »Verdammt, hauen Sie …«, schrie Huntrich, dann brachte sein Mund nur noch etwas zustande, was nach »Sssisississsi« klang. Sein Körper fiel zu Boden und landete auf Rupert Pinzler, der gerade dabei gewesen war, sich aufzurappeln.

»Oh, Scheiße«, schrie Ben, als er seinen Fehler bemerkte.

Romy Althoeffer hatte es auf den Flur geschafft. Sie zog die Tür zum Treppenhaus auf. Mit zwei Schritten wäre er bei ihr, doch das Knäuel Kriminalisten am Boden versperrte ihm den Weg. Der eine zuckte und zappelte unkontrolliert, während der andere versuchte, sich von der Last des Ersten zu befreien. Rupert Pinzlers Arm schnellte nach hinten. Ben sah, wie er nach Romy Althoeffers Bein griff, aber lediglich die Schnürsenkel ihres rechten Sneakers zu fassen bekam. Ben erstarrte in seiner Bewegung, als er erkannte, was passieren würde. Romy Althoeffer geriet ins Straucheln. Ihre Hände griffen in die Höhe, als versuchten sie, einen Halt zu finden, den es nicht gab. Pinzlers Griff löste sich, und die Frau tat einen weiteren, jetzt unkontrollierten Schritt durch die offene Tür. Sie verlor ihr Gleichgewicht, und ihr Körper kippte vornüber. Ein schriller, gedehnter Schrei löste sich aus ihrer Kehle, als sie die Treppe hinabfiel, sich zwei Mal auf den Stufen überschlug und reglos auf dem Rücken liegen blieb.

KAPITEL 14

Ben hatte die ganze Nacht wach gelegen und an die Decke gestarrt. Oder hatte er geschlafen und geträumt, an die Decke zu starren? Das kam aufs Gleiche raus. Dabei hatte sich sein Körper angefühlt, als wäre er gelähmt. Vielleicht war das die Lösung für die Menschheit? Ein Ben Pruss, der sein Dasein nur noch reglos im Bett fristete. Bis die Welt ihn vergessen hatte. Die Stimmen seiner Eltern in seinem Kopf hatten nichts dagegen. Aber da war auch Jenny zu hören. Leiser. Aber sie war da. Und ihre Stimme war es letztlich, die ihm die Kraft gab, ans Handy zu gehen.

Ihre Stimme und so ein bekloppter Death-Metal-Song, der in voller Lautstärke als Klingelton eingestellt war. Siebert, dieser Vollhorst! Er würde sich ein neues Handy besorgen müssen, dass Kai dann nicht mal *ansehen* dürfte!

»Ja?«

»Huntrich hier«, meldete sich die Stimme auf der anderen Seite und bestätigte, was Ben schon auf dem Display gelesen hatte. Einige Sekunden blieb es still, dann sagte der Kommissar: »Es war ein Unfall, Pruss.«

»Ist sie …« Er brachte es nicht über die Lippen.

»Jetzt gerade«, antwortete Huntrich. Bens Kopf fiel zurück auf das Kopfkissen. Die Hand, die das Handy hielt, rutschte kraftlos über die Bettkante. Aber sie weigerte sich, das Telefon loszulassen. Stattdessen hob sie sich nach ein paar Sekunden wieder und steuerte den Daumen auf den Lautsprecherknopf. Dann legte sie das Mobiltelefon auf seine Brust.

»Ich komme«, sagte er matt und hatte keine Ahnung, woher er die Energie für so ein kräftezehrendes Unterfangen nehmen sollte.

»Sie bleiben zu Hause, Pruss!« Da war er wieder. Der Bestimmer. Die »klare Kante«. Wie machte der das nur? »Hören Sie! Das ist ganz wichtig, dass Sie zu Hause bleiben. Sie waren *nicht* dabei!« Der Satz hallte so kristallklar in Bens Kopf nach, dass er nur eine Lüge sein konnte. »Es war richtig, dass Rupert Sie weggeschickt hat!«

Weggeschickt? Das war gut. Weggejagt träfe es eher, bemerkte die Jenny in seinem Kopf. Die war auf seiner Seite. Rupert Pinzler hatte urplötzlich neben ihm gestanden und ihn am Arm zurückgerissen, als dieser zu der bewusstlosen Romy Althoeffer am Fuß der Treppe eilen wollte. »Sie gehen nicht da hin!«, hatte er Ben angeherrscht und die Lüge zum ersten Mal ausgesprochen: »Sie müssen abhauen, Pruss. Sie haben nichts damit zu tun. Wir kümmern uns.« Und dann war *er*, Pinzler, es gewesen, der zum Fuße der Treppe gerannt war und sich zu Romy Althoeffer gekniet hatte. Auf dem Weg nach unten zog er sich die Spritze aus dem Arm, und Ben erkannte, dass das, was immer es auch war, das sie in die Spritze gezogen hatte, sich immer noch darin befand.

Das war zumindest ein kleiner Trost. »Jetzt holen Sie Ihre Klamotten und hauen Sie schon ab!«, hatte er Ben angeherrscht, als dieser sich nicht gleich bewegt hatte.

»Er hat recht, Pruss.« Es war nicht mehr als ein Krächzen gewesen. Aber klar, dass Electricity-Man Huntrich auch noch seinen Senf dazuzugeben hatte. »Sie müssen verschwinden. Wir regeln das.« Und dann hatte Ben das Falsche getan und war gegangen.

»Ja«, sagte er und schloss die Augen.

»Ich weiß, dass es Ihnen dreckig geht, Pruss. Aber das wird nicht besser, wenn wir Sie da mit reinziehen. Ich hatte die Verantwortung, und Rupert war bei mir. Und es *war* ein Unfall. Wir regeln das.«

»Okay.« Er glaubte es nicht. »Was passiert jetzt?«

»Es gibt eine interne Untersuchung. Klar.« Er lachte freudlos auf. »Ich konnte Staatsanwalt Breuer bequatschen, dass ich den Fall weiterführen kann. Zumindest erst mal. Personalmangel sei Dank. Gerade läuft eine Durchsuchung bei Romy und Mauritz Althoeffer. Mal sehen, ob wir da was finden. Ich hoffe es sehr, denn ansonsten ist alles, was wir haben, sehr dünn.«

»Und was ist mit Mauritz?«

Der Laut, den der Kommissar bei dieser Frage von sich gab, klang nach Unbehagen. »Mit dem spreche ich gleich. Der ist hier ins Krankenhaus gerufen worden, gleich nachdem …«

»Klar«, sagte Ben.

»Ach, eins noch, wo ich Sie gerade dran hab.«

»Ja?«

»Lauber ist noch nicht gefasst. Aber zumindest wissen wir, dass er in Deutschland ist. Es ist nur noch eine

Frage der Zeit, bis wir ihn haben. Dass Herr Siebert ihn erkannt hat, hat sich als absoluter Glücksfall erwiesen.«

Das konnte man so und so sehen, dachte Ben und sagte: »Wow.«

»Na, ich denke, jetzt können Sie sich erst mal entspannen.«

»Na dann.«

Sie verabschiedeten sich kurz, und Ben schloss die Augen. Sekunden später plingte sein Handy. Widerwillig las er die Nachricht. Kai.

Bist du schon wach? Komm mal rüber, muss dir was erzählen.

Bloß nicht! Denn dann würde er *auch* was erzählen müssen. Schwerfällig stand er auf und zog die Klamotten vom Vortag an. Die wenige Energie, die er hatte, wollte er dafür nutzen, seiner Auftraggeberin zu berichten. Das war er ihr schuldig, und wer weiß, wann und wie sie es sonst erfahren würde.

* * *

»Hast du das gehört?«, fragte Kai.

»Mmh?« Nadine zog die Decke über den Kopf.

»Die Tür hat geklackt.« Er stellte den Laptop auf der Couch ab, stand auf und öffnete die Wohnzimmertür einen Spaltbreit. Er lauschte kurz, dann zog er sie ganz auf. Er lief in Richtung Wohnungstür und riss auch diese auf.

»Was machst du für 'nen Lärm?«, rief Nadine schläfrig von ihrer Luftmatratze.

Schritte auf der Treppe, dann hörte er, wie jemand die Haustür unten öffnete. »Ben?«, rief er ins Treppenhaus. »Hey! Ben!« Dann rannte er in Bens Zimmer, dessen Tür nur angelehnt war, und zog die Jalousien hoch. Da sah er ihn an der Tür seines Autos rumwerkeln. Er riss das Fenster auf. »Hey, BEN! BEN!«

Ben hielt kurz in seiner Bewegung inne, doch ohne sich umzudrehen, zog der Kerl den Autoschlüssel aus dem Schloss der Fahrertür und verschwand in seinem Wagen. Der hatte sie wohl nicht mehr alle! »Alter!«, rief er wütend hinterher, dann knallte er das Fenster zu.

* * *

Kaum hatte Ben die Kaiserstraße erreicht, hielt er in der zweiten Reihe an, ohne auf die nachfolgenden Autos zu achten, von denen einige scharf bremsen mussten und wütend hupten. Er umrundete das Auto, öffnete den Kofferraum und warf sein Handy hinein. Es dudelte, ach was, es *dröhnte* die ganze Zeit, obwohl Ben den Flugmodus eingestellt, das Gerät auf stumm geschaltet und *Nicht stören* aktiviert hatte. Verfluchter Kai. Den Gefallen, *jetzt* ans Telefon zu gehen, würde er ihm garantiert nicht tun!

* * *

»So ein Penner!«, spie Kai aus. Bens Handy klingelte bereits ganze fünf Minuten, ohne dass der rangegangen war. Er scrollte durch seine Kontakte und fand die

Nummer, die er suchte. Kaum hatte er sie gewählt, ging jemand ran.

»Huntrich.«

»Hallo, Herr Huntrich. Kai Siebert hier. Haben Sie eine Minute? Es gibt was Wichtiges zum Althoeffer-Fall.«

Kai erzählte, was er herausgefunden hatte und dass Ben nicht zu erreichen sei.

»Vielen Dank«, sagte Huntrich. »Das ist in der Tat interessant. Und passt zu einer anderen Info, die ich eben bekommen habe. Schicken Sie mir die Datei bitte sofort zu. Sofort, hören Sie?«

Kai bestätigte es.

»Am besten auf Signal. Ich kümmere mich darum. Sie benutzen doch Signal, oder?«

Kai bejahte die Frage. Der Messengerdienst Signal war ihm ohnehin tausendmal lieber als WhatsApp. Dann setzte er an, um sich zu verabschieden, als Huntrich einwarf: »Ach ja, ich habe es Herrn Pruss gerade schon erzählt. Lauber ist noch weiter flüchtig.«

»Aha«, sagte Kai und blickte mit schuldiger Mine zu Nadine rüber, die aber noch unter ihrer Bettdecke verschwunden war. Die war, was Lauber anging, sowieso immer auf dem aktuellen Stand, aber das konnte Huntrich ja nicht wissen. Fakt war, dass Lauber wohl skeptisch geworden ist, nachdem Kai ihm vor das Auto gelaufen war, und er hatte lediglich eine Runde durch das Parkhaus gemacht und es dann, mit unbekanntem Ziel, gleich wieder verlassen. Von seinem Auto fehlte ebenfalls jede Spur, und Nadine und ihre Kollegen nahmen an, dass er es irgendwo gegen ein anderes ausgetauscht hatte.

Sie verabschiedeten sich. Kai legte auf, wechselte zu Signal und schickte dem Kommissar die Datei, über die sie gesprochen hatten. Gerade als er sein Handy neben sich auf die Couch werfen und Nadine die Neuigkeiten bezüglich Lauber erzählen wollte, klingelte das Mobiltelefon erneut. Eine anonyme Nummer. Vielleicht rief Huntrich noch mal an, ging es ihm durch den Kopf, und er nahm das Telefonat an. Doch es war nicht Huntrich.

* * *

Sie hatten sich kurz begrüßt und waren wortlos in den Wintergarten gegangen. Hier war eine Unterhaltung möglich, ohne abgehört zu werden.

»Der Fall ist beendet, Lina«, begann Ben ohne große Umschweife und setzte sich in einen der Rattansessel, die zwischen einer Vielzahl üppig wuchernder Grünpflanzen standen.

* * *

»Ja?«, meldete sich Kai, und eine Zeit lang hörte er nur Geraschel in der Leitung. »Hallo?«

»Kai«, begrüßte ihn eine bekannte Stimme.

»Oh nein, der Herr Lauber mal wieder«, antwortete Kai, der gleichzeitig einen alarmierten Blick in Richtung Nadine warf. Die hatte sich die Bettdecke vom Kopf gerissen und saß nun senkrecht auf der Luftmatratze.

»'tschuldigung«, sagte Lauber. »Ich hätte mir den Anruf auch gerne erspart, aber leider hat dich meine Stoßstange neulich in Frankfurt ja nicht richtig erwischt.

Schade.« Wieder raschelte es in der Leitung, bevor Lauber weitersprach. »Du kennst dich wohl mit Banking aus, oder? Machst gerne mal ein paar Überweisungen.«

»Ich weiß nicht, was Sie von mir wollen, Lauber«, sagte Kai und wollte eben drohen aufzulegen, als Nadine ihm durch einen Fingerzeig andeutete, dass er weiterreden sollte. Gleichzeitig hatte sie ihr Handy gegriffen und tippte etwas ein. Wahrscheinlich eine Nachricht an ihre Kollegen in Frankfurt. Dabei kam sie zu ihm auf die Couch und drückte sich an ihn. Ihre Wärme an seiner Seite fühlte sich tröstlich an. Er aktivierte den Lautsprecher und fragte: »Wo sind Sie?«

»Mach mal deine Kamera an«, forderte Lauber.

Kai tauschte einen Blick mit Nadine, die ihm zunickte und von ihm abrückte. Sie wollte nicht auf dem Kamerabild erscheinen. Die Kälte, die sie hinterließ, ließ ihn frösteln. Kai tippte auf das Kamerasymbol. Ein kleiner Bildausschnitt zeigte ihn, der versuchte, möglichst abgeklärt und souverän zu wirken. Dann erschien Laubers Gesicht und füllte den gesamten Hintergrund aus. Das Bild war pixelig, und Laubers Haut sah aus wie blasser Brei, doch Kai erkannte ihn wieder. Er sah aus, als hätte er die Fahrt aus Frankfurt in der Trommel eines Betonmischers verbracht. Die Verbindung stabilisierte sich, und das Bild wurde klar. Er stand unter freiem Himmel. Hinter ihm war das Grün einiger struppiger Pflanzen zu erkennen.

»Hier. Schau mal«, sagte er in die Kamera und hob seine rechte Hand vor den Kopf. Sie hielt eine Pistole. Kais Augen gingen eine Sekunde wie automatisch zu Nadine, was dem Mann auf der anderen Seite der Leitung nicht entging. »Sitzt deine neue Freundin neben dir, Siebert?« Er winkte mit der bewaffneten Hand. »Hallo, Nadine, guck doch mal in die Kamera. Ich weiß, dass du da bist.«

Bevor Kai sein Veto dagegen einlegen konnte, rückte Nadine ins Bild. »Was wollen Sie, Lauber?«, fragte sie kalt. Kai wusste, dass sie der Ansicht gewesen war, dass Lauber nichts von ihrer Existenz ahnte. Die Überraschung, die sie verspüren musste, ließ sie sich aber kein bisschen anmerken.

»Die erste vernünftige Frage des Tages!«, kommentierte Lauber. Er drehte seinen Körper, und hinter ihm wurde eine Holzwand sichtbar, die nach oben kreisförmig zusammenlief wie ein ... wie ein Fass, dachte Kai. »Dein Freund Kai wird mir meine Kohle zurückholen. Und zwar jetzt gleich.« Das Kamerabild wackelte, als er seinen Kopf an der Holzwand vorbeidrehte, als würde er dort etwas beobachten.

»Das können Sie vergessen«, sagte Kai mit einem größeren Selbstvertrauen, als er es fühlte. »Das Geld kann ich nicht zurückholen. Es ist weg.«

Lauber drehte den Kopf zurück in die Kamera. »Papperlapapp. Behalt deinen Mist für dich. Guck mal hier.« Er fummelte mit der bewaffneten Hand kurz vor dem Display herum, dann wechselte das Bild. Er hatte die Vorderkamera aktiviert. Irgendwelches Seegras war zu sehen, dahinter ein Maschendrahtzaun, der das Grundstück, auf dem der flüchtige Rechtsanwalt sich befand, von einem Feld oder Acker trennte. Wo war der Typ bloß? Jedenfalls nicht hier in Dortmund-Körne. Die Erleichterung über diese Tatsache hielt nur kurz. Das Bild ruckelte wieder, die abgerundete Wand kam ins Bild – kein Fass, dachte

Kai. Eine *Fasssauna* –, dann bewegte sich der Ausschnitt über den Rand der Holzwand. Einige Sekunden stockte die Übertragung, und Kai glaubte schon, die Verbindung sei abgebrochen, dann regte sich das Bild wieder, und er erkannte eine Art Fensterfront vor einem Haus.

»Warte«, flüsterte Lauber ins Mikrofon. »Guck hier.« Der Ausschnitt wurde vergrößert, und Kai sah die zwei Personen, die in einem Wintergarten saßen und sich unterhielten.

* * *

»Aha, und?«, entgegnete Lina und kniff skeptisch die Augen zusammen. Auch sie zog sich einen der Sessel ran und setzte sich ihm gegenüber. Ben merkte, dass es eine Sache war, ein Gespräch »ohne Umschweife« zu beginnen. Eine ganz andere war es, auf den Punkt zu kommen. Er entschied sich, zuerst das scheinbare Erwachen Henrys aufzuklären, beanspruchte aber nicht die Urheberschaft an dieser Idee. Lina bestätigte, dass sie von der Geschichte gehört hatte. Paula Althoeffer hatte auch bei ihr angerufen. Er erklärte ihr die Finte und den dahinterliegenden Plan, bevor er sich durchrang, Romy Althoeffers Namen zu nennen.

»Sie war es?«, fragte Lina. Ihr Oberkörper fiel schwer an die Lehne des Sessels. »Romy hat den Plan geschmiedet, meinen Mann zu ermorden?« Ihr Atem zischte. »Und mich? Und ...« Sie beendete den Satz nicht und blickte Ben bestürzt an.

Der überwand sich, die nächste Wahrheit auszusprechen: »Bei ihrer Festnahme gab es einen Unfall, Lina. Sie ist … also, sie ist die Treppe hinabgestürzt und gestorben. Sie hat …«

»Sie ist tot?«, fragte Lina mit schriller Stimme, und der Gesichtsausdruck, den sie dabei machte, ließ es Ben kalt den Rücken runterlaufen.

»Ja«, sagte er knapp.

»Na, manchmal geht es gerecht zu in der Welt«, sagte sie, und Ben fand seine Annahme bestätigt. Ihr Mienenspiel hatte tatsächlich etwas wie Triumph ausgedrückt. Weitere Fragen schien sie nicht zu haben, und so blieb es einige Momente still zwischen den beiden. Ben fühlte sich genötigt, die Stille zu brechen, und war heilfroh, als es an der Tür läutete.

* * *

»Was soll das?«, fragte Kai und hörte sich genauso atemlos an wie Lauber. Er spürte Nadines Blick auf sich, wagte aber nicht, seinen Kopf zu drehen und ihn zu erwidern. Ein Gefühl heißer Scham stieg in ihm auf.

»Kleiner Ansporn«, sagte Lauber. »Du kannst es dir überlegen. Entweder die Kohle kommt zurück auf mein Konto, oder ich baller das Magazin hier …«, er wedelte die Pistole vor der Kamera und das Bild wurde unscharf, »auf unseren Busenfreund Ben ab.« Er stieß ein Lachen aus. »Sechs Kugeln sind hier drin. Was meinst du, reicht das?«

»Ich *kann* das Geld nicht zurückholen!«, sagte Kai mit mehr Schärfe in der Stimme.

»Wäre es dir lieber, wenn ich jetzt gleich rübergehe?«, fragte Lauber und hielt die Kamera erneut in Richtung des Wintergartens, der für Kai nur wie ein bunter Pixelmatsch rüberkam, seine Botschaft aber unmissverständlich verkündete.

»Nein, nein«, beeilte Kai sich zu antworten. »Ich mach das.« Ihm war klar, dass er sich genauso gut dazu hätte bereiterklären können, heute am Vormittag einen perfekten Spagat vorzuführen. Es würde nicht klappen.

»Eine Stunde hast du Zeit, dann check ich meinen Kontostand. Wenn dann das Geld nicht da ist, geh ich und knall den Typen ab.« Er stieß ein unterdrücktes Husten aus und rieb sich seine Nase am Ärmel seiner Jacke ab. »Übrigens. Wenn der hier abhaut, bleib ich an ihm dran und knall ihn da ab, wo er gerade ist. Wenn du die Kohle nicht zurückbringst, bin ich sowieso geliefert.« Er lachte wieder, und Kai spürte eine Gänsehaut im Nacken. Der Kerl meinte es ernst. »Und von mir aus ruf die Bullen an. Aber das hat deine Liebste vom BKA ja bestimmt schon erledigt.«

Dann wurde das Handydisplay schwarz.

»Ist der Typ bematscht in der Birne?«, schrie Kai sein Handy an. Doch es antwortete nicht.

Stattdessen sprach Nadine. Sie unterstrich ihre Worte mit einem spürbaren Schlag auf Kais Schulter: »Ruf noch mal Kommissar Huntrich an, los! Meine Kollegen in Frankfurt sind informiert, die gehen über den Dienstweg. Aber vielleicht weiß Huntrich, wo Ben gerade ist?«

Kai sprang von der Couch und sagte: »Den ruf ich von unterwegs an! Ich weiß, von wo aus Lauber angerufen hat.«

* * *

Ben spielte mit dem Gedanken, durch den Garten abzuhauen, als ihm klar wurde, wer da soeben das Haus betreten hatte. Diese Begegnung wäre ihm gerne erspart geblieben. Sekunden später schwang die Tür zum Wintergarten auf, und Lina trat ein. Gefolgt von Kommissar Huntrich. Sie deutete auf Ben und sagte: »Herr Pruss hat mir schon einiges erzählt.«

»Aha«, entgegnete Huntrich knapp und sah Ben mit einem Ausdruck an, der deutlich machte, dass der ihn am liebsten zu einem vierten Rattansessel zusammenflechten würde. Stattdessen setzte er sich auf den, den Lina soeben ihm mit einem Fingerzeig angeboten hatte.

»Ich wollte dann auch los«, sagte Ben und machte Anstalten, sich zu erheben.

»Sitzen bleiben«, befahl Huntrich knapp, und Ben fiel zurück auf die Sitzfläche.

Er merkte, dass er sich verlegen das rechte Ohr knetete, während Lina aussah, als versuchte sie ein Lächeln, das sich nur über ihre rechte Gesichtshälfte erstreckte. Huntrichs Miene war undurchdringlich und wechselte von einem zum anderen. Ben kam sich vor wie bei einer Paarberatung. Und Huntrich war der Therapeut. Er wünschte sich, er wäre heute Morgen einfach liegen geblieben.

»Was hat er Ihnen erzählt?«, wollte Huntrich an Lina gewandt wissen.

Die tauschte einen kurzen Blick mit Ben und sagte: »Na also … dass es Romy war, die den Plan geschmiedet hat, mich und meinen Mann zu …« Sie machte eine Pause und blickte unangenehm von Ben zu Huntrich und wieder zu Ben. »Und dass es einen Unfall gegeben hat.«

Huntrich verstand und nickte. Dann ging sein Blick zu Ben, der sich für eine Standpauke wappnete. Doch Huntrich sagte zu seiner Überraschung: »Kann man Ihnen nicht verübeln, dass Sie das Ihrer Klientin ausgerichtet haben. Auch wenn ich es lieber anders gehabt hätte, Herr Pruss.« Dann schweifte sein Blick einen Moment zwischen ihnen vorbei in den Garten, und seine Gesichtszüge entspannten sich. »Über so eine Fasssauna hab ich auch schon nachgedacht«, sagte er. »Hab meine Frau schon so gut wie überredet.« Er lächelte. »Wenn ich demnächst die Rente durchhab, ist so ein Teil fällig!«

»Ja«, sagte Lina verlegen. »Ist schon toll.«

Huntrich räusperte sich, und sein Tonfall wurde wieder ernst. »Mir ist zu Ohren gekommen, dass Ihr Schwiegersohn Patrick Sie und Ihren Mann abgehört hat. Ist das richtig?«

Lina sah irritiert zu Ben, der reflexartig beide Handflächen in die Luft hob und damit signalisierte, dass er dem Kommissar nichts dergleichen gesteckt habe.

»Ich weiß es von Herrn Siebert«, klärte der Kommissar sie mit einem Seitenblick auf Ben auf. Dann wandte er sich an Lina. »Das ist der Mitbewohner von Herrn Pruss.«

Bens Gesicht wurde mit einem Schlag so heiß, dass er damit locker Linas Fasssauna auf Kerntemperatur hätte bringen können. »Kann sein, dass ich ihm mal was gesagt habe … man unterhält sich ja«, rechtfertigte er sich, wobei der Versuch, Lina in die Augen zu blicken, misslang. »… aber wie wir besprochen haben, hab ich mir das nicht angehört. Das geht nur Sie was an.«

»Herr Siebert hat es angehört«, stellte Huntrich ungerührt fest.

»Das war … da…da…das war …«, sagte Ben und verstummte. Ein sinnvollerer Satz war nicht möglich. Zumal sich in Linas Gesicht zum Ausdruck der Verwirrung nun noch eine Spur Verletztheit andeutete.

»Ich verstehe nicht …«, begann Lina, doch Huntrich machte eine abwinkende Geste und lächelte. »Halb so wild, Frau Althoeffer. Und keine Panik, Herr Pruss. Es war gut, dass die Neugier Herrn Siebert dazu getrieben hat. Dadurch gibt es weitere Erkenntnisse.«

»Aha«, sagten Lina und Ben gleichzeitig.

Huntrichs Blick ging wieder in Richtung Fasssauna, und seine zu Schlitzen verengten Augenlider verrieten Ben, dass er nachdachte. Sicher nicht darüber, wie er seine Frau zu so einem Ding überreden konnte. »Ich wollte Sie noch fragen«, begann er, »ob Sie nicht einen Jack kennen, Frau Althoeffer.«

* * *

Wie sich herausstellte, wusste Kai doch nicht *so ganz* genau, von wo aus der Typ angerufen hatte. Er wusste nur, dass die Althoeffers in der Bauernschaft zwischen Lichtenau und Holzwickede wohnten, in der Blanken Riede 14. Hier gab es zwar kaum Einwohner, aber das Gebiet war …

»Ziemlich weitläufig«, sagte Nadine, nachdem sie sich einmal im Kreis gedreht und in die Ferne gestarrt hatte. Ihre Augen hatte sie sich mit der Hand abgeschirmt, obwohl der Himmel nicht besonders hell war. »Aber irgendwo hier muss es sein.«

Auch Kai stand neben dem Auto und blickte zwischen der Karten-App auf seinem Handy und der flachen Ebene, die hauptsächlich aus Weiden, Wiesen, Äckern und landwirtschaftlichen Nutzwegen bestand, hin und her. »Mann, ey!«, sagte er. »Laut Google Maps muss das Haus genau hier sein!«

Nadine hatte nach seinen Anweisungen (»Am Ende gleich links und dann erst mal immer geradeaus«) den Wagen gelenkt, während er vergeblich versucht hatte, Huntrich zu erreichen. Der war nicht rangegangen. Ben anzurufen, traute er sich nicht. Wer konnte wissen, wie Lauber reagieren würde, wenn er Ben telefonieren sah? Aber er hatte ihm ein paar WhatsApps und zur Sicherheit normale SMS gesendet. Unter allgemeinem Befluchen der Situation hatte er anstelle der Durchwahl zu Huntrich die Null am Ende gewählt und nach kurzem Klingeln einen Herrn Irgendwas am Apparat gehabt. Nachdem er sich vergewissert hatte, dass es sich um einen Kollegen von Huntrich handelte, hatte er ihm die Situation beschrieben. So einfach und bar jeder Absurdität wie möglich. Kommissar Irgendwas versprach, sich darum zu kümmern.

»Wie lange ham wa?«, fragte er.

Nadine schien die Frage zu begreifen, denn sie antwortete prompt: »Halbe Stunde.« Sie blickte auf ihr Handy und murmelte: »Die Kollegen haben mir den richtigen Ort in meiner Kartenapp markiert. Los geht's!«

* * *

»Jack?«, fragte Lina und guckte so, wie Ben sich fühlte.

Was sollte das jetzt werden?

»Das haben Sie mich doch schon gefragt, Herr Huntrich. Damals als …«

»Ach ja?«, unterbrach er sie. »Und was war da noch mal Ihre Antwort gewesen? Ich habe gerade meinen Notizblock nicht dabei«

Ben überlegte, ob der Kommissar durch den Stromschlag des Vortags vielleicht zu Inspector Columbo mutiert war.

»Ich kenne keinen Jack.« Sie blinzelte, dass es den Anschein hatte, ihre Augenlider flatterten.

»Na ja«, sagte der Kommissar. »Der Name Ihres Sohnes klingt zumindest ähnlich.«

»Das hatten wir doch auch schon, Herr Huntrich. Er hat garantiert nichts damit zu tun.« Ihre Stimme klang zum ersten Mal unwirsch, und der Kommissar machte eine beschwichtigende Handbewegung.

»Nein, nein. Das glaube ich auch nicht«, sagte er mit milder Stimme. Er griff in die Innentasche seiner Jacke, holte sein Handy hervor und hielt es in die Luft wie einen Schokoriegel, den er ihr anbieten wollte. »Haben Sie was dagegen, wenn ich kurz etwas vorspiele?«

Lina zuckte mit den Achseln und starrte auf einen Gummibaum, der vor der Fensterfront am Boden stand. Huntrich tippte und wischte schwerfällig, bis er sich eines Besseren besann und seine Lesebrille aus der Innentasche kramte. »Hier haben wir es ja«, sagte er und tippte ein letztes Mal.

Zunächst war nichts zu verstehen, und Huntrich stellte die Lautstärke höher. Dann drehte er den Lautsprecher des Handys in Linas und Bens Richtung und legte es auf seinem Knie ab.

»… hab ich dir ja jetzt ein paar Mal gesagt!«

Es klang, als spräche jemand in eine Dose hinein. Oder in einen Rauchmelder, kam es Ben in den Sinn. War das die Stimme von Paul Althoeffer gewesen? Einige Sekunden blieb es still, dann redete jemand anderes. Lina. Eindeutig.

»Es geht nicht darum, wie OFT du etwas sagst, Paul. Es muss auch Sinn ergeben!«

Ben schielte zu Lina hinüber. Sie ließ sich nicht anmerken, ob das, was sie gerade hörte, ihr bekannt vorkam.

»Die Entscheidung steht! Wenn der ganze Jubiläumskram rum ist, ändere ich den Mist!« Das war wieder Paul Althoeffers Stimme. Jetzt war es klar.

»Du denkst wohl, du lebst immer noch in den Fünfzigern, Paul. So läuft das nicht. Nicht nach dem, was ich in den letzten Jahren alles in die Brauerei eingebracht habe.« Lina.

»Entschuldige mal, Lina. Dein Einfluss war doch recht begrenzt.« Paul.

»Ach ja? Und wo wärst du jetzt ohne mein Geld? Von dem, ich darf dich erinnern, nichts mehr da ist.« Lina.

»Also dieses Thema haben wir doch schon lang und breit durchgekaut. Ich bitte dich.« Paul.

An dieser Stelle blieb es zunächst still und Lina, die Lina im Wintergarten, regte sich in ihrem Sessel und sagte: »Jaja. Ich erinnere mich an das Gespräch, Sie können das ausmachen.«

Huntrich hielt einen Zeigefinger vor die Lippen und murmelte: »Warten Sie kurz … Es kommt noch was …«

Wieder war es Paul, der redete:

»Und die Entscheidung kann zum Glück noch immer ich treffen. Patrick erbt die Firma, und basta. Ich sehe doch, dass du damit überfordert wärst. Deutsches Bier ist eben was anderes als eure französische Plörre.« Aus dem Handylautsprecher kam ein Rascheln, dann ein Krachen. Jemand musste eine Tür zugeschlagen haben. Wieder ertönte Pauls Stimme. Lauter. Er rief etwas.

»Hey! Komm noch mal zurück, Lina!« Dann ein Geräusch, als hätte er die Faust auf den Tisch geschlagen. Und dann, laut, eindringlich, demonstrativ das eine Wort. Das Wort, bei dem sich Ben in seinem Sessel aufrichtete, als wäre dieser unter Strom gesetzt worden:

»JACK!«

* * *

»Da da da daaa!« Kais Stimme überschlug sich, und sein Zeigefinger wedelte im Takt vor der Windschutzscheibe hin und her. Er zeigte auf ein Haus, das einsam und allein dastand und über eine lange Zufahrt von der Straße aus erreichbar war. »Da stehen ein paar Autos, eins mitten auf dem Weg, siehst du? … Warte ma, warte ma.«

»Ja, bitte?«, sagte Nadine, als spräche sie am Telefon mit Kai.

»Wenn du die Nächste rechts fährst, müsste dann rechts ein Feldweg kommen. Hier …« Er zeigte wieder aus dem Fenster. »Hinter der Baumreihe da.«

Nadine bog rechts ab, und es stimmte. Da war ein Feldweg, der in Richtung Haus führte.

Auf dem kaum vorhandenen Seitenstreifen an der Einmündung des Wegs parkte ein 3er BMW. Zwei Männer saßen darin. Ben oder Huntrich waren es definitiv nicht, erkannte Kai. Er warf Nadine einen stummen Blick zu, und sie nickte. Sie ließ den Motor im Leerlauf und blieb fahrbereit. Wenn einer der Typen Lauber sein sollte, würde sie Gas geben.

Der Fahrer in dem Wagen hatte sich zu ihnen umgedreht. Dann stieg er aus, musterte sie ein zweites Mal aus der Ferne und kam auf sie zu. Er holte ein bronzefarbenes Abzeichen heraus, das an einer Kette hing. *Kriminalpolizei* war darauf zu lesen. Nadine sagte an Kai gewandt: »Sag erst mal nichts vom BKA.« Dann ließ sie die Scheibe herunter.

»Haben Sie uns angerufen?«, fragte der Polizist ohne Begrüßung und ohne sich vorzustellen.

»Ich war das«, rief Kai ihm entgegen und stieg ebenfalls aus dem Auto.

»Kai Siebert«, sagte er, als er den Polizisten erreicht hatte.

Nadine blieb im Wagen und stellte den Motor ab.

»Wir haben telefoniert.« Der Beamte nickte Kai einmal kurz zu und murmelte etwas, das wahrscheinlich sein Name sein sollte. Kai verstand ihn nicht. Es war ein Laut, für den es seiner Meinung nach gar keine Buchstaben gab. »Wir haben gesehen, dass Kommissar Huntrichs Auto hinten in der Einfahrt steht.« Er deutete mit der Hand in Richtung der Straße, auf der Kai und Nadine gekommen waren. »Auch das Auto von Herrn Pruss steht da. Und ein Wagen mit Frankfurter Kennzeichen, der auf einen Autovermieter angemeldet ist. Der steht etwas zurück in der Einfahrt.«

»Huntrich war eben noch nicht da, als ich mit Lauber telefoniert habe. Keine Ahnung, was der da macht?«

»Erzählen Sie mir noch einmal alles«, bat der Kommissar und Kai setzte an, ihm ein weiteres Mal einen Abriss von dem Geschehen zu geben. Er erwähnte zwar, dass Lauber Geld von ihm verlangte, ließ aber offen, dass es sich um das Geld handelte, was Kai ihm vorher vom Konto geklaut hatte.

»Äh, wir sollten uns etwas beeilen, Herr …«, mahnte Nadine und ließ den Namen von dem Typen folgen. Kai verstand *Mdbkl* oder *Kmdkl*, irgendwas ohne Vokale. »Wir haben noch knappe zwanzig Minuten.«

In dieser Sekunde klingelte Kais Handy.

* * *

Huntrich tippte auf das Display, und ohne das Handy vom Knie zu nehmen, stoppe er die Wiedergabe. Er schwieg. Ließ das zuletzt gehörte Wort – *Jack* – für sich sprechen und sah Lina herausfordernd an. Ben tat es ihm gleich, obwohl er froh war, dass Lina seinem Blick auswich und sie durchs Fenster in den Garten stierte.

Dann sagte sie leise: »Oh.« Ein *Oh,* dass für Ben Bände sprach. Ein *Oh,* das sagte: »Aus dieser Nummer komme ich wohl nicht mehr raus.« Huntrich ließ ihr Zeit, eine passendere Antwort zu formulieren. Ihre Stimme war mehr ein Murmeln: »So hat er mich genannt, wenn er meine Aufmerksamkeit haben wollte.« Sie verzog den Mundwinkel zu einem schmalen Lächeln, und ihre Augen trafen sich mit denen von Ben. Dann drehte sie den Kopf in Richtung des Kommissars.

»Lina Althoeffer«, sagte der, und er klang wie ein Nikolaus im Kaufhaus, der aus seinem goldenen Buch vorliest. Dann setzte er die Lesebrille wieder auf, die er die ganze Zeit in der Hand gehalten hatte, und tippte am Handy herum. Schnell fand er, was er suchte. »Geboren am 12. Januar 1969 in Saarlouis. Tochter von Katharina Teichert und Phillip Dubourg. Getauft auf den Namen …« Er ließ das Handy sinken, hob den Blick auf sie und sagte: »Jacquelina.«

* * *

Kai wusste, wer ihn da anrief, auch wenn nur *Anonym* im Display zu lesen war. Er hielt sein Handy in die Luft. »Das ist garantiert der Kerl.«

»Gehen Sie ran«, forderte Kommissar *Mdkl.*

Kais Zeigefinger schwebte ein paar Sekunden über dem Display. Lauber forderte ein Videotelefonat. Das konnte Kai ihm schwerlich bieten. Die Ausrede, er würde sich hier in der Pampa mit jemandem zur Geldübergabe treffen, wäre Lauber eher nicht zu vermitteln. Er tippte auf den Button, der ausschließlich das Mikrofon aktivierte. Zusätzlich stellte er den Lautsprecher ein, damit die anderen um ihn herum mithören konnten.

»Mach deine Kamera an«, forderte Lauber, bevor Kai irgendetwas gesagt hatte.

»Sorry«, antwortete der. »Ich bin gerade in so einem Video-Ident-Verfahren in der Warteschlange, damit ich die Überweisung machen kann. Das dauert Ewigkeiten. Bin seit einer halben Stunde auf Warteplatz neun. Deshalb kann ich die Kamera gerade nicht aktivieren.«

»Bullshit«, war Laubers Antwort. »Ich weiß, dass die Kohle nicht mehr kommt. Das hast du jetzt davon.« Die Leitung brach ab.

Kai sah hilflos zu *Klmdl* hinüber. Gleichzeitig klappten zwei Türen, als Nadine und der andere Polizist ihren Autos entstiegen. »Los!«, sagte der Kommissar und rannte, zusammen mit seinem Kollegen, an Kai vorbei den Feldweg entlang. »Sie bleiben hinter uns!«

* * *

Eine Zeit lang schien jeder darauf zu warten, dass einer der anderen das Wort ergriff. Ben würde das auf jeden Fall nicht sein, und wenn es drei Stunden dauerte.

»Er hat mich fast nie Jack genannt«, sagte Lina unvermittelt und blickte zwischen Huntrich und Ben hindurch ins Nichts. »Nur manchmal, wenn er ganz wütend auf mich war. Er wusste, dass ich das hasse. Komischer Zufall, oder?« Jetzt sah sie dem Kommissar in die Augen. »Sie haben den Chat gefunden, oder? Und sind so auf den Namen Jack gekommen?«, fragte sie.

Huntrich deutete mit dem Kinn auf Ben. »Herr Pruss hat ihn gefunden.«

Ben hatte sich zusammengerissen, aber jetzt musste er etwas sagen. »Lina«, begann er. »Sie sollten vielleicht Ihren Anwalt anrufen.«

Huntrich verzog das Gesicht, wie ein bartloser Horror-Nikolaus aus der Feder von Stephen King. Lina zeigte ein schmales Lächeln und sagte: »Sie sind echt tüchtig, Ben. Dass jemand den Chat findet, hätte ich im Traum nicht gedacht. Und es ist schon in Ordnung.«

Ben dachte an den Chat. Der lag meilenweit im Nebel hinter ihm, und er hätte in diesem Moment nicht mal sagen können, ob er die Screenshots davon gemacht hatte oder nicht.

»Und wie haben Sie meinen Geburtsnamen herausgefunden? Ich dachte …«

Huntrich unterbrach sie: »Das war nicht so leicht. Mein Kollege hat sich da reingehängt. Aus den Datenbanken, die uns normalerweise vorliegen, geht das nicht hervor. Ich denke, das hängt mit Ihrer Rückkehr nach Deutschland zusammen, richtig?« Er blickte durch die zusammengeklappte Lesebrille aufs Handy, ohne sie aufzusetzen. »Mit achtzehn war das, richtig?« Huntrich sah auf und lachte kurz. »Mein Kollege wollte unbedingt wissen, was in der Zeit davor gewesen ist. Hat heimlich nachgebohrt, ich habe es ihm nämlich verboten, weil ich es für irrelevant hielt.«

Lina nickte nur. Sie schien nicht in der Stimmung, ins Lachen einzustimmen. »Stimmt. Bis dahin hatte ich die französische und die deutsche Staatsbürgerschaft. Ich habe mit meinem Vater in Reims gelebt. Meine Mutter ist gestorben, als ich vier war. Ich wollte in Deutschland ganz neu anfangen. Was ich ja auch getan hab.« Sie hob den Blick kurz auf Ben und den Kommissar.

»Den Vornamen zu ändern ist gar nicht so leicht«, sagte dieser.

»Normalerweise. Ich hätte alles dafür getan, nicht mehr Jacquelina heißen zu müssen, aber das war gar nicht nötig. Ich brauchte einen neuen Pass hier in Deutschland und habe von Anfang an einfach Lina statt Jacquelina auf alle Formulare geschrieben.« Sie zuckte mit den Achseln. »Entweder ist das niemandem aufgefallen, oder es war ihnen egal.«

»Deswegen haben wir dazu nichts gefunden«, warf Huntrich ein, und Lina nickte. »Warum wollten Sie nicht mehr Jacquelina heißen?«

Lina machte eine abwinkende Geste. »Das ist eine lange Geschichte. Sagen wir einfach, dass ich die Jacquelina satt hatte. Die *Jack* übrigens auch. Die Erziehung meines Vaters trug nicht unerheblich dazu bei.«

Der Kommissar nickte und bohrte nicht weiter nach.

»Aber bitte erlauben Sie mir dazu noch eine Frage.« Jetzt war es Lina, die nickte. »Wenn Sie nichts mehr mit dem Namen Jacquelina anfangen konnten ... oder wollten, warum haben Sie dann Ihren Sohn Jacques genannt?«

Damit sprach er Ben aus der Seele, der sich dieselbe Frage gestellt hatte.

Sie atmete scharf ein und ließ sich Zeit mit der Antwort. »Ich weiß nicht, wie es bei Ihnen ist, Herr Huntrich. Aber ich hab festgestellt, dass man mit zunehmendem Alter seine Vergangenheit verklärt.« Ihre Hände erhoben sich kurz von ihren Knien und senkten sich dann wieder. Eine Geste, die deutlich machte, dass es die eine richtige Antwort nicht gab. »Jacques' Name war bei seiner Geburt einfach da. Er kam aus dem Nichts und fühlte sich richtig an. Verstehen Sie das?«

Eine absurde Frage, fand Ben, aber der Kommissar nickte und sagte: »Sie haben zusammen mit Henry den Plan gemacht, Ihren Mann umzubringen?«, fuhr Huntrich im selben Tonfall fort, mit dem er eben die Anekdote aus seinem Leben zum Besten gegeben hatte.

Lina nickte. Nur ganz kurz, aber sie nickte. »Ich wollte verhindern, dass Paul die Firma an Patrick vererbt und sie dann untergeht. Ich wusste nicht, dass er zu der Zeit schon das Testament geändert hatte.« Sie atmete tief aus und fuhr fort: »Ich weiß nicht mal, ob ich jemals als Erbin eingetragen war, sagen wir es mal so.«

Verhindern, dass die Firma untergeht, dachte Ben. Auch eine freundliche Umschreibung für Habgier.

»Ich habe erst gemerkt, dass irgendwas nicht planmäßig läuft, als das Auto schon im See lag.«

»Was ist da passiert?«

»Henry hatte die automatischen Fensterheber deaktiviert. Das war nun ganz und gar nicht der Plan gewesen, wie Sie sich denken können.« Sie stieß ein nervöses Lachen aus und sah Ben kurz in die Augen. »Und dass Sie dabei waren, war sowieso nicht geplant, Ben. Das müssen Sie mir glauben. Das lag nur daran, weil Paul Sie unbedingt im Auto mitnehmen wollte.«

Ben entgegnete nichts.

»Ich war davon überzeugt, dass auch Sie keine Probleme haben würden, durch das Fenster rauszukommen.« Wieder hob sie den Blick auf Ben. »Ihnen habe ich es zu verdanken, dass ich noch lebe.«

Ben blieb stumm.

»Wie ging es dann weiter?«, fragte Huntrich.

»Im Krankenhaus hab ich mir den Kopf zermartert, was Henry dazu gebracht hat, die Fensterheber hinten im Wagen abzuschalten. Ich bin zu dem Schluss gekommen, dass er den Plan an irgendjemanden aus der Familie verkauft haben muss. Er war von vorneherein nicht besonders zufrieden mit dem Geld, das ich ihm angeboten hatte. Ich hab ihn unterschätzt.« Ihr Blick wechselte zwischen Ben und Huntrich hin und her und schien Verständnis in ihren Mienen zu suchen. Zumindest Ben war nicht zu einer solchen Reaktion in der Lage. Der mit Vernehmungen vertraute und erfahrene Kommissar offenbar schon. Er nickte ein paar Mal und hielt ihrem Blick stand. Sagen musste er nichts. Lina redete von selbst weiter: »Es hätte ja im Prinzip jeder aus der Familie sein können. Schließlich dachten alle, ich würde die Firma erben. Und klar, dass sie mich dann auch loswerden mussten, um sie zu verkaufen.«

»Und deswegen kam Ben ins Spiel?«, fragte der Kommissar.

Lina nickte. »Genau. Ich wusste ja, dass die Polizei nicht ermitteln würde, weil es nach einem Unfall aussah. Aber ich dachte, Ben würde vielleicht herausfinden, wer dahintersteckte.«

»Warum wollten Sie das wissen?«, fragte der Kommissar.

Lina wand sich in ihrem Sessel, als wöge sie die Antwort ab. »Ich wollte einfach wissen, wer es war«, sagte sie schließlich.

Huntrich schien mit dieser Antwort nicht zufrieden zu sein, presste den Mund zu einem schmalen Strich zusammen und entgegnete nichts. Stattdessen fragte er: »Und Renate Gerber?«

»Was soll mit der sein?«, fragte Lina, sichtlich überrascht.

»War das geplant, oder …?«

Linas Augen wurden groß. »Herr Kommissar, die einzige Sache, der ich mich schuldig gemacht habe, ist, dass ich den *Plan* hatte, meinen Mann …« Sie hatte das Wort *Plan* besonders hervorgehoben und ließ den Satz unausgesprochen. »Aber der ist ja überhaupt nicht realisiert worden, wie wir alle wissen.«

Sie sah hilfesuchend zu Ben, der mit ratloser Miene ihrem Blick standhielt. Glaubte sie, was sie da sagte? Hatte sie vielleicht den irren Gedanken, sie käme damit durch? Er würde auf jeden Fall keinen Ton dazu sagen. Außerdem war ihm soeben die Erkenntnis gekommen, dass er mit der Rechnung für seine Arbeit genauso gut seine regennassen Sneaker ausstopfen konnte. Hauptsache, die Bierlieferungen kamen weiterhin! Er stellte fest, dass er Lina anstarrte. Sie hatte den Blick abgewendet. »Romy hat Frau Gerber erschlagen«, sagte sie mit fester Stimme. »Oder Mauritz. Der hängt da doch bestimmt auch mit drin.«

Jetzt war es der Kommissar, der Ben anstarrte, als würde er ihn liebend gern eigenhändig erschlagen. Was hatte er jetzt schon wieder verbrochen? Huntrichs Blick wechselte zu Lina, und er sagte nur ein Wort: »Erschlagen?«

»Ja.« Sie zuckte so kurz mit den Achseln, wie es dauerte, die eine Silbe auszusprechen.

Ben erkannte den Moment, in dem es ihr klar wurde. Nicht mehr als den Bruchteil einer Sekunde hatte es gedauert. Ihr Blick ging ins Leere, aber ihre Stimme blieb sachlich. »Oder wie sie eben umgebracht wurden.« Sie deutete mit der rechten Handfläche auf Ben, ohne ihn anzusehen. »Ben hatte mal so was gesagt«, behauptete sie.

Wieder wurde Ben von einem Blitz aus Huntrichs Augen getroffen. Na klar, jetzt sollte er es wieder gewesen sein.

»Nie und nimmer«, sagte er aufgebracht, und sein Blick wechselte zwischen dem Kommissar und Lina hin und her. »Ich hab Ihnen garantiert nicht gesagt, wie die beiden umgekommen sind. Das ist Täterwissen!«, schrie er und bemerkte, dass sein Zeigefinger auf Lina deutete. Rasch zog er die Hand zurück. Beruhigen! Wenn sie mit der Behauptung vor Gericht durchkommen würde, war immer noch genug Zeit auszurasten. Er drehte sich in Richtung Fensterfront und blickte in den Garten. Er hörte, dass Kommissar Huntrich sich hinter ihm ebenfalls erhob.

»Lina Althoeffer, ich verhafte Sie hiermit …«

Wer war das denn? Hatte Huntrich schon einen Kollegen im Garten postiert?

* * *

»… wegen des dringenden Tatverdachts gegen Sie …«

Der Typ sah ja aus wie ausgekotzt.

»… Renate Gerber ermordet zu haben …«

Hatte der eine Knarre in der Hand? Wohl etwas übermotiviert.

»… sowie den Mord an Ihrem Ehemann geplant und umgesetzt zu haben.«

Was ging hier denn ab, noch einer? Das war doch Jacques, und der trug einen Golfschläger in den Händen … »Hey!«, schrie Ben, als er erkannte, was der Junge vorhatte. Er hastete einen Schritt nach vorne und schlug mit der Faust gegen die Scheibe. »Das ist ein Polizist, Jacques.« Der Junge stockte in seiner Bewegung, hielt den Golfschläger aber weiter erhoben. Zum Glück, er hatte ihn gehört. Der Polizist blickte sich hektisch um.

»Was für ein Polizist?«, hörte er Huntrich sagen.

Ben deutete nach draußen. »Der hier«, sagte er, als er bemerkte, dass der Typ vor dem Fenster seine Pistole auf ihn gerichtet hatte.

* * *

»Das ist ja gar kein Polizist, das ist …«, sagte Ben, oder vielleicht dachte er es auch nur, denn im selben Moment hörte er den Knall und starrte auf das Loch in der Fensterscheibe. Lina stieß einen Schrei aus, aber es klang, als käme der aus weiter Ferne. Jacques schlug den Golfschläger auf Laubers Kopf, und der ging auf die Knie. Bens Beine hätten liebend gern ebenfalls nachgegeben, aber eine neue Entwicklung hielt sie davon ab. Was machte Kai hier? Und diese eine aus … Woher kam die noch mal? Die beiden anderen, die da auch noch durch den Garten rannten, kannte er nicht. Was für ein Gewusel! Lauber hielt die Pistole immer noch gegen das Fenster gerichtet. Er musste hier weg, das war ihm klar. Aber seine Beine rückten keinen Zentimeter von der Stelle. Hatte er sich eingebildet, Lauber gesehen zu haben, oder war er das wirklich? Er drehte sich zu Huntrich um. Der Schmerz stach ihn heiß und unerwartet. Aber wie sollte dieser Schmerz mit dem Blut zusammenhängen? Denn damit war ja Huntrichs Pullover getränkt. Der Kommissar stand nur da und starrte Ben an. Jemand hinter Ben schrie. Wieder so dumpf. Wie aus einer Blechdose oder einem Rauchmelder. »JACQUES! JACQUES!« Das war Lina. Und der Kommissar? Der starrte gar nicht *ihn* an, er starrte … Bens Blick ging an seinem Körper herab, und da sah er das Blut. Das konnte unmöglich Huntrichs Blut sein …

Wieder ein Knall. Ein Schrei. Lina tauchte neben ihm auf, lief zu ihrem Sohn. Sie ging durch das Fenster … Nein, da war gar kein Fenster mehr. Lauber lag am Boden und rührte sich nicht. Ben sah die Waffe, die neben ihm auf dem Pflaster lag. Der Schmerz klopfte wieder an. Das war seine Schulter, verdammt. Der Spinner hatte ihm in die Schulter geballert und …

Sein Blick ging zu Huntrich, der immer noch dastand.

Der Schuss war *durch* seine Schulter hindurch gegangen und hatte Huntrich getroffen. In die Brust. Und hatte der Typ etwa noch mal geschossen? Denn der Kommissar blutete auch am Bauch. Zwei riesige Flecken. Huntrich schwankte eine Sekunde in jede Richtung, dann brach er zusammen.

EPILOG

ZEHN NACKTE FRISÖSEN! ZEEEEHN NACKTE FRISÖÖÖÖSEN. Diesmal ist es nicht sein Handy, aus dem der Song dröhnt. Es ist sein Kopf. Seit Tagen geht ihm dieses bekloppte Lied nicht mehr aus dem Ohr.

MIT RICHTIG FEUCHTEN HAAREN.

Zumindest hat Kai den Mist mit seinem Handy endlich aufgegeben. Kalt hier. Die Gänsehaut auf seinem Oberkörper kriecht immer wieder unter den engen Verband. Glatter Durchschuss war die schnelle Diagnose gewesen. Ein paar Monate wird er Probleme haben, die Fernbedienung mit der rechten Hand zu bedienen, und auch einen High Five wird er erst mal nicht geben, aber damit lässt sich leben. Seine paar Auftritte, für die er in der nächsten Zeit gebucht ist, hat er auch abgesagt. Zum Glück!

Er dreht sich um und schaut in alle Richtungen. Von der Althoeffer-Sippe kann er keinen sehen. Warum auch? Die haben ihr eigenes Chaos zu bewältigen. Lina ist erst vor zwei Tagen verhaftet worden. Seinen Verband trägt er jetzt schon den siebten oder achten Tag. War kompliziert, bis sich alles halbwegs aufgeklärt hat. Dem durchgeknallten Tabbart Lauber geht es zumindest körperlich wieder gut. Der scheint einiges auszuhalten.

Kai musste schon zu drei Vernehmungen und hat sich sofort einen Anwalt genommen. Das war noch ein Tipp von Nadine gewesen, die sich dann doch noch bei der Dortmunder Polizei geoutet hatte und die seitdem nicht mehr im Hause Ben und Kai gesehen wurde. Den Laptop, den Kai für die Überweisungen benutzt hat, hat sie verschwinden lassen, aber ganz ohne Ärger wird Kai nicht aus der Sache rauskommen, das steht schon mal fest. Aber sein Anwalt ist sicher, dass es auf eine Geldstrafe, maximal eine kleine Bewährungsstrafe hinauslaufen wird. Das BKA hat ihn ganz klar dafür ausgenutzt, um Laubers Konto ausfindig zu machen und leer zu räumen. Beweisen kann er das aber wohl nicht. Die hatten damit aber genau das bekommen, was sie wollten. Lauber aus seinem Loch holen. Vielen Dank für gar nichts, dachte Ben und spürte eine neue Schmerzwelle durch seine Schulter ziehen.

Jacques ist erst mal bei Oma Althoeffer einquartiert worden. Wer sich da wohl um wen kümmert?

Ben wollte lange Zeit nicht einleuchten, warum Lina ihn engagiert hat. Aber dann ist die Sache plötzlich ganz klar gewesen. Zu dem Zeitpunkt, als sie ihn als Detektiv beauftragt hatte, dachte Lina noch, sie erbe die Firma. Und es war logisch gewesen, dass sie mit einigem Gegenwind der Familie zu rechnen hatte. Deswegen wollte sie ihren härtesten Gegner kennenlernen. Und sich, da ist Ben sich sicher, zu gegebener Zeit rächen. Angeblich bestreitet sie es noch immer. Aber der Kommissar hat ihm gegenüber angedeutet, dass eindeutige Beweise in ihrem Haus gefunden wurden. Wohl auch Henrys Laptop und die Tatwaffe, mit der sie Frau Gerber erschlagen hat. Ein Hammer. Ben wird übel, wenn er daran denkt. Auch die Bilder von Mauritz' verunfalltem Mercedes, die sie an Henrys Adresse geschickt hatte, und die, die sie in Henrys Wohnung auf den Tisch gelegt haben muss, damit Ben sie finden konnte, sind auf ihrem Handy entdeckt worden. Genauso wie das Video, in dem der letzte Satz »Hol mir mal die Flasche« lautet. Sie muss die Idee, diesen Teil des Videos abzuspielen, spontan gehabt haben, als sie vor der Haustür gewahr wurde, dass Frau Gerber telefonierte. Sie wollte den Verdacht damit auf einen Mann lenken. Romy hat mit den Morden nichts zu tun. Aber sie *ist* bereit gewesen, eigenhändig einen Mord zu begehen. Mit Spritze in der Hand in Henrys scheinbarem Krankenzimmer. Kommissar Pinzler hatte Glück gehabt, dass Romy Althoeffer es nicht geschafft hatte, ihm das Zeug zu injizieren. Darin befand sich irgendein Gift. Penta-Epoxy-Irgendwas oder so. Wahrscheinlich wollte sie es Pinzler auch gar nicht spritzen.

Ein Schnauben löst sich aus seiner Nase. Ein klitzekleiner unterdrückter Lacher, denn es ist wirklich kurios. Romy, die Frau Gerber im Auto an der B 256 gesehen und für Paul Althoeffer gehalten hat, *hätte* gar nicht im Krankenhaus auftauchen müssen. Denn auch das *hätte* Lina erledigt. Die ist ebenfalls im Krankenhaus aufgetaucht, um den angeblich erwachten Henry um die Ecke zu bringen. Diese Erkenntnis geht noch auf Bens Konto. Er hat den Kommissar darauf gebracht, auch die späteren Kameraaufzeichnungen des Krankenhauses anzusehen. *Nach* Romys Unfall. Und tatsächlich ist Lina da zu sehen. Im Eingangsbereich hat sie einige Minuten rumgelungert und ist dann wieder abgehauen. Wahrscheinlich hat sie was davon mitbekommen, dass es einen Polizeieinsatz gab, und sich schleunigst aus dem Staub gemacht. Jede dieser Informationen muss Ben sich jetzt erkämpfen. Offiziell darf er gar nichts mehr über die neuen Ermittlungen wissen. Aber wenn sein Kopf nicht gerade von zwei Händen voll unbekleideter Haarschneiderinnen singt, will er Antworten haben.

Wie von selbst legt sich seine linke Hand auf Jennys Knie, und sie legt die ihre auf seine, was sich angenehm und warm hier in der steinernen Kälte anfühlt. Den Stich in seiner rechten Schulter ignoriert er.

Seine Gedanken streifen Henry. Der ist tatsächlich vor ein paar Tagen aufgewacht, aber noch nicht vernommen worden. Angeblich macht er einen guten Eindruck, was bedeutet, dass Ben hoffentlich doch nicht bis in alle Ewigkeit in der Hölle schmoren muss. Die Vorhölle ist auch nicht viel besser, denkt er, aber wenigstens spürt er da Jennys Hand.

Wo ist der Kommissar eigentlich? Er beugt sich nach vorne, und da sieht er ihn. Gegenüber, zwei Reihen vor ihm. Hat wohl seine Frau mitgebracht. Hübsch. Blond. Bestimmt nicht älter als fünfunddreißig. Der Typ ist in Ordnung, da kann man nichts sagen. Aber er ist eben nicht Huntrich. Wie heißt der noch gleich? Irgend so ein Name, den man kaum aussprechen kann.

ZEHN NACKTE … Nein! Jetzt nicht. Stop! Die Musik setzt ein. Die in der echten Welt. Das geht ja gut los, denkt Ben. Der Typ, der dieses Lied ausgewählt hat, hat doch garantiert nach den »traurigsten Songs für Kirchenorgeln« gegoogelt. Kai, der rechts neben ihm zusammen mit Nadine auf der Bank sitzt, fuchtelt an einer Taschentuchpackung rum. Auch er könnte eins gebrauchen, aber dafür würde er seine linke Hand unter Jennys wegziehen müssen. Nein. Die Tränen sollen kommen. Er wird sie laufen lassen.

ENDE

DANKSAGUNG

Auch mein drittes Buch rund um den Zauberkollegen und Privatdetektiv Ben Pruss ist nun endlich im Kasten. Mann, was für ein Abenteuer es doch jedes Mal ist, ein Buch zu schreiben. Und wenn ich auch die meiste Zeit einsam und alleine vor dem Laptop saß, gab es doch einige wunderbare Menschen, die mich bei diesem Unterfangen unterstützt haben.

Vielen Dank an Christian und Sebastian. Ersterer ist ein Anästhesist, der mir alles beigebracht hat, was ich über Synkopen weiß.

Sebastian kenne ich noch aus der Schule, und aus ihm ist ein Rechtsanwalt geworden. Er musste mir erklären, wie das alles so mit dem Erbrecht funktioniert.

Wenn ich bei den beiden oben genannten Themen irgendwelche Fehler gemacht hab, dann gehen die auf meine Kappe. Nennen wir es »künstlerische Freiheit«.

Bedanken möchte ich mich bei meiner Frau, die zum ersten Mal als »Testleserin« fungiert hat (bei den Büchern 1 und 2 habe ich mich nicht getraut, es ihr vorher zu zeigen) und mir sehr dabei geholfen hat, das Manuskript so hinzubiegen, dass man es auch jemand anderem zeigen kann. Ich liebe dich!

Testleserin Elli ist mittlerweile eine alte Häsin auf dem Gebiet und hat in Windeseile gelesen, verbessert und, wie immer, tolle Arbeit geleistet!

Meinem Lektor Volker Neumann ist es wieder mal gelungen, noch den letzten Logikfehler zu finden und die Geschichte flüssiger, griffiger und schneller zu machen. Vielen Dank, mein Lieber!

Danke, lieber Ralf Kramp, dass du wieder so ein tolles Cover gezaubert hast, und danke an die Mitarbeiter des KBV-Verlags, die sich immer wunderbar um mich kümmern. Sabine Hockertz, Ira Schneider und Gisela Pip fallen mir hier ein.

Ganz wunderbar viele Lesungen hat meine liebe Buchagentin Charlotte »Charly« Zeiler für mich aus dem Hut gezaubert. Dafür ziehe ich meinen vor dir. Lieben Dank für die tolle Zusammenarbeit!

Zuletzt danke ich noch meinen alten Freunden Radi, Reller und Kölber, die mir immer eine Inspiration sind und die ich mir nicht mehr wegdenken könnte!

Fehlt noch der *allerletzte* Dank.

Der geht an Sie, liebe Leserin, lieber Leser, ohne Sie würde die ganze Schreiberei keinen Sinn machen. Vielen Dank, dass Sie mich und meine imaginären Freunde so liebevoll begleiten. Ich hoffe sehr, wir sehen uns mal (wieder) auf einer Lesung. Gerne können Sie mir auch schreiben unter andre@andre-storm.de oder auf Instagram, wo Sie mich unter autor.andre.storm finden. Ich freue mich!

Bis bald!
André Storm